필연

초판 1쇄 찍은 날 § 2007년 3월 30일
초판 1쇄 펴낸 날 § 2007년 4월 10일

지은이 § 박미연
펴낸이 § 서경석

편집장 § 문혜영
편집책임 § 이종민
편집 § 한지윤

펴낸곳 § 도서출판 청어람
등록번호 § 제1081-1-89호
등록일자 § 1999. 5. 31
어람번호 § 제5-0137호

주소 § 경기도 부천시 원미구 심곡1동 350-1 남성B/D 3F (우) 420-011
전화 § 032-656-4452 팩스 § 032-656-4453
http://www.chungeoram.com
E-mail § eoram99@chollian.net

ⓒ 박미연, 2007

ISBN 978-89-251-0626-7 03810

※ 파본은 구입하신 서점에서 교환하여 드립니다.
※ 저자와 협의하여 인지를 붙이지 않습니다.

박미연 지음

머리이야기 / 7

1. 파동(波動) -심리적 충동이나 움직임 / 15

2. 일심(日深) -나날이 더 깊어감 / 93

3. 난제(難題) -해결하기 어려운 문제나 일 / 178

4. 지애(至愛) -더없이 깊은 사랑 / 286

맺음이야기 / 397

작가후기 / 398

신성의료원 VIP 병동, 수백만 원을 호가하는 병실비와 유명 인사들의 전용이라는 명성과 어울리지 않는 무명의 노인이 장기입원 중이었다. 전담 주치의와 의료진들은 이 노인에 대해 궁금해했지만 알게 된 것이라고는 어느 국회의원 덕에 입원을 했다는 소문뿐이었다. 최고급 서비스를 그에 걸맞는 사람들에게만 제공한다는 자부심을 갖고 있는 병동의 의료진들이라 노인을 대할 때는 마지못한 친절을 비췄다.

"필요하시면 벨 누르세요."

간호사는 간병인조차 두지 않은 노인의 앙상한 나뭇가지 같은 팔에 링거를 놓곤 잰걸음으로 병실을 빠져나갔다.

또다시 적막해진 병실에서 노인은 힘겹게 몸을 일으켜 침대 헤드에 기대앉았다. 거의 하루를 이렇게 혼자 보낸 지 몇 달째, 칠십 일생이 이토록 허망할 수가 없었다. 몸이 아픈 것보다 노인의 가슴을 더 찢어지게 하는 건 저 창밖의 쓸쓸한 서울에 핏줄 하나만 덩그러니 남겨두고 가야 한다는 것이었다. 하나뿐인 핏줄이 제 몫을 다 하는 모습만 보고 죽었으면 하고 그토록 빌고 또 빌었건만 세월 앞에서 맥없이 무너져 버리고 말았다.

"어르신, 무얼 그리 유심히 보십니까?"

끼익 문이 열리며 자식뻘 되는 남자의 말소리가 들리자 노인은 힘없이 고개를 돌려 침대 한쪽을 손으로 툭툭 두드렸다.

"권 사장, 겨울 제주도의 방어 한 점 그리워 괜히 하늘만 올려다보았네."

침대에 걸터앉은 권 사장은 거뭇거뭇 검버섯 핀 주름 가득한 노인의 손을 꼭 잡았다.

"곧 쾌차하실 테니 제가 모시고 가겠습니다."

"오래 살았어. 떳떳치 못한 일 하면서 별 탈 없이 이만큼 산 걸 감사해야지."

"채윤일 이대로 두고 가실 수 있으시겠습니까?"

하나뿐인 혈육, 손녀인 한채윤의 이름이 나오자 노인의 눈동자가 미세하게 흔들렸다. 병마와 오래 싸우다 보니 웬만한 일에는 무심해졌지만 손녀를 생각하면 노인의 눈가엔 눈물이 고였다. 가슴에 돌덩어리를 올려놓은 듯 묵직함을 느낀 노인은 눈가를 훔치며 마른기침을 내뱉었다.

"죽을 날 받아놓으니 심약해지는 것 같아. 근데 자네는 무슨 일로 왔나? 정리가 잘 안 돼?"

"이 기사 보셨는지요?"

권 사장은 고이 접어온 신문 한 장을 주머니에서 꺼내 노인에게 돋보기 안경과 함께 건넸다.

〈최연소 사법고시 합격자 강시원(24), 연수원 수석 대법원장 상을 수여했다. 강시원 씨는 7대 독자인 관계로 군법무관 생활에서 제외되며 검사에 지원했다.〉

빨간 줄이 쳐져 있는 부분을 읽으며 노인은 오랜만에 흐뭇한 미소를 지었다.

"강 의원이 아주 좋아하겠군. 저번에 서울대도 수석으로 입학했다더니. 어렸을 때부터 영재라는 소리를 들었다면서?"

"가끔 보는데 아주 훤칠한 게 여자 여럿 울리겠더군요. 그러나 강 의원이 한 짓을 생각하면 잘되었다기보다 복에 넘쳐 사는구나 비꼬게 됩니다."

노인은 벌써 이십 년 가까이 지난 일을 떠올렸다. 잘 기억나지는 않지만 많은 사람들이 모였던 어느 모임에서 작은 사내아이가 유달리 눈에 띄었었다. 어린아이답지 않게 의젓하게 앉아 묻는 말에 또박또박 대답하던 아이가 벌써 커서 한몫을 해내었다는 소식을 들으니 세월이 참 빠르다는 게 느껴졌다.

"강 의원 아들, 제 아비 닮아 잘 자랐을 거야. 그래서인지 채윤이를 생각하면 내 아쉽지 않을 수 없어. 좋은 인연으로 결실을 맺을 줄 알았는데 빈말로 끝났으니 말이야. 권 사장도 내 욕심이 과했다고 생각하나?"

권 사장은 애써 헛웃음으로 서운한 감정을 감추는 노인에게 대답하지 못했다. 자식이나 손녀의 짝에 대한 욕심이 과하고 아니고가 어디 있을까. 다만 사람이 사람 좋아 만난 인연이 깔끔하게 이어지지 못한 안타까움뿐이었다.

"권 사장, 자네도 알겠지만 며칠 전 변호사가 왔다 갔어. 이제야 겨우 마무리 지었네. 삼십 년 세월, 한결같이 내 옆에서 고생 많이 한 만큼 챙겨준다고 하긴 했는데 부족하지 않았으면 좋겠어. 채윤이 몫도 당분간 자네가 관리해 주고 잘 돌봐주게……. 채윤이 잘 키우려고 노력 많이 했지. 아직 어려 많이 힘들어할 텐데 옆에서 잘 보듬어주고, 치기 부리면 혼내기도 하게."

권 사장은 너무나 단호하게 주변을 정리하는 노인 때문에 마음이 착잡해져 선뜻 약조하지 못했다. 노인은 그 마음을 아는지 웅크린 권 사장의 어깨를 두드려 주었다.

노인과 권 사장이 잠시 어두운 일을 잊고 옛날 일을 도란도란 나누며 상념에 잠겨 있을 때, 병실 문이 큰 소리를 내며 열렸다.

"할아버지, 정말 이럴 거야? 하나밖에 없는 손녀라면서!"

벌컥 열고 들어온 문을 닫지도 않은 채 채윤은 노인의 침대 곁으로 성큼 달려가 고래고래 소리 질렀다.

"멀쩡한 가구들은 왜 다 내다 버리는데? 집에 다시 안 올 거야? 누구 마음대로 집에 있는 물건들을 바꾸는 건데! 죽지 않고 살아오려고 병원에서 치료 받는 거지, 죽으려고 이 비싼 병실에 누워 있는 거야?"

벌게진 얼굴로 화를 참지 못하고 씩씩대는 채윤을 권 사장이 말리려 자리에서 일어나자 노인이 그의 손을 잡아 제지했다.

채윤은 요 근래 들어 더 이상해진 할아버지의 행동에 속이 뒤집혀 죽을 지경이었다. 학교가 파하고 채윤이 집에 들어가자 일꾼들이 할아버지 방의 가구들이며 옷가지, 심지어 칫솔까지 마구잡이로 상자에 담아 포장하고 있었다. 채윤이 아무리 일꾼들을 뜯어말려도 할아버지의 엄명이라며 무지막지한 손길로 짐들을 다 가져가고 말았다. 가뜩이나 병세가 나아지지 않아 하루하루가 불안한데 이제는 병문안까지 막았다. 그래서 채윤은 텅 빈 방 안을 둘러보다 참지 못하고 병원으로 달려온 것이었다.

"할아버지, 살아. 나랑 같이 살아. 나 불쌍하다면서? 할아버지가 자꾸 이러니까 진짜 떠나는 사람 같잖아."

"권 사장한테 인사도 안 하고 이게 대뜸 뭐 하는 짓이야! 여기가 어디라고 언성을 높여? 내가 너 그렇게 가르쳤니?"

노인은 채윤에게 호통 치며 힘에 부쳤는지 침대 끝을 꽉 붙잡았다. 할아버지가 키운 아이라 사리분별 못한다는 손가락질은 받지 않게 하려고 채윤을 엄하게 키웠는데 오늘 하는 모양새는 심하게 거슬렸다.

"아저씨, 안녕하셨어요? 할아버지 때문에 못살겠어요. 아저씨가 좀 말려주세요."

노인은 자신이 가고 나면 덜 아프라고 채윤에게 정을 떼어내려 노력 중이었다. 작은 흔적에도 힘들어할까 싶어 자신에 관련된 모든 것을 다 치워 버리라고 권 사장에게 매몰차게 부탁했었다. 노인의 그런 마음을 잘 알고 있는 권 사장은 애원하는 채윤에게 어떤 말도 하지 못한 채 서로 노려보는 그들을 지켜만 보았다.

"죽으면 죽는 거지 뭘 그렇게 유난을 떨어? 할아버지가 나이 들어 골골하면 '이제 나 혼자 잘살아봐야지' 하는 마음을 가져야지, 어찌 그리 사람이 심약해? 네가 이러면 내가 눈이나 제대로 감을 수 있을 것 같으냐? 이 미련한 것!"

기운이 없는 상태에서 호통까지 친 노인의 몸이 부들부들 떨리기 시작했다. 근래 들어 병세가 심각해져 오래 앉아 있는 것도 힘든데 노인은 무리하고 있었다. 채윤은 졸연히 쓰러져 가는 할아버지 모습에 놀라 옆으로 달려가자 노인은 그 손을 뿌리쳤다.

"할아버지 죽으면 나도 죽어. 거짓말 아니야."

채윤은 할아버지의 외면하는 손길에 당혹한 표정으로 한참을 제자리에 서 있다 매몰찬 소리를 해버리고 병실을 나왔다. 병실을 나와 쿵쿵거리며 걸어가면서도 혹시 권 사장이라도 나와 잡아주지 않을까 몇 번이나 뒤를 돌아보았지만 잠잠하기만 했다.

"정말 이러기야? 할아버지, 나 혼자 남겨두고 가면…… 나 무서워서 어떻게 살아? 제발 살아주면 안 될까? 돈 많은 할아버지니까 목숨이라도 사 오면 안 될까?"

채윤은 죽음을 눈앞에서 봐야 하는 두려운 마음과 혼자가 될 처지가 서러워 바닥에 철퍼덕 주저앉아 중얼거리며 흐느끼기 시작했다. 주변의 사람들은 이미 할아버지의 죽음을 받아들인 듯 오로지 채윤의 장래만 걱정하고들 있었다. 하지만 채윤은 그 사람들이 다 미웠다. 살아 있기만 한다면 조금만 더 살아주면 되는데…… 어떻게든 할아버지를 살려내야 하는데 방법을 모르는 채윤은 억울하고 분한 마음이 복받쳐 소리 내 울음을 토해냈다.

팔 년 후.

[올해도 그냥 넘기려는 게야? 벌써 몇 년째야?]

채윤은 전화기 너머로 들리는 권 사장의 노기 어린 목소리에 어색하게 웃으며 달력을 보았다.

"할아버지가 원하시던 대로 해요. 알아도 조용히, 그리고 되도록이면 기억하지 말라고 하셨잖아요."

달력을 한 장 넘기자 빨간 동그라미가 쳐져 있는 날짜, 채윤은 모르는 바가 아니었다. 할아버지의 기일. 누구보다 선명하게 기억하고 있는 날이지만 할아버지의 뜻이었다. 절대로 기억하지 말고, 특별하게 지내지도 말라는 할아버지의 유언. 처음에는 마지막까지 독하다 싶어 억장이 무너졌지만 차차 시간이 흐르자 이제는 그 말뜻을 알 듯했다. 하지만 주변에서는 채윤이 한 번도 기일을 지내지 않는 것을 할아버지가 돌아가시기 전에 했던 모진 행동들에 상처받아 그렇다고 여기고 있었다.

"할아버지는 알고 계실 거예요, 우리가 마음속으로 많이 그리워하고 사랑한다는 걸. 그리고 절대 잊을 수 없다는걸요."

[기일이 다음 달로 다가와 내 마음이 심란하구나. 다음 달에는 제발 얼굴 좀 보자꾸나.]

팔 년 전, 어르신의 발인 후 채윤이 얼마나 암울하게 지냈는지 알기에 권 사장은 담담하게 변해 버린 채윤에게 걱정의 말을 남기고 전화를 끊었다.

채윤은 불 꺼진 거실에서 촛불 하나 켜놓고 할아버지 영정을 넋 놓고 바라보았다. 그리고 그때 같이 죽어버린 열아홉 살의 평범하고 싱그럽던 여고생 한채윤도 기억해 주었다.

1. 심리적 충동이나 움직임

채윤은 샤워를 마치고 화장대 앞에 앉아 긴 머리의 물기를 수건으로 툭툭 털어내고 있었다. 그러고는 까칠까칠한 새 잠옷을 손으로 쓸어내리며 한숨을 내쉬곤 고단했던 오늘 하루를 떠올렸다.

대학 부설의 평생교육원에서 강사로 근무하는 채윤은 학기 막바지에 있었다. 봄 학기를 준비하기 위해 채윤은 강의 만족도 설문 평가서를 요청했지만 사무실에서 돌아온 대답은 뜻밖에도 면담이었다. 사무실에서 사무장을 만나기 위해 기다리던 채윤은 다음 학기를 이미 계약해 놓은 인기 강사들의 분주한 모습이 마냥 부럽기만 했다. 비인기인 역사 강의를 맡은 채윤은 이 년

동안 인원수를 겨우 채워 이어왔었다. 애초에 평생교육원의 목적을 잃고 사교의 장으로 전락해 버린 이곳과 채윤은 맞지 않았을 수도 있다. 그러나 이곳밖에 채윤은 기회가 없었기에 참고 견뎌야 했다.

"한 강사님, 사무장님이 들어오시래요."

한참을 기다려 사무장실 앞에 다다르자 이번 학기에 처음 강의를 맡았던 강사가 울면서 나왔다. 그 모습을 본 채윤은 긴장하며 등을 꼿꼿이 세우고 들어갔다.

"우리 한 강사, 많이 기다렸죠?"

사무장의 어중간한 미소에 채윤도 어색한 미소를 지으며 자리에 앉았다.

"우리 서로 바쁘니까 본론만 말하죠. 이전부터 우린 한 선생의 강의 질에 무척 만족해 왔어요. 하지만 한국역사문화 이해는 가벼운 강의임에도 불구하고 너무 무거운 주제들을 다루어서 교육원생들이 지루해한 건 참 안타깝다고 생각합니다."

채윤은 사무장 입에서 전 학기 말과 같은 말이 반복되어 나오자 고개를 떨어뜨렸다. 이미 사교의 장으로 전락해 버렸다 해도 일정 부분 교육이라는, 당연히 강사로서 지켜야 할 부분을 왜 그들은 불평하는지 도통 알 수가 없어 따져 묻고 싶었지만 채윤은 부딪치기 싫어 참았다.

"봄 학기 목록에 한 강사의 강의 배정을 하긴 하지만 기대는 하지 않는 게 좋아요. 이번부터 강의 신청을 받으면서 참고용으로 강의 평가서가 올라갈 예정입니다. 인원수가 다 차지 않으면 어떻게 되는지는 아시죠?"

채윤은 치열한 사회의 틈바구니 속에서 낙오자가 된 기분이었다. 어떻게 해야 할지 생각나지 않아 채윤은 사무장에게 미소를 지으며 고개를 끄덕였다.

"알겠습니다. 이렇게 신경 써주셔서 감사합니다."

채윤은 아까 사무장실을 빠져나가던 강사마냥 기운없이 축 처져 나왔다. 그런 모습에 직원들은 그동안 도도했던 채윤에게 인과응보라고 수군거리기 시작했다. 모든 교육원의 강사들이 학기 말이면 어김없이 치러지는 전쟁 중 하나가 강의의 생존이었다. 강의를 지속하느냐 마느냐, 수강생을 만족시켰느냐 불만족하게 만들었느냐, 생계의 기로에 서 있는 힘없는 강사들이었다. 채윤은 일단, 기회가 거의 없는 패배자가 되어버렸다. 스멀스멀 올라오는 짜증과 자괴에 채윤은 교육원을 재빨리 빠져나왔다.

신촌의 로터리, 서울에서 복잡한 곳으로 손꼽히는 이 도로에서 채윤은 신호를 기다리다 백화점 간판을 보았다. 채윤은 이 뜨겁게 열나고 화가 난 기분이 화려한 백화점 안으로 들어가면 풀릴 거라는 막연한 생각에 과감히 핸들을 틀어 백화점으로 들어갔다.

백화점 안은 많은 사람들로 북적거려 한 걸음 내디딜 때마다 어깨가 부딪치기 일쑤였다. 채윤은 빠른 걸음으로 사람이 적은 층으로 이동해 매장들을 둘러보기 시작했다. 다채로운 물건들이 채윤의 시선을 붙잡긴 했지만 딱히 손이 가지 않았다.

그렇게 긴 시간 여러 층을 돌아다닌 채윤은 간신히 눈에 띄는 것을 발견했다. 마네킹에 입혀져 있는 하얀 민소매 원피스 잠옷, 새하얀 눈꽃들이 촘촘히 자수되어 있는 모양에 채윤은 혹했다. 순백의 잠옷을 보는 순간 채윤의 들끓던 화가 착 가라앉았다. 평상시라면 쳐다보지 않을 고가의 가격을 지불하고도 채윤은 가벼운 마음으로 백화점을 나왔다.

채윤은 화장대 의자에서 일어나 거울에 하얀 잠옷을 입고 있는 자신을 비춰보았다. 찌푸린 표정이 사라지고 우아한 미소를 짓는 채윤은 살 때부터 느꼈지만 이 잠옷이 기분 좋은 일을 불러들일 것 같은 예감이 들었다. 그래서 채윤은 공주마냥 치마 양 끝을 잡고 방 안을 여러 번 돌아다니며 흥얼거렸다.

"한채윤, 할아버지가 하신 말 기억하지?"

채윤은 멀리 비춰지는 거울 속의 자신에게 말을 걸었다. 거울 속의 채윤은 자신만만한 표정으로 대답했다.

"삶이란 단순하다. 높게 보려 하지 말고 넓게 보고, 용서하고 선을 베풀어라. 어떤 것이든 마음먹기 나름이니 마음을 잘 다스린다면 행복은 너의 것이다."

채윤은 토시 하나 틀리지 않고 읊는 자신을 대견해하며 다시금 가슴속에 뜻을 새겼다. 어차피 돈을 주고 강의를 듣는 그들에게 뜻을 굽히지 않고 맞추지 못한 잘못이 있으니 채윤은 툴툴 털어버리기로 했다.

채윤은 기분이 한결 개운해지자 따뜻한 원두커피 한 잔이 생각났다. 그러나 대부분 밖에서 마셨고, 늦은 시간 마시면 잠을 잘 이루지 못해 사다 놓은 커피가 없었다. 혹시나 하는 마음으로 채윤은 부엌의 찬장을 뒤져보았지만 커피 부스러기조차 찾을 수 없었다. 늦은 시간 커피를 사러 나가기는 애매하고⋯⋯ 백화점을 나온 뒤 서점에 들러 잔뜩 산 책이나 정리하자 싶었다.

"아, 맞다. 민준 오빠가 저번에 외국 나갔다가 사다 준 게 있는데."

채윤은 머리를 스스로 한 대 쥐어박고는 다시 부엌을 뒤져 보았다. 하지만 어디에서도 커피를 찾을 수 없었다. 분명히 마신 기억도 없고 그간 집에 든 손님도 없었는데 감쪽같이 사라져 귀신이 곡할 노릇이었다. 새 잠옷을 입어 모든 게 잘 풀릴 것 같았는데 그깟 커피마저 오리무중이니 채윤은 괜한 잠옷만 툭툭 쳤다.

작은 일에 분주하게 움직여 기운을 뺀 채윤은 식탁에 엎드려 전화기를 보며 망설이다 번호를 눌렀다.

"저기 오빠, 혹시 지난번에 출장 갔다 오면서 사 온 커피 어디다 넣어놨는지 기억해?"

[설마 두 달 전 유럽 출장을 말하는 건 아니겠지?]

채윤은 사다 준 정성을 너무 소홀히 했다는 미안한 마음에 주저하며 어렵게 말을 꺼냈다.

"그게 벌써 두 달이나 됐어? 아닌 것 같은데."

채윤은 아직 젖어 있는 긴 머리를 손으로 헝클어뜨리며 민망해했다.

[냉장고 열면 계란 놓는 칸 바로 아래 지퍼 백에 넣어놨어. 티백이니까 우려먹으면 돼.]

채윤은 민준의 말대로 냉장고를 열어 살펴보니 커다란 지퍼 백이 놓여 있었다. 하루에도 몇 번씩 문을 여닫는데도 한 번도 보지 못한 것이 의아했다.

[이 늦은 시간에 왜 커피를 찾아? 그러다 잠 못 자고 밤새면 어쩌려고.]

"그냥, 산뜻해지고 싶어서."

[무슨 일 있어?]

채윤은 걱정해 주는 민준의 목소리가 부담되었다. 그냥 오빠로서 걱정해 주는 걸 알긴 하지만 대학 시절 이후부터 이상하게도 지나치게 채윤에게 예민한 것 같았다.

"아냐. 오빠, 얼굴 본 지도 오래됐는데 한번 와라. 아줌마 반찬 그리워."

[필요할 때만 부르는 게 오빠지? 어머니한테 준비해 놓으라고 할게.]

통화를 마친 채윤은 전화기를 제자리에 놓고 커다란 머그잔을 꺼내 뜨거운 물을 가득 채워 티백을 담갔다. 그리고 왜 이토록 무심하게 사람을 대하는지 자책했다. 채윤은 할아버지가 돌아가신 후로는 새로운 사람 만나는 일을 꺼리게 되었다. 친해질 기회가 있더라도 피하기부터 해서 스스로 고립되는 것에 만족해하던 채윤이었다. 그런데 채윤은 오늘 같은 날이면 외로움을 느꼈다. 그리고 마음을 위로 받고 싶기도 했다. 이런 생각이 들면 채윤은 어쩔 수 없이 무정하게 대하는 민준에게 미안해진다.

민준은 할아버지가 살아 계실 때부터 채윤을 가족같이 대해주는 권 사장의 아들이었다. 오랜 시간 봐와 누구보다 가까운 친근한 사람이었다. 민준은 피붙이처럼 채윤이 말하기 전에 먼저 알아서 필요한 것들을 챙겨주고 가끔은 애인 노릇까지 해주곤 했었다. 푸근하고 덩치 큰 커다란 곰 인형이 민준이었지만 딱 그만큼이었다. 가까이에서 잘 지내는 친한 오빠란 생각 외에는 어떤 소소한 감정도 들지 않는 편한 사람, 간만에 전화해도 서먹하지 않고 편해 채윤이 누구보다 감사해할 사람이었다.

채윤은 거실에 앉아 뜨거운 커피를 마시다 우연히 창밖을 보곤 넋을 놓고 말았다. 까만 밤하늘이 서울과 어울리지 않게 별들이 빼곡히 박혀 있었다. 그 가운데 유달리 반짝이는 몇 개의 별이 채윤을 지켜보는 할아버지와 부모님인 것 같았다.

'셀 수 없이 별들이 많은 건 아마 세상을 떠나기엔 남겨놓은 사람이 너무 걱정되어서 지켜보기 위해 존재하는 것 같아. 그래서 그 남은 사람들마저 곁으로 오면 그 별들도 운명이 다해 사라지는 거겠지?'

채윤은 조금 더 가까이 별들과 있고 싶어 발코니의 티 테이블에 앉았다. 그러나 오랫동안 청소하지 않은 유리창 때문에 선명하게 보이지 않았다. 채윤은 스스로 참 게으른 사람이라고 핀잔을 주고는 일어나 큰 창문을 열었다.

겨울의 문턱에 막 들어선 계절답게 살이 시릴 정도의 찬바람이 밀려왔다. 어깨로 날카로운 바람이 스쳐 가자 채윤은 두 손으로 어깨를 감싼 채 아릿한 추위가 제멋대로 들어오게 놔두었다.

꽤 오래전부터 채윤은 일부러 추위를 느끼려고 했다. 얇은 코트를 입어 추위에 몸서리치며 떠는 몸은 이 세상을 생생이 살아가고 있다는 신호 같았다. 그것은 마음 줄 사람조차 주변에 흔치 않은 채윤에게 외로움을 강하게 쳐내려는 의식 같은 것이었다.

한참이나 창을 열어놓고 있어도 세차게 몰아치는 바람 소리 외에는 고요한 침묵만 흐르고 있었다. 채윤이 이 빌라를 떠나지 못하는 이유 중 하나는 바로 이 고요함 때문이었다. 그 누구도 침범하지 않는 혼자만 느끼는 고요함. 가끔은 넓은 평수가 부담돼 이 빌라를 떠나볼까 생각했지만 그때마다 할아버지의 흔적과 유산이라는 명목에 가로막혔다. 열 살 때, 채윤은 불의의 사고로 부모님을 잃고 이곳으로 이사 와 할아버지가 돌아가시기 전까지 같이 살았다. 처음 이 빌라는 너무 조용하고 사람의 흔적이 보이지 않아 으스스하게 느껴지기도 했지만 지금은 너무나 익숙해져 있었다. 그리고 힘에 부쳐 지칠 때 할아버지가 사용했던 텅 빈 방에 들어가 앉아 있으면, 할아버지가 꽉 안아 투박한 손으로 머리를 쓰다듬어 주던 느낌이 그대로 느껴져 어지럽던 마음이 이내 평안해지곤 했다. 이젠 그런 일도 드물지만 이 집에서 지워지지 않은 할아버지의 체취가 아쉬워서라도 평생 떠나지 못할 것 같았다.

"지금 어딜 모셔가겠다고 하는 거야!"

채윤은 고요한 정적을 깨는 남자의 고함 소리에 깜짝 놀라 밑을 내려다보았다. 빌라 앞의 외부주차장에서 여러 남자들이 한 남자를 둘러싸고 있었다.

"너희들, 지금 이게 뭐 하는 짓이야? 다짜고짜 모셔가겠다니 지금 제정신들이야!"

시원은 갑작스럽게 달려든 남자들에게 양팔이 붙들려 끌려가는 상황에서 할 수 있는 건 발버둥 치는 것과 소리치는 것뿐이었다. 도대체 어디서 나타난 놈들인지 감조차 잡히지 않았다.

"도망치지 않을 테니까 멈춰!"

시원은 이 상황에 참을 수 없이 화가 치밀어 앞장서 가는 놈 뒤에다 대고 소리쳤다. 시원이 발에 힘을 주고 끌려가지 않으려 애쓰자 잡고 있던 남자들도 힘이 부쳤는지 걸음을 멈추었다.

"소속 기관을 말해. 아니면 나를 부른 사람의 이름을 대든지. 알아야 쫓아가든 끌려가든 할 거 아냐?"

시원의 말에 남자들은 서로를 쳐다보며 대답해야 할지 말지를 망설이고 있었다. 시원은 빠른 판단을 하지 못하고 눈치를 보는 세 남자를 보니 아직 조무래기들이라는 생각이 들었다.

"아, 이 강시원을 모셔가시겠다면서 설명은 하지 않으시겠다. 가보면 안다, 이건가?"

"저희 형님이 모셔오라고 하셨습니다."

"어느 형님?"

"그건 가보시면 아실 겁니다."

시원은 한쪽 입꼬리를 올려 비웃음 가득 지으며 남자들을 보았다. 얼마 전, 강남을 주름 잡던 거물 조폭이 드디어 출소했으니 조심하라는 소식을 들었는데 앙심 한번 제대로 갚으려 든다는 생각이 들었다.

"오라, 너희들 설렁탕 집 깍두기들이구나. 이런, 내가 너희 형님하고 오래전에 인연이 조금 있긴 한데 이렇게 모셔가면 섭섭하지. 그간의 정을 봐서라도 정중히 모셔오라고 말했을 텐데 너희들 너무 거칠다."

시원은 비스듬히 서서는 한쪽 구두 끝으로 시멘트 바닥을 쳐 탁탁 소리 내며 시실거렸다. 그러자 가뜩이나 험악한 남자들의 인상이 더욱 구겨지고 서로 눈짓을 보내면서 시원을 주시했다.

"미안하지만 이대로는 못 가겠다. 너희 형님이 오셔야 내가 움직일 것 같은데 어쩌냐?"

시원의 조롱 섞인 눈웃음에 참지 못한 남자 하나가 양복 상의 안주머니에 손을 넣어 칼을 꺼냈다. 주차장을 비추는 가로등 불빛에 칼은 은빛 번쩍이며 시원의 목에 바짝 닿았다.

"입 다물고 따라와."

시원은 예상보다 더 날카로운 칼날의 느낌과 누르는 힘에 흠칫 놀라 반항하지 못했다. 칼을 쥔 남자는 시원의 한쪽 팔을 뒤로 꺾어 꽉 잡아서는 몸을 앞으로 밀며 걸음을 재촉했다.

시원이 마지못해 한 걸음 느리게 옮기며 기회를 엿보려는 찰나에 컵 하나가 시원의 앞으로 떨어져 산산조각 났다. 남자들이 갑작스럽게 떨어진 컵의 방향을 알아내려 시선을 흐트리자 시원은 몸을 살짝 돌려 목에 대어 있는 칼을 피하고 잡혀 있는 손에 온 힘을 주어 남자를 앞으로 돌려 당겼다. 중심을 잃어 당황한 남자의 손에서 칼이 떨어지자 시원은 남자의 턱을 다리로 치받아 올려 가격했다. 불시에 들이닥친 단 한 방의 공격에 나가떨어진 남자를 시원은 틈을 주지 않고 구둣발로 복부를 사정없이 내려찼다. 그러나 그 순간도 잠시, 뒤에서 다른 남자가 던진 칼이 시원의 허벅지에 박히자 순간적인 고통에 다리에 힘이 풀려 바닥에 주저앉게 되었다.

"이봐요! 경찰 불렀어요!"

남자들은 빌라의 삼층 가량에서 난간을 붙잡고 몸을 반쯤 내밀며 소리치는 여자를 확인했다. 그러곤 경찰이라는 말에 바닥에 널브러진 남자를 들쳐 업었다. 그 와중에도 남자들은 억울한지 바닥에 앉아 있는 시원의 등짝을 구둣발로 퍽 소리 나게 차고는 시원을 향해 쏘아보며 이를 갈았다.

"나중에 봅시다."

채윤은 남자들이 한 남자의 목에 칼을 들이대는 모습을 보자 그저 그런 싸움이 아닌 목숨이 달려 있다는 생각이 들었다. 그래서 컵을 무작정 창밖으로 던졌다. 채윤은 몸을 발코니 바닥에 숨기고 귀를 쫑긋 세워 바깥에서 들리는 소리에 집중했다. 욱하는 심정에 끼어들긴 했지만 웅크리고 앉아 있던 채윤은 겁이 나 가슴이 심하게 들썩이고 숨이 가빠왔다. 그래도 그 남자가 잘 도망갔는지 궁금해 고개를 빼들어 창밖을 보았다.

채윤은 그 남자가 칼을 피하고 상대를 제압하는 모습에 더 이상 휘말리기 싫어 창을 닫으려는 순간 남자가 다리에 칼을 맞았다. 채윤이 생각할 수 있는 건 경찰뿐이었지만 다리가 후들거려 몇 발자국 앞의 전화기로 움직이기 쉽지 않았다. 그래서 경찰이 온다고 냅다 소리를 질렀다. 역시 그 말에 남자들은 순식간에 사라지고 칼에 맞은 남자만 덩그러니 남아 있었다. 채윤은 이제 해결됐겠지 하고 뒤돌아섰다가 상처 입은 사람을 내버려 두는 것 같아 다시 밖을 내다보았다. 모른 척하고 싶었지만 허벅지에 박힌 칼을 빼려고 안간힘을 쓰는 남자의 모습을 보자 도저히 그럴수 없어 끝내는 카디건 하나 집어 들고 현관문을 나섰다.

"아가씨, 잠깐만요."

채윤이 빌라 입구의 계단을 디디려 하자 경비원이 가로막았다. 경비원은 쓰러져 있는 남자를 눈짓하고 올라가라며 손가락으로 위를 가리켰다. 채윤은 이토록 매정하게 다친 사람을 모른 척하는 이 동네에 대해 욕을 하려다 여태껏 그걸 누리며 살았기에 꾹 참았다.

"제가 아는 사람이에요."

"그럼 진작 나오시지, 동네 시끄럽게 이게 뭔 난리래요?"

"그러게요."

채윤은 더 이상 말을 섞고 싶지 않아 시큰둥하게 대답했다.

"조용한 분인 줄 알았는데 좀 걸쩍지근하네요."

"죄송합니다."

채윤이 경비원을 피해 옆으로 내려가자 경비원은 입주민들의 항의에 곤혹스러웠는지 구시렁거리며 자기 자리로 돌아갔다.

채윤은 막상 빌라 입구의 계단을 다 내려오자 한 발 더 내딛기가 망설여졌다. 뭐에 홀린 듯 무작정 내려오기는 했지만 생판 모르는 저 남자가 어떤 상황에 얽혀 있는지도 모르면서 함부로 도와주어도 되는지 고민이 되었다. 더군다나 덩치 큰 검은 양복을 입은 남자들이 해코지한 걸 보면 조폭일 수도 있는데, 생전 남의 일에 무관심하더니 오늘은 뭔 바람이 불어 이렇게 행동하는 건지 채윤 자신도 혼란스러웠다. 잠시 찬바람을 맞으며 생각해 보려 서 있자, 살이 에이는 추위에 채윤은 카디건 앞자락을 잔뜩 당겨 몸을 감싸 안으며 그 남자를 지켜보았다. 당연히 드는 측은지심이라고 단정 짓고 도와주려 했지만 마음과 달리 발이 쉽사리 떨어지지 않았다.

남자는 칼에 찔린 다리를 쫙 펴서 상체를 비틀어 칼을 빼려 뒤로 손을 뻗었지만 쉽지 않은지 인상만 구겼다. 다리에 흐르는 피라도 막으려는 듯 남자는 바지 주머니에서 손수건을 꺼내 허벅지를 묶으려 했으나 것도 잘되지 않자 애꿎은 바닥을 맨주먹으로 치며 성질을 부렸다.

더 이상 안쓰러운 남자의 모습을 보기 싫어 채윤이 계단을 다 내려오자마자 남자와 눈이 마주쳤다. 갑작스럽게 마주친 시선에 당황스러웠지만 채윤과 시원은 피하지 않았다. 상황이 상황인지라 두 사람은 호기심보다는 의심이 들어 상대를 살펴보았다. 그렇게 짧은 시간, 채윤은 남자의 눈을 보면 볼수록 마음이 요동치듯이 흔들리기 시작했다. 알 수 없는 것을 갈망하듯 시원도 채윤에게서 시선을 떼지 못하고 있었다. 이상하리만큼 격정적인 감정의 흐름이 생겨 버린 채윤과 시원의 시선은 엉켜 떨어지지 않았다.

시원의 눈에는 아픈 고통보다 눈앞에 있는 여자에 대한 호기심이 더 가득했다. 시원은 장난스럽게 웃으며 겁먹고 서 있는 여자에게 가까이 오라는 손짓을 했다. 땀으로 범벅된 시원의 얼굴이지만 오히려 약한 불빛에 비쳐 빛나고 있었다. 채윤은 마주친 시선에 괜히 알 수 없이 흔들려 당황했지만 남자가 미간을 찌푸리고 낮은 신음 소리를 내뱉으며 앞으로 누워버리자 그의 곁으로 달려갔다.

"괜찮으세요?"

"아니."

"피도 많이 흘리시는 것 같은데, 구급차를 부를까요?"

"이름하고 나이 먼저 말해봐."

채윤은 뜬금없는 남자의 말에 이 사람이 방금 칼에 맞아 아파 쓰러진 남자맞는지 의문이 들었다.

시원은 당장 구급차를 부른다면 칼에 맞은 흔적 때문에 앞으로 시끄러운 일에 얽힐 수 있기에 피하고 싶었다.

시원은 한쪽 팔로 머리를 받치고 옆으로 드러누워 쭈그리고 앉아 상처를 봐주는 여자에게 관심을 쏟았다. 하늘하늘 여린 생김새가 시원의 마음 어딘가를 쿡 찌른 기분이었다. 아니, 생김새가 아니라 뭔지 몰라도 옆에 있는 이 여자가 지금 이 육체적 고통을 줄여주고 있었다.

"별로 안 아프신 것 같은데 그럼 혼자 잘 가세요."

일어나려는 채윤의 치마 끝자락을 시원이 한 손으로 잽싸게 잡아당기고 인상을 잔뜩 찌푸리며 올려보았다.

"아파. 구급차는 필요없으니까 병원으로 데려다 줘."

채윤은 시원의 손가락이 향하는 대로 시선을 옮겨갔다. 시원은 다리에 박혀 있는 칼을 손으로 가리키며 채윤을 향해 빙그레 웃었다. 채윤은 한쪽 치마 끝을 늘어지게 잡고 있는 시원의 손을 쳐내고는 다시 쭈그리고 앉았다.

"예쁜 아가씨, 아가씨가 빼준다면 하나도 안 아플 것 같은데. 해줄 거지?"

채윤은 능글맞게 말하는 시원의 말에 자신도 모르게 볼이 붉어졌다. 예쁘다는 말, 아가씨라는 말, 얼마 만에 들어보는지. 뜻밖의 상황인데도 부드러운 저음의 남자 목소리가 채윤을 흔들었다.

채윤은 칼의 윗부분을 약하게 움켜쥐고 자신을 보고 있는 시원과 눈을 마주쳤다. 잔뜩 힘이 들어간 눈은 충혈이 심했고, 입은 웃고 있지만 바닥에 흥건히 고여가는 피를 보니 통증이 꽤 심각할 것 같았다. 채윤은 점점 미간을 좁히는 시원 때문에 칼을 잡은 손에 힘을 주었다. 시원은 칼을 잡고 떨고 있는 채윤에게 괜찮다고 고개를 끄덕이며 재촉했다. 하지만 채윤이 막상 떨려서 뽑아내지 못하자 시원은 심한 통증으로 웃던 입이 비틀리면서 잠옷 끝자락을 다시 꽉 잡았다.

"저기요, 무슨 말이라도 해요. 겁나서 못 뽑겠어요."

울먹이는 채윤의 목소리에 시원은 숨을 크게 내쉬며 애써 웃어 보였다.

"피부가 원래 그렇게 좋아?"

"어두운 밤에 뭐가 보이기는 해요?"

"하얀 피부가 뽀얀 게 딱 좋은데, 설마 겁먹어 하얗게 질려 있는 건 아니지?"

"그런 말 말고 좀 도움되는 말 좀 해봐요. 어느 방향으로 뽑으라든지. 아씨."

"흠, 잡티도 없고 얼굴선도 동글하니 한 스물둘, 셋 정도? 아아악!"

채윤은 시원이 중얼거리는 사이에 칼을 위로 확 잡아당겼다. 칼은 샴페인 뚜껑을 딸 때처럼 뽁 소리를 내며 의외로 쉽게 빠져나왔다.

"야, 말이라도 하고 빼야 할 거 아냐!"

"그 생각을 못했네요."

채윤은 고마운지도 모르고 대뜸 소리치는 시원에게 퉁명스럽게 쏘아붙였다. 채윤은 손에 든 피 묻은 칼이 상당히 길다고 느꼈다. 시원의 상처도 곁에서 보던 것과 다르게 하얀 지방층이 흉측하게 보일 정도로 깊었다.

채윤은 칼이 빠져나온 자리에서 검붉은 피가 울컥 쏟아져 나오자 당황한 나머지 두 손으로 상처를 힘주어 눌렀다. 시원은 채윤이 상처를 누름과 동시에 몸을 경련하듯이 떨기 시작했다. 숨을 가파르게 쉬며 알아들을 수 없는 말을 시원이 중얼거리자 채윤은 지혈하기 위해 몸의 힘을 손에 실어 더욱더 세게 상처를 눌렀다.

"제발…… 그 손 좀 떼줘."

채윤은 시원의 입에서 신음같이 새어나오는 말에 소스라치게 놀라 손을 뒤로 감추었다. 시원이 힘겹게 숨을 헐떡거리며 피를 흘리는 모습에 겁이 난 채윤은 어떻게 도와주어야 할지 막막하기만 했다.

"오른쪽 주머니에 차 키 있어."

시원은 바닥에 철퍼덕 엎드려 누워 손가락으로 검은색 차를 가리켰다. 채윤은 카디건을 벗어 시원의 다리에 온 힘을 다해 꽉 묶어주고 바지 주머니에서 차 키를 빼냈다. 이 상황에서도 채윤이 하는 걸 미소까지 머금으며 시원이 쳐다보자 어이없으면서도 이런 상황에서 여유 부릴 수 있음이 부러웠다. 채윤은 손에 묻은 피를 잠옷에 대충 닦아내고 시원에게 키를 건네주었다.

"이 몸으로 어떻게 운전해요? 그냥 구급차 부르면 안 돼요?"

채윤은 다리를 다친 사람이 어떻게 운전하려는지 키를 건네주고도 걱정되었다.

"지금 나한테 운전해서 병원 가라는 거야? 너 되게 매정하다."

"그러니까 구급차 불러요."

시원은 퉁명스럽게 말하는 채윤이 미웠다. 처음 보았을 때 흔들리던 시선은 어느새 사라져 묵묵하기만 했다. 가벼운 말장난을 걸어도 무심함, 그 어느 한구석도 틈이 보이지 않는 하얀 얼굴, 그리고 옆에 서 있다는 것만으로도 죽을 만큼 고통스럽던 다리의 통증을 완화시킨 마녀 같은 아름다움. 처음 본 여자에게 갖는 기분치고는 너무도 묘하고 복잡스러웠다. 그와 동시에 시원은 채윤을 보는 것만으로도 두통이 일어 앞이 어지러워지기 시작했다.

"그냥 여기서 죽을래."

"부축할 테니까 일어나 보세요. 일어나야 차로 가든지 말든지 할 거 아니에요."

채윤은 신경질적으로 시원의 손에 들린 차 키를 빼앗았다. 그리고 시원의 한쪽 팔을 잡아당겨 어깨에 올려놓고 자리에서 힘겹게 일어났다. 멀리서 볼 때도 큰 키라고 여겼지만 가까이 서니 채윤이 작은 키가 아님에도 위압감이 들 정도였다. 채윤은 겨우 일으킨 시원을 질질 끌고 가다시피 해 차에 태우고 운전석에 앉았다.

"이 차, 키 꽂는 곳이 안 보여요."

채윤은 처음 앉아보는 고급차의 운전석이라 당황했다. 시원은 손가락으로 네모난 카드 넣는 입구 같은 곳을 가리켰다. 채윤이 신기해하며 도난경보장치 리모컨을 입구에 슬며시 눌러 넣으니 시동이 걸렸다.

"신기하지?"

"그럭저럭."

"저 빌라에 살면 뭐 이딴 게 신기한 것도 아니겠지."

"그런가."

"왜 이렇게 사람이 모호해. 재미없네."

채윤은 재미없다는 시원의 말에 가슴이 찔린 듯한 기분이 들었다. 채윤은 자신이 재미없고 무감각한 사람으로 주변에 불린다는 걸 알고 있었다. 언제나 남에게 속을 드러내지 않고 흔들리지 않으려 살아온 채윤에게는 당연한 소리였다. 그래서인지 채윤은 시원의 말이 전혀 기분 나쁘지 않았다. 시원의 행동이 무례하긴 하나 거슬리진 않았고 그의 관심도 나쁘지 않았다. 그러나 시원이 장난치듯 말을 툭 던질 때마다 속에서 무언가 꿈틀거리며 되받아치고 싶어 움찔움찔했다. 채윤은 운전하면서 그동안 자신이 사람을, 혹은 재미를 그리워했었나 생각해 보았다.

채윤은 신호에 걸리자 눈을 감고 차창에 머리를 기대고 있는 시원을 보았다. 훑어보니 외관상으로는 꽤나 잘 차려입은 남자였다. 젊은 나이에 어울리지 않는 고급 세단, 선이 딱 떨어져 보기에도 고급스러운 양복, 소매에 보이는 보석 박힌 커프스, 흙이 별로 묻어 있지 않은 구두, 그리고 한 번쯤 시선을 끌 만한 잘생긴 얼굴. 채윤은 이렇게 이상하게 만나지 않았다면 외모만으로 어디선가 한 번쯤 동경의 눈빛을 보냈을지 모른다고 생각했다.

"자꾸 졸리네."

그때 차가 출발하는 미동에 힘을 빼고 있던 시원은 몸이 흔들려 허벅지가 의자에 닿았다. 어찌나 아프던지 깜짝 놀라 위에 달린 손잡이를 꽉 잡고는 몸을 최대한 차창 쪽으로 기울게 하고는 잠을 깨려고 노력했다. 채윤은 운전을 하며 슬쩍슬쩍 시원을 보니 다리에서 흐르는 피로 인해 베이지 시트의 색깔이 붉게 물들자 걱정되었다. 순간 피를 많이 흘렸을 때 자면 체온이 떨어져 위험해질 수 있다는 말이 생각났다. 병원에 도착하려면 조금 더 시간이 필요했다. 채윤은 한 손으로 핸들을 잡고 한 손으로 시원을 흔들려고 손을 뻗었지만 창가 쪽에 있는 그와 거리가 멀어 별 효과가 없었다. 채윤은 급한 마음에 가속페달을 세게 밟으며 신호를 무시하고 달렸다.

응급실 앞, 자정이 넘어선 시간임에도 불구하고 많은 차들이 대기해 있었지만 채윤은 아랑곳하지 않고 차를 거칠게 세워 사이드브레이크를 올렸다. 채윤이 운전석에서 내려 조수석의 문을 열자 시원의 몸이 힘없이 기울어졌다. 채윤은 바닥에 떨어지려는 시원을 아슬아슬하게 받아냈으나 응급실 안으로 어떻게 데리고 들어갈지 망설였다. 이리저리 둘러봐도 딱히 다른 방법이 보이지 않자 채윤은 시원의 두 팔을 어깨에 얹어 업은 모양새로 질질 끌며 응급실 안으로 들어갔다. 시원은 이미 정신을 놓았는지 몸이 천근만근 무거워 채윤이 한 걸음 떼기도 벅찼다.

"이 사람 좀 봐주세요. 사람이 죽어가요!"

채윤은 응급실 안에 들어가자마자 힘에 부쳐 큰 소리로 소리부터 질렀다. 짧은 거리였지만 채윤은 온몸이 땀으로 젖었고 미끄러지는 시원을 받쳤던 손은 피범벅이 되어 있었다. 그들의 행색을 본 의사는 다급하게 간호사를 불러 시원을 침대 위에 눕혔다.

"환자 분 성함이 어떻게 되죠?"

채윤은 이름을 묻는 의사의 말에 순간 멍해졌다. 의사가 시원의 동공을 확인하고 피가 흐르는 부분을 응급처치 할 동안 채윤은 아무 말 못하고 가만히 서서 지켜보았다.

"환자 분 이름 몰라요?"

"몰라요."

"아가씨!"

"제 할 일은 다 했으니 이만 가볼게요."

채윤이 몸을 돌려 나가려다 의사에게 팔을 붙잡혔다. 의사는 짜증 가득한 표정으로 채윤에게 침을 튀기며 이름, 나이, 관계 따위를 물었지만 그녀는 어느 하나 대답해 줄 수 없었다. 응급 지혈에도 불구하고 피가 멈추지 않자 참다못한 의사는 채윤을 세워놓고 시원의 몸을 뒤져 지갑을 찾아냈다. 의사는 지갑 안에서 이것저것 빼내다 주민등록증을 발견하고는 채윤에게 건네주었다.

"강시원, 서른두 살. 연락처 여기 있네요. 가서 연락하고 와요."

"저 돈 없어요. 그리고 이 사람 저하고 모르는 사람이에요."

"아가씨, 여기까지 데려와서는 모르는 사람이라뇨? 데려왔으면 책임을 져야죠."

채윤은 의사의 말에 말문이 막혀 지갑을 낚아채듯 거칠게 빼앗아 들고 응급실을 나왔다. 어디론가 가서 전화를 하긴 해야 하는데 채윤은 낯선 곳에서 헤매고 있었다. 주변 사람들에게 물어물어

공중전화 앞에 선 채윤은 지갑을 펼쳐 뒤적거리다 공중전화 카드 하나를 찾았다.

"강시원 씨 댁이죠?"

[네, 맞습니다.]

"신성의료원 응급실에 강시원 씨가 있는데, 많이 다쳐서 수술해야 한다네요. 보호자가 필요하니 지금……."

[뚜뚜뚜.]

채윤이 말을 다 마치기도 전에 전화기에서 끊긴 신호음만 들려왔다. 수화기를 놓으려다 채윤은 빨간 버튼을 꾹 눌렀다. 남의 지갑을 들고 집으로 갈 수도 없고 입고 있는 옷 때문에 한기가 들었다.

"마가 낀 거야. 어쩐지 한눈에 들어오더라."

채윤은 피범벅이 되어 흉한 꼴이 된 잠옷을 거칠게 털어내며 신호음이 멈추길 기다렸다. 아직은 잠들 시간이 아닌데 전화를 받지 않자 채윤은 마음이 불안해 자리에서 발을 구르며 수화기를 꽉 쥐었다.

[권민준입니다.]

"오빠, 나 채윤인데 신성의료원 응급……."

[뭐? 왜? 무슨 일이야?]

수화기 너머에서 들리는 민준의 다급한 목소리에 채윤은 한숨을 내쉬고 벽에 등을 기댔다.

"일이 좀 꼬였어. 내가 아픈 거 아니니까 걱정 말고 응급실 앞

파동(波動) 37

으로 와줘. 기다릴 테니까 빨리 와."

 채윤은 금방 도착할 거라는 민준의 말에 다시 응급실로 들어가 의사에게 보호자가 올 거라고 말을 전하고 돌아가려 했다. 하지만 의사는 그들이 올 때까지 기다리라며 붙잡았다. 의사의 말에 부아가 치밀었지만 채윤은 이 삭막한 곳에 시원을 두고 가는 것도 마음에 걸려 침대 옆에 조용히 앉았다. 양미간을 잔뜩 찌푸려 이마에 주름 한가득 잡혀 누워 있는 시원이 채윤은 안쓰러웠다. 채윤이 이렇게까지 누군가를 도와준 적이 없었다. 그냥 지켜보는 정도에서 그쳤는데 이상하게도 채윤은 시원을 보고 있자니 다시 만날 것 같은 기분이 들었다.

 "잠깐 봤는데 여기 두고 가는 게 많이 걱정되네요. 강시원 씨, 빨리 나아요. 인연이라면 다시 만나겠죠? 아 참, 난 한채윤이라고 해요. 만약 들린다면 꼭 기억해 둬요."

 채윤은 커튼 사이로 고개를 내밀어 의사가 없는 걸 확인하고 재빨리 뛰었다. 탈탈거리며 소리 내는 슬리퍼가 신경 쓰이면서도 잰걸음을 늦추지 않고 응급실을 빠져나왔다.

 의사가 쫓아올까 봐 안절부절못하고 있는데 때마침 민준의 차가 도착했다. 채윤을 보고 속도를 낮추는 차 옆으로 후다닥 달려가 조수석 문을 열고 황급히 탔다. 채윤은 갑자기 자신을 둘러싼 낯선 일들이 끝나 다시 한채윤의 일상으로 돌아온 안도감에 긴 한숨을 내쉬며 의자를 뒤로 젖혔다.

 "너 꼴이 그게 뭐야? 무슨 일이야?"

헝클어진 머리카락, 옷과 손에 덕지덕지 묻은 핏자국, 그리고 온통 땀으로 범벅돼 있는 모습의 채윤을 보고 민준이 경악하며 물었다. 채윤은 민준의 격한 목소리에 쓴웃음을 지었다.

"달밤에 체조했어. 나중에 말해줄 테니까 묻지 말고 집에 가자."

누워 있는 채윤 대신 민준이 안전벨트를 매주며 흐트러진 머리카락을 정돈해 주려 하자 채윤은 손을 탁 쳐냈다.

"만지지 마."

"왜?"

"그냥, 소름 끼쳐서 싫어."

민준은 채윤의 말에 놀라 더 말하려다 갑자기 뒤에서 들리는 클랙슨 소리에 차를 움직였다. 채윤은 가는 눈을 떠 급정거하는 차에서 내리는 중년의 부부를 어렴풋이 보며 그들이 강시원의 부모이기를 바랐다. 그리고 갑자기 밀려오는 피로에 채윤은 몸이 고달파 눈을 감았다.

민준은 채윤의 빌라 앞에 차를 세운 채 곤히 잠들어 있는 채윤을 보고 있었다. 민소매에 드러난 작고 동그란 채윤의 어깨를 한 손으로 쓸어내렸다. 십여 년 넘게 채윤의 곁에 있었지만 뜬금없이 밤에 불러낸 적은 없었다. 더구나 이런 차림의 채윤은 처음 보는 모습이었다. 아주 가끔 채윤이 술 상대가 필요해 민준을 부르긴 했지만 밤에 돌아다니는 걸 채윤은 극도로 꺼려했다. 모든 사고는 밤에 일어난다고 채윤은 굳게 믿고 있었다. 채윤이 피곤한 목소리로 아무것도 묻지 말라는 부탁에 민준은 묵묵히 운전하고 왔지만, 무슨 일로 인해 피까지 묻혔는지 참을 수 없을 만큼 궁금했다. 민준이 몇 번이나 흔들어 깨우는 것도 모르고 채윤은 깊게 잠들어 있었다.

"내가 아무리 너한테 손대지 못한다고 해도 나도 남자인데 참 무방비하다."

민준은 차에 내려 불이 켜져 있는 채윤의 빌라를 바라보다 조수석 문을 열었다. 민준은 익숙한 손길로 축 처져 있는 채윤을 품에 안아 들고 빌라 안으로 들어갔다.

채윤은 희미하게 들리는 남자의 숨소리에 놀라 침대에서 벌떡 일어났다. 손등으로 눈을 비비며 좌우로 살피다 채윤은 침대 아래서 웅크리며 자고 있는 민준을 발견했다. 방 안은 밤 시간을 좋아해 두껍게 쳐진 검은 커튼으로 인해 어둑했다. 채윤은 협탁에 놓인 탁상시계를 집어 들고 야광 바늘이 가리키고 있는 숫자 5를 바라보았다. 시계는 다섯 시를 넘어서고 있었다. 채윤은 잠시 생각하다 새벽 다섯 시라는 걸 깨닫고 침대에서 내려왔다.

"일어나."

채윤은 민준의 어깨를 거칠게 흔들어 깨웠다. 민준은 부스스하게 눈을 뜨고는 여기저기 결리는지 기지개를 쭉 켰다.

"왜 남의 집에서 자고 그래? 남들이 오해하면 어쩌려고?"

"책임지면 되지."

"꿈에라도 그런 소리 하지 마. 이불이라도 펴고 자지 맨바닥에서 불편하게 그게 뭐야?"

"얘기 좀 할래?"

"씻고 나서."

아직 고스란히 남아 있는 어젯밤의 흔적이 채윤에게 그 일이 꿈이 아니었음을 알려주었다. 흰 잠옷에서는 역한 피비린내가 풍기고 손엔 피가 말라붙어 있었다. 민준은 욕실로 사라지는 채윤의 뒷모습을 보면서 거실의 욕실로 향했다.

민준은 샤워를 마치고 부엌으로 와 냉장고를 열어보았다. 하지만 마땅한 아침거리가 텅 빈 냉장고 안엔 없었다. 싱크대 위에 널브러져 있는 커피 티백을 집어 머그잔에 담가놓고 민준은 식탁에 앉아 채윤을 기다렸다.

"아, 개운하다."

머리를 털어내며 방에서 나온 채윤은 식탁에 앉아 있는 민준의 표정을 읽을 수 있었다. 속으로 묻고 싶은 말이 많아 목까지 차 올랐지만 차마 먼저 묻지 못하고 말해줄 때까지 기다리고 있었다. 채윤은 미안한 마음에 민준의 앞에 앉아 따뜻한 머그잔을 두 손으로 감싸며 어디서부터 말할지 고민했다.

"늦은 밤에 놀라게 해서 미안해."

"괜찮아. 내가 필요했으니 됐어."

채윤의 난감해하는 표정에 민준은 괜찮다고 했지만 채윤은 이 시각까지 민준이 기다린 이유를 알고 있었다.

"간단히 말하자면, 어제 빌라 앞에서 소란스러운 일이 있었어. 남자 셋이 한 남자를 비겁하게 힘으로 끌고 가려고 하더라."

"정의감에 울컥했어?"

"뭐, 그런 건 아니고 여차저차 해서 남자는 칼에 찔려 혼자 주차장에 쓰러져 있는데 모른 척할 수 있는 일이 아니었어. 죽을 수도 있는 거잖아."

"그럴지도 모르지."

"정의감은 아니었어. 그냥…… 도와주고 싶었어."

채윤은 아직도 어젯밤에 그 남자를 왜 그렇게까지 도와줬는지, 왜 마음이 흔들렸는지 혼란스러웠다.

"네 부모님 때문이 아닐까?"

민준은 혹시 채윤이 지난날 부모의 사고 때문에 그러지 않았을까 하며 미세하게 떨고 있는 손을 잡아주려 했지만 채윤은 슬며시 민준의 손을 피했다.

채윤이 열 살 때, 채윤의 부모는 폭우가 쏟아지던 위험한 날씨에 모두가 말리는 지방 강연을 위해 길을 나섰다가 빗길의 사고로 차가 전복되었었다. 그 당시 어떤 연락 수단도 없던 상황에서 그들은 차 문을 빠져나오려고 발버둥 치던 흔적만 남긴 채, 엔진 과열에 의한 폭발로 다시는 돌아올 수 없는 곳으로 떠났다. 경찰의 말에 의하면 그들이 차 안을 빠져나올 정도의 시간을 두고 폭발이 일어났던 점에 도움의 손길이 아쉬웠다는 말을 했었다. 그 후 채윤은 사고나 도움이 필요한 일이 생기면 신고하고 해결되는 모습을 그 자리에서 끝까지 지켜보았다. 직접 나서서 도와주지는 않아도 귀찮아 신고만 하고 돌아가지 않고 뜻밖의 상황이 발생할지 모른다는 강박관념에 멀찍이서 지켜보았다.

"그럴 수도 있고……. 아냐, 처음엔 그랬어. 하지만 확실히 모르겠어."

채윤은 그 남자와 마주친 순간 온몸이 찌릿하던 기억을 잊을 수 없었다. 전기에 감전되면 그럴까. 자석이 순간적으로 끌어당기듯이 그 남자에게 갔을 뿐이었다.

"그런 느낌 있잖아."

"느낌?"

민준은 커피 잔만 바라보는 채윤의 표정을 살폈다. 언제나 무기력한 눈을 가지고 있는 채윤, 하지만 방금 말을 할 때 눈가가 꿈틀거렸다. 채윤에게도 이런 이야기를 하며 감정이 드러날 때가 있다는 게 민준은 놀라웠다.

"아니야. 뭐 인연이 되면 다시 만나겠지."

"난 언제나 타인이구나."

채윤은 민준의 힘없는 목소리에 고개를 들어 그를 보았다.

"우리 남남이잖아. 가끔 친오빠였으면 하는 생각도 해보지만 우린 엄연히 남남이지."

"그래, 부모님이 너를 낳았다면 슬펐을 거야."

"별로, 난 이대로가 좋아. 오빠는 오빠일 때가 좋은 것 아니겠어?"

채윤은 민준의 얼굴색이 흙빛으로 변하는 걸 보고 식탁의자에 걸려 있는 양복 상의를 건넸다.

"아주머니 걱정하시겠다. 집에 들렀다가 출근해. 정말 고마웠어."

채윤이 고등학생 때 쫓아다니던 남자애를 민준이 흠씬 두들겨 패주었고, 남자 연예인에게 관심을 가지자 민준은 그 상태가 끝날 때까지 한 번도 나타나지 않았다.

채윤이 대학 때 소개팅 나갔다는 사실에 민준은 불같이 화를 냈었고, 다시는 하지 않겠다는 약속을 받아내고서야 화를 풀었었다. 그럼에도 불구하고 매번 연락하는 쪽은 민준이었다.

채윤은 간혹 민준이 자신도 질투할 줄 안다는 말을 할 때면 온몸에 소름이 돋았다. 아직도 민준이 채윤을 스치듯이 만져도 싫었다. 누군가의 손이 채윤의 몸에 닿는 것 자체가 기분 좋지 않았다. 그래서 채윤은 민준이 다른 기대감을 품고 있지 않기를 바랐다. 민준은 채윤에게 있어 이 세상에 더 이상 존재하지 않는 혈육을 대신해 주는 사람이었다. 그런 그에게 언제나 편하게 모든 걸 다 털어놓고도 창피하지 않았는데 갈수록 민준이 채윤에게 다른 감정을 품는 모습을 보니 마음이 뒤로 물러서게 돼버렸다.

민준은 자신의 감정 변화에 채윤이 민감한 반응을 보이자 착잡한 기분이 들었다. 터벅터벅 계단을 내려와 빌라 밖의 하늘을 올려보니 채윤과의 관계같이 별 하나 보이지 않는 암흑이었다. 십 년이면 강산이 변하고 하물며 사람은 몇 번을 변한다는데, 왜 민준은 채윤과 매번 처음 그대로인지 모르겠다. 아니, 민준은 갈수록 변하고 있는데 채윤은 변하지 않았다. 민준이 무심코 마음을 표현하면 채윤은 농담으로 치부하거나 질색하며 인정하지 않으려고 했었다. 채윤에겐 민준은 시간의 흐름에 따른 익숙함 그 자체, 또는 언제나 그 자리에서 같은 마음으로 지켜봐 주는 사람일지도 몰랐다. 이젠 지쳐 사그라질 때도 됐건만 십 년이 넘는 시간 동안 채윤에 대한 마음은 깊이를 알 수 없을 만큼 깊어져 버렸다.

민준은 담뱃불을 붙이고 도로 불이 꺼진 채윤의 집을 보다가 다 타 들어간 담배를 구두로 짓이겨 끄고 차에 올라탔다. 그는 또 한동안 채윤을 피할 수밖에 없을 것 같았다. 그렇지 않다면 뭔가 변화가 일어난 듯한 채윤을 옆에서 지켜보며 또다시 속이 새카맣게 타 들어갈 것이 분명했다.

특실에 입원한 시원은 한쪽 엉덩이부터 종아리까지 부목을 댄 채 다리를 위로 매달고 누워 있었다. 시원은 기억이 선명히 남아 있는 여자가 또 생각나자 저절로 미간이 찡그려졌다. 이름조차 모르는 여자가 좀처럼 머릿속에서 떨쳐지지 않았다. 더 정확히 말하면 무심하게 대답하면서 쳐다보던 여자가 시시때때로 떠올라 궁금해 미칠 지경이었다. 분명 차에 타 운전하던 것까진 기억나지만 그 후로는 암흑이었다. 집으로 전화한 여자와 의사가 설명한 여자는 분명 그 여자라고 시원은 확신했다. 하지만 집요하게 기억을 떠올려 보려 할 때마다 여자는 형체뿐이었다. 시원은 너무도 답답해 왜 아무도 그 여자에 대해 알아놓지 않았는지 따지고 싶을 정도였다. 하지만 지금은 달리 방도가 없으니 퇴원하면 그 동네에 다시 가 꼭 그 여자를 찾기로 마음먹었다.

"강 변호사, 너 정말 이럴 거냐?"

병실 문이 드르륵 열리면서 시원의 친구이자 업무 파트너인 민준이 들어왔다.

"어이, 권 실장, 환자에게는 안정이 우선이야. 가서 일이나 해라."

"안정은 내가 해야지. 사람 놀라게 하는 것도 가지가지라더니 이젠 칼에 찔리기까지 하냐? 아니, 뭘 하고 다녔기에 감히 대한민국 특급 변호사를 칼로 찌를 배짱 좋은 놈을 만난 거냐?"

"헛소리 말고 서류나 줘."

시원이 민망해하며 겸연쩍은 웃음을 짓자 민준은 옆구리에 끼고 있던 서류를 빼 건네줬다.

민준과 시원은 고등학교 때부터 관계를 이어온 친구였고, 사회에 나와서도 같은 회사에 몸담고 있었다. 시원은 모든 일에 항상 자신만만해했었다. 시원은 학교 다닐 때 누구에게도 일등을 내주지 않았고 대학 입학 때에도 수석이었다. 그에 반해 민준은 항상 시원의 뒤인 두 번째 자리에서 쫓아갔다. 언제나 시원을 앞지르기 위해 민준은 초초했었다. 그러나 한 번도 시원을 넘어서지 못했다.

시원이 사법고시를 본 것은 일제강점기에 독립 운동가들의 변호사였던 할아버지, 한 나라의 법무장관을 두 번이나 지내고 있는 아버지를 둔 법조인 집안에서는 당연한 선택이었다. 몇 대째 손이 귀한 집안의 독자로 군대까지 면제 받은 시원의 앞길은 탄탄대로였다. 시원은 아버지의 든든한 배경으로 서울 검찰청에 발령 받은 후, 굵직한 사건마다 젊은 검사의 패기로 밀어붙여 언론에 관심을 받기 시작했었다. 국민의 관심인 비자금 사건을 맡아 기자회견을 하면서 연예인을 능가하는 시원의 외모와 검사의 날카로움이 사람들의 개인적 관심까지 끌어냈었다. 그러나 인기 검사가 된 시원은 불현듯 사직서를 제출했고, 그 후 바로 로펌에 스카우트되었다. 그와 동시에 기업변호사로 신성그룹을 전담하게 되었고 주변에선 시원이 발을 디디는 순간 길은 이미 트여 있다고 말하곤 했다. 민준은 그런 시원과 회사에서 다시 마주친 순간부터 다시 이인자라는 패배의식이 피어올랐다.

"너 피곤해 보인다."

"일이 많아. 알다시피 주주총회 이후 인사이동도 많았고 새 사람도 꽤 많이 들어와서 정신없다. 거기다 너까지 사고를 치니 내가 안 피곤할 수 있겠냐?"

민준은 상의를 벗고 넥타이를 헐겁게 만들어 와이셔츠 단추 몇 개를 푸르고 소파 위에 누웠다. 시원은 한번 일에 빠지기 시작하면 주변에서 무슨 일이 일어나고 있는지, 누가 있는지조차 잊어버리기 때문에, 민준은 시원이 일을 마칠 때까지 며칠째 제대로 이루지 못한 잠을 보충하려고 눈을 감았다.

"나 이번 일이 정말 마지막이다. 회장님한테는 네가 잘 말씀드려."

민준은 몸을 뒤척이며 선잠을 자다 벌떡 일어나 양복 상의가 바닥에 떨어지는 것도 개의치 않고 시원의 침대로 걸어갔다.

"너 진심이야?"

시원은 놀라 눈이 동그래진 민준을 향해 고개를 끄덕였다. 민준은 이미 시원을 정신 나간 사람 보듯 했다.

"미쳤다, 미쳤어. 그 자리가 어떤 자리인데."

"모든 걸 멈춰보려고."

"왜?"

"왜일까?"

시원은 어떤 말로 표현해야 할지 딱히 떠오르지 않았다. 침대에 걸터앉은 민준은 시원의 대답을 기다리며 흐트러진 넥타이를 바로 맸다. 긴 침묵 속에서 시원이 먼저 말을 꺼냈다.

"열심히 달려왔다. 우리 집안의 명예에 걸맞기 위해서 한순간도 쉬지 않고 달렸어. 이젠 성공했다고 느껴서 숨 한 번 내뱉어도 괜찮겠지 하고 두 발을 땅 위에 디디니까 가슴이 싸해."

"후회해?"

"이 길을 택한 걸 후회하는 건 아냐."

"휴식이 필요한 거야?"

민준은 시원의 마음을 도통 알 수 없었다. 가슴이 싸하다는 표현은 성공한 시원에게 어울리지 않았다.

"세상의 사람들이 간절히 원하는 것들, 난 다 가졌어. 잘난 집안, 수석, 빛나는 프로필, 언제나 만날 수 있는 여자들, 그리고 명예. 그런데 이게 다가 아닌 것 같아. 뭔가 **빠진** 것 같아."

"갑자기 왜? 넌 지금 성공을 다져야 할 시기야. 겨우 서른둘에 이루어놓은 일들을 스톱시키겠다고? 네가 아무리 남들보다 십 년 이상 앞서 있다고 해도 세상이 얼마나 **빠른** 속도로 변화하고 있는 줄 알아? 잠깐 숨 돌리면 그대로 도태돼."

시원은 충분히 그 후유증을 알고 있었다. 이대로 모든 걸 다 멈춘다면 처음부터 다시 시작해야 할지도 모른다. 하지만 그런 건 겁나지 않았다. 그런 걸로 그를 막을 순 없었다.

"서늘한 바람이 마음껏 돌아다니는 빈 부분을 채우고 싶다. 생각해 봐. 인생을 빛나게 할 것들을 다 가졌다고 꽉 찬 마음으로 혼자 뿌듯해했는데 이렇게 한 부분이 아리다면 그것이 인생에서 가장 필요한 부분이 아닐까?"

시원은 못다 한 말들을 삼키며 어이없게 쳐다보는 민준을 무시하고 창가로 고개를 돌렸다. 그리고 몇 달 전, 신성그룹 회장 부부와 같이 한 회식 자리를 떠올렸다.

몇 달간 회사를 경직시키던 악재가 걷어지고 정상화를 찾아가자 회장이 특별 회식 자리를 마련했었다. 가장 큰 고생을 한 기획실과 변호사 팀의 노고를 치하하는 자리였지만 갓 결혼한 회장 부부를 축하하는 자리이기도 했다.

재즈 바에 도착한 직원들은 각 팀별로 테이블이 나눠졌다. 한적한 이층에 자리 잡은 시원은 아래층을 내려다보고 있었다. 제법 술기운이 오른 직원들은 짝을 이루어 음악에 맞춰 춤을 추고 있었다. 여러 직원들과 손님들이 엉켜 북적거리는 스테이지에서 회장 부부는 시원의 눈길을 사로잡았다. 근래 그들은 멀리서도 느낄 수 있게 남들의 눈을 의식하지 않은 지나치게 다정한 애정 표현을 나눴다. 긴 시간 보지 못해도, 힘들어 지쳐 있어도 그들의 표정은 달랐다. 그래서 점점 더 마음이 어지러워졌다. 그들처럼 행복해 보이는 사람이 있던가. 그들은 보면 왜 마음이 외로워지는가. 난 무엇을 위해 여기까지 왔을까. 시원은 수없이 많은 질문들을 자신에게 던졌다.

"날이 추워지긴 했어."

시원은 어뜩어뜩해지는 마음을 달래기 위해 빈 술잔을 가득 채웠다. 시원은 그들을 부러워하고 있다는 사실을 인정하고 싶지 않았다. 시원의 주변에는 경쟁에 치여 서로 경계하는 모습들로 꽉 차 있었다. 서로 흠집 내기 바쁘고 악의에 찬 모습들에 익숙했는데 서로 바라만 보아도 웃음이 넘치는 저 두 사람의 모습에 시원은 가슴에 구멍이라도 난 듯 냉랭한 바람만 휘몰아쳤다.

〈인간이 이 세상에 존재하는 것은 행복해지기 위해서다.〉

언젠가 톨스토이 책에서 봤던 글귀가 시원의 머릿속에 불현듯 스쳐 지나갔다. 그때는 행복이 아니라며 두 줄 긋고 성공이라고 고쳐 적었었다. 근데 서른 갓 넘긴 나이에 갑자기 시원은 성공이라고 덧씌우던 글자를 지워내고 행복을 적어보고 싶었다.
"그래. 어쩌면 행복, 그건지도 몰라."
"강 변호사, 뭘 그렇게 혼자 구시렁거려?"
시원이 속한 로펌에서 지원 근무 나왔던 선배 변호사가 빈 술잔을 흔들고 있자 시원은 잔을 채워주었다.
"저 둘 꼴불견이지?"
"네?"
시원이 누굴 지칭하는 줄 모르자 선배 변호사는 손가락으로 가리켰다.
"김 회장하고 그 부인."
"왜 그런 말씀을 하십니까?"
"이 험한 바닥에 사랑이라는 감정 질질 흘리는 거 웃기지 않아?"
"글쎄요."

"난 개인적으로 저 회장 부부 별로야. 젊음이 지나쳐."

"선배님은 사는 궁극의 목표가 무엇입니까?"

"나? 돈 많이 벌고 명예를 얻는 것."

"전 갑자기 행복이라는 생각이 듭니다. 사랑하며 행복하게 사는 것 말입니다."

"사랑하고 싶으면 돈을 벌어야 여자가 따르니 가능하고, 명예가 있어야 남들이 우러러보니 행복한 것 아니겠어?"

누구나 하는 일반적인 게 선배의 대답이었다. 시원은 서로 꼭 안고 귓속말을 하는 회장 부부의 모습이 이 바 안에서 제일 빛나 보였다. 시원은 눈을 떼지 못하고 두 사람이 입을 맞추는 모습을 보며 선배에게 물었다.

"선배님, 왜 저 부부를 삐딱하게 보십니까?"

"꼴사나워서야. 자신들은 특별한 무언가를 더 가진 것처럼 으스대는 거."

"그렇다고 우리가 가진 게 없진 않지 않습니까?"

"저들에 비하면 난 새 발의 피고 강 변호사는 아마 그 중간쯤."

"그럼 돈 없는 사람은 행복할 수가 없나요? 행복이 뭡니까?"

"강 변호사 오늘 이상하네. 우린 어차피 싸워가며 살아가는 거야."

시원은 어깨를 한번 으쓱하고는 자리를 빠져나왔다. 그리고는 가볍게 만나던 여자와 섹스를 나눴다. 평상시의 시원과는 다른, 거칠고 다급한 섹스였다. 시원은 섹스에서 좀 전의 그들과 같은 행복을 갈구할 수 있을 줄 알았다. 그러나 사정을 한 후 늘어지는 자신의 모습에 시원은 역겨움을 느꼈다. 시원은 처음으로 섹스 후 큰 파도가 덮치는 듯한 상실감을 맛보았다.

'행복.'

시원은 회장 부부처럼 자신에게 행복을 줄 수 있는 여자를 찾아야 했다. 이젠 일에서만이 아닌 자신 안에서 만족할 수 있는 행복을 갖고 싶었다.

"열심히 찾아봐라. 말린다고 들을 사람도 아니고 네 마음 가는 대로 해라. 그게 가진 자의 여유라는 거야."

"여유가 아니라 간절한 소망이지."

민준은 어찌 됐든 알게 모르게 시원과 동창이고 친하다는 이유로 사람들 사이에서 비교되어 왔는데, 당장 일을 그만둔다는 시원 덕분에 한결 마음 편해질 듯싶었다.

"참, 너 재주도 좋더라."

"원래 내가 재주는 좋지. 근데 뭔 재주?"

"너희 어머니께 전화 왔는데 너 사귀는 여자 있는 것 같다고 하시더라."

"사귀는 여자?"

"너 병원에 데려오고 전화까지 주고는 사라졌다던데. 나한테 누군지 아느냐고 물으시더라고."

시원은 헛다리 짚고 계시는 어머니 때문에 피식 웃음이 났다. 어쩐지 어머니가 그 여자에 대해 물으며 감사의 인사라도 해야 한다고 집요하게 굴더니 다 꿍꿍이속이 있던 것이었다.

"잘못 아신 거야."

"그래? 너 만나는 여자 제법 있지 않았냐?"

민준은 시원의 주변에 많은 여자들이 따르는 걸 알고 있었다. 시원이 깊게 만나지 않지만 그래도 제법 사람들 사이에서 오르락내리락 거릴 정도로 여자들을 많이 만났었다.

"이번에는 여자가 아니라 마녀다."

"마녀?"

"그렇다니까. 한 번에 알아들어라."

"너, 다리를 다친 게 아니라 머리를 다친 거 아니야?"

시원은 터져 나오려는 웃음을 참으며 실실거렸다. 시원은 이름도 모르는 그 여자를 마녀라고 부르기로 했다. 갑자기 나타나 머리를 아프게 하고, 마음을 묘하게 만들어 버린 마녀. 제법 잘 어울리는 이명이라고 생각했다. 시원은 민준에게 그 여자에 대해 말해주고 싶었다. 그러면 반신반의하고 있는 그 여자가 허상이 아니라는 걸 자각할 수 있을 것 같았다.

"야, 너 면세점에서 고가로 파는 도자기 공예품 본 적 있냐?"

민준은 뜬금없는 시원의 말로 인해 정말 다리가 아닌 정신적 문제가 생겼나 하는 의심의 눈초리로 시원을 보았다.

"짜식, 나 안 미쳤어. 그러니까 왜, 그 도자기 인형을 보면 메말랐다는 생각이 들잖아. 한번 만져 보고 싶기는 한데 공허해 보이고 무기력한 모습. 하여간 그렇게 강하게 날 홀려 버린 마녀가 있단다."

설마…… 민준은 시원의 말에 순간 마음이 아찔해졌다.

"너 사고 어디서 났니? 그날 너 퇴근하고 강남 주변에 있다고 했잖아."

"서초동."

"서초동 빌라촌?"

"너 돗자리 펴도 되겠다. 거기야. 왜?"

민준은 순간 심장이 바닥으로 툭 하고 떨어지는 듯한 기분을 느꼈다. 채윤이 얼마 전 밤늦게 찾던 날 일어난 시원의 사고, 같은 동네, 그리고 동일한 병원까지…… 갑자기 민준은 불안 속으로 빠져 버렸다. 우연은 있을 수 있다고 되뇌었지만 이렇게 완벽한 우연은 몇 십만 분의 일도 가당치 않았다. 한채윤이 왜 강시원과 민준의 앞에서 함께 엮인단 말인가.

"그 여자에 대해 더 설명해 봐. 내가 아는 사람일 수도 있어서 그래."

"그래? 떠오르는 사람이라도 있어?"

"말해봐."

시원은 민준의 말에 솔깃해 눈앞에 그려지는 여자를 어떤 식으로 표현할지 고심했다.

"넌 보지 못해서 이해 못하겠지만 사람 가슴을 야릇하게 만드는 무언가가 있는 여자였어. 짓궂게 굴면 살짝 흔들리는 눈이 귀엽고, 특별히 아름답지도 않으면서 날 홀렸으니 마녀지 뭐. 하여간 이제껏 보고 만난 여자들과는 완전히 달라."

"어떻게 만났는데?"

"길바닥에 팽개쳐진 날 병원에 데려다 줬다니까. 한마디로 신에게 구원된 것과 비슷하지."

"그날 처음 만난 거야? 어디 빌라였는데? 키는 어느 정도인데?"

"너 정말 그 여자 알고 묻는 거야, 아니면 호기심이야?"

민준이 정색하며 깊숙이 캐물어오자 시원은 기분이 상해 입을 다물었다. 어차피 더 이상 아는 것도 없었다. 허상이 아니라고 달랬지만 시원은 말하면 할수록 그나마 선명하던 이미지가 사라져 버릴 것 같았다. 시원은 눈을 감으며 그 여자의 잔상을 다시 만날 때를 대비해 하나라도 놓치지 않으려고 반복해서 머릿속에 그렸다.

민준은 시원이 입을 다물어 버리자 더 이상 어찌할 도리가 없어 서류를 챙겼다. 민준은 일부러 부스럭거리며 느릿하게 손을 움직였지만 시원은 전혀 마주하지 않았다.

시원은 민준이 문을 닫고 나가자 살며시 고개를 돌려 문가를 확인했다. 아무도 없는 병실을 두리번거리다 베개 밑에 놓여 있는 카디건을 꺼냈다. 세탁을 했음에도 불구하고 옷에는 붉은 얼룩이 아직 군데군데 남아 있었다. 시원의 기억으로는 차에 올라타 여자가 좌석 아래 깔아주었던 걸로 기억하고 있었지만 의사는 이 옷이 상처 난 다리에 묶여 있었다고 설명해 주었다. 시원은 의식을 회복한 후 당시의 일을 떠올려 보았지만 그때의 일은 일정 부분 흐릿하거나 기억이 나지 않았다. 카디건을 한참 만지작거리며 시원이 품고 있는 그 여자에 대한 기대감을 고스란히 옮겨놓았다.

"인연이라면 다시 만나겠죠?"

또렷하지 않은 여자의 목소리가 시원의 기억에 불쑥 올라왔다.
"왜 그 말 한 마디만 남기고 갔을까? 현대판 신데렐라? 카디건이 맞는 여자를 찾습니다, 라고 광고라도 해야 하나?"
시원은 혼자 조각조각 나 있는 기억들을 이어보려고 노력했지만 약기운에 취해 스르륵 잠들어 버렸다. 카디건을 손에 쥐고 잠든 시원의 얼굴에 미소가 드러나기 시작했다.
왕자가 꿈에 그리던 공주를 만나는 듯…….

시원은 수술 검사 결과가 좋아 삼 주 만에 병원 생활을 끝내고 환자복을 벗을 수 있었다. 창가에 서서 소매의 커프스단추를 만지작거리며 시원은 앞으로 해야 할 일들에 대해 생각해 보았다. 시간이 지나면 수술 자국은 흔적없이 사라질 테지만 상처를 만들어준 그들과 그 여자는 잊지 못할 것 같았다. 시원은 그들이 누구인지 밝혀낼 것이고 그에 따른 응징도 미리 준비하고 있었지만 그 여자에 대해선 어떤 행동도 결정짓지 못하고 방황하고 있었다.

"아들, 무슨 생각을 그리해?"

시원의 어머니, 장 여사는 퇴원 수속을 마치고 병실에 들어서서 아들의 뒷모습을 한참이나 물끄러미 바라봤다. 시원은 병실에 사람이 드나드는 것도 알아채지 못할 정도로 넋을 놓고 있었다. 갑자기 일을 손에서 놓은 이유를 다그칠 새도 없이 사고가 나서 장 여사는 시원에게 왜 일을 그만뒀는지에 대해 쉽게 물어보지도 못했다. 더구나 시원에게 여자가 있다면 장 여사의 관심사는 일 따위가 아니었다. 장 여사가 여자에 대해 여러 번 물어보아도 일절 언급을 하지 않는 시원의 모양새에 공연한 위구심이 들었다. 장 여사는 호미로 막을 일을 가래로 막는 일이 벌어질까 두려웠다.

"집에 가자."

"전 잠시 들를 데가 있으니 어머니 먼저 들어가세요. 아버지한테는 따로 연락드릴게요."

"너 그 빌라 계약할 거면 나랑 인연 끊는 줄 알아라."

"어머니!"

사고가 난 그날, 시원이 늦은 시간 빌라를 찾아간 것은 독립할 집을 소개 받아 둘러보기 위해서였다. 퇴사를 위해 업무를 마무리할 때라 늦은 저녁에 찾아간 빌라의 주차장에서 뜻하지 않은 사고가 일어났던 것이었다. 그러나 그런 일이 있다고 해서 독립할 의지가 꺾이진 않았다. 언제나 대쪽 같은 성미로 엄한 아버지와 자식에 목매는 어머니, 매번 어머니와 아버지의 위치에 걸맞게 열리는 화려한 행사들 때문에 시원에게는 따뜻한 집은 없고 불편한 집만 있을 뿐이었다. 그리고 행복한 집도 없었다. 그래서 집에서 떨어져 나오려고 생각했다. 그들의 눈을 피해 계약이 성사되기 일보 직전이었는데 아쉽게 또 한 번 좌절된 것이었다.

"집 놔두고 어딜 나가? 뭐가 부족해서?"

"전 나갑니다."

"그런 일 당하고도 그 동네 가서 살고 싶니?"

"우연히 일어난 일입니다. 그만 간섭하세요."

"다른 건 몰라도 너 나가 사는 날부터 난 편히 못산다. 어미 죽는 꼴을 봐야겠니?"

시원이 대답하지 못하자 장 여사는 그의 손에 차 키를 쥐어주었다.

"다시 생각하고 말 것도 없어. 절대 안 돼."

너무나 강경한 장 여사의 의지에 시원은 잠시 한발 물러서기로 했다. 기회는 언젠가 다시 만들면 되니 날카로운 어머니를 굳이 건드리지 말자 싶었다.

"알았어요."

"그리고 너 절대 여자 문제 일으킬 생각 하지도 마라. 이미 시작했다면 끝내. 네 여자는 엄마가 정해줄 거야."

장 여사의 지나친 간섭에 시원은 인상이 절로 찌푸려졌다. 지금까지 해온 것만으로도 부족하다면 뭘 더 해드려야 장 여사를 만족시킬 수 있을지 시원은 답답했다.

"어머니, 식물에게 지나치게 물 주면 어떻게 되는지 아세요?"

"물을 주지 않는 식물은 죽어. 차라리 지나쳐도 물을 줘서 살리는 게 낫지."

장 여사는 지나치게 물을 준 식물 또한 썩어 죽는 건 마찬가지며 차라리 시원은 메말라 죽는 식물이 더 낫다고 여긴다는 걸 모르고 있었다.

시원은 병원 주차장에서 차를 찾아 운전석에 앉았다. 깨끗이 바꾼 차 안은 새 시트의 가죽 냄새가 진하게 풍겨 코끝이 매큼할 정도였다. 환기를 위해 차창을 열자 지긋지긋한 병원 소독약 냄새가 나는 것 같아 서둘러 주차장을 빠져나왔다. 서울 시내의 가장 막히는 강남 한복판에 멈춰 선 시원은 신호를 기다리며 어느 곳으로 갈지 고민하다 신호가 떨어지자마자 차의 방향을 틀어 무작정 가보기로 했다.

이른 아침, 출근길의 차들 사이로 날렵하게 빠져나가던 시원의 차는 한산한 빌라의 외부 주차장에 도착했다.

"결국인가……."

시원은 결국 발길 닿은 장소가 이곳이라는 것이 스스로 놀라운 듯 탁 내뱉었다. 왜 찾을까 따위는 더 이상 시원의 머릿속에 존재하지 않았다. 찾아야 한다는 생각밖에 없는 묘한 이끌림. 멈추어 버린 인생에서 불현듯 등장한 여인에 대한 희망. 만나면 암흑 속에서 행복에 대한 빛이 보일 듯한 희망. 모든 것이 명확하지 않고 모호하지만 밝은 기운이 시원을 이끌고 있었다.

시원은 핸들을 두 손으로 감싸 턱을 괴고 빌라 입구를 주시했다. 확실치 않은 기억이지만 시원은 몇 동 되지 않는 빌라 중 한 곳을 지켜보았다. 지나가는 사람을 놓칠까 싶어 눈에 힘을 주고 제대로 깜박이지도 못하며 주시했지만 당최 사람들이 나타나지 않았다.

해가 중턱에 다다르자 피곤에 눈이 풀리고 하품만 연달아 나와 시원은 뻣뻣한 뒷목을 움직였다. 시원은 지쳐 가기도 했지만 더 이상 기다리는 건 무모한 것 같아 차에 시동을 걸고 안전벨트를 매려는 순간, 그 여자가 나타났다. 긴 머리를 휘날리며 검은색 코트를 입은 그 여자는 시원의 차를 보고 가까이 왔다 고개를 갸우뚱거리곤 지나갔다. 시원은 역시 예상했던 대로 만난 그 여자에게 만족한 웃음을 흘리며 그 여자의 차를 일정 거리 유지하며 쫓아갔다.

채윤은 빌라에서 나오다가 주차장에서 그 남자의 차와 같은 것을 보았다. 이 빌라촌에서 흔히 볼 수 있는 차종이었지만 왠지 느낌에 그 남자의 차가 아닐까 싶었다. 차 번호도 모르고 색깔마저 가물거리지만 자꾸 그런 생각이 들었다. 확인하고 싶은 맘에 가까이 가보았지만 진한 선팅으로 가려져 안은 아무것도 보이지 않았다. 이미 삼 주나 흘러 버려서 기억에서 잊혀질 만했지만 채윤은 인연이라면 인위적으로라도 그 남자를 만나거나 연락이 올 거라 믿었었다. 채윤은 기다렸다고 말할 수는 없지만 궁금했던 마음을 쓸데없다고 치부해 버리고 교육원으로 향했다. 오늘은 학기 마지막 강의이자 다음 학기 강의에 대한 확답을 듣는 날이었다. 며칠 동안 수업 계획서를 작성하면서 부질없는 짓이라며 포기하고 싶었지만 그것마저 하지 않는다면 너무 쉽게 포기하는 것 같아 어느 학기 때와 마찬가지로 열심히 준비했다.

평생교육원에 도착해 주차장에 차를 주차하고 엘리베이터에 올라타려다 집 앞에서 본 차를 또다시 발견했다. 채윤은 혹시나 하는 마음에 열림 버튼을 누르고 차에서 내릴 사람을 기다렸으나 꽤 오랫동안 아무도 내리지 않았다. 닫힘 버튼을 누른 채윤은 찾아와 고맙다는 말 한마디 전해오지 않는 그 남자를 왜 애달아하는지 짜증이 치밀었다.

"한채윤 씨?"

채윤이 사무실 안으로 들어가자 강의 담당자가 놀란 표정으로 벌떡 일어났다. 그동안 채윤이 별말없이 찾아오지 않았고, 대부분 그런 상황에선 알아서 포기하고 말았기에 당황한 표정이 역력했다.

"다음 학기 강의 계획표 가져왔어요. 사무장님한테 한번 검토해 달라고 하세요. 어차피 강의 전날까지 인터넷 접수 받으니 시간은 넉넉하잖아요."

"포기하시는 게 빠를 겁니다. 위에서도 폐강으로 결론 내고 있어요. 사실 평생교육원이 사회시설이라고 해도 기본 손익분기점은 맞아야 하지 않겠습니까?"

"그렇다고 필수 강의인 역사 과목을 없앨 순 없잖아요?"

그 말에 강의 담당자가 딱하다는 표정으로 대답했다.

"이젠 우리 같은 교육원도 대학 부설이라는 그늘에서 벗어나 실용적인 과목들로 바뀌는 거 아시죠?"

"그렇다고 이제 와서 제가 커피 전문가 과정이나 논술지도자 과정을 맡을 순 없잖아요. 다음 학기는 다르게 해볼 테니 한 번 더 기회를 주세요."

채윤은 사무실을 나와 강의실로 향하며 비굴한 자신의 신세가 한탄스러웠다. 대학 진로를 놓고 고민을 해야 할 때도 채윤은 주저없이 사학과를 선택했었다. 수능 성적에 따라 더 나은 학과를 택하길 바라던 담임선생님의 설득도 무시하고 진학했었다. 공부엔 흥미가 없었으나 과거라는 역사엔 관심이 많았었다. 대학 사 년 내내 자신의 선택에 후회하지 않도록 열심히 공부했고 노력했다. 하지만 졸업하고 나니 마땅히 취직할 자리를 찾을 수 없어 막막해졌다. 교육자의 길이 있었으나 교육학 강의를 듣지 않은 채윤은 임용고시 자격 요건이 되지 않을뿐더러 아이들

파동(波動)

과 북적거리며 지내고 싶지도 않았다. 단순히 지식을 가르치는 것 이상으로 한 사람의 인격을 좌우하게 될 선생이란 직업의 막중한 책임감을 채윤은 감당할 자신이 없었다. 박물관도 수없이 알아보려 돌아다녔지만 우리나라 박물관의 수도 적고 대개 석사 학위 이상을 요구하기에 그마저 여의치 않았다. 채윤은 담당 교수와 의논하게 되었고 가끔 특강을 하러 간다는 대학 부설 평생교육원의 강의 제의를 받았었다. 처음에 부설 교육원의 생소함과 질에 대한 의문이 들었지만 청강을 해보니 괜찮은 것 같아 시작했었다. 그러나 비인기 강의를 끌어가기에는 살가운 성격이 아닌 채윤에게 여건이 좋지 않았다.

"한 주 잘 보내셨어요?"

채윤이 웃으며 들어서자 부산스럽던 강의실은 조용해졌다.

"지금까지 수강하셨던 한국역사문화 이해 과목은 매주 수요일 1시 10분부터 3시까지 열리는 특별과정이었습니다. 오늘 마지막 강의는 시험으로 대신하기 너무 아까워 짧은 이야기 하나 들려 드리려고 합니다."

채윤의 말에 수강생들은 모두 환호하며 박수를 쳤다. 나이에 상관없이 시험과 수업시간의 외도는 열렬한 환영을 받았다.

"연지 곤지가 무엇인지 아시는 분?"

채윤은 질문을 던지고 눈을 반짝이며 답을 기다리는 수강생들을 훑어보았다.

"연지는 볼과 입술에 붉게 칠하는 화장품이에요. 연지를 이마에 동그랗게 찍어 바르면 곤지라고 하지요."

"어머, 나는 얼굴에 붙이는 건 줄 알았어요."

"많이들 그렇게 생각하세요. 연지 곤지가 어떻게 생겼는지에 대해서 여러 가지 설이 있는데, 가장 흥미로운 것은 궁녀들이 임금에게 생리 중이라는 표시로 뺨에 연지를 발랐다는 것입니다. 지엄하신 임금님이 혹시라도 부르면 감히 '오늘은 생리 중이라 뫼시지 못하옵니다'라고 말할 수 없으니 붉은색으로 칠했다고 하는데, 그럴싸하긴 하지만 여성들이 생리의 표시를 알면서 여염까지 퍼져 유행했다는 것은 믿기 힘들죠?"

"임금을 치마폭에 싸기만 해봐. 생리고 뭐고 그저 좋아서 아랫도리로 달려들걸."

나이 지긋하신 분의 농에 강의실 안은 웃음소리로 가득해졌다.

"또 재혼하는 여성들의 볼에는 연지를 칠하지 않았답니다."

"처녀가 아니라서?"

"맞아요. 나이 어린 처녀들은 화장을 전혀 하지 않아도 뺨에 붉은 기가 돈다고 하죠? 조금만 부끄러워도 발그레해지고요."

"강사님처럼?"

"맞아, 어쩜 저리 어려 보이는지 몰라."

"아직 처녀라 그런 거 아냐?"

강의실 안은 채윤을 놀리기 위해 한 마디씩 하는 짓궂은 말로 시끌벅적해졌다. 채윤은 아쉬운 마지막 강의가 즐겁게 마무리

파동(波動)

되는 것 같아서 한쪽 가슴이 뻐근하고 뿌듯했다.

"상상하시는 대로 그 발그레한 뺨은 젊음, 싱싱함, 처녀성을 상징하는 거죠. 그것을 표현하기 위해 뺨과 이마에 연지를 발랐을 거라는 설이 더 맞는 것 같지 않아요?"

채윤의 질문에 모두들 고개를 끄덕이며 그렇다는 대답을 했다.

채윤은 마지막 인사와 함께 열심히 수강해 준 수강생들에게 고마운 마음 대신 일일이 역사학 책을 선물해 주었다. 아쉬운 마음에 같이 차나 한 잔 하자고 붙잡는 그들에게 괜히 미련이 남을 것 같아 채윤은 정중히 사양하고 나왔다.

축 처진 기분으로 엘리베이터에 올라탄 채윤은 민준이 생각나 문자 메시지를 보냈다.

〈막강하고 나왔어. 난 서점 갈 건데 오빠는 뭐 해? 많이 바쁘겠지?〉

문자 메시지가 전송되는 짧은 시간 동안 엘리베이터도 빠르게 내려왔다. 채윤이 휴대전화를 핸드백에 넣으며 엘리베이터 밖으로 나가려 한 발 내밀자 눈 아래 검은 구두가 보였다. 채윤은 막연히 요동치는 기대감을 달래며 서서히 고개를 들었다. 회색 양복을 따라 올라간 채윤의 시선은 남자의 얼굴에서 멈추었다.

그 남자, 강시원. 채윤은 갑자기 나타난 시원을 보고 놀란 나머지 뒤로 한 발 물러섰다.

"내려온 것 아니었어요?"

엘리베이터 문이 닫히려는 찰나, 시원이 양손으로 엘리베이터 문을 잡았다. 놀란 채윤이 두 눈을 깜빡거리며 시원을 쳐다봤다. 시원이 망설임없이 채윤의 손목을 잡아 엘리베이터 밖으로 끌어 당겼다. 놀란 채윤은 저항할 틈도 없이 시원에게 이끌리고 말았다.

"겁먹지 마. 나 깍두기 아니야."

"싸라기 밥을 먹었나, 언제 봤다고 함부로 반말이에요?"

채윤은 시원의 손을 매몰차게 뿌리치면서도 다쳤던 그의 다리를 쳐다보았다.

채윤의 시선을 알아챈 시원은 그녀의 주변을 한 바퀴 빙그르르 돌고, 앉았다 일어서기를 몇 번 반복하더니 웃으며 채윤의 볼을 꼬집었다.

"내 걱정 했나 보네요? 혹시 날 기다린 건 아닌가 모르겠네."

채윤은 눈 한 번 깜박이지 않고 너무나 자연스럽게 행동하는 시원을 물끄러미 보았다. 쳐다만 보고 있는 채윤이 답답해 말을 걸어보려고 시원이 입을 떼는 순간, 채윤이 시원을 옆으로 밀치고 차로 걸어갔다. 지난 몇 주간 연락 한 번 없다가 예고없이 불쑥 나타난 남자치고 너무 뻔뻔했다. 그래도 멀쩡해 보이는 시원의 모습에 한편으로는 안도감이 들었다.

"왜 그래요? 저기, 나 몰라? 그때, 아니, 그러니까."

채윤은 시원의 말이 채 끝나기도 전에 쌩 지나가 버렸다. 시원은 전혀 모르는 사람처럼 대하는 채윤의 모습이 당황스러웠다. 분명 채윤이 기억하고 반가워해 줄 거라는 기대하고 왔지만 너무도 냉랭했다. 시원은 재빨리 차에서 쇼핑백 하나를 가져왔다.

"잠깐만."

"저 아세요?"

채윤은 차 문을 가로막고 있는 시원의 당당한 눈과 마주치자 시선을 피했다. 왠지 시원 앞에 있으면 채윤은 그만큼이나 부산스럽게 반갑다고 행동해야 할 것 같았다.

"이거 입어봐…… 요."

시원은 어쭙잖은 존대까지 써가며 쇼핑백에서 카디건을 꺼내 채윤의 팔에 억지로 끼워 입혔다. 시원의 뜻밖의 행동에 놀란 나머지 채윤은 아무 말도 못하고 얼빠진 표정으로 시원이 하는 양을 지켜만 보았다.

"이거 왜 이렇게 안 들어가지?"

"왜 이래요?"

"그러지 말고 좀 도와줘요. 이거 당신 거 맞거든. 안 맞으면 그냥 돌아갈게."

채윤은 시원이 들고 있는 카디건을 자세히 보니 그날 저녁에 자신이 입었던 옷이 맞았다. 군데군데 얼룩져 있는 이 카디건을 버리지 않고 지금까지 가지고 있었다는 게 너무나 신기했다.

"제 거 맞네요."

카디건을 만지작거리며 맞다고 말하는 채윤에게 시원은 카디건을 안겨주었다.

"것 봐. 나를 죽음에서 구원해 준 마녀."

시원이 마녀라 부르자 채윤은 정말 뜬금없는 남자 때문에 절로 웃음이 새어나왔다. 시원이 웃는 채윤과 마주 보기 위해 고개를 움직일 때마다 채윤은 어색해 피했다.

"이름이 뭐예요?"

"대답할 필요 없는 것 같은데요."

"강시원. 올해 나이 원숙한 서른두 살. 직업은 백수."

"한량이시군요."

채윤은 시원을 피해 차 문을 열려고 했지만 요지부동으로 막아서고 있었다. 사실 채윤은 시원이 백수라고 하자 많이 놀랐다. 시원이 입고 있는 양복, 구두, 차를 보며 전문직 종사자일 거라 짐작했는데 정말 백수라면 꽤나 든든한 배경을 가졌을 것 같아 흠칫했다.

"이름 말해줘요. 인연이면 다시 만나겠다고 해놓고 왜 모른 척해?"

"누가 모른 척했다고 그래요. 그리고 기억이 반 토막인가 본데 내 이름은 한채윤이에요. 됐어요?"

시원의 어깨를 힘주어 밀치려는 채윤의 손목이 그에게 덥석 잡혔다. 채윤의 얌전한 모습만 상상했던 시원은 생각보다 앙칼진 면이 있어 재밌어지기 시작했다. 시원에게 잡힌 손목을 올려 보는 채윤과 시원은 코가 맞닿을 정도로 가까워졌다. 채윤이 숨을 들이마시고 눈만 껌벅이며 마른침을 삼키자 시원은 꽤나 순진한 여고생을 놀리는 것 같은 기분이 들었다.

"나이, 직업, 사귀는 사람. 말해줘야 할 것 같지 않아?"

"비켜요. 안 그러면 소리 지를 거예요."

"맘대로."

시원은 긴장해 숨도 못 쉬어 얼굴이 벌게진 채윤을 향해 피식 웃으며 뒤로 물러섰다. 채윤은 톡 쏘아붙이면 질려 돌아설 거라 생각했는데 오히려 웃음기 하나 잃지 않고 생글거리자 도무지 대책이 안 섰다.

"스물일곱 살. 놀고 먹을 능력이 없어 생활 전선에서 비굴하게 살고, 사귀는 사람은 알려줄 필요 없는 것 같아요. 내 사생활에 대해 더 알고 싶은 게 있다고 해도 말 안 할 거니까 더 이상 묻지 마요."

채윤이 딱 잘라 말하곤 시원의 시선을 피했다. 계속해서 시원에게 말려들어 부리지 않던 성질까지 드러내 버려 찝찝했다.

"궁합도 안 본다는 다섯 살 차이. 딱 좋네."

"그거 네 살 차 아니에요?"

"다섯 살이야."

"언제부터요?"

"까칠하게 따지시기는."

시원의 억지에 채윤은 기가 차 헛웃음이 나왔다. 알면서도 일부러 그러는 시원의 장난기가 왠지 채윤을 즐겁게 만들었다. 방금 마지막 강의를 끝내고 들었던 서운하고 아쉬웠던 기분은 그와 얘기를 나누는 사이 채윤도 모르게 사라졌다.

"마음대로 생각하세요. 근데 다 나았나요?"

"이제야 날 기억하는군. 덕분에 싹 나았지요."

"다행이네요. 그럼 튼튼한 몸으로 생활 전선에 뛰어들어 보세요. 그 허우대가 아깝지 않아요?"

채윤의 비꼬는 말에도 시원은 웃음 한번 잃지 않았다. 시원은 채윤이 무슨 말이든 한다는 게 좋았다. 그리고 그때와 다르게 제법 생기있게 되받아치는 그녀를 계속 건드리고 싶었다.

"배고프지 않아요? 내가 근사한 밥 살게. 안 간다고 하면 상처가 다시 아파와 쓰러질 거야."

시원은 채윤의 손을 끌어당기며 자신의 차로 데려갔다. 채윤은 시원의 손에 잡힌 손을 몇 번이나 빼내려 움직였지만 어찌나 힘을 주고 있는지 포기할 수밖에 없었다.

못 이기는 척 시원을 따라 느리게 걸어가면서 채윤은 시원의 얼굴을 쳐다보았다. 뭐가 그리 좋은지 그는 얼굴 찡그리는 법을 모르는 사람처럼 싱글벙글 웃고만 있었다. 그래서인지 날카로운 턱 선과 콧날에도 얼굴이 부드럽게 보였고, 잡고 있는 손도 따뜻했다.

시원은 차 조수석의 문을 열고 머리가 부딪치지 않게 큰 손으로 채윤의 머리를 덮어주었다. 채윤이 자리에 앉자 시원은 안전벨트를 당겨 매주고 소리가 나지 않도록 부드럽게 문을 닫았다. 그 짧은 시간 채윤은 거침없이 행동하는 시원 때문에 적잖이 당황했다. 시원은 운전석에 앉아 채윤에게 눈을 찡긋하더니 콧노래를 부르며 시동을 걸었다.

 시원은 처음엔 이것저것 대차게 물어보았지만 채윤이 단답형으로 대답하자 데면데면해졌다. 꽤나 시간이 지났음에도 불구하고 둘 사이에는 어색한 정적만 흘렀다. 그리고 채윤은 왜 자신이 이 차에 타고 있는지 생각에 빠졌다. 분명 이 사람의 등장에 당황스럽고 놀랐다. 반갑기도 했지만 이렇게 쉽게 끌려가는 스스로에게 당황스러웠다. 하지만 시원이 끌어당기는 듯한 종잡을 수 없는 기운에 채윤은 거부하지 못하고 이끌려 왔음을 인정하지 않을 수 없었다.

 시원은 창밖만 내다보는 채윤에게 무슨 말을 건네야 할지 모르고 있었다.

 "노래 들을래…… 요?"

 "그냥 말 놓으세요."

 "진작 그렇게 말하지."

 신호에 걸려 차를 멈춘 시원이 운전석 옆에 놓인 박스를 뒤져서 CD 하나를 찾아냈다. 무어라 쓰여 있는지 확인할 새도 없이 신호가 바뀌는 바람에 급하게 케이스에서 CD를 빼내 오디오에 넣었다.

"어, 이 노래 마이클 부블레(Michael Buble)의 'Fever' 다."

채윤은 처음으로 시원의 앞에서 환하게 웃으며 어깨를 가볍게 들썩거렸다. 시원은 노래 하나에 바뀐 채윤의 분위기가 마냥 신기해 곁눈질을 해가며 노래에 맞춰 고개를 까닥거렸다.

"이 가수 좋아하세요?"

"그럭저럭."

"프랭크 시내트라 아시죠? 그 사람 목소리하고 비슷하지 않아요? 시원시원하게 속을 확 풀어주는 느낌이랄까요."

"그래?"

"거기다 이 사람 목소리는 감미롭고 애절한 데다가 호소력까지 있어요. 제가 제일 좋아하는 가수거든요. 남자라면 딱 이 분위기여야 하는데……."

채윤은 쓸데없는 말을 늘어놓았다는 걸 알아채고 말끝을 흐렸다. 평상시와 달리 경계심이 흐트러진 채윤은 스스로 생각해보아도 이상했다. 그러면서도 말을 멈추지 않았다.

"노래가 상당히 유혹적이에요. 처음 들으면 일반적 재즈 음인데 상당이 뇌쇄적이거든요. 이 노래를 듣다 보면 남에 은밀한 사생활을 엿보는 긴장감이 느껴진다고 할까요?"

시원은 채윤의 설명을 따라 신경 써서 노래를 들어보았지만 그저 운율이 약간 빠른 노래일 뿐이었다. 때문에 시원은 채윤이 냉랭한 겉과는 다른 속을 가졌을 거라고 확신했다.

"같은 취향의 음악을 단번에 틀어주는 남자, 인연일까?"

"우연의 일치."

너무나 가볍게 인연을 입에 올리는 시원에게 채윤이 힘주어 말했다. 아무런 뜻 없이 일어난 것은 우연이고, 하늘에서 베푼 연분이 인연이라고들 한다. 그래서 채윤은 시원의 말에 더 힘주어 반박했던 것이다.

"좋아. 단지 우연일 뿐이라면, 인연은 내가 만들어가지 뭐."

한참이나 미간을 찌푸리던 시원이 채윤에게 말했다. 우연, 인연. 남자가 여자를 만나는 데 필요없는 단어였다. 이제껏 좋은 느낌에 이끌린 남녀 간의 만남에 거추장스러운 변명이 될 뿐이라고 여기던 단어에 채윤이 민감하게 굴자 거슬리기까지 했다. 시원은 이토록 인내심을 가지고 말을 걸고 관심을 가져 달라고 해본 적이 없었다. 평상시 시원과 여자들이 위치가 뒤바뀌어 버렸다. 그래도 시원은 지치거나 짜증나지 않았다. 오히려 그런 채윤의 모습이 시원을 더욱더 마음을 쏠리게 만들었다.

채윤은 핸드백에서 연신 울리는 휴대전화를 꺼내 발신자를 확인했다. 예상대로 문자를 받은 민준이었다. 받지 않으면 몇 번이고 계속 전화해 댈 것을 알기에 채윤은 주저하다 받았다. 채윤이 휴대전화를 받자 시원은 오디오 볼륨을 최소로 줄였다.

"아, 서점 아니야."

채윤이 전화를 받자마자 어느 서점이냐고 묻는 민준에게 아니라고 대답하고 끊으려 했다. 그러나 민준이 끊지 않고 계속해서 어디냐고 목소리를 높이며 캐묻자 채윤은 질려 버렸다.

"아는 사람이랑 어디 가는 길이야!"

[누구? 너 아는 사람이면 나도 알잖아.]

"오빠가 모르는 사람도 있어. 나도 비밀이 많거든."

민준은 책상 위에 놓인 달력에 시원의 퇴원이라고 적혀 있는 오늘 날짜를 뚫어지게 보았다. 불안한 마음에 민준은 채윤에게 직접 물어볼 수 없어 뜸을 들이다 돌려 말했다.

[네가 다친 남자 도와줬다고 했잖아. 혹시 그 남자 만났니?]

채윤은 너무나 정확히 알고 있는 민준 때문에 놀란 한편 불쾌해졌다. 아무리 가까운 사이라지만 채윤에 대해 지나치게 속속들이 알고 있는 민준이었다.

"오빠, 이젠 점쟁이나 해라."

"나도 뭐, 나이로 치면 오빠라고 불러야 하지."

시원은 자신과는 편하게 대화해 본 적이 한 번도 없는 채윤이 살갑게 통화하는 모습에 심사가 비틀려 구시렁거렸다.

[혹시 그 사람 직업이 뭐야?]

"백수래. 그만 끊어."

민준은 긴 한숨을 내쉬며 조심히 들어가라고 다정히 말하고 전화를 끊었다. 채윤은 또 주변 사람의 신상을 캐물어 흠집을 잡아 깎아내리는 민준의 지긋지긋한 오빠 노릇이 시작됐다고 생각했다. 저렇게 가족같이 아껴주는 마음에 감사해야 한다고 생각하며 불편한 마음을 달랬다.

"애인?"

"아까 분명 더 이상 내 사생활에 대해 말하지 않겠다고 했을 텐데요."

시원은 전혀 예상치 못한 채윤의 애인에 대해 불안했다. 시원은 왜 채윤이 당연히 애인이 없을 거라고 생각했는지 알 수 없었다.

"그렇다고 네 애인한테 내가 백수라고 소문내는 건 그렇다. 내가 잘 알지도 못하는 사람한테 백수라고 말하면 기분 좋겠어?"

"그럼 백수 하지 말아요. 누가 백수 하래요? 그 말 듣기 싫음 잘 알지도 못하는 나한테 백수라고 말하지 말았어야죠."

"내가 널 왜 몰라? 넌 모르는 사람 차 함부로 타냐?"

채윤과 시원은 한 치의 양보도 없이 말을 받아쳤다. 알기 어려운 감정으로 같이 앉아 있지만 어차피 둘은 누가 보아도 두 번째 만나는 남남이었다. 그런 서로에게 자신들도 모르는 감정으로 예민해 날이 서 있었다.

"사람이 왜 그렇게 안하무인이에요? 당신 눈에는 내가 어떤 사람으로 보이는지 몰라도 내 눈에는 당신 참 가볍고 경박해 보여. 지금까지 사람을 마음대로 휘두르며 살았어요? 아니, 그렇게 살았으니 날 이따위로 대하지. 내리게 차 세워요, 당장!"

채윤이 시원에게 소리 지르며 쏘아보자 시원은 차를 도로변에 세우고 안에서 문을 열 수 없도록 설정해 버렸다. 채윤이 차 문을 열려고 힘을 주어도 차 문은 굳건히 닫혀 있었다. 그 얄궂은 모습을 보지 않으려고 채윤은 시원에게서 고개를 돌려 버렸다. 아무리 생각해 보아도 시원이 이토록 무례하게 굴 이유가 없었다.

"미안합니다."

채윤이 앉은 쪽 잠금장치가 철컥 풀리며 풀 죽은 시원의 목소리가 들렸다. 방금 전까지 당당하게 소리치던 시원이 갑자기 저자세로 채윤을 향해 환하게 웃고 있었다.

"사실 한채윤 씨를 다시 만나 굉장히 반갑고 기분 좋았어요. 그런데 채윤 씨는 전혀 그렇지 않은 것 같아 까칠하게 굴었어요."

시원이 그토록 무례하게 군 것은 채윤이 관심을 가져주지 않은 것에 대한 치기 어린 반항심이었다. 잘난 강시원, 어디를 가나 자신이 모든 사람들의 관심의 대상이 되었었는데 이번은 오히려 그 반대가 되자 불안했다.

"그렇다고 해도 심했어요."

"그런 기분 알아요? 나와 어떤 중요한 일을 같이 겪은 사람을 다시 만나면 웃으면서 얘기하고 싶은 기분. 난 막연히 나를 반겨줄 거라는 느낌으로 왔거든. 그런데 너무 쌀쌀맞아 왠지 내가 잘못 찾아온 것 같아 속이 한껏 가라앉았어요."

채윤은 아까와 다르게 매너 좋은 사람으로 보이는 시원에게 거칠게 나가려던 말을 삼키고 말았다. 시원이 저렇게까지 차분히 설명하는데 채윤이 더 몰아칠 이유가 없었다.

파동(波動)

"그냥 편하게 말해요. 아까와 지금이 달라서 적응이 안 되잖아요."

시원은 채윤이 더 이상 찌푸리지 않자 차 밖으로 나가 가까이 보이는 커피숍으로 향했다.

"성질냈더니 배고프네. 그렇지?"

"세상이 만만하고 다 당신 것 같은 사람이죠?"

채윤은 변화무쌍한 시원에게 도저히 적응되지 않아 고개를 절로 흔들었다.

"어쩌면. 커피 받아."

시원은 커피와 샌드위치를 채윤의 무릎 위에 올려놓았다.

"난 스타벅스 커피를 좋아해. 향이 진하고 깊은 맛이 나는 게 좋아. 사람도 그랬으면 좋겠거든. 깊고 좋은 향이 나는 사람."

"깊고 좋은 향이 나는 사람이라, 쉽게 찾기 힘들 것 같네요."

"나. 나도 알고 보면 좋은 사람이야."

"재밌는 사람인지 엉뚱한 사람인지 잘 모르겠네요."

채윤은 손에 든 따뜻한 커피를 마시며 참 재미있다고 생각했다. 처음에도 커피를 마시는 바람에 우연히 이 남자를 알게 되었다. 그리고 다시 또 커피를 마시며 이 남자를 살펴보게 되었다. 이렇게 누군가를 만나서 이야기를 나눠본 게 언제인지 기억도 가물가물한데 오늘 가슴이 탁 트이는 기분이었다.

"난 재밌는 사람도 엉뚱한 사람도 아닌데 어떤 마녀한테 홀려서 이렇게 된 것 아닐까 싶어."

"그래요? 누군지 몰라도 대단한 마녀인가 보네요."

"사람을 들었다 놓았다 하는 거 보니 보통은 넘는 것 같아. 그렇게 생각하지?"

시원의 진지한 표정에 채윤은 유쾌한 웃음이 터져 나왔다. 낯선 긴장감에 허둥대다 둘 다 한층 편안해진 표정으로 마주 보았다. 시원의 장난기 섞인 유쾌함이 끝내 채윤의 마지막 경계심마저 무너뜨렸다.

채윤은 연신 배고프다고 중얼거리는 시원을 위해 샌드위치 포장을 뜯어 꺼냈다. 샌드위치의 기름기 때문에 운전을 할 때 손이 미끄러질까 봐 밑부분을 티슈로 감싸 내밀었다.

"나 한 손으로 운전 못하는데."

"방금 전까지 한 손으로 했잖아요."

"지금부터는 두 손으로 해야 해."

시원이 눈은 앞을 주시한 채로 채윤을 향해 입을 벌리고 어린아이가 보채듯 '빨리'를 연발하자 채윤은 보란 듯이 그 샌드위치를 혼자 먹기 시작했다. 일인 분의 샌드위치를 다 먹고 커피를 마시며 채윤이 입가를 닦아내자 차는 어느새 남산의 중턱에 올라 있었다.

"여기서 내려줘요. 오늘 잘 먹었어요. 인사치고는 약소했다는 것 알죠?"

시원은 여기까지 같이 온 채윤이 갑자기 내려달라고 하자 차를 세웠다.

"왜? 뭐가 마음에 안 드는데?"

채윤은 자신감 넘치는 시원의 눈과 마주쳤다. 시원은 뭐가 마음에 들지 않은지 잔뜩 인상을 쓰고 힘줄이 드러날 정도로 핸들을 꽉 쥐고 있었다. 그 모습에서 채윤은 시원이 이제껏 자기의 뜻을 거스르는 사람을 만나본 적이 없었다는 것을 알 수 있었다. 시원이 원하는 대로 다 이루며 살아온 사람이라는 것이 채윤에게 한눈에 드러났다.

"NOT FOR ME. 나한테는 아니라는 뜻이에요."

"뭐가 아니라는 거야?"

"당신의 작업. 나한테 작업 걸면서 애인 대하듯 하는 행동 상당히 불쾌해요. 반갑고 기대했던 걸 다 떠나서 적어도 나에게 고맙다는 말 한마디 먼저 하는 게 도리잖아요. 난 깐깐한 사람은 아니지만 기본 예의 없는 사람은 질색이에요."

"그건 미안해. 생각해 보니 큰 실례를 했구나. 하지만 그 정도로 못 배운 인간이라 그런 게 아니라 만나서 반가운 마음에 잠시 잊었어."

시원은 이미 정색해 있는 채윤에게 돌이킬 수 없는 실수를 했다는 걸 깨달았다. 속으로 자신에게 온갖 욕을 해가며 왜 이렇게 엉망진창이 된 것인지 속상해했다.

"그날은 정말 고마웠어. 덕분에 별 탈 없이 나왔고 오늘 내가 무례하거나 불쾌하게 한 부분이 있다면 미안해."

"편히 가세요."

채윤은 시원의 말을 냉정하게 자르며 차에서 내렸다. 궁금했던 남자에 대한 즐거운 기억만 가진 채 남산의 산책로를 걸었다. 다시 만난 시원은 채윤에게 벅찬 남자였다. 채윤은 시원을 만나 같이 웃고 즐길 자신이 없었다. 어쩌면 첫 만남에 강하게 느꼈던 끌림은 한순간 스쳐 간 겨울바람일지도 몰랐다. 얼굴을 스쳐 머리카락 사이로 주저없이 빠져나가는 그런 차가운 바람.

채윤은 매서운 바람에 코트 깃을 올리고 몸을 움츠리며 천천히 걸어갔다. 갑자기 돌풍이 부는 탓에 채윤의 긴 머리카락이 마구잡이로 날려 앞을 가렸다. 얼굴을 휘감은 머리카락을 걷어내자 시원의 차가 아슬아슬하게 채윤 앞에 급정차했다. 시원은 난폭했던 자신의 차에 놀라 얼어 있는 채윤의 어깨를 부여잡고 흔들었다.

"그래, 정말 미안해. 그렇다고 만나서 반갑다고 속내를 다 꺼내 보이는 나한테 그렇게 해야 하니? 너도 나 반가워했잖아."

채윤은 어깨를 붙잡고 있는 시원의 두 팔 사이로 손을 넣어 뿌리치고 한 발 뒤로 물러섰다.

"누가 그래요?"

"네 눈이 그랬어. 날 보고 반가워하고 생기있게 반응했잖아!"

"착각하지 마요. 사람을 만나 대화하다 보면 놀라는 일의 연속이고 누구에게나 같은 반응을 해요."

"아니, 넌 나를 본 그 순간부터 하나하나 즐기고 있었어. 되받아 치며 내 반응을 살피고 웃고, 나 신경 쓰고 있었잖아."

채윤은 시원이 자신을 그렇게 세세하게 지켜보았다는 것에 놀랐다. 사실 시원의 말이 틀리지 않았다. 자신은 시원을 신경 쓰고 있었다. 그러나 그건 단지 호기심이라고 이미 치부해 버린 채윤은 앙칼지게 말했다.

"아니에요."

"억지 쓰지 마. NOT FOR ME? 웃기지 마. 왜 내가 너한테 아니라는 건데?"

"난 양은 냄비 같이 쉽게 부르르 끓어올라서 쉽게 식어버리는 그런 사람이 아니에요. 눈앞에 호기심 거리가 생겼다고 달려들어서 파헤쳐 보고 흥미가 사라지면 돌아서는 당신 같은 가벼운 사람이 아니라고요!"

채윤은 사람을 믿지 않는다. 그렇게 당하고 휘둘렸던 지난 시간 동안 깨달은 것은 것이 있다면 상처받지 않으려면 작은 것조차 시작하지 않은 채로 끝내 버리는 것이다.

"그래, 나 가벼워. 하지만 내가 여기 오기까지 삼 주가 걸렸어. 네 이름, 나이, 직업 따위 알아내는 거 막말로 컴퓨터 한번 두들기면 되는 일이야. 그렇지만 난 내가 직접 왔어. 너 만나겠다고 처음 본 여자한테 고맙고 끌리는 마음에 퇴원하자마자 스토커처럼 몇 시간 뒤쫓았어."

"난 발빠른 사람 아니에요. 난 당신같이 역동적인 사람하고 얽히고 싶지 않아요."

"앞으로 너를 만나보고 싶어. 그게 다야. 그게 정말 싫으니?

정말 나를 두 번 다시 만나고 싶지 않고 뭔가 끌리는 그런 거 없니?"

"너무 빨라요. 모든 게 다 즉흥적이잖아요."

채윤은 흔들림없이 마주 보고 있는 시원의 눈을 피했다. 이렇게 밀어붙이는 시원에게 채윤은 밀려갈 것 같았다. 채윤은 부모님과 할아버지를 죽음으로 떠나보냈을 때마다 했던 결심을 떠올렸다. 누군가 마음에 들어왔다가 떠나가는 상처를 다시 겪고 싶지 않아 단단히 묶어놓았던 마음의 끈이 느슨해진 것 같았다. 언제나 갑자기 나타난 것은 홀연히 사라진다는 것을 알면서도 채윤은 흔들리고 있었다.

"한 번만 부탁해. 한 번 더 만나보고도 내가 싫다면, 아니, 별로라면 나도 깨끗이 물러날게."

"알았어요."

대답을 들은 시원은 들뜨는 기분에 채윤을 꽉 안아 한 바퀴 돌고 싶은 충동을 억제했다. 이 정도까지 거절을 당해본 적 없는 시원은 채윤의 승낙에 확 불타오르는 기분이었다. 끝내 채윤도 시원을 인정하게 만들고 말겠다고 다짐했지만, 서두르지 말고 감정에 휩싸이지 말자고 계속 마음을 진정시켰다. 대신 시원은 채윤의 두 손을 꼭 잡았다. 차가운 채윤의 마음에 지금 시원의 마음이 전해지도록 손을 잡고 놓지 않았다.

'겁먹지 않아도 될 때가 있겠지? 마음에 달렸다고 했는데 지금은 마음이 시키잖아. 한 번은, 적어도 한 번은 무작정 믿는 사치 한번 부려도 되지 않을까?

　채윤은 처음 느껴본 마음을 사치라 여겼지만 시원의 따뜻한 손에 잡힌 손을 빼지 않았다. 결코 안 된다는 대답이 어디서도 들려오지 않을 거라는 기대감을 품으며 채윤은 시원에게 미소 지었다.

　한사코 집까지 데려다 주겠다는 시원을 어렵게 거절한 채윤은 교육원에서 차를 찾아 집으로 향했다. 연신 호의를 무시한다며 투덜거리는 시원에게 채윤은 굳이 알고 있는 집을 재차 알려주고 싶지 않았다. 예전에 할아버지가 채윤에게 집에 대해서 말해준 것이 있었다. 집은 타인에게 내보여줄 마지막 장소라며, 그 마지막 장소를 알려주는 순간 언제나 편하게 집에 찾아와도 되며 모든 것을 열어놓겠다는 뜻이라 했다. 그로 인해 남녀 관계에서는 집을 가르쳐 주는 순간 상대방이 모든 것을 알아버린 만큼 상대방을 소유할 수 있다는 착각을 하기 십상이라는 것을 염두에 두라고 했었다. 할아버지가 돌아가신 후 누구에게도 집을 알려준 적이 없는 채윤은 시원에게도 마찬가지였다.

　채윤은 주차하고 삼층에 있는 거실 창을 올려보았다. 할아버지가 돌아가신 후 컴컴한 집에 들어가기 전, 혼자라는 것을 상기시키기 위해 하던 채윤의 행동이 이젠 버릇이 되어버렸다. 간혹 어두운 창을 확인하지 않고 들어가 집 안의 전등 스위치를 켤 때면 허탈감과 외로움이 물씬 밀려오곤 했다. 그러나 오늘 채윤의 집 거실 창에선 환한 불빛이 새어나오고 있었다. 채윤은 빠른 걸음으로 삼층 계단을 단숨에 올라가 현관문 지문 인식기에 두 번째 손가락을 갖다 댔다. 찰각 소리가 나며 잠금장치가 풀리자 문이 활짝 열었다. 남자 구두가 가지런히 놓인 현관에 채윤은 아무렇게나 구두를 벗어놓고 거실로 향했다.

"오빠."

채윤은 숨도 고르지 않고 놀란 눈으로 민준을 보았다. 민준을 확인한 채윤은 무릎에 두 손을 대고 숨을 고르며 안심했다. 민준은 보고 있던 텔레비전을 끄고 소파에서 일어나 채윤을 향해 두 팔을 벌렸다. 채윤은 머뭇거림없이 달려가 주먹을 쥐고 민준의 가슴팍을 한 대 툭 쳤다.

"가끔 이럴 때 오빠가 좋은 거 알아?"

"평상시에는 싫고?"

"그런 말이 어디 있냐?"

민준은 헝클어진 채윤의 머리카락을 쓸어 올려주면서 언제나 지금처럼 곁에 묶어두고 싶어 끌어안으려 했지만 거절당할 게 뻔해 뒤로 한 발 물러섰다.

"나 항상 이렇게 이 자리에 있어, 채윤아. 혹시 무언가에 쓸려가더라도 다시 이 자리로 오면 돼."

"뜬금없는 소리도 잘해요."

채윤과 전화통화 후, 민준은 너무나 불안해졌다. 머릿속에서는 온통 채윤과 시원에 대한 연결점을 찾아 헤매느라 일을 할 수가 없었다. 시원은 퇴원했고 잠시 일을 그만두어 백수라고 칭할 만했었다. 시원이 아니길 바라는 마음에 다른 생각도 해보았지만 민준의 머리는 말을 듣지 않았다. 저녁 약속까지 취소하고 민준은 채윤의 집으로 달려왔지만 당연히 집에 있을 줄 알았던 채윤은 없었다. 낯선 사람을 거부하고, 사람을 만나 부딪치고 얽히는 걸 버거워하는 채윤이 어디 있는지 알지 못하는 민준은 조마조마했다. 찬바람만 휑하게 도는 불 꺼진 빌라 안은 민준의 마음과 같았다. 불을 켠 후 집안 온도를 따뜻하게 높이고 소파에 앉아 채윤이 돌아오기만 기다렸다. 그러곤 민준은 사랑은 절대 불변하는 것이라고 생각했다. 채윤에 대한 민준의 절대적 믿음은 허황된 것이 아니라 믿었다.

"어디서 뭐 했니?"

민준은 채윤이 아무렇게 벗어 던진 코트를 잘 접어 소파 끝에 걸쳐 놓고 주방으로 갔다. 뜨거운 커피 한 잔을 가져와 소파에 누운 채윤에게 내밀었다.

"미안하지만 커피 안 돼. 더 마시면 오늘 잠 못 잘 것 같아."

"그 사람하고 커피 마셨니?"

채윤은 민준의 시선을 의식해 표정을 찌푸리며 그를 향해 옆으로 몸을 돌려 누웠다. 민준은 소파 밑동에 등을 대고 앉아 고개를 옆으로 돌려 채윤과 마주 보았다. 민준이 아무렇지 않게 물어보았지만 채윤은 그 눈빛을 읽을 수 있었다. 언제나 오빠처럼 걱정하는 민준의 마음은 때론 지나친 간섭으로 다가오기도 했다. 하지만 채윤은 세상에 단 하나의 핏줄조차 존재하지 않는 자신에게 혼자이지 않다고 알려주는 민준의 관심에 오히려 감사해야 했다. 오랜만에 만난 민준을 기분 상하게 하고 싶지 않아 채윤은 낮에 시원을 만난 이야기를 꺼냈다.

"우연히 만나서 커피 마시고 샌드위치 먹고 남산에서 산책 비스무리 한 거 하고 왔어."

"우연히?"

민준은 채윤이 말하는 우연이라는 것이 무엇인지 궁금했다. 어떤 우연이기에 채윤이 그 사람을 쫓아 남산까지 갔는지 민준의 눈빛은 점점 차갑게 변했다.

"교육원 주차장에서 만났어. 아마 그 사람도 일이 있었나 봐."

채윤은 차마 민준에게 사실대로 말할 수 없었다. 민준이 어떤 반응을 보일지 불 보듯 뻔해 채윤은 되도록 조용조용하게 넘어가고 싶었다.

"기분은 괜찮아?"

"응, 좋아."

민준은 채윤의 찌푸려진 미간이 슬며시 펴지자 당혹스러웠다. 언제부터인가 채윤은 좋다는 말보다 심드렁한 그저 그렇다는 말을 더 많이 썼다.

"예전에 부모님이 돌아가셨을 땐 어려서 죽음이 뭔지 몰랐어. 솔직히 말하면 그때 나에게는 할아버지나 부모님이나 똑같아 보였거든. 그래서 내 마음속에서는 다 보이니까 절대 죽은 게 아니라고 할아버지한테 막 소리 질렀더니 할아버지께서 날 끌어안고 우셨어. 어찌나 서럽게 우시던지 지금까지 본 할아버지 모습 중 제일 슬펐어. 그래도 내 생각을 바꾸지 않고 며칠 방에서 나오지 않고 혼자 부모님과 말을 나눴던 적도 있었어."

채윤은 끌어안고 울던 새하얀 백발의 할아버지가 생각나 절로 눈시울이 붉어져 말을 잇지 못했다. 할아버지는 자식에 대한 사랑은 보상을 바라지만 손녀에게 베푸는 내리사랑은 진정한 사랑이라고 하셨다. 앞서 가버린 자식도 원망스러웠겠지만 남겨진 손녀의 얼토당토않은 말이 할아버지의 가슴에 더 비수로 박혔었다. 채윤은 이제 저세상에서 꿈에 그리던 자식과 만난 할아버지는 행복할 거라고 믿었다. 너무 일찍 헤어진 자식과 못다 한 이야기를 나누며 하늘에서 웃고 계실 할아버지를 생각하니 뜨거운 눈물이 귓가로 주르륵 흘러내렸다.

"죽음이 뭔지 알기에는 너무 어려서였을 거야."

"근데 시간이 지나 사람들이 말하는 죽음이 뭔지 알게 되면서 그런 생각을 했어. 진짜 죽음이란 내 마음에서 사라져 버린 것이 아닐까. 그래서 더 이상 마음속에서 보이지 않는 죽음."

이해할 수 없는 사람을 이해해 보려 생각에 잠긴 민준이 자신에게 연민을 품고 있다는 것을 아는 채윤은 싱긋 웃었다. 민준에게 채윤은 불쌍하고 가련해 보일 수도 있었다. 세상에 타인을 온전히 이해할 수 있는 사람은 거의 없었다. 채윤은 그런 민준의 반응을 이해하면서도 허전했다.

"생각이 너무 멀리까지 간 거 아냐?"

"그런가? 그 후로는 사람을 마음에 담아두는 일이 거의 없어. 실제로 떠나거나 죽는다면 내 마음속에서도 살아 있지 못하게 해야 하는데 내 마음속에서는 계속 살아 있으니깐, 그걸 견딜 수가 없을 것 같아서. 난 아주 적은 수의 사람들만 제외하고 누군가를 담을 시도조차 하지 않았어. 내 마음은 그래. 죽음도 이별도, 그래서 내 마음속에서는 없는 단어이고 싶어."

민준은 채윤이 무슨 말을 하는지 아주 정확히 이해했다. 채윤이 이렇게 이별이라는 말을 꺼내는 이유는 그 남자를 마음에 담아두어도 되는지 고민하고 있다는 걸로 보였다. 민준은 어떻게 채윤이 그렇게까지 생각을 하게 되었는지, 또 아주 적은 사람들에 자신이 포함되어 있는지 한없이 마음이 엉키기 시작했다. 지금까지 채윤에 대해 민준은 일말의 의심조차 없었다. 아니, 적어도 몇 시간 전까지만 해도 절대적 믿음이었다. 하지만 민준의 마음은 산산조각 부서진 유리 거울마냥 여러 가지 의문이 담겨져 버렸다.

"그 사람, 어떤 사람이니?"

"그냥 너무 잘생겨서 보기에 즐거워. 표정도 솔직하고 유쾌해."

"솔직해?"

"시시각각 감정이 얼굴에 다 보여. 화가 났는지 신기해하는지 그대로 다 나타나서 보고 있음 머리 굴릴 필요 없어 편하더라.

왜 그 정도 고급 차에 잘난 사람들은 가식에 둘러싸여서 멋있거나 기품있게 보이려고 노력하잖아. 근데 그런 게 전혀 없어. 하는 말 한마디나 행동 하나하나가 꾸밈없이 그 사람 자체야. 즉흥적인 듯한데 믿음이 가는 그런 거라고 할까."

민준은 채윤의 말에 자리에서 굳은 듯 미동이 없었다. 아무것도 모르고 웃고 있는 채윤이 처음으로 미웠다. 긴 시간 말하지 못한 민준의 마음에 채윤을 미워한 적도, 원망해 본 적도 없지만 지금 이 순간만큼은 죽이고 싶을 만큼 채윤의 변한 마음이 싫었다.

"이름이 뭔데?"

"나중에 소개시켜 줄게."

"날 어떻게 생각하니?"

"오빠, 오빠는 그 사람이랑 달라. 오빠가 가끔 날 여자로 생각한다는 착각이 내 기우였으면 해."

민준과 시원은 채윤에게 엄연히 달랐다. 민준은 굳건히 옆에서 지켜보는 한가족과 같다면 시원은 우연이나 인연을 믿는 채윤에게 예기치 않게 나타나 마음을 일렁거리게 만드는 존재였다. 그저 가족같이 편한 오빠는 오빠일 뿐인데 자꾸 민준이 그 선을 혼자 넘으려 하는 것처럼 보여 채윤은 마음이 불편했다.

"그런 기우가 착각이 아닐 수도 있지 않아?"

"하지만 우린 십여 년 넘게 오누이잖아. 아니야?"

민준은 갑자기 자신이 오아시스 콤플렉스의 피해자가 아닐까 싶었다. 오아시스 콤플렉스는 사막에서 목마른 사람이 물, 야자나무, 그늘이 보인다고 착각하고 믿는 것이다. 그런 믿음은 증거가 있기 때문이 아니라 그 자신이 그런 믿음에 대한 욕구가 있기 때문이다. 간절한 욕구는 그것을 해결할 수 있는 환각을 만든다. 갈증은 물의 환각을 낳고, 사랑에 대한 욕구는 이상적인 이성에 대한 환각을 만들어낸다. 그러나 오아시스 콤플렉스가 완전한 망상인 것만은 아니다. 사막에 있는 사람은 지평선에서 무엇인가를 본다. 다만 야자나무는 시들었고 우물은 말랐으며 오아시스는 메뚜기로 뒤덮여 있을 뿐이다. 채윤이 당연히 사랑할 거라는 믿음이 만들어낸 피해자. 십여 년을 연인으로 착각한 망상의 피해자. 민준은 자신의 사랑으로 꽉 채어져 있던 채윤이 실제로 존재하는 게 아니라면 상상에 불과했던 건지 묻고 싶었다.

베란다에서 민준의 차가 떠나는 것을 지켜본 채윤의 가슴은 무거운 돌을 얹어놓은 것 같았다. 오랜 시간 동안 채윤은 민준에게 길들여져 있었다. 채윤은 연인과 해야 할 일들에 민준을 떠올렸고 혼자 영화를 보러 가면 어김없이 민준을 찾게 되었다. 여행을 떠나기 전에 동행을 요구하는 사람도 민준이었고, 빈자리는 언제나 민준의 것이었다. 민준이 아니라면 다른 사람이 채워줄 수 없다고 생각했었다. 그러나 그건 단연코 사랑이 아니었다. 단 한 번도 민준을 사랑한다고 여긴 적이 없었다. 친오빠와 어울리듯 채윤은 그렇게 민준을 대했고 정말 마음으로 가족이라 생각했었다. 그래서 민준에게 남자로서의 매력을 느끼지 못했다.

하지만 시원이 운전을 하면서 손에 드러나는 힘줄이나 커피를 들고 차 문을 열 때 비틀어진 허리 라인의 아름다움, 노래를 들으며 고개를 까닥이는 모습은 전혀 평범하게 보이지 않았다. 이미 보아왔던 민준의 모습과 같았지만 시원의 행동을 채윤은 특별하게 느끼고 있었다. 어쩌면 평범하지 않았던 첫 만남부터 인연이나 운명이라는 말을 들먹일 만큼 시원을 특별하게 생각했을지도 모른다. 채윤은 생각하면 생각할수록 명쾌해지지 않아 두통이 일어났다.

채윤은 자동차의 빨간 불빛이 사라진 어두운 주차장을 뒤로하고 방으로 들어가 침대 위에 쓰러지듯 누웠다.

2. 나날이 더 깊어감

채윤은 이불을 푹 뒤집어쓰고 침대에 누워 책을 보며 한가로운 오후를 보내고 있었다. 하지만 시원에 대해 산뜻하면서도 어색한 생각이 머릿속에 가득해 책 속의 활자들이 제멋대로 움직여 책장은 몇 시간째 제자리였다. 예상치도 않게 등장한 남자의 기분 좋은 관심에 채윤은 괜히 어깨가 으쓱해 미소가 떠나지 않았다.

온 집안에 시끄럽게 울리는 인터폰 소리에 채윤은 꼼지락거리며 침대에서 빠져나와 확인했다. 택배회사 직원이라는 말에 경비원에게 재차 확인했지만 채윤에게 온 배달물이 확실하다며 무조건 올려 보낸다고 해 말릴 수가 없었다. 시원 때문에 생긴 낯선 감정에 며칠 잠을 뒤척인 채윤은 푸석한 얼굴을 한쪽 손으로 가리며 작은 상자를 받아 들고 재빨리 문을 닫았다. 보낸 사람의 이름에 강시원이라고 적힌 박스를 뜯어낸 채윤은 안에 놓인 파란 상자를 꺼냈다. 파란 상자에 묶여 있는 빨간 리본이 꼼꼼해 손으로 풀리지 않자 채윤은 가위를 찾아와 싹둑 잘라냈다. 들뜬 기대와 달리 조심스레 연 상자 안은 텅 비워져 곱게 접힌 종이만 덩그러니 놓여 있었다. 채윤은 고개를 갸웃거리며 종이를 펼쳐 보았다.

〈강시원이 전하는 마음의 택배는 고스란히 잘 도착했겠지?〉

채윤은 능글맞은 시원의 목소리가 귓가에 들리는 것 같아 첫 문장부터 웃음이 나왔다.

〈아름다운 아가씨를 저녁 만찬에 초대하니 당연히 참석해 줄 것이라 믿음. 청담동 사거리 프랑스 레스토랑으로 저녁 여섯 시 반까지 택시 타고 꼭 와주길 간절히 바라는 거 알지?
어디에서 몇 시? 소리 내어 대답하길 바람.〉

채윤은 함박웃음을 지으며 시원이 옆에 있는 것처럼 작게 소리 내어 대답했다. 채윤이 상상할 수 있는 범위 밖의 색다른 초대였다. 참 오랜만에 받아보는 편지지 위에 써져 있는 남자의 세련된 글자체는 채윤에게 아늑한 느낌이 들게 했다.

채윤은 몇 번이나 들여다본 편지지를 곱게 접어 상자 안에 넣으려다 상자 바닥에 적힌 글귀를 발견했다.

〈다행히 끝까지 보긴 했구나. 잊지 마. 멋진 저녁을 위해!〉

시원이 이 말을 직접 했다면 마지막에 윙크를 보내지 않았을까 상상한 채윤은 끝내 웃음을 터뜨렸다. 채윤은 누군가의 모습을 상상하며 유쾌하게 웃은 게 정말 오랜만이었다. 그러다 순간 자신이 뭐 하고 있나 싶어 얼굴을 붉힌 채 수줍게 상자를 가슴에 품었다.

시원은 레스토랑의 구석진 곳에 앉아 시계를 들여다보곤 손가락으로 테이블을 두드리며 초조함을 달랬다. 지금까지 시원은 타인에게 어떠한 기대도 품어본 적이 없었다. 같이 어울렸어도 다시 만나지 않는다고 해서 헤어지면 아쉬울 게 없었다. 그렇다고 그 사람들이 좋지 않다거나 불쾌한 사람들은 아니었다. 그저 타인을 만나는 일 자체가 일상의 습관과 같았다. 하지만 채윤은 여태껏 만났던 사람들에게 미안할 정도로 다른 막연한 기대감과 설렘에 들뜨게 만들어 너무나 멋쩍었다. 채윤에게는 앞으로 만나면 어떤 일이 생기고 마음이 변하게 될지 궁금증이 생겼다. 그러면서도 이런 뜬금없는 호의의 감정들에 대해 스스로에게 옳은 것인지 질문해 보았지만 답을 할 수 없었다. 시원도 처음 겪는 이런 감정의 변화들이 그리 달갑지만은 않았다. 언제나 편집증 환자같이 시원은 선명한 것만 고집하고 살았지만 이번엔 스스로에게 변명했다. 어차피 처음부터 평범하지 않았으니 시간이 흐른다면 확연해질 거라 믿으며 시원은 더 이상 깊게 생각하지 않기로 했다. 깊게 생각하면 할수록 자신을 제어하려는 이성에 제압당할 것 같았다.

시원은 더 이상 초조하게 앉아서 기다리는 걸 포기하고 레스토랑 입구로 나가 서 있기로 했다. 출입문을 열고 밖으로 나오자 겨울 중반의 추운 날씨에 시원의 몸이 절로 움츠러들었다. 제법 많은 택시들이 레스토랑 앞에 섰지만 시원이 원하는 채윤은 나타나지 않았다. 시곗바늘은 벌써 약속 시간을 한참 지나 있었지만 시원은 차마 돌아갈 수가 없었다. 정말 채윤이 오지 않는다면 시원의 마음은 갈 길을 잃어버리는 것과 마찬가지였다.

"저기, 시원 씨?"

채윤은 레스토랑 안을 아무리 찾아도 시원이 보이지 않아 입구로 나오자 그곳에 시원이 움츠리고 서 있었다. 작은 목소리로 시원을 불렀지만 때마침 택시가 들어와 시원이 듣지 못한 듯했다.

시원은 고개를 쭉 빼고 내리는 사람을 확인했지만 하얀 입김만 잔뜩 내뿜고 다시 웅크렸다.

"왜 나와 있어요?"

"왜 이리 늦었어? 안 오는 줄 알았잖아."

채윤의 목소리에 뒤를 돌아본 시원은 분명 들어오는 택시마다 확인했는데 정말 마녀처럼 불쑥 나타난 채윤을 보고 놀라지 않을 수 없었다.

"차가 막혀서요."

"택시 안 타고 왔니? 내가 오는 택시는 다 확인했는데, 뭐 타고 왔어?"

"차 가지고 왔어요."

채윤은 거울 앞에서 몇 번이나 옷을 갈아입느냐고 시간 가는 줄 모르고 있었었다. 겨우 자주색 원피스에 검은 코트로 결정하고 집을 나서자 시간이 너무나 촉박했다. 택시를 잡는 시간이라도 아끼려고 차를 가져왔는데 시원의 빨개진 코를 보니 괜히 멋부린다고 시간을 허비한 게 미안해졌다.

"휴대전화 가져왔어?"

"휴대전화?"

"집 주소는 아는데 전화번호는 모른다는 거 무지 황당하더라."

"몰랐어요?"

"안 가르쳐 줬잖아. 아무튼 들어가자. 나 추워 죽겠다."

시원은 거리낌없이 채윤의 손을 잡고 잰걸음으로 레스토랑 안으로 들어갔다. 시원에게 손이 잡힌 채윤은 너무 늦어서 시원이 가버렸으면 어쩌나 걱정했던 마음이 싹 녹아내렸다. 지배인의 안내를 받아 자리에 앉을 때까지 채윤은 시원의 차가워진 손을 자신의 따스한 손으로 감싸주었다.

"주문하신 대로 준비하겠습니다."

채윤은 자리에 앉아 따뜻한 물을 마시며 추위를 녹이는 시원을 보며 미소를 지었다. 시원이 양복 안에 받쳐 입은 자주색 셔츠가 오늘 자신이 고른 색과 맞아떨어진 우연찮은 안목에 흐뭇했다.

"늦었으면 반성해야지, 왜 웃어?"

"반성하고 있어요."

앞자리에 앉아 반달의 입술 모양으로 웃고 있는 채윤을 보면서 시원은 추위 속에서 기다린 것이 탁월한 선택이었음을 느꼈다. 이 안에 있는 모든 사람들 중에서 채윤이 제일 아름답다는 생각이 들었다. 샹들리에에서 비쳐지는 빛으로 옅게 화장을 한 채윤의 피부가 도드라졌고 식당의 전체적인 분홍빛과도 잘 어울렸다.

채윤은 자신을 탐색하듯 자꾸만 쳐다보는 시원이 부담돼 시선을 피했다.

"오래 기다리게 해서 미안해요. 부러 그런 건 아닌데 어쩌다 보니 그렇게 됐어요."

"아까 그 택시에서 안 내리면 정말 가려고 했거든. 근데 이렇게 나타났으니 괜찮아."

"괜찮다면, 그만 쳐다봐요. 민망하잖아요."

채윤은 끈질긴 시원의 시선에 어색해져 볼을 한 손으로 쓰다듬으며 말했다.

"프랑스 요리의 또 다른 맛은 시각적 만족이라고 하더라. 어때?"

채윤의 앞에 잘 정돈된 정원과 같아 보이는 첫 번째 코스인 샐러드 접시가 놓여졌다. 알록달록한 채소들이 겹쳐져 포크를 가져다 대면 우르르 쓰러질 듯 보였다.

"쉽게 손 대기 힘든데요?"

말은 그렇게 했지만 채윤은 온종일 분주하게 치장하느냐 굶주렸던 배를 위해 과감히 소스를 끼얹고 포크로 휘저었다.

여러 종류의 음식이 조그마하게 담긴 접시는 끝없이 나왔고, 채윤에게 시원도 끊임없이 질문했다. 취미, 직업, 좋아하는 것 등 채윤은 가급적 깊이 되묻지 않도록 대답해 주었다.

"와인 마시겠어?"

밝게 웃으며 와인을 권하는 시원에게 싫어한다고 말할 수 없어 채윤은 고개를 끄덕였다.

목이 타는 채윤은 차마 시원의 세련돼 보이는 선택에 어색하게 보이기 싫었다. 시원은 커다란 와인 잔을 부드럽게 잡아 홀짝이며 칼과 포크만 놀리고 있는 채윤을 보았다. 채윤은 시원이 묻지 않으면 먹을 때를 제외하곤 입을 다물고 있었다. 시원은 채윤 앞에서 자꾸만 풋내기 소년처럼 쑥스러워 말을 건네기 어려웠다. 그래서 지루한 사람처럼 보일까 걱정되었다.

"왜 아무 말도 안 해요?"

채윤은 아무 말 없이 쳐다만 보는 시원에게 별다른 흥미나 눈길을 끌지 못하는 여자로 여겨지고 있는 건 아닌지 의문이 들었다.

"디저트를 먹을까 말까 고민 중이야."

"나 더 이상은 무리일 것 같아요."

채윤은 종업원이 접시를 치우는 사이 와인이 또 채워져 있는 잔을 보며 한숨을 쉬었다. 체질적으로 술이 약한 채윤이지만 시원과 있는 지금 그것은 더 이상 중요치 않았다. 시원의 손에 들려 있던 잔이 채윤의 잔에 맑은 소리를 내며 부딪치자 채윤도 잔을 따라 들어 단숨에 비워냈다.

"무슨 와인을 그렇게 급하게 마셔?"

"네? 아, 맛있어서요."

채윤은 입에 감도는 쓴맛 때문에 단숨에 비워냈지만 사실은 와인을 어떻게 마시는지 잘 모르고 있었다.

"그럼 한 잔 더 할래?"

"그럴까요? 맛있는 와인을 자주 마실 수 있는 건 아니니까 한 잔 정도는 더 해도 좋을 것 같네요."

시원이 묻는 순간 채윤은 그 기대에 부응하고 싶은 마음에 거짓말을 했다. 채윤은 두 손으로 턱을 괸 채 와인을 잔에 따르는 시원에게 두 눈 반짝이며 웃어 보였다.

"시원 씨라고 부르면 되죠?"

빈 잔을 매번 채워주는 시원에게 채윤이 얼굴이 붉어진 채로 호칭에 대해 물었다.

"에이, 애인에게 시원 씨라고 하면 너무 삭막하잖아. 자기 어때?"

시원은 채윤의 입가에 묻은 붉은 와인 자국을 손을 뻗어 닦아냈다. 시원의 뜻밖의 행동에 놀란 채윤의 얼굴이 와인의 붉은색만큼 진해졌다.

"시원 씨는 전에 무슨 일 했어요?"

채윤은 빨라진 심장 소리가 식당 안에 울려 퍼지는 것 같아 괜히 민망해져 고개를 숙인 척 중얼거리듯 물었다.

"변호사였어."

"정말요?"

"이 아가씨 속고만 살았나 보네. 명함 보여줄까?"

채윤은 얼마 전에 민준이 이 남자의 직업이 변호사가 아니냐고 물었던 게 생각났다. 기막힌 우연인지 아니면 이 남자를 알고 물어본 것인지, 채윤은 집에 가서 우선 민준에게 전화부터 해보아야 할 듯싶었다.

"그래도 지금은 백수이긴 하지."

"왜요? 아니다, 대답하지 마요."

채윤은 처음 만나 시원에 대해 너무 깊이 물어보았다는 생각에 아차 싶었다.

일심(日深)

"마녀에게 홀리려고 그랬나 봐."

"안 믿어요."

"찾는 게 있어. 내가 느꼈어야만 했던 잃어버린 것."

시원은 잃어버린 행복의 끄트머리를 채윤으로부터 찾고 있는지도 모른다는 생각이 들었다. 행복하게 만들어줄 여자, 갑자기 등장한 채윤이 어쩌면 시원에게 준 실마리일까 싶었다.

"꼭 찾았으면 좋겠네요. 그래야 오늘 이 비싼 저녁 값을 해결할 수 있을 테니까요."

"아, 자리 옮길래? 여기보다 훨씬 좋은 곳으로 말야."

대답을 할 새도 없이 시원이 자리에서 일어나 채윤의 의자를 뒤로 빼내려는 바람에 엉겁결에 일어난 채윤은 그가 입혀주는 코트를 입으며 어정쩡하게 따라나섰다. 어디로 가느냐고 채윤이 물어도 시원은 비밀이라며 주차장까지 입을 굳게 다물고 내려갔다.

"설마…… 법 공부한 사람이 음주 운전 하겠다는 건 아니죠?"

"걱정 마. 고작 와인 몇 잔에 무슨."

"운전자의 의무로, 누구든지 술에 취한 상태에서 운전을 해서는 안 된다. 아닌가요?"

"제법이긴 한데 술에 취한 상태가 아니랍니다."

막무가내로 채윤을 차에 태운 시원은 시동을 걸자 안전벨트를 꼭 잡고 있는 채윤 때문에 웃음이 터져 나왔다. 조수석에 앉아 있는 채윤의 다리가 갑자기 시원의 눈에 띄면서 시선을 사로

잡았다. 검은 스타킹이 반짝거리는 다리는 아래로 향하면서 점점 가늘어졌고 그 끝에는 작은 구두가 신겨져 있었다. 시원은 손을 뻗어 다리를 위에서 아래로 쓸어내려 가며 감춰져 있는 작은 발을 꺼내보고 싶었다.

"뭐 떨어졌어요?"

시원은 자신도 모르는 새 다리 근처에 뻗어져 있는 손에 화들짝 놀라 재빨리 핸들로 옮겼다. 까닥하면 성추행범으로 오해받기 십상인 상황이었다. 이토록 자제력을 잃은 적은 없었는데, 생각과 행동이 동시에 이루어진 건 정말 처음이었다. 시원은 정말 채윤이 마음을 밖으로 꺼내는 마법을 지닌 마녀일지 모른다며 고개를 세차게 한번 흔들었다.

레스토랑에서 멀지 않은 곳에 도착한 채윤은 시원의 차가 정지하자 그제야 두근거리던 가슴이 진정된 것 같았다. 경찰의 음주단속에 걸리면 뭐라 변명해야 할지 온갖 이야기를 생각해 내던 머릿속도 멈추었다.

"무사히 잘 도착했습니다, 법을 수호하는 한채윤 씨."

시원은 한숨을 내쉬는 채윤을 보며 작게 웃곤 차에서 내려 재빨리 채윤 쪽의 차 문을 열었다. 간판도 없이 건장한 남자 단둘만 서 있는 이상한 입구로 데려가자 채윤은 발걸음을 멈추었다. 시원은 채윤이 무슨 생각을 하는지 안다는 듯 어깨를 으쓱하고 채윤의 손을 잡아당겼다. 건장한 남자들은 채윤과 시원이 안으로 들어가도록 출입문을 열어주며 고개를 숙였다. 채윤이 그들을 향해 같이 고개 숙여 인사하자 시원은 또다시 웃음이 터졌다.

"왜 웃어요?"

"의외로 귀여워서."

문 안에 들어서자 전체적으로 어두운 실내 장식에 푸른색 조명이 세련되게 조화를 이룬 모습을 보고 이곳이 술집임을 알아챘다. 시원은 누군가를 찾는 중인지 두리번거리느라고 채윤이 이상한 눈으로 쳐다보아도 눈을 마주치지 못했다.

"형!"

시원은 문 정면에서 바로 보이는 반원의 무대 뒤쪽에서 나오는 남자를 반갑게 불렀다. 남자는 시원에게 다가와 어깨를 주먹으로 가볍게 치더니 인사를 나누듯 서로 안았다.

"누구랑 오나 했더니 여자였구나."

"여긴 내 생명의 은인이자 애인인 한채윤. 이쪽은 이곳 주인 박건."

"처음 뵙겠습니다."

채윤은 낯선 사람의 등장에 시원의 팔을 꽉 잡으며 어설픈 미소로 인사했다. 오늘 한창 바쁜 시간임에도 불구하고 시원이 이 술집을 억지로 차지했다면서 건은 채윤에게 행운의 주인공이라고 칭했다.

"예쁘긴 하네. 하여간 오늘도 계산 안 하고 가면 다시는 여기

못 온다."

"거 참, 오랜만에 아우가 부탁했는데 이런 식이면 나도 안 온다."

"이놈, 순 바람둥이에요. 조심해요, 조심."

"절대 아니야. 믿으면 안 된다. 형은 왜 애한테 쓸데없는 말을 하고 그래."

시원의 친근하던 목소리가 갑자기 차갑게 변해 되받아치자 건은 웃으며 자리를 비켜주었다.

"저런 말 믿지 마. 안 믿지?"

"그렇게 말하는 게 사실을 부인하는 듯한데요. 그리고 왜 애인이라고 해요? 불편해요."

"불편하긴, 나 괜찮은 사람이라니까."

"있잖아요, 한 발 앞으로 내밀어야 할 때 급해서 두 발이 다 내밀면 넘어진데요. 넘어지면 어떻게든 흔적이 남게 되고 그건 상처라고 불린다네요. 그래서 불편해요."

부루퉁히 대답한 채원을 시원은 스피드 레일 바 앞으로 데려가 의자를 빼주고 큰 손동작으로 앉으라고 청했다. 적막만 흐르는 곳에 시원이 움직인 의자 소리만 크게 울려 퍼졌다. 시원은 채윤을 앉혀놓고 바 안으로 들어가 부드러운 음악을 은은하게 틀었다.

"뭐예요? 왜 혼자 그 안에 들어가요?"

"내가 또 술 하나는 기가 막히게 만들거든. 뭐 마시고 싶은 거 있음 주문해."

채윤은 더 이상 시원에게 거짓말을 할 수 없었다. 마시지도 못하는 술을 겉치레로 받아들이기에는 와인 몇 잔도 이미 과한 상태였다.

"사실 술 잘 못해요."

시원은 채윤이 한참 고심하다 한 말에 짧은 웃음이 새어나왔다. 처음부터 못한다고 하면 될 것을 와인 몇 잔을 덥석 받아먹은 후 끝내 이실직고하는 저 내숭이 귀여웠다.

"기름기 먹었더니 깔끔한 게 당기는데 마티니 정도는 괜찮지 않겠어?"

양복 상의를 벗고 와이셔츠 소매를 걷어 올리는 시원의 모습이 너무 시원해 보였다. 채윤은 한 잔 정도는 괜찮을 거라고 생각하며 고개를 끄덕였다.

"예전에 제임스 본드가 '마티니는 젓지 말고 흔들어서'라고 했는데 알아요?"

시원은 알겠다는 듯이 셰이커에 얼음과 진, 그리고 드라이벌무스를 넣고 위아래로 흔들었다. 시원은 채윤의 앞에 마티니 잔을 놓고 올리브 하나를 넣어 셰이커의 벌어진 틈 사이로 마니티를 쭉 따라냈다.

"감사의 선물."

"잘 마실게요."

"사실 그날 날 구해줘서 고맙다는 인사도 제대로 못한 게 마음에 걸렸어. 채윤이 아니었으면 이렇게 말짱하게 있지도 못했을 거야. 만약 당신이 술을 좋아했다면 이곳에 있는 술을 전부 칵테일로 만들어 바칠 만큼 고맙고 또 미안해."

채윤은 잔을 들어 시원에게 부딪치는 시늉을 하고 입을 살짝 대고 조금 마셨다. 알싸한 알코올 향이 입 안으로 퍼져 목으로 넘어가자 가슴에 확 뜨거운 불길이 일어난 것 같았다.

"그 마음 잘 받았어요. 그리고 생각보다 맛있네요. 근데 여기는 왜 빌린 거예요?"

"빌렸다기보다는 그냥 사용료를 내는 정도지. 시끌벅적한 곳보다 낫잖아. 둘이 있기는 이곳이 좋아."

"정말 돈이 넘쳐 나나 봐요?"

"돈이 많긴 하지. 이거 받아."

시원은 양복 안주머니에서 작고 네모난 케이스를 꺼내 채윤 앞으로 밀었다. 실크로 뒤덮인 고급 케이스만 봐도 보석이 담겨져 있을 거라고 짐작할 수 있었다. 케이스를 열자 안에는 초승달 모양의 황금색 귀걸이가 한 쌍이 가지런히 놓여 있었다. 채윤은 이 선물이 무얼 뜻하는지 의아한 눈으로 시원을 바라보았다.

"'사랑을 이루고 싶다면 황금 귀걸이를 하라. 황금 귀걸이를 하고 있으면 당신이 소원하는 사랑이 이루어진다'. 어느 집시가 한 말이래."

"그래서요?"

"고맙다는 성의 표시기도 하고, 우리 사이도 그리되면 좋겠다는 뜻이기도 하고 이래저래. 의미가 좋잖아."

채윤은 시원의 달콤한 말에 약간의 충격을 받았다. 앞에 서 있는 이 멋진 남자가 왜 이토록 친절하고 관심을 끌려고 노력하는지 채윤은 도통 알 수가 없었다. 자신은 빼어난 외모나 대단한 배경을 가진 것도 아닌 너무나 평범한 사람인데 말이다. 혹시 여자를 보는 취향에 문제가 있는 것이 아닌가 하는 생각까지 들었다. 자신이 너무 잘나서 눈에 띄지 않는 지극히 평범한 사람을 고르는 취향. 아무것도 한 것 없는데 채윤은 선뜻 이런 선물을 받아도 되는지 부담스러웠다. 그러면서도 시원의 관심과 뜻하지 않은 대접들, 애정 섞인 따뜻한 눈빛은 자신이 특별하다는 생각을 들게 해 기쁘기도 했다.

"이거 안 받으면 못 나가. 아까 문 앞에 서 있던 덩치들 봤지?"

시원의 투정 부리는 말투에 채윤은 한숨을 내쉬었다. 채윤 자신도 버거운데 이 남자까지 짊어지고 싶지 않았다. 지금은 기대고 싶은 사람이 시원이기를 바랐지 시원을 끌어안고 갈 자신은 없었다.

"왜 나한테 이렇게까지 하는 건데요? 나 그냥 평범해요. 잘난 사람 아니에요."

채윤 안에 내재되어 있는 열등감으로 인해 평범한 채윤 앞에 뜻밖의 세련되고 멋들어진 시원이 나타나자 스스로가 특별해져 보이기도 했으나 작아지게도 만들었다.

"누가 나보고 잘났대? 그거 누가 그렇게 판단하는 건데?"

"글쎄, 내가 그렇게 느꼈어요."

"사람은 어차피 포장 벗겨놓으면 다 똑같아. 난 너한테 호감 있고 좋아해."

"날 좋아해 주는 건 고마운데 호기심 어린 치기일까 봐 겁나요."

채윤은 솔직하게 그 끝이 장난 삼아 던진 돌에 맞는 개구리가 될지 모른다는 두려움에 시원에게 털어놓았다.

"치기 부릴 나이 지난 지 오래야. 너 처음 만나던 날, 다리가 아프기도 했지만 널 보고 난 후로 머리도 아프더라. 꼭 둔탁한 걸로 뒤통수를 세게 맞은 것처럼 말이야. 생각할수록 묘한 느낌이 들고, 그 후로는 눈앞에서 네가 아른거렸어. 이것이 인연이 아닐까란 생각이 들 정도였어."

채윤은 그날 시원과 같은 느낌을 받았었다. 표현은 달랐지만 분명 비슷했다. 하지만 채윤은 아직도 많이 망설여졌다.

"만나서 인연이 아니라면? 그 인연이라는 말에 책임질 수 없다면 함부로 하면 안 돼요."

시원은 왜 이렇게 채윤이 뒤로 물러나려고 애를 쓰는지 알 수가 없었다. 어차피 모두들 한 치 앞을 모르고 사는데 어떠한 책임을 지금 당장 채윤에게 부여해 주어야 할지 막막했다.

"태초에 여자와 남자는 한몸이었는데 너무나 행복한 모습으로 살아가는 걸 질투한 신이 반으로 쪼개놓았다고 하더라. 그래서 모든 여자와 남자는 자신으로부터 떨어져 나간 반쪽과 결합하고 싶어하게 된대. 그 반쪽을 만나면 지금 같은 느낌이라고 확신하진 못해도 너랑 나 끌리니까 여기까지 같이 온 거 아니겠어? 그건 인정해라."

채윤도 언젠가 책에서 읽은 구절이었다. 그때 한몸이었던 남녀가 만나게 되면 자연스럽게 서로에게 이끌려 다시 한몸으로 결합한다고 했다. 하지만 그 남녀가 아닌 착각을 일으킨 남녀가 만나게 되면 결합하지 못한 채 상처를 안고 다시 자신의 반쪽을 찾으러 떠나야 하는 고통을 감수해야 한다고도 했다. 정말 시원과 있으면 어느 하나 답이 나오지 않고 마음만 이리저리 헤집고 돌아다니는 기분이 들었다.

"난 같이 있는 게 쑥스러운데 시원 씨는 오히려 자연스러워 보여요. 너무 친근하게 다가오는 시원 씨 보면 겁나요. 이렇게 누군가 갑자기 찾아오면 갑자기 떠난다잖아요. 그럼 나만 남는 건데……."

"끝은 누구도 몰라. 내가 너를 떠날지 네가 나를 떠날지. 하지만 언제나 함께하길 바라는 마음, 그게 시작인 거야."

무모할 수도 있는 말이었으나 채윤은 흔들렸다. 언제나 함께하길 바라는 마음. 그 마음이 채윤에게 있는지 시원은 모른다. 다만 그렇게 되기 위해 앞으로 노력해야 한다는 것, 시원은 그것만 알고 있을 뿐이었다.

"눈앞에 있는 널 놓친다면 가슴에 남을 거야. 어차피 다 사그라져서 남지 않는다면 평생 가져갈지도 모르는데 그게 더 겁나지 않아?"

채윤은 잔에 남은 술을 겁도 없이 벌컥 들이켰다. 뜨거운 알코올이 목을 달구자 잔기침이 흘러나오면서 얼굴이 급속도로 벌게지면서 코가 맹맹하고 머리가 지끈거렸다. 시원이 내미는 얼음물을 벌컥벌컥 마신 후에야 싸한 기운이 가셨다. 채윤은 민망해 얼굴을 손으로 쓰다듬으면서 시원을 향해 웃었다.

"잘 받을게요. 마음도, 뜻도."

시원은 몸을 앞으로 기울여 채윤의 귀에 손수 귀걸이를 끼워 줬다. 시원의 코가 채윤의 코를 살짝 스치자 채윤은 눈을 감았다. 술기운이 확 오른 채윤은 어디서 용기가 생겼는지 영화에서 본 장면을 떠올리며 두 손을 꼭 쥐고 시원의 입술을 기다렸다. 시원의 입술은 채윤의 입술을 지나쳐 이마에 살짝 맞추었다. 아주 긴 시간, 시원은 미동도 하지 않고 채윤의 입에서 새어나오는 고르지 않는 숨결을 고스란히 느꼈다.

시원이 아무런 움직임이 없자 채윤은 살며시 눈을 떠보았다. 채윤의 눈앞에 보이던 시원의 코가 서서히 뒤로 물러나면서 시원의 얼굴이 보였다. 입가에 잔잔한 미소가 흐르고 있었다. 이토록 괜찮은 남자가 좋다는데 괜히 부정적으로만 생각했던 건 아닌가 생각이 들 정도였다.

"얌전한 척하더니 깜찍하게도 눈을 감네. 그동안 다 내숭이었어?"

시원은 붉어진 얼굴을 두 손으로 감싸는 채윤을 보면서 툭하고 그의 마음에 던져진 불길이 사그라지지 않는 영원한 것이기를 소원했다.

채윤은 아침에 눈뜬 순간부터 집 안에 울려 퍼질 모든 벨소리를 기다리고 있었다. 이 집에 살면서 벨소리를 이토록 그리워해 본 적이 없었다. 오히려 혼자 있는 곳에 침범을 알리는 벨소리가 거슬려 인터폰을 떼어버리고 싶은 적이 더 많았다. 하지만 시원의 전화나 또 다른 작은 상자를 기다리는 이 순간, 울려야 할 것들이 조용하자 신경질이 났다.

기다리다 지친 채윤은 소파에 누워 텔레비전을 켰다 끄기를 반복하다 재미없어지자 지루하게 온 집 안을 뒹굴고 다녔다. 바로 그때 전화벨 소리가 울렸다.

"여보세요?"

기다리지 않았다는 듯 심드렁한 목소리로 전화를 받았으나 기다리던 시원이 아니자 기분까지 심드렁해졌다.

"아저씨, 잘 지내시죠?"

권 사장 전화였다.

"저야, 그럭저럭 잘 지내요. 만나는 사람이요?"

[그래. 나이 먹는데 평생 혼자 살 거냐?]

"잘 모르겠어요. 아직 그런 생각 깊이 안 해봤어요."

[좋은 사람 만나면 그냥 가거라, 이것저것 깊이 생각하지 말

고. 그저 네가 좋고 너 좋다고 하면 아무것도 보지 말고 시집가. 이 아저씨는 너 시집가는 거 보는 게 소원이야.]

"좋은 사람 만나면 그럴게요. 만날 아저씨 신경 쓰이게 해서 죄송해요."

[채윤이 넌 내 딸이야. 피로 이어지진 않았지만 마음으로 이어진 내 딸.]

채윤의 볼에 눈물이 또르르 흘러내렸다. 할아버지가 남기고 간 끊어지지 않은 인연이 채윤의 마음을 따뜻하게 감싸 안아주었다. 누구도 쉽게 하지 못할 말을 하는 권 사장에게 채윤은 고맙다는 말밖에 전할 말이 없었다.

[그리고 이전에 있었던 일들은 깨끗이 잊어. 난 아직도 그때만 생각하면 잠이 안 와. 네가 그 일을 잊고 새로 살아가야지 내가 편할 것 같다.]

채윤은 깨끗이 잊어야 할 기억이 아직도 선명히 남아 지워지지 않고 있었다. 절대 잊지 못할 그 시간들, 채윤은 자신을 걱정하는 권 사장에게 긍정적으로 대답하고 전화를 끊었다.

유명 기업의 회장실을 찾아갔던 스무 살 초반의 채윤의 발걸음은 무거워 한발한발 앞으로 걸어가는 게 버거웠다. 옆에서 자꾸만 누군가 채윤의 팔을 붙잡고 질질 끌고 가는 기분이었다. 약속 시간이 한 시간이 지나도록 대기실에서 기다리고 있는 채윤의 눈은 가족을 잃어버린 공허함과 분노가 가득 차 있었다.

반면, 무서울 정도로 무표정하게 앉아 있는 채윤의 모습에 주변 사람들의 눈빛은 곱지 않았다.

"꼭 이렇게 하지 않아도 된다. 내가 대신해도 될 일을 네가 나선다니 말리지는 않겠지만 험한 꼴을 보게 될 거야. 각오 단단히 해라."

할아버지의 사업을 같이 끌어가던 심복이셨던 권 사장의 말에 채윤은 꼼짝하지 않았다. 차마 쳐다보지 못하고 처박아두었던 할아버지의 유품을 정리하다 지난 장부를 보게 된 채윤은 참을 수 없는 분노가 일어났다. 할아버지가 아프시던 시점부터 기업체, 그것도 잘나가는 대기업체들의 사채가 전혀 회수되지 않고 있었다. 들은 바로는 직원들이 독촉도 해보고 법정 소송도 준비했지만 그 누구도 죽음을 앞둔 사채업자의 돈을 갚을 생각은 하지 않았던 것이다.

"괜찮아요. 연습도 많이 했고, 변호사님도 직접상속인인 제가 움직이면 일이 더 수월할 수 있다고 하셨어요. 그 돈, 단 한 푼이라도 포기하지 않을 거예요."

채윤은 할아버지가 피땀 흘려 벌어들인 돈을 그렇게 잃어버릴 수 없었다. 남들 눈에는 보기 좋지 않은 사채놀이를 하던 돈이지만 자식까지 앞세워 보낸 노인에게는 마지막 희망이었던 돈이다. 평생 그 돈 벌려고 갖은 고생에 속이 문드러져 돌아가신 분이 할아버지였다. 약해지려는 마음을 붙잡아두기 위해 채윤은 긴 머리를 풀어 다시 손으로 꼼꼼히 빗어 고무줄로 탄탄하게 묶었다. 그러곤 아직까지도 머리에 꽂고 있는 하얀 리본을 매만졌다.

"회장님께서 들어오시랍니다."

권 사장 옆에 서서 고풍스러운 사무실에 들어간 채윤의 눈에 꽤 비싼 돈을 주고 들여놓은 마호가니 서궤가 눈에 띄었다. 그 서궤에서 문이 열리는 것도 아랑곳하지 않고 서류를 쳐다보던 회장은 그들이 자리에 앉자 고개를 들어 힐끔 쳐다보았다.

"아니, 권 사장 아니십니까? 여기까진 무슨 일로 걸음을 다 하셨습니까?"

넉살 좋은 사람처럼 회장은 그들이 앉아 있는 소파로 와 웃으며 과도한 제스처를 보였다.

"어르신이 돌아가셨다는 소식은 진즉에 들었습니다. 어려울 때 도움을 참 많이 주신 분인데 그렇게 가시다니 안타까울 따름입니다. 근데 옆에 앉은 이 아가씨는 누구지요?"

"어르신의 손녀 분이자 유일한 유산 상속자입니다."

"아, 그렇군. 근데 무슨 일로 저를 찾아오셨습니까?"

채윤을 살피는 능글맞은 회장과 시선과 마주친 채윤은 어쩔 수 없이 고개를 살짝 숙여 인사했다.

"제 할아버지의 장부를 보았습니다. 회장님께서 상환하지 않는 돈의 액수가 꽤 커서 제가 상속을 받는데 지장이 있습니다. 언제까지 가능하신지 확답을 받으러 왔습니다."

채윤은 또박또박 말했지만 속은 지나치게 매슥거려 먹은 것이 다 올라올 정도였다. 할아버지와 권 사장의 든든한 보호막에서 벗어나 처음으로 세상을 맞닥뜨려 보는 거였다.

"지금 무슨 말을 하는지 모르겠네만 그런 일은 아가씨가 나설 일이 아니야. 그리고 권 사장, 언제부터 젖비린내 나는 어린애를 대동하고 다녔는지 모르겠네만 이따위로 일 처리하는 건 아니지."

"회장님, 저는 어르신의 뜻을 따르던 사람입니다. 이제 모든 건 어르신에서 아가씨에게로 넘어갔습니다."

"어허, 이 사람들 보게."

회장은 기가 차다는 듯 혀를 차면서 두 사람을 쏘아보았다. 채윤은 그의 독한 시선을 받으면서도 움츠러들지 않으려 상체에 힘을 주고 어깨를 더욱더 꼿꼿이 폈다.

"아가씨, 그 돈을 어르신한테 받아 쓰긴 했지만 지금같이 경제가 어려울 때 돌려달라고 하는 건 애들이 떼쓰는 거나 마찬가지 아니겠어? 내 여유 생기면 알아서 돌려줄 테니 그만 가봐요."

회장의 말에 권 사장은 채윤을 보았다. 채윤은 연습했던 말들을 하기 위해 눈에 힘을 주고 큰 숨을 쉬었다.

"이자마저 고의적으로 갚지 않으신 지 일 년이 지났습니다. 확답을 주지 않으시면 담보로 맡기신 주식은 제 임의대로 처분하겠습니다. 최소한 어려울 때 도와주셨던 분에 대한 예의는 지켜주셔야 하지 않나요? 필요할 때는 냉큼 빌려가 놓고 나 몰라라 하시는 건 옳지 않으세요."

"나 몰라라 하는 게 아니라 여유가 없다니까. 머리에 피도 안 마른 게 어디서 협박이야!"

회장은 자리를 박차고 일어나 서궤로 돌아가 소리 나게 앉으며 담배에 불을 붙였다. 언짢은 안색으로 서류철을 넘기며 그들이 나가기를 기다렸다.

"전 그럼, 내일 대부 약정서에 따라 그 주식을 시장에 내놓겠습니다."

"이런 버르장머리없는 것을 봤나. 사채놀이 하던 사람이 죽었으면 끝이지 은행도 아닌 게 무슨 빚쟁이처럼 돈을 달라고 난리야? 본데없이 자란 집안 애는 어딜 가나 티가 난다더니 지금 엇따 대고 돈을 갚으라 마라야! 빌어먹을 것들 같으니라고!"

채윤은 여러 번 차분하게 대하라는 주의를 들었음에도 회장의 고함에 자리에서 벌떡 일어나 회장을 쏘아보았다. 사채업자의 돈 따위라는 당당함과 거리낌없는 태도에 채윤은 치가 떨려 온몸이 부들부들 떨렸다.

"제가 지금 생떼 부리는 건가요? 빌려가신 돈 돌려달라는 게 잘못된 거예요?"

"내 말 잘 들어. 그 돈 날아간 거야. 내가 누구랑 거래했어? 한 어른하고 했지 아가씨랑 했나? 상속인? 그럼 우리 변호사 통해서 정식으로 요청해 봐. 사채업자의 돈이 어디까지 받을 수 있나 법적으로 해보자고. 내 주식에 손대기만 해봐. 그 대가가

일심(日深)　117

어떤지 제대로 보여줄 테니까."

채윤이 분에 못 이겨 눈물이 맺히자 옆에 앉은 권 사장이 채윤의 손을 꽉 잡아 더 이상 하지 말라며 말렸다.

"저희랑 거래하실 때 작성하신 서류들 그대로 보관하고 있습니다. 법적으로 쉬운 일은 아니지만 원하신다면 추진하겠습니다."

"권 사장 마음대로 해보게. 그리고 아가씨, 죽은 노인네 종이 쪼가리 들이밀어 돈 몇 푼 뜯어내고 싶은가 본데 그 반반한 얼굴로 돈을 벌려면 웃음을 파는 게 빠를걸."

회장은 자신이 말해놓고도 흡족하다는 듯이 낄낄거리며 채윤의 아래위를 훑어보았다.

"죽은 노인네? 천박한 사람이 회장이라고 앉아 있는 이 회사의 미래가 안타까울 따름입니다."

채윤이 비웃음을 흘리고 돌아서자 뒤통수에 묵직한 것이 날아와 내리꽂혔다. 권 사장은 앞으로 꼬꾸라지려는 채윤의 몸을 재빨리 잡아 바로 세웠다. 채윤은 권 사장의 손을 뿌리치고 몸을 돌려 발밑에 떨어진 크리스털 재떨이를 주웠다. 그리고 회장의 앞에 얌전히 내려놓으며 말했다.

"어음도 몇 개 가지고 있는데 사채시장에서 회장님 기업 어음이 썩 좋지 않은 평가를 받는다고 하더군요. 남의 돈 떼먹고 잘되는 사람 없다는 옛말이 딱 맞겠죠?"

채윤이 말을 채 다 마치기도 전에 회장의 손이 채윤의 뺨을 얼굴이 돌아갈 정도로 강하게 내리쳤다. 손이 떼어진 자리는 벌겋게 물들어 있었다. 채윤이 그 뺨을 쓰다듬었다.

"밥맛없는 계집애. 주워들었다고 섣불리 덤비지 마. 감히 네까짓 년이 나한테 함부로 말을 해! 꺼져! 재수없는 것들!"

권 사장 손에 끌려 나온 채윤의 뒷목에는 피가 흐르고 있었다. 권 사장이 혀를 차며 손수건을 꺼내 건네자 채윤은 피가 흐르는 부분을 꽉 누르고 힘차게 걸어나왔다. 로비에 서서 차를 기다리며 한숨짓는 권 사장을 향해 채윤은 웃어 보였다.

"할아버지는 저런 사람들을 상대했군요. 그렇죠? 불쌍한 우리 할아버지. 나한테는 힘들 거 없다고 해놓고 이따위 쓰레기 같은 사람들하고…… 아저씨, 우리, 우리, 더…… 악랄하게 받아내요. 저런 나쁜 사람들 손에서 더 악랄하고, 비열하고, 또 뭐 있지. 하여간 다 받아내요."

채윤은 터져 나오는 울음에 말을 다 하지도 못하고 권 사장에게 안겨 소리를 내지르며 울었다. 그동안 살면서 처음 받아본 수모와 모멸감, 할아버지가 당했을 일들에 억장이 무너져 내렸다. 세상이 왜 채윤에게 이토록 매몰찬 것인지, 앞으로 어떻게 살아가야 할지 막막했다.

또래들은 웃으며 캠퍼스를 누비고 다닐 때 채윤은 검은 정장은 입고 이 년이라는 긴 시간 동안 힘겨운 싸움을 했다. 때론 얻어맞기도 하고 찬물 세례를 당하며 온갖 욕을 듣기도 했지만 할아버지가 그토록 힘겹게 지켜온 돈을 떠올리며 더욱 강하게 행동했다. 그러나 막 이십대 초반을 넘긴 채윤은 모진 세상의 풍파를 몸소 겪으며 그 후 시간이 흘러가면 가는 대로 계절이 바뀌면 바뀌는 대로 그저 따라갈 뿐이었다.

채윤은 우울해진 기분을 주체할 수 없어 방에 들어가 이불을 뒤집어쓰고 누웠다. 밑바닥까지 떨어져 버린 자존감, 천한 직업을 가진 사람의 손녀, 채윤에게 남은 건 돈이 아니라 잃어버린 자신이었다. 그렇게 나쁜 직업을 가졌던 분이 할아버지인 줄도 몰랐다. 하지만 할아버지는 나쁜 사람이 아니었다. 그래서 채윤은 세상에 숨어 지내려 할 뿐, 먼저 나서서 다른 사람과 어울리지 않게 되었다. 다 잊고 새로 시작한다고 해서 자신의 끝에 붙어 있는 꼬리표들이 사라지지 않을 것이란 생각에 채윤은 굳이 잊으려고 노력하지 않았다.

채윤은 어둑해지는 방 안에서 잠이 들어 인터폰이 몇 번이나 울려도 좀체 일어날 기미가 보이지 않았다. 현관 철문을 쾅쾅 두드리는 소리에 부스스하게 일어난 채윤은 얼굴에 오만상을 쓰며 문을 벌컥 열었다.

"급한 택배라고 해서 늦게라도 전해 드리려다 보니 늦어졌습니다. 죄송합니다."

"아니에요. 감사합니다."

채윤은 인상을 펴고 민망한 미소를 보이며 인사하고 문을 닫았다. 기다리고 기다리던 강시원의 또 다른 택배가 두 손에 들어왔다.

채윤은 소파에 앉아 아직 시원의 온기가 느껴지는 상자를 두 손으로 쓰다듬었다. 상자 안에는 채윤의 기대와 같이 메모지 몇 장과 영화표가 있었다.

〈영화 보자. 표가 왜 두 장일까?〉

채윤은 메모지에 클립으로 끼어진 두 장의 표를 빼내고 다른 메모지를 보았다.

〈네가 좋아할 듯한 로맨틱 코미디 한 장. 나의 넓은 가슴에 안길 수 있는 공포물. 원하는 영화 시간에 맞춰 라운지로 나오면 내가 짠 하고 나타날 거야.〉

채윤은 영화 제목과 날짜를 확인하기 위해 아무렇게나 놓았던 두 장의 표를 살펴보았다. 로맨스 영화보다 삼십 분 빠른 공포물을 손에 든 채윤은 별다른 고민도 없이 핸드백 안에 표를 넣었다.

〈나 글씨 잘 쓰지? 한자한자 써 내려갈 때마다 얼마나 떨리는지 몰라. 내 마음 고스란히 전하기에 기계는 너무 건조해.〉

채윤은 시원의 전체적인 이미지는 디지털 같지만 행동을 일일이 지켜보고 있으면 아날로그가 더 적합하다는 생각이 들었다. 어느새 시원을 생각하는 채윤의 얼굴에는 어두운 흔적이 사라지고 옅은 웃음만 가득했다.

채윤은 평상시 보던 영화표와 달라서 직원에게 물으니 라운지로 안내했다. 골드 클래스라고 금색으로 크게 적혀 있는 문을 통과해 안으로 들어가니 시끌벅적했던 밖과 달리 아담하고 조용한 카페에 들어선 듯했다. 채윤은 어색하고 신기해 사방을 둘러보다 한쪽 벽면이 핸드 프린팅으로 가득 차 있는 곳으로 걸어갔다. 연예인들이 해놓은 핸드 프린팅을 처음 본 채윤은 신기해 위아래로 한참을 살피다 문득 시원을 만나러 왔다는 게 생각났다.

"이 아가씨, 약속은 나랑 해놓고 남의 손바닥만 구경하고 있네."

채윤은 말소리가 들리는 방향으로 고개를 돌리자 시원이 서 있었다. 등을 벽에 기대고 서서 옅은 웃음을 지으며 내려보는 시원을 보자 채윤은 반가워 보조개가 지어질 정도로 환하게 웃었다.

"신기하잖아요."
"영화 삼십 분 전 도착? 한 시간 전 도착?"
"어떤 걸 원하시나요?"

채윤이 새치름하게 묻자 시원은 심각한 고민에 빠진 듯이 미간을 찌푸리며 한 손으로 턱 끝을 만지작거렸다. 시원의 모습이 꽤나 진지해 보이자 채윤은 웃음이 터져 턱을 만지작거리고 있는 팔을 툭 쳤다.

"내가 원하는 거 보기로 하지 않았어요?"

"아, 맞다. 그대의 뜻에 따르오리다."

"저는 그리 알고 있었습니다."

시원은 채윤의 한쪽 손목을 잡고 창가에 놓여 있는 테이블로 데려갔다. 시원은 소파를 하나 빼어 채윤이 앉기를 기다리며 뒤로 물러서 있었다. 채윤은 자신이 앉기만 기다리며 서 있는 시원이 어떤 사람일까 궁금했다. 이 사람의 안에는 무엇이 들어 있기에 이런 과도한 친절을 보이는 걸까. 어떻게 살아왔기에 이런 친절이 자연스러운 건지 채윤은 그의 안을 들여다보고 싶었다. 그리고 시원에게 이런 배려를 받을 자격이 자신에게 있는지 의문이 들었다. 채윤은 그런 열등감들이 스멀스멀 떠오르자 스스로에게 짜증이 났다.

"안 앉아?"

채윤의 표정이 좋지 않자 시원은 혹시 자신이 실수한 게 있나 싶었다. 의자를 너무 멀리 뺀 것 같아 조금 앞으로 밀자 그제야 채윤이 자리에 앉았다. 시원은 의아해하며 자리에 앉자 채윤은 고개를 돌려 창밖만 내다봤다. 꽤나 심각한 표정으로 밖을 내다보는 채윤을 시원은 더 이상 참지 못하고 따져 물었다.

"왜 그래? 내가 뭐 실수했니?"

채윤은 처음 받아보는 낯선 사람의 지나친 배려에 혹시 다른 의도가 있지 않을까 싶어 곰곰이 생각해 보았다. 혹시라도 이 모든 게 어느 다른 것들을 위한 거짓일지도 모른다는 생각이 들었다.

"혹시, 정말 혹시나 해서 물어보는 건데, 집안 식구 중에 사채 같은 거 쓰는 사람 있어요?"

"어?"

시원은 말이 없던 채윤이 뜬금없이 사채를 들먹이자 어이가 없었다. 정말 한 치 앞을 내다보기 힘든 여자가 채윤인 듯했다.

"아니에요. 미안해요."

"표정이 별로 좋지 않은데."

"그냥 머리가 좀 아프네요."

"아프면 다음에 보자고 하면 되지 굳이 아픈 몸을 끌고 나왔어?"

"그런 거 아니에요."

시원은 짜증 섞인 채윤의 목소리에 움찔했다. 뭔가 단단히 뒤틀린 채윤의 기분 하나 맞추지 못하고 되레 건드리는 바보가 된 기분이었다.

"미안해요. 내가 오늘 좀 이상하네요."

채윤은 시원 앞에서 이토록 초라해지는 자신이 견딜 수 없었다. 생각이 꼬리에 꼬리를 문다더니 혹시 시원이 진 빚이 있어 자신에게 부러 접근한 게 아닐까 하는 생각까지 들었다. 정말 관심을 주고 친절을 베푸는 남자에게 형편없는 생각을 하며 이렇게 대하는 게 너무 답답했다. 자신이 너무나 창피하게 느껴진 채윤은 시원과 함께 있을 수 없어 자리에 일어나 빠르게 걸어나갔지만 시원의 손에 팔이 붙잡혔다.

"영화 보기 싫으면 바람 쐬russ 밖에서 걷자."
"내가 무슨 생각 했는지 알면 무지 실망할 거예요."

시원은 또 무슨 말을 할지 모르는 채윤의 팔을 도망가지 못하도록 꽉 눌러 잡았다.

"실망 안 해. 네가 무슨 생각을 했든지 간에 말하고 싶지 않으면 하지 마."

"미안하지만 나 시원 씨 앞에서 열등감 생겨요. 만난 지 얼마나 됐다고 벌써 내 자신이 초라하게 느껴졌어요. 혹시라도 이런 기분이 계속되면 나 힘들어질 것 같아요. 힘든 건 지긋해서 싫어요. 미안해요."

시원은 이토록 자신이 느끼는 감정을 솔직하게 말하는 여자를 만나본 적이 없었다. 열등감. 차마 입에 꺼내기도 창피하게 여기는 단어를 채윤은 주저없이 꺼냈다. 시원은 의기소침해하는 채윤의 어깨에 한 손을 얹었다.

"열등감? 내가 그렇게 너한테 부담되니? 내가 어떤 사람인지 아니?"

"그런 게 아니라……."

일심(日深)

채윤이 말을 채 끝내기도 전에 시원은 인상을 쓰며 말을 잘랐다.

"그래, 열등감 생긴다고 치자. 그럼 나는 높이 평가해 주면서 왜 넌 스스로 다른 사람들보다 낮다고 생각해? 그 이유나 들어보자."

"당신같이 완벽해 보이는 사람 옆에 서있으면 사람들이 나를 어떻게 보겠어요?"

"우선 영화 본 후에 다시 말해. 생각하고 말해. 알았어?"

채윤은 시원의 화난 음성에 팔을 뿌리치지 못하고 끌려갔다. 시원은 억지로 채윤이 끌려오는 걸 알면서도 팔을 더 세게 잡아 영화관 안으로 들어갔다.

이미 컴컴해진 영화관에 앉은 두 사람은 말이 없었다. 환하게 웃는 모습만 본 채윤은 웃음기 가신 차가운 얼굴로 화면만 노려보고 있는 시원 때문에 눈을 감아버렸다.

예전에 채윤이 읽은 책에서 인상 깊은 구절이 있었다. '사랑에는 중간이 없고 단순한 방향만 있다. 바라는 것을 붙잡고 나면 그 이상은 바랄 수 없고 사랑은 바라는 것이 충족되고 나면 스스로 타 사라지고 욕망의 대상을 소유하고 나면 욕망은 꺼진다'고 했다. 그게 겁나는 것일까. 채윤은 이 상황에서 무엇이 이토록 채윤을 주저하게 만드는지 찾아보고 싶었다.

"넌 남들이 어떻게 볼까 봐 걱정하지만 난 네가 내가 그저 불러내니까 끌려나온 게 아닐까 두려워. 너에게 아무것도 아닐까 봐 난 그게 더 걱정돼."

시원은 눈을 감고 반대 반향으로 고개를 돌리고 있는 채윤의 머리를 한 손을 잡아 끌어안았다. 그 모양새는 전형적인 공포물을 보는 여자가 무서움에 벌벌 떨며 남자의 품에 안긴 연인의 모습이었다.

"다 똑같아. 제발 시작도 하기 전에 우리 기운 빼지 말자."

채윤 귀에서 주변의 비명 소리와 괴물의 기괴한 소리는 사라졌다. 다정한 시원의 목소리와 불규칙한 심장 고동 소리만 뚜렷이 들려왔다.

"네 눈에 내가 완벽해 보인다면 내 눈에는 네가 완벽해 보여. 그렇지 않다면 내가 너를 왜 만나겠어?"

채윤은 시원이 해주는 몇 마디 말에 스스로를 심하게 폄하하고 있다는 걸 깨달았다. 지난 세월, 부모의 부재와 할아버지의 별세 후 겪었던 일들이 총체적으로 뒤엉켜 스스로 남들에게 다가갈 자격이 없다고 만들어두었다. 이제야 채윤은 시원에게 얼마나 스스로 옹졸했는지 부끄러웠고 사과하고 싶어졌다. 채윤은 자신의 자격지심이 시원에게 상처를 준 것이나 마찬가지였다. 시원의 말에 따르면 어차피 그와 채윤은 동등한 입장이었다.

"나가자. 이 영화 별로다."

피가 난무하는 영화를 계속해서 볼 기분이 아니기에 시원은 채윤을 데리고 사람들 틈을 빠져나왔다. 영화관을 나오자 갑자기 쏟아지는 불빛에 눈앞이 아찔하자 시원이 재빠르게 채윤의 두 눈을 한 손으로 가려주었다. 그리고 서서히 손을 위로 올리며 채윤의 눈이 환한 불빛에 적응할 수 있도록 해주었다. 시야가 확 트인 채윤은 이전과 다르게 눈이 따갑거나 어지럽지 않았다. 그리고 힘없이 떨어지는 시원의 손을 보았다.

"영화 한 편 더 볼래요?"

이번엔 채윤이 시원의 손을 잡고 다른 영화관으로 들어갔다. 영화는 벌써 절반이 지나갔지만 코믹한 장면으로 시원과 채윤은 앉자마자 웃음을 터뜨렸다. 채윤은 시원에게 가까이 다가가 귓가에 속삭였다.

"고맙고, 미안해요."

시원은 채윤과 눈을 맞추며 찬찬히 고개를 끄덕였다. 시원이 아무 말 하지 않고 너그러운 미소로 채윤을 쳐다보았지만 속으로는 여자의 변덕에 새삼 놀라고 있었다.

시원은 하늘공원에서 산책하자는 채윤의 첫 문자를 받고 드디어 시작이라는 생각이 들었다. 시원이 먼저 물어보거나 요청하지 않으면 꿈쩍도 않던 채윤이 드디어 손을 내밀었다. 주춤거리며 머뭇거리기만 하던 채윤도 시원의 노력에 드디어 마음을 연 것처럼 보였다.

하늘공원은 난지도 매립지에서 비롯된 낯선 지형이라 잔뜩 흐린 서울 하늘과 마주 댄 느낌이었다. 공원의 높은 곳으로 올라오자 강변북로와 아파트가 발밑에 깔려 있는 듯 보였다. 그리고 눈앞에 펼쳐진 억새밭은 거친 겨울의 숨결을 고스란히 전해 주었다.

"일찍 왔어요?"

채윤은 걸어오면서 멀리 서 있는 남자의 흐릿한 모습만 보고도 시원인 줄 알았다. 긴 시간은 아니지만 그동안 알게 된 특징 중 하나는 시원은 서 있을 때 허리를 꼿꼿이 펴고 항상 두 손을 바지 주머니에 넣고 있었다.

"십 분 지각. 늦으면 뛰어오는 센스는?"

"뛰어오면 열심히 손질한 머리가 망가진단 말이에요."

"뭘 해도 예뻐. 기다리는 동안 내 마음이 타 들어간다는 걸 생각해 주고 좀 늦어라."

추운 날씨 덕에 시원은 채윤의 어깨를 자연스럽게 감싸 그의 품으로 끌어당겼다. 채윤은 매서운 찬바람에 떠는 몸을 기대며 같이 걷기 시작했다. 공원은 날씨 탓인지 두 사람 외에는 사람을 찾아보기 힘들었다.

채윤과 시원은 서로 비슷한 관심사를 찾기 시작했다. 채윤이 할아버지 등 너머로 보던 법에 대해 넌지시 주제를 끌어내면 시원은 알려지지 않은 야사에 관해서 호기심있게 물어보았다. 둘은 대화에 빠져 공원을 한 바퀴 돌아 제자리로 돌아온지도 몰랐다. 찬바람에 얼은 볼이 벌겋게 되어 있었다. 시원은 채윤이 자신있어하는 얘기들을 끄집어내 수다쟁이로 만들었다. 그러나 채윤은 시원에게 궁금한 것이 많았다. 시원이 왜 일을 그만두었고, 예전에는 어떤 사람이었는지, 또 가족은 어떻게 되는지 아는 것보다 모르는 게 아직은 더 많았다.

"가족은 어떻게 돼요?"

"이제야 질문을 해주네. 이제 슬슬 나한테 관심이 생기는 것 같은데, 좋아. 말해주지. 부모님은 모두 생존해 계시고, 외아들이야."

채윤은 화목한 가정을 가졌을 시원에게 자신의 이야기를 해줘야 할지 머뭇거리다 털어놓았다.

"그렇구나. 난 열 살 때 부모님이 돌아가셨고, 열아홉 살 때 할아버지가 돌아가셨어요. 엄마가 천성적으로 몸이 안 좋으셔서 동생은 바라지도 않았고, 할아버지는 북에서 홀연 단신으로 오셔서 마땅히 친척이라고 부를 사람도 없어요."

"외가는?"

"아, 없죠. 울 엄마는 할아버지한테 후원 받던 고아원생이셨어요."

"그랬구나."

시원은 그녀의 가족사보다 채윤의 무표정한 표정에 오히려 더 놀랐다. 안타까운 가족사를 들추어내면서도 어쩜 저렇게 남의 이야기를 내뱉듯 무덤덤한 말투인지 의아했다.

"힘들거나 슬프지 않아?"

채윤은 시원의 목소리가 아주 여리게 떨리는 걸 눈치 챘다.

남들이 보면 슬픈 가족사에 동정받을 수 있는 처지일 것이다. 하지만 채윤은 시원을 향해 아주 옅은 미소를 그렸다.

"세 분 다 내 마음속에 살아 계세요. 진짜 슬픈 건 마음속에서도 죽어서 기억조차 없이 사라지는 거예요."

시원은 웃고 있는 채윤의 입꼬리가 가늘게 떨리는 것을 보았다. 살아 있으나 죽은 것 또한 안다. 슬픔을 표현하는 채윤만의 방식일까. 시원은 외모에서 풍겨 나오는 여린 이미지대로 채윤을 보았건만 오히려 그녀는 슬픔을 차곡차곡 눌러 담아 조절할 수 있는 힘을 가진 것 같았다.

채윤은 시원의 눈을 보고 있자니 생전의 할아버지와 겹쳐져 보였다. 들썩거리며 가족들이 함께 보내야 하는 기념일이면 안쓰러워하면서도 따스히 위로해 주던 눈. 그 눈을 피하고 싶어 채윤은 말을 돌렸다.

"검사 일은 왜 그만둔 거예요? 변호사보다 검사가 더 낫지 않아요?"

"강시원 검사는 비겁하기 싫었나 봐. 아니면 비굴하기 싫었을지도 모르고."

"검사라는 직업이 그래요?"

"정치적, 사회적으로 한계점이 보였어. 그 한계점에 부딪치면 원하지 않아도 내 소신을 굽혀야 하거든."

"한계점이요?"

"법이란 알고 보면 기득권 세력을 보호하는 수단이야. 처음에는 그런 목적으로 만들어지지 않았지만 점차 사회가 변하고 자본주의화 되면서 변질됐어. 정의를 위한 법이지만 법은 모든 정의를 이루어주지 못하지. 더구나 근래는 기득권 세력의 정의를 대변하는 법이 되었고. 사람들도 그걸 알기 때문에 뜻을 굽히지 않고 한계점까지 끌고 가는 검사들에게 주목하게 되고, 그러다 보니 자연스레 스타급 검사가 형성돼. 근데 그 검사들은 매일같이 윗대가리랑 피 터지게 싸우면서 그들을 열광하게 만들어야 하는 중압감이 생기게 되는 거지. 되지도 않는 일에 무작정 싸우는 거 지겨워졌어. 그래서 자유로운, 뭐 그다지 자유로운 것도 아니지만 하여간 변호사로 전업했어."

채윤은 시원이 하고 있던 고뇌를 조금은 알 수 있게 되었다. 되지도 않는 일에 무작정 싸워본 경험이 있는 채윤에게 얼마나 지긋지긋한 것인지 충분히 알고 있었다.

"아쉽지 않아요?"

"아니라는 생각이 들면 돌아설 줄 아는 게 현명한 거지. 내가 가장 싫었던 건 내 스스로 해결할 수 없는 일들이 많다는 거야. 분명 풀 수 있는데 당연히 풀어야 하는데도 윗대가리 눈치 보면서 그 부분을 포기해야 한다는 건 내가 검사를 택한 이유와 정반대였어."

시원은 법대 이외에 선택의 여지가 없었지만 분명 검사를 선택할 때는 나름대로 포부가 있었다. 세상의 정의를 구현하는 검사가 되어 벌어지고 있는 수많은 썩은 부분들을 도려내고 싶었다. 그러나 그 썩은 부분엔 아버지도 속해 있었고 칼을 대기에는 너무 깊이 썩어 도저히 건드릴 수가 없었다. 지배층의 욕구에 부합하는 검사라는 직업에 실물이 난 시원은 차라리 돈의 대변인이 되는 변호사가 나왔다.

"뜻대로 행하는 게 쉬운 건 아니죠. 돌아가신 할아버지는 아닌 걸 아시면서도 평생 그 일을 하신 걸 보면 결코 쉽지 않은 것 같아요."

"한번 사는 인생이야. 포장에 신경 쓰고 걸치고 있는 것들만 치중하면 내가 원하는 것보다 남들의 눈으로 내 인생을 살게 되잖아."

"그렇다고 혼자 사는 사회가 아니잖아요. 다같이 사는데 난 신경 쓰여요."

"그렇다고 나를 남한테 맞출 수는 없잖아. 나는 나인데 남들에게 맞춰서 그들에게 대단해 보이고 싶지 않아. 난 내가 우선이야."

"남들 눈에 얽히면 답답하죠. 시원 씨, 은근히 멋진 구석 많아요."

채윤의 칭찬에 시원은 으쓱해졌다. 누군가에게 보여주기 위해서 사는 건 아니지만 지금만큼은 채윤에게 멋진 사람으로 보이고 싶었다.

"요새 내 머릿속에 온종일 떠나지 못하고 꿈에까지 나타나 괴롭히는 마녀 때문에 힘들어 죽겠다. 아무래도 지독한 마법에 걸

렸나 봐."

시원이 과장된 아픈 표정을 지으며 머리를 두 손으로 감싸고 채윤에게 기대어왔다.

"또 마녀라고 부른다."

채윤이 새침하게 입술을 비틀며 한 걸음 옆으로 떨어지려 하자 시원은 코트 자락을 펼쳐 채윤을 안으로 품었다.

시원이 마녀라고밖에 부를 수 없는 채윤. 시간에 비례하지 않고 깊어져 버린 마음, 언제부터 시작된 마음이냐고 물으면 눈을 마주친 순간이라고, 진부한 운명이나 인연이라는 단어를 들먹여 표현할 방법밖에 없었다. 시원은 삽시간에 그렇게 채윤에게로 흠뻑 젖었다.

채윤은 시간이 흐를수록, 그리고 만날수록 시원에 대해 철없는 한량이란 생각을 버렸다. 가볍고 우스운 사람이라고 여겼지만 시원은 유쾌한 반면 점잖고 무거운 사람이기도 했다. 감정에 대해 강요하지 않고 배려할 줄 알았다. 채윤 안에 들어와 시원은 차곡차곡 쌓여 무언가를 이루고 있었다. 빠져나올 수 없는 덫, 강하게 얽혀 예상치 못했던 덫에 스스로 치이고 있었다.

채윤은 시원과 만나 같이한 시간이 어느새 훌쩍 달력 몇 장을 넘겼다. 그사이 늦가을이 지나 겨울이 되었고 한 해가 지나가 버렸다. 새로운 해를 처음으로 다른 사람과 같이했다는 것만으로도 채윤에게 의미가 컸다. 시원과 함께하는 데이트는 매혹적이고 흥미로웠다. 시원과 길거리를 걸어다니면 옆에 있다는 것만으로도 어깨가 절로 펴졌다. 찻집이나 식당에 들어서면 사람들이 한 번씩 쳐다보는 시선을 이젠 즐기게 되었다. 헤어져 집에 들어서면 허전하고 다시 보고 싶어 집 밖을 뛰어나가기도 했고, 시원을 생각하면 저절로 얼굴이 붉어졌다. 집 안에서만 생활하던 채윤은 이젠 스스로 밖으로 나가 시원과 함께하기를 원했다.

근래 채윤은 새로운 감정과 생활에 빠져 있었다. 불을 끄고 침대에 누우면 시원과 같이 한 일들이 동영상처럼 재생되어 천장에 한 편의 영화가 생생하게 펼쳐지고, 책을 읽으려 하면 시원의 달콤한 말들이 활자가 되어버렸다. 시원의 전화를 기다리는 것은 습관이 되었고, 하루라도 통화하지 않으면 섭섭하기까지 했다. 때론 먼저 시원에게 전화할 수도 있지만 애써 시원에 대한 기대감이나 마음이 깊어지지 말라며 스스로를 말렸다. 그러나 이미 채윤의 마음은 조절하기엔 시원에게 너무 빠져 있었다. 시간이 빠르게 흘러간지도 모르고 행복하게 웃는 동안 열아홉 살의 싱그럽던 한채윤같이 모든 게 안정적이었다. 시원이 만들어주는 행복을 채윤은 거부할 수가 없었다.

시원은 백화점 주차장에서 차를 세우고 심각한 표정으로 룸미러를 주시하고 있었다. 얼마 전부터 시원에게 미행이 붙기 시작했다. 별일 아닐 것이라며 무시하려고 하지만 간혹 경고라도 하듯이 눈에 띄는 그들 때문에 시원은 께름칙한 기분을 떨쳐 낼 수가 없었다. 검은색 중형차는 어디서나 볼 수 있지만 그 차는 시원이 가는 곳마다 늘 따라왔고 매번 같은 번호판이라는 것도 의심스러웠다.

시원이 몇 분 기다리지 않자 검은색 중형차가 주차장 입구로 들어왔다. 시원은 입가에 비틀린 웃음을 짓고 룸미러에 비치는 그 차를 향해 한 손으로 총을 쏘는 시늉을 하며 차를 후진했다.

"니들 딱 걸린 거야. 이래 봬도 한때 잘나가던 강력계 검사였던 나에게 감히 덤벼? 두고 보자고."

시원의 차에서 떨어진 곳에 주차하려던 그 차는 시원이 주차장을 빠져나가자 쏜살같이 따라붙었다. 시원은 계속 룸미러를 주시하며 내부순환도로로 진입했다. 시원이 차들 사이를 질주하며 차가 적은 곳으로 빠지자 뒤따라오던 차도 추월과 교통신호까지 무시하며 따라잡으려고 거칠게 운전하기 시작했다. 오랜 시간 순환도로를 돌면서 그들을 지켜보고 있을 때 차 안에 벨소리가 울려 퍼졌다. '도도마녀'라는 발신인에 시원은 오늘 백화점까지 간 이유가 떠올랐다. 채윤이 며칠 전부터 같이 쇼핑을 하자고 벼르던 날이었다. 시원은 흠칫하며 전화를 받았다.

"나 조금 늦을 것 같아."

[왜요?]

"갑자기 일이 생겼어. 기다릴 수 있지?"

[몰라. 늦지 말라고 만날 혼만 내더니. 가버릴 거야!]

"가기만 해봐. 조금만 늦을 거야. 한 번만 봐줘."

[알았어요. 천천히 일 보고 와요.]

"엄한 놈한테 홀리지 말고 백화점에서 꼼짝 말고 있어."

[쳇, 시원 씨 빼고 나 좋다는 사람도 없네요. 놀리고 있어.]

"남자는 어느 때 쳐들어올지 모르는 도둑놈이야."

[당신은?]

"또 당신이라고 한다. 혼난다. 자기라고 부르라고 했지."

[말 돌리기는. 끊어요, 도둑 양반.]

채윤의 깔깔거리는 웃음소리와 함께 전화가 끊어지자 시원의 마음은 급해졌다. 잡아야 한다는 생각에 정신 못 차리던 시원은 당장 이 일을 해결하고 채윤에게 뛰어가야 할 것 같았다. 시원은 서서히 속도를 줄이고 갓길에 차를 세웠다. 휴대전화에 저장 목록을 검색하며 일전에 출소한 조폭 건을 알려주고 그 일을 조사 중인 수사과 검사한테 전화를 걸었다.

"희승 검사. 난데, 차적 조회 좀 부탁할게."

[나타났구나. 그 새끼들 다리에 칼을 꽂더니 이젠 뒤도 캐고 다니나 보지?]

"급해. 설명할 시간 없어. 안 해줄 거면 끊어."

[해줄게. 우선 차량 번호 불러봐.]

시원은 차량 번호와 차종을 말하고 전화를 끊었다. 옆 차창으로 보이는 그들은 움직이고 싶지 않았던 듯 거북이 같은 속도로 시원을 지나쳐 가고 있었다. 선팅이 되어 있지 않은 차 안에서 그들이 시원을 쳐다보고 있지 않지만 직감적으로 곁눈질을 한다는 것을 느꼈다. 그들이 완전히 사라지고 난 후 휴대전화 벨소리가 다시 울렸다.

[그 새끼들 아닌가 봐. 신성그룹 소속 차야.]

"확실해?"

[두 번이나 확인했어. 이상하지 않냐? 네가 일하는 회사 차가 왜 널 미행하지?]

"거기 관뒀어. 그리고 그 새끼들 좀 빨리 찾아봐."

[찾고 있는데 실체가 드러나지 않아. 조무래기 몇 명 데려다가 족쳐야 뭐가 나오더라도 나올 듯해.]

"그래, 수고했어. 오늘 일은 나중에 술로 갚으마."

시원은 자동차 시동을 끄고 고개를 뒤로 젖히며 눈을 감았다. 찾고 있던 조폭 똘마니들이 아니라는 점에 안심을 하면서도 그 점이 되레 이상했다. 시원이 일하던 신성그룹은 경영권 싸움도 승리했고, 진행 중이었던 송사도 모두 마무리 짓고 나왔다. 그런데 왜 미행을 시켰는지 도무지 감이 안 잡혔다. 퇴사 이후 자료 유출을 걱정한 일이라고 생각하기엔 그 강도가 너무 셌다. 신뢰로 일해왔고 상호 신용도 두텁다고 생각했던 시원은 순간 섭섭해져 신성그룹의 회장에게 직접 전화를 했다.

"회장님, 접니다. 강시원 변호사입니다."

[아, 강 변호사. 오랜만입니다.]

"오랜만에 전화드림에도 불구하고 안 좋은 일로 얽히는 것 같아 마음 좋지 못합니다. 왜 신성그룹에서 저를 미행하고 있는지 설명해 주시겠습니까?"

단도직입적인 시원의 성격이 고스란히 회장에게 서론도 없이 물어보았다. 외려 건방져 보일 수 있지만 이런 관계가 가능한 게 시원과 김 회장이었다. 변호사로서 능력도 능력이었지만 같은 또래였기에 김 회장은 시원을 더 곁에 두었고 시원 또한 그만큼 격식을 차리지 않고 대할 수 있었다.

[미행이라니요? 우린 그런 일 안 합니다.]

"그건 회장님이 알아보셔야 할 일인 것 같습니다."

[도통 알 수 없는 소리니 좀 더 설명해 주시겠습니까?]

시원은 그동안의 일을 말하면서 불편한 기색을 감추지 않았다. 가뜩이나 채윤이가 기다리고 있는데 이렇게 시간 낭비를 하고 있어 짜증까지 밀려왔다. 어렵다면 어려운 신성그룹의 회장이지만 지금 시원에게는 그저 그런 협잡꾼으로 보였기에 애써 불쾌한 기분을 숨기지 않고 자신을 쫓는 검은색 차에 대한 이야기를 했다.

[우선 죄송합니다. 아직 보고 들은 바 없어 확답을 줄 수는 없지만 그런 일이 있었다면 조치하고 다시 전화드리죠.]

시원은 회장의 목소리를 듣고 이 상황과 상관없음을 알았다. 일을 오래해 본 사이인 그들은 목소리 변화만으로 상대방을 쉽게 파악할 수 있었다. 그만큼 시원이 일에 있어 측근이었기에 그렇다. 김 회장이 숨기며 감출 만한 일이 아닐 것을 알기에 우선 조사해 보고 전화 주겠다고 한 그의 말을 믿고 시원은 한결 가벼운 마음으로 그곳을 출발했다.

민준은 갑작스럽게 찾는 회장의 부름을 받고 당황했다. 업무 보고를 한 지 채 몇 시간도 되지 않아 특별한 일도 없는데 무슨 일인지 긴장되었다. 민준은 회장실 앞에서 양복의 매무시를 반듯이 하곤 들어갔다.
"권 실장, 강 변호사하고 개인적으로 친분이 두터운 사이 맞죠?"
"네, 그렇습니다."
이미 알고 있는 사실을 대는 회장의 말에 민준은 짧게 대답하고 서 있자 서류를 하나 내밀었다.
"그럼, 왜 나한테 보고조차 하지 않고 조사팀을 가동시켰습니까?"
민준은 의외로 빨리 알려진 것에 움찔했지만 드러내 보이진 않았다. 어차피 시원에 대해서는 이렇다 할 핑계를 미리 생각해 두어서 차분히 말했다.
"강 변호사가 회사 기밀을 유출시킬 수 있던 자리라 당연히 퇴사 후 수시로 동태를 보고 받은 것뿐입니다. 관례지 않습니까?"
"강 변호사가 퇴사하기 전에 어떻게 했습니까? 자택을 조사하게 하고 소유했던 컴퓨터의 하스디스크까지 선뜻 내준 사람입니다. 그래서 우린 그 대가로 관례를 무시하기로 서로 이야기기가 다 되었어요. 시키지도 않은 일을 나 몰래 했다면 개인적인 일이라는 생각밖에 할 수 없군요."

"개인적인 일은 결코 없습니다."

"권 실장 한 사람 때문에 신성그룹 전체가 시정잡배가 돼야겠습니까? 약속은 지키라고 있는 겁니다. 자신의 일이나 똑바로 할 것이지 쓸데없는 일에 나서서 회사 전체를 망신당하게 합니까?"

"죄송합니다. 제 생각이 짧았던 것 같습니다."

"당장 철수시키고 조사팀 징계조치하겠습니다. 어디 감히 최종 허락도 받지 않고 함부로 움직입니까? 여기가 어디 권 실장 마음대로 하는 사설 탐정소입니까?"

"제가 지시했으니 징계를 하시려면 저에게 물으시는 게 맞다고 판단됩니다."

"그런 건 제대로 판단하는군요. 권 실장에게 곧 통보할 테니 그만 나가세요."

민준은 회장의 의심스러운 눈길을 받으면서도 당황한 기색을 감추려 입술을 굳게 다물고 회장실을 나왔다. 변호사, 동일한 날짜의 병원과 퇴원. 민준은 도저히 모른 척하고 있을 수 없었다. 사실이 아닐 거라는 믿음으로 무리하게 조사팀을 가동시킨 민준은 몇 달간 그들의 모습을 간간이 지켜본 결과 억장이 무너지는 경험을 했다. 하필이면 왜 시원과 채윤인지 받아들일 수가 없었다. 차라리 다른 남자였다면 모르겠다. 그러나 시원을 만난다면 훗날 채윤이 상처받고 돌아설 수밖에 없는 일이 앞에 놓여 있었다.

민준은 손에 든 사진을 보면서 채윤이 이미 시원에게 깊이 빠져든 걸 알 수 있었다. 집 밖은 채윤이 외면하는 세상이었다. 우연히 길거리에서 타인과 부딪치는 것조차 불쾌해해 사람이 많은 곳에 가면 울렁증이 생긴다는 채윤이었다. 영화를 보고 식사를 하고 산책을 하는 아주 평범한 일상들은 민준도 대신해 줄 수 있는 것들이고 그동안 그렇게 해왔다. 그러나 시원을 따라나선 사진 속에서는 민준이 알고 있는 채윤은 없었다. 아니, 오래전 처음 봤을 때 보았던 생기있고 발랄하던 채윤이만 있었다. 민준은 변해 버린 채윤을 제자리로 돌려놓기로 결심했다. 이리 허망하게 채윤일 사라지게 하지 않을 것이다. 그 사람이 몇 안 되는 친구인 시원이라 할지라도 채윤은 지난 십여 년간 민준의 것이었다. 왜 그래야 하냐고 민준에게 물으면 그는 채윤 하나밖에 모르기 때문이다. 십여 년을 채윤 하나만이 유일한 여자로 옆에 있을 거라고 굳게 믿으며 살아왔기 때문이다.

시원이 급하게 백화점 안으로 뛰어들어 가는데 휴대전화에서 문자가 도착했다는 알림 소리가 울렸.

〈삼층 숙녀복 코너. 옷 사준다고 해서 쫓아왔는데 쇼핑 다 끝냈어

요. 살 게 하나 더 남았긴 한데 그전에 왔으면 좋겠어요. 운전 조심. ^^* -도도마녀-〉

  시원은 이모티콘까지 붙여 보낸 채윤의 깜찍함에 함빡 웃음을 지으며 뛰기 시작했다. 지하부터 시작되는 에스컬레이터를 두 칸씩 뛰어올라 가며 빽빽하게 서 있는 사람들 사이를 아슬아슬하게 피해갔다. 시원이 태어나서 지금까지 죄송하다고 한 횟수보다 오늘 채윤에게 가는 이 짧은 시간에 더 많이 한 것 같아 실소가 터졌다.
  삼층에 도착해 에스컬레이터를 내리자 바로 옆에 채윤이 서 있었다. 그리고 쇼핑백에 무게로 인해 하얗게 질려 있는 채윤의 손에 눈이 갔다. 누가 뺏어가기라도 할 듯이 꽉 쥐고 다른 손으로 음료수를 붙잡고 지루한 표정으로 서 있었다.
  시원은 채윤의 뒤로 살며시 다가가 섰다. 많은 사람들이 지나다니는 길이라 채윤은 시원이 뒤에 서 있는지 느끼지 못하고 있었다. 채윤은 애꿎은 바닥을 구두로 툭툭 차며 혼자 구시렁대었다. 시원은 알아들을 수 없는 말을 작게 내뱉는 채윤을 두 손으로 감싸 안았다. 시원은 움찔하면서 움직이는 채윤의 귀에 나지막하게 속삭였다.
  "나야, 나 왔어."
  채윤은 시원의 목소리에 긴장하던 어깨에 힘을 빼고 그를 돌아보려 했다. 시원은 그런 채윤을 꽉 붙잡아 머리에 턱을 괴었다. 시원이 당연히 올 것을 알면서도 채윤은 시간이 흐를수록 시원이 오지 않을지도 모른다는 불안감이 생겼었다. 만약 시원이 나타나지 않으면 어디서 찾아야 할지 막막했다. 채윤의 등 뒤에 빠르게 뛰는 시원의 심장처럼 헛된 생각도 자취를 남기지 않고 사라졌다.

"혼자 심심했지? 보고 싶어서 빨리 오고 싶었어."

채윤은 시원의 다정한 속삭임에 온몸이 힘이 빠지고 다리가 풀렸다. 시원의 '나야'라는 말 한마디가 채윤의 머리에 발끝까지 휘감아 버려 완전히 녹여 버렸다.

"나도 보고 싶었어요."

시원은 몸을 숙여 채윤의 목 언저리에 땀 흘린 얼굴을 묻었다. 채윤의 포근했던 가슴은 뜨거운 불길이 소용돌이쳤다. 시원의 고르지 못한 숨소리, 뜨거운 입김이 채윤에게 고스란히 옮겨져 왔다.

"뭐가 그리 바빠요?"

채윤은 고개를 약간 기울여 시원을 올려보자 이마에 맺혀 있는 땀방울이 열심히 뛰어온 그를 대신해 설명해 주었다. 양손에 들린 짐만 아니라면 핸드백에서 손수건을 꺼내 닦아주겠는데……. 쇼핑을 괜히 많이 했다 싶었다. 채윤은 시원의 얼굴에 가까이 가 이마에 짧은 입맞춤을 했다. 채윤의 입술엔 짭짜름한 시원의 땀방울이 잔뜩 묻어왔다.

"선물이야, 벌이야?"

"벌."

"그럼 더 늦게 올걸. 입술에 해주는 벌을 받을 수 있는 절호의 기회였는데, 아깝다."

채윤은 절로 지어지는 웃음을 참으며 자신을 감싸고 있는 시원의 두 팔을 눈으로 가리켰다.

"긴 기럭지를 가진 당신이 좋지만 사람들이 다 쳐다보고 가요. 풀어줘요."

그러나 시원은 채윤의 목덜미에 자잘한 키스를 하며 떨어지려 하지 않았다. 채윤의 목에 닿은 시원의 입술, 입술이 떨어질 때마다 목에 닿은 숨결에 채윤은 몸이 부르르 떨려와 얼굴이 붉게 타올랐다. 채윤은 지나가는 사람들이 온통 자신들을 보고 있는 것 같아 민망해 눈을 어디에 두어야 할지 몰랐다.

그런 채윤을 바라보던 시원은 더 이상은 그녀에게 있어 벌이겠다 싶어 그만 풀어주었다. 채윤의 손에 들려 있던 짐은 어느새 시원의 손으로 옮겨져 있었다.

채윤은 한 손에 들고 있던 병의 마개를 딴 후 시원의 앞에 내밀었다. 시원이 음료수를 받아 들자 채윤은 두 손으로 아직도 시원의 뜨거운 숨결이 남아 있는 목을 감쌌다.

"살 때는 무지 차가웠는데 손에 오래 들고 있어서 그런지 시원하지 않아요."

"나 뛰어올 줄 알고 있었구나."

"이렇게 늦었는데 걸어오면 얼굴에 확 부어주고 가려고 했죠."

"성깔 부리는 마녀는 만날 늦더라."

"내가 언제 성깔 부려요? 그리고 여자랑 남자랑 같이 갈 거면 뭐 하러 젠틀맨이라고 해요. 만날 늦지도 않았는데."

시원은 채윤의 볼을 살짝 꼬집곤 음료수를 단숨에 마셨다. 메말랐던 입 안이 촉촉해졌다.

"젠틀맨 시원이가 모시겠습니다. 살 거 뭐 남았어?"

채윤은 시원이 다 마신 음료수 병을 쇼핑백에 넣고 빙 둘러 아래로 내려가는 에스컬레이터를 탔다.

"구두."

"무슨 구두?"

"구두가 구두지 무슨 구두? 그냥 힐 하나 사려고요."

시원은 채윤을 위아래로 살펴보다 고개를 갸웃거렸다. 시원의 키가 184㎝임에도 불구하고 옆에 서면 전혀 작지 않은 채윤이었다. 더구나 지금은 단화를 신고 있는데 왜 사려는지 궁금했다.

"키가 작은 편도 아니면서 왜 그렇게 높은 것 신으려 해?"

"요새 시원 씨랑 다니면서 잘 먹었는지 몸에 긴장이 풀리기도 했고 힐 신으면 다리가 더 길어 보이잖아요. 뭐, 특별히 신는 이유는 없어요. 그저 신으면 더 아름다워 보이지 않을까 하는 막연한 기대감이죠."

"어디서 봤는데, 하이힐을 신으면 그 높은 굽으로 허벅지 근육이 위로 올라붙어 엉덩이랑 가슴이 도드라지고 허리가 강조

되어 보인대. 또 발이 작고 우아해 보일뿐더러 다리가 길어 보여 아름다워지고 싶은 욕구의 수단으로 손색이 없다고 하더라. 하지만 건강엔 안 좋아. 허리 디스크의 가장 큰 영향이 힐인 거 알지?"

"알긴 아는데, 그래서요?"

"그래서라니?"

"아니, 뭐 그리 분석적으로 구두에 대해 설명하나 해서요. 그런 원리라면 더 사고 싶어지잖아요."

"근데 성 연구학자 알프레드 킨제이가 한 말을 들은 후부터 하이힐을 보면 왠지 거부감이 들어. 좋아 보이지도 않고."

신경질적으로 말하는 시원을 보면서 채윤은 별거 아닌 것에 이상하게 여긴다고 의아해했다. 그까짓 구두가 성적으로 어땠든 간에 신으라고 만들어진 건데 시원이 너무 중뿔나고 있다고 생각했다.

"뭔데요?"

"여성들이 잠자리에서 오르가즘을 느낄 때 나타나는 현상 중 하나가 높은 하이힐을 신었을 때처럼 발과 다리를 일직선으로 쭉 폈다가 발끝을 위쪽으로 구부린다고 해. 더불어 하이힐은 남근의 상징인 뾰족하고 높은 굽에서 시선이 시작되어 점점 위를 향해 집중되게 만들어졌어. 그렇다면 그 위는 어디겠어?"

"흠, 머리?"

채윤은 시원의 뜻하는 바를 알지만 모른 척했다. 오히려 시원이 하는 말을 남이 들을까 봐 주변을 두리번거렸다.

"당연히 엉덩이지. 그러니 전혀 실용적인 목적이 아니라 섹스어필을 위해 만들어진 게 하이힐이라는 구두야."

채윤은 이미 구두 코너에 도착해 시원의 말은 아랑곳하지 않고 여러 가지 구두를 신어보았다. 채윤은 구두를 신고 평상시 하지 않았던 행동을 했다. 거울 앞에 서서 정말 시원의 말대로 시선이 위로 집중되는지, 엉덩이가 도드라지는지, 또 허리선이 강조되는지 이리저리 살펴보았다.

채윤이 하이힐을 좋아하는 가장 큰 이유는 신는 순간 몸 전체에 팽팽한 긴장감을 만들어주기 때문이다. 그 긴장감으로 인해 채윤이 지금 살고 있는 삶을 흐트러지지 않게 만들었다고 생각한다. 그래서 혼자 나갈 때마다 더욱더 챙겨 신었다. 채윤이 세무로 된 아무 장식 없는 검은 힐을 신고 신이 난 듯 왔다 갔다 하자 시원은 점점 더 찌푸려진 표정을 하고 채윤을 지켜보았다.

"난 이게 무난해서 마음에 드는데, 시원 씨가 보기에는 어때요?"

잔뜩 찌푸리고 있는 시원에게 채윤은 활짝 웃으며 신발을 앞으로 내밀었다.

"프로이트 왈, 발은 매우 원초적인 성적 상징이며, 신발은 여자의 성기를 상징하는 경우가 많다."

채윤의 뒤에 있는 점원이 이상한 눈으로 시원을 쳐다보자, 채윤은 시원의 곁으로 가서 작게 속삭였다.

"아까부터 왜 그래요?"

"차라리 저거 사."

시원의 손가락을 가리키는 곳을 본 채윤과 점원은 웃을 수밖에 없었다. 전시용품으로 가져다 놓은 듯한 하얀색 할머니들이 신는 고무신이었다. 시원은 흡족해하며 가지러 가려고 움직이자 채윤이 시원을 붙잡아 앉혔다.

"싫어하는 이유는 충분히 알겠지만 내가 좋아해요. 그냥 넘어가 줘요."

시원은 채윤의 말에 벗어놓은 구두를 집어 자신의 손바닥에 올려놓았다.

"또 생각났어. 잘 봐."

"창피하게 뭐 하는 거예요?"

"내 말 듣고 나면 너도 정말 싫어질 거야. 이 구두는 칼집 모양의 날렵한 모양을 하고 있어. 특히 이 절개선이 깊이 파여 발가락과 발들의 우아한 부분을 분할해서 드러내 줄 거야."

시원이 일일이 손으로 짚어가며 설명하자 점원이 호기심 어린 눈초리로 가까이 다가왔다. 채윤도 시원의 옆에 앉아 이미 불쾌한 기분에 뭘 더 보탤지 기다렸다.

"구두 중앙의 이 잘록한 부분은 여성의 허리를, 촘촘한 털이나 깃털 장식은 음모를 연상시켜. 거기다 발끝으로 갈수록 뾰족해지는 기다란 모양과 높고 뾰족한 힐은 남근을 상징시킨다고. 포르노 보면 여자들이 힐을 벗지 않는 이유도 이런 상징적인 거고. 이런데도 사고 싶어?"

시원은 설명을 잘 마친 뿌듯한 모습으로 구두를 내려놓고 채윤을 보았다. 채윤은 이미 못 볼 꼴을 본 사람처럼 잔뜩 인상을 쓰고 있었다.

"당신 태도와 설명, 상당히 불쾌해요."

"그러게 처음부터 안 산다고 하면 이렇게 말 안 하잖아. 왜 내가 싫다고 했는데도 사는 거야?"

"당신이 싫다고 하면 내가 좋은데도 안 사야 해요? 설사 사더라도 당신 앞에서 안 신으면 될 거 아니에요?"

"그럼 다른 놈 앞에서 저걸 신고 유혹이라도 하겠다는 거야?"

"지금 외설스러운 말들만 늘어놓는 당신이 정말 싫어. 당신 말처럼 누구를 유혹하기 위해 구두를 신는 사람은 없어요."

"네 말에 동의하기 힘들걸."

"이건 단순한 구두예요. 너무 큰 의미를 부여하지 마요."

"사실 보기 흉한 구두지."

"그렇다면 당신은 이런 구두를 신은 여자들의 유혹에 넘어가나 보죠? 그러니 나한테 하지 말라고 하지."

"말 그렇게 할래?"

채윤은 점원에게 미안하다고 말하고 시원이 내려놓았던 짐을 들고 잰걸음으로 백화점 정문으로 향했다. 시원은 주변의 이상한 눈초리를 받으면서 재빨리 채윤의 뒤를 쫓아가 앞을 막아섰다. 그리고 작은 한숨을 내쉬고 억지로 말했다.

"사줄게. 아무 말 안 할 테니까 사."

"됐어요. 이제 와서 그걸 어떻게 신어요?"

"신고 싶다면서?"

"그걸 신고 남자나 유혹할 거라는 말을 듣고 신고 싶겠어요?"

"사실이잖아."

"그래, 당신 같은 사람한테는 사실이겠지. 사도 내 돈으로 사서 신을 거야. 비켜."

"그러니까 말한 거잖아. 그런 모습 보이지 말라고."

"왜? 당신같이 저런 구두 신은 여자한테 혹 하고 넘어가는 남자 천지라서? 그렇다고 해도 적어도 내 기분을 생각해야 하는 거 아니에요? 난 마음에 드는 구두를 발견해 기분 좋아하는데 거기다 꼭 그런 말 같지 않은 소리를 해야겠어요? 차라리 당신 혼자나 알고 있었으면 아무 상관 없었을 얘기잖아요."

"내가 너한테 아무 관심이 없다면 저따위 구두 상관 안 해. 네가 정말 사고 싶으면 저 구두 내가 그러든 말든 상관없이 샀을 거 아냐? 못 들은 걸로 해."

"저 구두는 내 선택이었어요. 내 선택에 같이 기뻐해 주길 바랐지, 바보 같은 모습으로 상상되길 바라지 않았다구요."

시원은 넌 어떻게 저런 걸 마음에 들어할 수 있냐는 말이 목구멍까지 올라오는 걸 눌렀다. 그가 생각해 오던 채윤의 이미지와 맞지 않던 것이 불편했다.

시원의 침묵이 계속되자 채윤은 귀로 손을 옮겨가 일전에 준 귀걸이를 빼냈다.

"내가 마음에 들지 않으니 내 선택도 싫지."

"구두가 마음에 안 들었지 내가 너 싫대? 웬 억지야?"

"아냐, 구두를 선택한 건 나니까 내가 싫은 거잖아."

"그래, 그걸 선택한 너는 별로야. 근데 그 외에는 다 좋아."

"그렇게 좋다면서 그거 하나 눈감고 못 넘어가 주나요?"

"그렇다면 넌 나를 위해 그 하나 포기 못하고 이 난리를 쳐야 하니?"

채윤은 시원의 말이 끝나자 시원의 손바닥 위에 귀걸이를 쥐어주고 백화점을 빠져나왔다. 혹시 시원이 나와 채윤을 잡아줄지도 몰라서 천천히 걸었지만 시원은 나오지 않았다.

"젠장."

시원은 택시를 타고 사라지는 채윤이 혹시 돌아오지 않을까 기다리다 애꿎은 벽만 발로 찼다. 아무리 구두를 신은 발이지만 시멘트 뭉치를 온 힘을 실어 찼더니 발끝이 욱신거렸다. 시원은 절뚝거리는 발을 질질 끌며 주차장으로 향했다.

시원은 다투고 난 날부터 시작해 채윤에게 연락을 해도 무응답이었다. 택배를 보내도 문을 열지 않고 휴대전화며 집 전화까지 모두 받지 않았다. 경비원도 채윤이 나가는 모습을 보지 못했다는데 아무리 벨을 눌러도 인기척조차 없었다. 채윤이 피하는 것이 확실했다. 시원은 손 안에 들어 있는 초승달 귀걸이를 보면서 폭음했다.

"무슨 일 있어?"

시원은 단골 술집 사장인 박건이 옆에 앉자 귀걸이를 재빨리 바지 주머니에 집어넣었어.

"있어."

"연애?"

"어."

시원은 술잔의 남은 술을 입 안에 털어 넣고 다시 잔을 채웠다. 웨이터가 가져다주는 건의 잔에 술을 따라주고는 바의 탁자에 엎드렸다.

"뭐야? 왜 이렇게 흐트러져?"

"오늘은 좀 흐트러지자. 미치기 일보 직전이야. ……내가 싫으니까 너도 하지 말라고 강요하는 거, 이게 맞는 짓일까?"

"연애라면 도를 튼 놈 입에서 나오는 말치고는 질퍽하다."

시원은 백화점을 나와 한참을 길 위에 하이힐을 신고 다니는 여자들을 쳐다보았다. 그리고 예전에 만났던 여자들을 생각해 보아도 그들이 신고 있었는지조차 기억에 없었다. 다른 여자들, 채윤이 아닌 여자들에게 전혀 기분 나쁘거나 신경 쓰이지 않았다.

"너 설마, 그 하이힐 궤변을 늘어놨냐?"

"궤변이 아니라 사실이야."

"맙소사. 술자리에서 농담으로나 하는 이야기를 그 여자한테?"

"신지 말라고 떼쓰는 애처럼 장황하게 늘어놓았어."

"싸웠구나."

시원은 건의 말에 대답하지 않고 연신 술을 들이마셨다. 한 손은 주머니에 있는 귀걸이를 만지작거리며 한 손으로는 잔에 술을 채웠다.

"왜 그랬어?"

"그 애가 그 구두를 신으면 그 말대로 다른 남자들이 그 애를 볼까 봐 미쳐 버리겠는 걸 어떻게 참아. 그런데 오히려 좋다고 신겠다니까 완전 이성을 잃었지 뭐. 그딴 거 신을 만한 여자가 아닌데 왜 하필……."

"이번엔 제 짝을 찾았나 보네."

"뭐?"

"너 여태껏 다른 여자들이 신는 건 아무렇지 않아했잖아. 그건 네가 감정적으로 아무 상관 없었으니까 그런 거 아냐? 많이 좋아하는가 본데 그 여자가 평생 그런 구두만 좋아하는 취향이면 어떻게 할래?"

"젠장, 받아들이지 않으면 도망갈 텐데 인정해야지 뭐."

"그래, 그 차이만 넘어서면 그만이야. 어차피 변하지 않을 거 그대로 그 여자를 받아들이면 돼."

시원은 주머니에서 귀걸이를 꺼내 탁자 위에 올려놓았다. 그리고 시원은 일부러라도 채윤을 위해 좋다고 말하지 못한 것이 후회되었다. 어차피 그따위 구두가 중요한 것이 아니었다. 그동안 시원이 만나 줄곧 생각했던 이미지와 어울리지 않는 행동이 나타나 바뀌는 게 싫었다. 채윤이 시원을 잘 맞춰가며 따라오고 시원이 좋아하는 것들에만 관심을 보이길 바랐었다. 시원이 싫어하는 것들에 대해서 고집 피우는 채윤은 생각조차 못해보았다. 시원은 '너의 모습 그대로가 좋아'라는 말로 채윤을 유혹해놓고는 그렇지 않은 강요를 했다. 채윤의 판단을 무시하고 자신의 판단만 옳다고 잘난 척하고 강압적으로 시원은 채윤을 무시한 것이었다. 시원 스스로 저지른 실수를 깨달았다.

"형, 나 처음으로 행복해. 그냥 행복해졌어. 내가 찾으려는 게 이런 걸까? 왜 내가 그 여자에게 이렇게까지 목매서 안절부절못하는지 모르겠어."

"지금에야 행복해?"

"부모님도, 돈도, 명예도 가져다주지 못했거든. 지금 그 애를 생각하면 눈물 나도록 행복해. 그냥 이 여자를 쳐다만 보면 만났다는 사실만으로도 너무 기뻐. 그냥 기뻐. 이 여자가 내 옆에 있다는 게 행복해. 미쳐 버릴 만큼 행복한데 그 여자는 아닌 것 같아. 나만 들떠서 안달난 것 같아."

"저번에 술집 데려왔을 때 보니 별로 특별할 거 없어 보이더만 뭐가 그렇게 좋아?"

"길을 가다가 장애인이 바닥에 누워서 리어카 같은 작은 걸

끌면서 앞으로 가고 있었어. 사람 많은 곳에서 구걸하는 게 불편해서 짜증났는데 그 장애인 리어카가 흔들리더니 돈이 담겨 있는 바구니가 떨어진 거야. 겨우겨우 손으로 주워 담는데 손가락이 없더라. 아, 안됐네 하면서 지나가려는데 그 애는 일일이 다 주워서 바구니에 담아 그 리어카에 올려주는 거야. 사람들 발에 밟혀서 더러워진 돈을 손으로 툭툭 털면서 추운데 일찍 들어가라고 하는 그 애를 보고 있으면 형, 나 이 감정들을 감당할 수 없어."

"착해서?"

"착한 걸 떠나 형이나 나나 그랬을까? 다 가져서 풍족해 넘친다고 말하는 우리는 정작 텅 빈 사람들 아닐까? 우린 뭐 하려고 그렇게 열심히 산 거야? 가엾은 사람 하나 도와주지 못하는 우리들에 비해 너무도 따뜻한 마음을 가진 채윤일 보고 있자면 미칠 듯이 안아주고 싶고 내 마음마저 푸근해져."

"너무 시니컬한걸."

시원은 술을 들이붓듯 계속 마셨다. 혀가 꼬일 정도로 마셔대는 시원을 말려도 소용없자 건은 이상한 듯 시원을 쳐다보았다. 그렇게 깐깐하게 살아가던 사람이 하루아침에 이렇게 흐트러진 모습을 보이자 건은 고개를 흔들었다. 말 상대 이외에는 건이 해줄 게 없었다.

"형, 그 애는 나를 웃게 하고, 기쁘게 하고, 설레게 해. 밤에 갑자기 미치도록 보고 싶어서 그 애 집에 돌아갔다 온 게 몇 번인지 셀 수가 없어. 앞에 있는데도 어디로 도망갈까 봐 손을 꽉 잡고 있어야 하고, 다른 남자들이 그 애를 보게 될까 봐 어디 데리고 다니는 것도 겁나. 그 애는 그런 것도 모르고 나만 보면 새로운 곳을 다니는 재미에 빠져서 웃고 떠들기만 해. 처음에 만났을 때 그 메말라 있던 애가 아냐. 내가 그 애를 그렇게 만들었는데 말이야, 자꾸만 그 애가 두려워."

"좋은 사람이구나."

"그 애를 보면 앞으로 어떻게 살아야 할지 알겠어. 내가 가진 능력을 어떻게 써야 할지 알겠어."

"그래, 그래."

건은 시원의 말을 다 알아들을 수 없었다. 많이 취했는지 말을 얼버무리지만 그저 대답을 해줄 뿐이었다. 시원을 움직이게 한 그 여자로 인해 시원은 다시는 빠져나오지 못할 늪 속으로 들어갔구나 싶었다.

"행복, 별거 아니었어, 형, 정말 별거 아니었어. 정말."

"그래, 잘해봐."

"안 놓쳐. 내 옆에 꼭 붙들어둘 거야. 어떤 일이 있어도 안 놓쳐."

건은 손님들이 밀려들어 와 직원들이 자신을 찾는 바람에 더 이상 옆 자리를 지켜줄 수 없어 시원의 어깨를 두드리고 잠시 자리를 비웠다. 시원은 쓸데없이 말이 많았던 오늘 다 토해낸 기분이었다.

"아무것도 모르고 채윤이한테 미안하다는 말 한마디 하려고 했는데 알고 보니 쿨한 강시원, 무지 끈적끈적해진 거네."

시원은 탁자 위에 놓여 있는 귀걸이를 주머니에 넣고 비틀거리며 일어났다. 멀리서 시원을 보고 있던 건은 많이 취한 모습에 집으로 보내야겠다 싶어 부축해 주면서 대리운전 기사를 불러주었다. 문가에 기대 담배를 피우며 차를 기다리는 인사불성의 시원 옆으로 민준이 지나갔다. 민준은 그 짧은 순간 날카롭고 분노에 찬 눈으로 시원을 훑었다. 그리고 약간의 시간이 흐르자 민준은 술집을 다시 나와 시원이 사라지는 방향을 살폈다.

시원은 술에 취해 집에 가는 길에 늦은 겨울 쏟아지는 막바지 눈에 채윤이 그리워졌다. 눈만큼이나 흰 피부를 가진 채윤의 모습이 떠오르자 그녀를 향하는 마음을 주체하지 못하고 채윤의 집 앞으로 왔다. 차에서 내려 불이 켜져 있는 채윤의 집을 한참 올려다보던 시원은 빌라 안으로 들어갔다. 현관 벨을 누르고 문을 아무리 두드려도 안에선 아무 기척도 흘러나오지 않았다. 결국 소리를 지르며 발로 문을 차기까지 했지만 경비원에 이끌려 시원은 빌라 밖으로 쫓겨났다. 주차장에서 아직 불이 꺼지지 않는 채윤의 집을 올려다보며 이런저런 생각을 하다 차의 트렁크에서 경품으로 받았던 확성기를 꺼냈다.

"한채윤, 한 번만 용서해 줘라! 무지한 나를 용서해!"

채윤은 아무것도 모른 채 덥석 시작해 버린 관계라 어긋나자 당황하고 있었다. 채윤은 시원과 완벽하게 맞아떨어지는 사이라고 자부했었다. 그러나 아주 사소한 취향 차이에 틀어지자 그 관계에 좌절했었다. 채윤은 며칠 동안 뜬눈으로 밤을 새며 가슴 아파했었다. 그리고 채윤은 자신이 시원의 선택에 대해 흠을 잡은 것은 시원의 마음속에 채윤이 영향력이 작기 때문이라는 엉뚱한 결론을 내렸다. 왜 이렇게 되어버렸는지 채윤은 깊이 고민하기 시작했다. 그동안 채윤은 시원의 행동이 항상 자신에게 맞춰져 있었기에 시원이 싫다는 말을 무시했었다. 어차피 채윤이 좋다고 강요하면 시원이 당연히 따를 거라고 생각했기 때문이다.

민준은 항상 채윤에게 그랬었다. 단 한 번의 의견 차이도 없이 채윤이 좋다면 민준은 무작정 따라왔었다. 민준이 채윤에게 했듯이 시원이 그렇게 하기를 당연히 바랐던 것이다. 하지만 채윤에게 있어 민준은 그저 가족 같은 의미였지만 시원은 이성이었다. 그래서 시원에겐 되레 이기적으로 굴었다. 당연히 시원이 채윤에게 맞추는 것이지, 채윤이 맞추는 건 생각지도 않았다. 시원이 당연히 주는 사람이고, 채윤은 받는 사람이었다. 긴 시간 민준에게 길들여져 있다가 새로운 사람과 만났더니 불편하기도 하고 틀어지면 조율해야 한다는 것을 잊고 있었다. 채윤 안에서 결론이 났다. 다툼의 원인이 결코 시원에게만 있지 않았다.

"앞으로 네가 뭘 하든 내 마음은 변함없으니 나에게 은총을 베풀어라! 미안해. 정말로 미안해! 한 번만 용서해 줘!"

채윤은 시원을 보려 창가에 섰다. 시원은 거실 창으로 보이는 희미한 실루엣이 채윤임을 알고 확성기 볼륨을 최고로 올렸다.

"내 말 듣고 있지? 앞으로 강시원은 한채윤에게 무조건 복종할 것을 맹세한다! 제발 내려와! 정말 춥다!"

시원이 확성기에 입을 대고 채윤이 있는 곳을 향해 소리치는 모습에 채윤은 창에 바짝 몸을 붙였다. 채윤을 먼저 찾아와 준 감사한 마음과 며칠 보지 못한 그리움까지 밀려왔다.

시원이 확성기로 다른 말을 하려 하자 경비원이 확성기를 낚아챘다.

채윤은 시원에게 내려가야 한다는 걸 알지만 발이 쉽게 떨어지지 않았다. 결론은 났으나 또다시 이런 일이 없으리란 법은 없다는 불안감이 생겼다. 추위에 지쳐 곧 집에 가겠거니 싶어 창가에 서서 미동도 하지 않고 지켜보았다. 그러나 시원은 되레 차 트렁크 위에 올라가 양반 다리를 하고 앉았다.

채윤은 시원의 뜬금없는 행동에 불안해 서성대다 끊임없이 울리는 인터폰을 들었다.

[아가씨, 저 잘리게 하실 심산인가요?]

"죄송해요."

[웬만큼 하셔야지, 안 그래도 오늘 추위가 보통이 아닌데 저러다 병나면 어쩌나 싶네요.]

경비 아저씨의 인터폰으로 인해 채윤은 코트조차 걸치지 않고 양복 차림으로 앉아 있는 시원 때문에 방 안으로 들어가 옷장에서 담요를 꺼내 들고 현관문을 나섰다. 원망의 눈초리로 쳐다보는 경비원에게 채윤은 다시 한 번 죄송하다는 말을 남기고 시원에게 다가갔다.

"추워요. 집에 데려다 줄 테니까 차 키 줘요."

시원은 새파랗게 질린 입술로 덜덜 떨면서도 채윤을 올려다 볼 뿐 움직이지 않았다.

"고집 부리지 마요. 오늘 무지 추워요."

채윤은 얼어 있는 시원의 몸에 담요를 감싸주었다. 많은 눈이 내리고 있어 짧은 시간에도 불구하고 시원의 머리 위에 눈이 쌓여 앞으로 흘러내리고 있었다. 채윤은 시원의 머리와 어깨에 쌓인 눈을 털어냈다. 그리고 시원의 손을 잡아당겼으나 시원은 힘을 주며 움직이지 않았다. 채윤은 대충 덮어줬던 담요를 꼼꼼히 두르려 시원에게 좀 더 다가가자 술 냄새가 진하게 풍겨왔다.

"술 마셨어요?"

"용서해 줄 거지?"

"용서하고 말고 할 게 어디 있어요? 왜 이런 짓을 해서 더 마음 아프고 미안하게 해요?"

"그래, 이제 싸우지 말자."

"그러니까 일어나라고요. 감기 나을 때까지 나 괴롭히려고 부러 그러는 거죠?"

채윤은 속이 상해 시원의 어깨를 한 손으로 치면서 계속 잡아

당겼다. 이렇게 버티다가 시원이 정말 잘못되는 건 아닌지 걱정이 되어 세차게 몰아치는 찬바람이 야속했다.

"나 너 많이 그리웠어. 미치도록."

"제발 이러지 말아요. 왜 자꾸 나만 미안하게 지나치게 잘해 주는 거예요. 처음부터 그랬잖아. 나한테 다 맞추고 자기만 보게 만들고 그래 놓고……."

채윤은 말도 다 하지 못하고 눈물을 흘리기 시작했다. 심란하고 우울했던 마음이 시원을 만나 한꺼번에 터져 나왔다. 아무것도 아닌 자신 때문에 이 추위에 사서 고생하는 시원이 미웠다. 시원에게 진작 달려나오지 못한 속좁음에 미안해졌다.

"울지 마. 우린 매번 주차장하고 인연이 깊다. 주차장에서 처음 만나고 주차장에서 화해하고."

"안 울 테니 제발 좀 일어나서 집에 가요."

"우리 이 손 이제 놓지 말자. 알았지?"

시원의 얼굴은 말이 아니었다. 하얗게 질려서 추위에 오들오들 떠는 모습이 채윤을 더 힘들게 만들고 있었다. 이렇게까지 하지 않아도 이미 마음은 풀어졌는데 시원이 꿈쩍도 안 하니 초조해졌다.

"자꾸 이러면 나 집에 들어가요. 왜 말 안 들어요? 아까는 말 잘 듣겠다고 해놓고, 다 사탕발림이에요?"

"그거 알아?"

"뭐요?"

"진짜 춥다."

시원은 스르륵 눈을 감더니 붙잡을 새도 없이 옆으로 푹 쓰러졌다.

"시원 씨!"

채윤은 갑자기 쓰러진 시원으로 인해 너무 놀란 나머지 그를 마구 흔들었다. 채윤의 눈에서 흐르는 눈물이 얼 정도로 추운 날씨에 시원을 어찌해야 할지 몰라 두 손으로 터져 나오는 울음을 막으며 주변만 두리번거렸다. 채윤은 더 이상 지체하면 안 될 것 같아 시원을 안아서 차에서 내려보려 했지만 채윤의 힘으로 여의치 않았다.

시원을 안고 종종거리는 채윤을 뒤에서 지켜보던 경비원이 옆으로 와 혀를 차며 시원을 흔들기 시작했다.

"참 아가씨 독하네. 어찌 사람을 이렇게 쓰러지게 만드는지. 독하다, 독해."

"아저씨, 119요!"

"술 냄새가 코를 찌르네. 술 취한 데다가 추운 데서 방방거렸으니 쓰러질 만도 하지 뭐. 이럴 땐 집으로 데려가 몸을 녹이는 게 상책이구먼. 어차피 술이 이렇게 취해서 병원 가도 별다른 수가 없을 거여."

경비원은 멍하게 시원을 바라보는 채윤을 툭 치며 등에 시원을 업을 수 있게 도우라고 했다. 시원을 업긴 했지만 키 차이로 인해 시원의 다리가 땅바닥에 닿았다. 경비원은 빠른 걸음으로 시원을 질질 끌어 엘리베이터 안으로 옮겼다. 환한 불빛에 비춰진 시원의 얼굴에는 핏기가 없었다. 머리에서 녹은 눈은 물이 되어 뚝뚝 떨어지고, 의식이 없는 와중에도 몸은 바들바들 떨고 있었다.

'내가 지금 이 사람을 어떻게 한 거지?'

"거 참, 젊은 사람이 무슨 술을 인사불성이 될 때까지 마셨데."

채윤은 경비원의 도움으로 시원을 가까스로 침대에 눕혔다. 경비원이 한숨을 쉬며 시원을 내려볼 때 채윤은 옷장에서 이불을 여러 개 꺼내 시원에게 덮어주었다.

"젖은 상태에서 덮어주면 뭐 해요. 마른 옷 입혀서 재워요. 그리고 한숨 자고 나면 깨어날 테니 너무 걱정 말아요."

채윤은 시원을 덮었던 담요와 옷이 축축이 젖어 있어 벗겨낼 도리밖에 없었다. 경비원의 말에 놀랐던 가슴이 그나마 진정되었으나 한숨이 나왔다.

현관문이 닫히는 소리가 들리자 채윤은 시원의 시계를 풀어 협탁 위에 올려놓고 떨고 있는 시원의 옆에 앉아 복잡한 표정으로 보았다. 그러다 결심한 채윤은 축 늘어진 시원의 몸을 힘겹게 뒤척이며 양복 상의와 와이셔츠를 벗겨내고 침대에 걸터앉았다.

"시원 씨, 나 바지 벗겨도 돼요? 벗기고 싶지 않은데 아저씨가 마른 옷 입히라고 해서 어쩔 수 없어요."

채윤은 시원의 차가운 볼에 볼을 맞대고 물었지만 시원은 아무런 반응이 없었다. 시원의 바지를 벗겨내려고 벨트를 풀러 지퍼까지 내렸지만 막상 끌어내리진 못했다. 채윤은 대신 시원의 양말을 벗기고 혹시 심장이 멎은 건 아닌지 시원의 맨가슴에 귀를 갖다 대었다. 정확하게 들리는 심장 박동을 한참이나 듣던 채윤은 숨을 들이마시고 시원의 바지를 힘주어 벗겨냈다. 그러곤 어울리지 않는 웃음이 채윤에게 터져 나왔다.

"웃어서 미안해요."

채윤은 전혀 미안하지 않은 표정으로 시원에게 혼잣말했다. 예전부터 남자들이 삼각팬티 입으면 그 불룩 튀어나온 걸 아래다 둘까 아님 위로 올릴까 꽤 궁금했는데 위로 가지런히 올려놓은 걸 보니 웃음이 가시지 않았다. 남자들의 신기한 세계를 잠시 엿본 기분이 들었다.

채윤은 시원의 나신 위에 이불을 잔뜩 덮어주고 물기 가득한 옷들을 세탁바구니에 넣으려 방을 나왔다. 욕실에 들어가 욕조에 뜨거운 물을 채울까 생각하다가 시원을 옮길 방법이 없어 포기했다. 대신 세숫대야에 따뜻한 물을 가득 담아 여러 장의 수건을 들고 방으로 돌아왔다.

채윤은 따뜻한 물에 적셔 꽉 짜낸 수건을 시원의 이마에 올려놓았다. 시원의 얼굴을 만져 보니 아직도 얼음장같이 차가웠다. 채윤은 가슴부터 시작해 배, 허벅지, 발을 만져 보았지만 어느 한 군데도 온기가 돌지 않았다. 또다시 걱정이 된 채윤은 이불을 걷어내고 시원의 몸을 주무르며 또 눈물을 그렁거렸다.

"혹시 동상 걸린 거예요? 제발 말이라도 해봐요. 나 겁나 죽겠어요."

채윤은 갑자기 죽을 수 있다는 생각에 멍해져 시원의 어깨를 붙잡고 흔들기 시작했다. 아무리 시원을 흔들어도 눈을 뜨거나 입을 열지 않았다. 눈을 감은 상태, 힘없이 채윤이 흔드는 대로 흔들렸다.

"무슨 남자가 그리 몸이 약해요? 이럴 거면 차라리 집에 가버리지, 그럼 내가 못 견뎌서 쫓아갔을 거 아니에요. 이 추운 날 무슨 억지를 부려서 나를 이렇게 못된 사람 만들어요?"

채윤은 답답한 마음에 소리를 질러보지만 흐르는 눈물로 얼굴만 범벅이 되었다. 채윤은 불규칙하게 뛰는 심장 때문에 숨이 가빠지고 속이 울렁거렸다. 모든 게 채윤의 잘못인 것 같았다. 채윤은 덜덜 떨리는 손으로 시원의 몸을 주무르다 동상에 걸리면 문지르거나 주무를 경우 세포가 파괴된다는 말이 떠올랐다.

채윤은 우선 보일러의 온도를 높이고 시원의 혈액순환을 위해 팬티마저 벗겨내려고 두 손으로 힘주어 잡아당겼다.

"추워."

다행히도 정신을 마저 놓지는 않았는지 시원이 또렷하진 않았으나 춥다는 말을 하며 몸을 웅크렸다. 채윤은 시원으로 인해 몇 번이나 놀랐다 진정하는 가슴을 쓸어내리며 무릎에 걸쳐져 있는 시원의 팬티를 올려주려 했다. 하지만 자꾸 이리저리 뒤척이는 시원 때문에 팬티는 저절로 발목까지 내려와 어쩔 수 없이 침대 밑으로 빼내고 재빨리 이불을 덮어주었다.

"정신 들어요?"

채윤은 시원의 옆에 걸터앉아 이마를 짚었다. 아직 온기가 없는 시원의 몸은 전보다 더 심하게 바들바들거리며 떨었다. 시원의 차가운 몸처럼 마음마저 닫혀 버려 다시는 채윤을 보지 않을까 덜컥 겁이 났다. 너무 늦게 시원의 손을 잡으려 해 그 손이 사라진 것 같아 채윤은 앞이 깜깜해졌다. 그리고 채윤은 울먹이기 시작했다.

"눈 떠줘요. 당신은 그러지 마요. 내 마음속에서도, 내 앞에서도 살아줘요. 욕심 부려서 미안해요. 정말 미안해요."

"또 우는 거야?"

시원은 반쯤 떠진 눈으로 채윤을 보며 힘 빠진 손을 움직이려 했다. 채윤은 시원의 손을 잡고 목 놓아 울었다. 채윤에게 이 늦은 밤 시원으로 인해 청룡열차를 타는 기분이었다.

"미안한 거 알면 앞으로 그러지 마."

시원이 불분명한 발음으로 말하자 채윤은 고개를 끄덕이며 눈물을 닦았다. 채윤이 잡고 있는 시원의 손에 힘이 들어가면서 앉아 있는 채윤을 넘어뜨렸다.

"안아줘. 추워."

채윤은 시원의 말에 머뭇거리다 이불 속으로 들어가 옆에 누웠다. 세상 모든 것을 잃을 듯 겁에 질린 표정의 채윤은 시원의 머리를 팔에 놓고 꽉 안아주었다. 시원의 등에 놓인 손에서 서서히 온기가 느껴지자 갑자기 긴장이 풀려 채윤은 정신이 몽롱해졌다. 일어나 시원에게 떨어져야 한다고 몇 번을 되뇌다 며칠 잠을 이루지 못한 피곤함을 이기지 못하고 그대로 잠이 들어버렸다.

시원은 힘겹게 눈을 떠 두들겨 맞은 듯 아픈 몸을 일으켜 침대 헤드보드에 기대었다. 시원은 지끈거리는 두통에 고개를 젖히곤 위를 보며 손가락으로 관자놀이 부위를 꾹꾹 눌렀다. 그러다 왠지 희미한 빛줄기에 비취지는 천장이 낯설다는 생각을 했다. 고개를 돌리자 두꺼운 검은 커튼으로 가려진 창 사이로 들어오는 빛이 캄캄한 방 안을 어렴풋이 보여주었다. 흑백의 모던한 가구들, 화장대, 여기저기 널브러져 있는 책.

시원은 확실히 자신의 방이 아니라는 생각에 화들짝 놀라 이불을 들추었다. 여기저기 붉은 흔적이 남아 있는 나신에 놀라며 사방을 살펴보다 옆에 누워 있는 여자의 등을 보고 심장이 떨어질 정도로 경악했다.

"설마……!"

시원은 두 손으로 얼굴을 감싸며 침대에 쓰러지듯 몸을 묻었다. 그리고 어제의 기억을 차근차근 더듬어보았다. 분명 술집을 나와 대리운전으로 집을 가려다 채윤의 집으로 방향을 틀었었다. 불이 켜진 집을 보고 채윤을 부르다 반응이 없자 차 위에 앉아 그녀가 나오기만 기다렸고, 지독한 추위에 오기가 생겨 코트도 걸쳐 입지 않았었다. 그 후 기억은 가위로 싹둑 잘라낸 것처럼 떠오르지 않았다.

시원은 조마조마한 마음으로 옆에 누워 있는 여자의 얼굴을 확인했다. 채윤이었다! 안도의 긴 한숨을 내셨다.

"엄한 짓 한 건 아니구나."

시원은 순간 별의별 생각이 다 떠올랐던 자신을 비웃다가 어깨가 고르게 들썩이는 채윤을 보았다. 채윤의 매끄러운 어깨가 민소매로 인해 드러나 있었다. 시원은 숨죽이고 내려보다 참지 못한 채 채윤에게 손을 뻗었다.

"바스가운 침대 밑에 있어요."

채윤의 잠에서 막 깨어난 목소리에 시원은 뻗은 손을 도로 이불 속으로 감추었다.

"깼어?"

"앞으로는 술 마시면 곧장 집으로 가요. 애꿎은 나에게 와서 쓰러지지 말고."

"나 쓰러졌니?"

"심각하진 않았어요. 날이 추운 데다가 술도 과했고. 하여간 앞으로 그러지 마요."

"근데 왜 나 벗고 있는 거야? 너 나 덮쳤구나."

채윤은 밤새 춥다고 앓는 소리에 안아주며 마음 졸였건만 시원의 말에 코웃음만 나왔다.

일심(日深)

"아무 일도 없었어요. 언 몸 좀 녹이고 보내려다 나도 모르게 잠든 거예요."

"내가 그렇게 매력없는 남자였나. 밤새 벌거벗은 남자를 옆에 두고 아무 일도 없었다니 난 그동안 뭐 하고 살았나?"

시원은 슬그머니 채윤의 머리와 베개 사이로 한 손을 넣고 한 손은 가슴 부근에 어정쩡하게 놓았다.

"너를 만나면 만날수록 산을 만난 기분이었어. 내 마음만 메아리쳐 오니까 너를 나한테 묶어두고 싶었나 봐. 미안해."

"미안해하지 마요. 그 어떤 것도 시원 씨는 미안해하지 마요. 내 문제였어요."

"네 문제?"

"그래요. 며칠 동안 많이 생각해 봤어요. 왜 싸웠나, 누구 잘못인가, 아니면 우린 인연이 아닌가? 결론은 그동안 내가 너무 받는 것에만 익숙해 있었다는 거예요. 받아본 사람이 주는 것도 잘한다고 하던데 꼭 그렇진 않은가 봐요. 줄 대상이 없이 무한히 받기만 한 나한테는 주는 것에 너무 인색했어요. 그래서 시원 씨한테 받으려고만 했어요. 내 마음이 커질수록 더 많이 받고 싶고, 내가 원하는 그 모든 것을 다 들어줄 거라는 착각을 했어요. 아니, 나는 그렇게 자라왔어요. 근데 그게 아니더라고요. 내가 시원 씨한테 한 움큼 받으면 나도 그에 못지않게 되돌려주어야 한다는 거 알게 됐어요."

시원은 처음으로 채윤이 마음을 열어 보이고 있어 섣불리 말을 가로막지 않았다. 채윤의 어깨에 얼굴을 더욱더 깊이 묻으며 숨소리 하나 놓치지 않으려 집중했다.

"그렇게 내 주변에는 나에게 무한히 주고 있는 사람만 남아 있어요. 그들과는 가족과 같은 의미로 내 곁을 돌봐주죠. 황폐하죠? 그러면서도 난 항상 혼자니까, 이 힘한 세상 어차피 나 혼자 살아가야 하니까 내가 가진 어떤 것을 나눠 준다면 날 잃어버린다고 생각했어요. 무조건 걸어 잠그고 오만하고 이기적으로 굴었죠. 그걸 알아버리니까 내가 너무 미워졌어요. 당신을 아프게 만드는 내가 싫고, 나로 인해 아파하는 당신한테 미안하고 모든 게 암울해서요. 이런 내 모습을 보여주기 싫어서 연락을 피한 거예요."

"처음부터 잠긴 문은 없어."

시원은 무엇이 채윤을 이토록 고립시켰는지 알고 싶었다. 그것을 알고 나면 시원은 조금 더 채윤에게 깊이 들어갈 수 있을 거라 여겼다.

"할아버지가 돌아가시고 생각만으로도 힘든 일이 있었어요. 그때 깨달은 건 철저히 나 혼자니까 그 누구에게도 내 곁은 온전히 내주지 말고 날 지키자고 그랬어요. 더는 말하고 싶지 않아요. 미안해요."

"가끔 널 보면 혼자라는 강박관념 비슷한 것에 휩싸여 있는 것 같아. 하지만 이젠 내가 있잖아."

시원은 채윤을 가까이 끌어당겨 힘주어 안아주었다. 어떤 일이 있었고 얼마나 힘들었는지 채윤의 과거를 알 수 없는 시원은 채윤의 과거 속으로 들어가 그 일들을 깨끗하게 해결해 주어 좋은 기억들만 가득하게 해주고 싶었다.

"네 옆에는 내가 있잖아. 너를 더 일찍 만나지 못해 화가 나지만 이젠 네 옆에 내가 있어."

채윤의 눈에서 흐르는 눈물은 얼굴을 타고 흘러 시원의 팔을 축축이 적셨다. 채윤은 왜 눈물이 나는지 설명할 수 없었다. 타인에게서 난생처음 느끼는 든든함과 포근함에 전율이 밀려왔다.

"잠깐 만나지 못하고 목소리도 듣지 못하는 게 그렇게 괴로울 수 없었어."

"처음부터 우린 같이 있지 않았는데 어느새 빈자리가 처음부터 있었던 것마냥 왜 그리 큰지 놀랐어요. 시원 씨를 만나서 행복해요. 스스로 쌓아놓은 벽을 발견하면 깰 수밖에 없다는 생각을 했어요. 그 벽을 보게 해준 당신한테 고마워요."

"고맙다는 말 대신 '오빠, 격하게 사랑해요'라고 말해봐."

"격하게?"

"이 아가씨 센스없네. 어째 그리 고리타분하냐."

"하여간 능구렁이 같아."

"나를 만나고 변한 거야?"

"그랬나 봐요. 배려를 어떤 마음으로 하는 건지 알 것 같아요. 나만이 아닌 우리. 행복해요, 내 옆에 당신이 있어서."

"나도 행복해, 우리가 만나서."

채윤은 거세게 불던 마음의 파동이 잔잔해지자 목덜미에 닿는 뜨거운 시원의 숨이 느껴졌다. 더구나 시원이 점점 더 채윤을 가까이 당겨 안자 채윤의 뒤에서 처음 느끼는 단단한 것에 놀라 숨이 멈추었다.

채윤은 처음 겪어보는 야릇한 느낌에 몸이 웅크려 들었다. 등 뒤로 한 치 틈 없이 딱 붙어 있는 시원의 가슴이 들썩이자 발가락 끝부터 시작해서 머리까지 찌릿해졌다.

"떨어져 줘요."

채윤은 숨이 탁 막혀 답답해하며 말하자 시원의 몸과 채윤의 몸이 동시에 요동쳤다. 채윤의 가슴쯤에 어정쩡하게 있던 시원의 손이 티셔츠 안으로 순식간에 들어왔다. 채윤은 차가운 손이 점점 가슴을 향해 올라오는 걸 알면서도 움직이지 못한 채 얼어붙었다. 시원의 차가운 손이 아직 타인의 손이 닿지 않았던 채윤의 가슴을 움켜쥐었다. 채윤의 몸 안에 도는 피들은 서로 경쟁이라도 하듯이 심장으로 달려와 숨을 가쁘게 만들었다.

"어라? 안 했네."

"집에 있을 땐 갑갑해서 안 해요."

목덜미가 새빨간 채윤은 누구라도 들을까 소곤거리며 말했다. 시원은 채윤의 가슴이 가득 차 있는 손을 꼼지락거리자 두 사람의 몸이 약하게 흔들렸다.

"좋다. 부드러워. 한 손에 다 안 들어오니까 더 좋아."

"어제 내가 하는 말은 무조건 듣는다고 했잖아요."

"그런 말 했어? 나는 네가 미안하다고 한 것밖에 모르는데."

"아 정말, 어제 용서해 달라고 해놓고 오늘은 안면 싹 바꾸다니."

"에이, 울면서 앞으로 안 그럴 거라고 해놓고 왜 이러실까. 나 좀 봐."

시원은 등을 보이고 있는 채윤의 어깨를 끌어당겨 마주했다. 웃음기 가득한 시원의 얼굴에 주황색 노을이 비쳐졌다.

'이렇게 이 사람과 같이한다면 평온할 것 같아.'

"아까부터 몸이 더워."

채윤도 아까부터 몸에 열기가 나는 것 같았다. 아무래도 시원을 위해 너무 높이 올려놓은 보일러 온도 때문인 것 같아 일어나려 하자 시원은 한 손으로 채윤의 가슴을 꽉 움켜쥐고 일어나지 못하게 했다.

"온도 좀 낮추고 올게요."

"네가 필요한 거야, 이 순진한 아가씨야."

채윤은 욕실에서 들려오는 물소리에 흥얼거리며 찬장과 냉장고 사이를 분주히 오갔다. 혼자 살면서 민준이 가져다주는 찬거리가 아니면 배달시켜 먹는 것에 익숙해져 있어 제대로 된 먹을거리는 찾을 수 없었다. 슈퍼마켓을 다녀올까 생각하다가 아랫도리의 미약한 통증에 채윤은 포기하고 햇반 두 개를 전자레인지에 넣고 즉석 북어국 포장을 뜯었다. 반찬이라고는 김과 김치뿐인 초라한 상이 다 차려지자 욕실에서도 물소리가 끊겼다.

"진수성찬이 차려졌네."

시원은 목욕가운을 느슨하게 걸치고 수건으로 머리를 툭툭 털며 식탁 앞에 앉았다. 벌어진 가운 사이로 시원의 가슴이 보이자 채윤은 또 얼굴이 벌게져 고개를 돌렸다.

"비꼬지 말아요. 이거라도 차린 게 다행이니까."

시원이 국을 맛보곤 놀란 눈으로 채윤을 보았다.

"무지 맛있는데, 이거 정말 네가 만든 거야? 태어나서 처음 맛보는 고급스러운 맛인데."

시원의 넉살스러운 능청에 채윤은 어쩔 수 없이 웃어버렸다. 세상에 시원과 같이 있다면 어떤 것도 즐겁지 않을 수 없을 듯했다. 시원이 잘 먹자 채윤은 안도하고 수저를 들었다. 허기가 져서 먹는 것 이외에 맛이라곤 찾아볼 수 없는 식사지만 같이 있기에 행복했다.

"내 얼굴에 밥풀이라도 묻었어요?"

채윤이 식사하는 속도가 늦어 이미 수저를 놓은 시원이 턱을 괴고 킥킥대며 지켜보았다.

"아니, 얌전하게 잘 먹는데."

"그럼 보지 마요. 이상하게 시원 씨는 내가 밥 먹을 때마다 민망하게 쳐다보는 것 같아."

채윤이 식사를 다 한 후에도 상을 치우고 식기세척기에 그릇을 넣으며 이리저리 움직이는 모습을 시원은 넋을 놓고 쳐다보았다.

"왜 그래요?"

"예뻐서. 어쩜 그렇게 하나하나 안 예쁜 곳이 없이 예쁠까 생각 중이야."

채윤은 컵에 녹차 티백을 담그고 뜨거운 물을 부어 시원 앞에 놓았다. 채윤이 불만족스러운 표정으로 쏘아보자 시원은 어깨를 으쓱하고 말았다.

"텔레비전을 틀거나 길거리에 나가면 예쁜 여자들 천지예요. 그런 여자들 보고 고민하세요. 나한테 그런 거짓말 하면 기분 상해요."

채윤은 물 묻은 손을 수건에 닦고 침실로 들어갔다. 화장대에 앉아 손에 핸드로션을 바르는데 시원이 음흉한 웃음을 지으며 따라 들어왔다.

"내 눈에 예뻐 보이면 예쁜 거 아냐? 내 눈에 충분히 매력적이고 아름답다는 게 왜 그리 기분 상해?"

"그럼 정확히 어디어디가 그런지 말해줘요."

시원은 선뜻 대답하지 않고 화장대에 비치는 채윤을 웃으며 일으켰다. 채윤은 시원이 갑자기 왜 이러는지 뒤를 돌아보려 하자 시원이 채윤의 머리를 거울에 고정시켰다.

"다 예뻐."

채윤이 입은 블라우스 단추를 하나하나 풀면서 시원은 거울 속의 채윤과 눈을 마주쳤다.

"한채윤 자체가 아름다워."

상반신이 나체가 된 채윤은 거울 속의 시원에게 부끄러워졌다. 시원은 찬찬히 맨피부를 쓰다듬다가 채윤의 목덜미에 자잘한 키스를 하며 가슴을 움켜쥐었다. 거울 속에서 동그란 눈으로 시원의 손동작을 쳐다보던 채윤은 숨이 멎는 듯했다. 시원의 손은 익숙하게 두 가슴에서 서서히 아래로 내려가 치마의 옆 지퍼를 풀어 내렸다.

"너 마녀잖아. 난 마법에 걸려서 한채윤 외에는 아무도 눈에 들어오지 않아."

시원은 걸치고 있던 가운을 벗어버리고 눈을 감아버린 거울 속의 채윤의 온몸에 입술을 맞추며 아름답다고 쉴 새 없이 반복했다. 점점 거울 속의 채윤의 표정이 찡그려지며 쓰러질 듯이 주저앉자 시원은 채윤을 침대로 데려갔다. 그리고 채윤에게 명답을 해주었다는 사실을 금방 깨달았다.

3. 해결하기 어려운 문제나 일

며칠 전 채윤은 평생교육원에서 뜻하지 않은 전화를 한 통 받았다. 강의가 새로 시작하는 날 교육원으로 오라는 용건이었지만 강의에 대한 확답은 없었다. 다른 형식의 강의를 위한 것인지 반신반의하며 사무실에 들어서자 직원은 채윤을 교육원장실로 안내했다. 회의 이외에는 따로 만나본 적 없는 채윤은 의아해하며 원장실로 들어갔다.

"한 선생, 오랜만이에요."

채윤은 원장실에 장 원장만이 아니라 근엄한 표정과 딱딱한 입매로 앉아 자신을 올려보고 있는 낯익은 노신사를 보고 얼떨떨해졌다.

"아, 바깥양반이에요. 한 선생하고 긴히 할 얘기가 있어서 불렀어요."

채윤은 말없이 그들의 시선을 고스란히 받으며 자리에 앉았다. 차가 들어올 때까지 노신사는 차가운 눈으로 채윤을 살피며 못마땅한 기색을 역력히 드러냈다.

"무슨 일로 부르셨나요?"

"인사가 늦었군. 강시원 변호사의 아비 되는 사람이오."

노신사는 잘 차려입은 양복 안주머니에서 명함 한 장을 꺼내 채윤에게 내밀었다. 그 명함엔 '법무장관 강찬균'이라는 짤막한 직함과 성함이 적혀 있었다. 채윤은 명함을 탁자에 내려놓고 어색하게 고개 숙여 인사했다.

"인사가 늦었습니다. 처음 뵙겠습니다. 한채윤입니다. 혹시 시원 씨에게 안 좋은 일이라도 있나요?"

"아니에요. 안 좋은 일은 아니고, 어디서부터 얘기를 꺼내야 하나……."

장 원장이 난색을 보이며 말을 꺼내길 주저하자 강 장관이 입을 열었다.

"알다시피 우리는 시원이 부모 되는 사람들이오. 부모는 자식이 가는 길을 올바르게 인도할 의무가 있는 사람들이고."

채윤은 순간 강찬균이라는 이름으로 인해 기억 저편에 묻어두고 있던 일들이 스멀스멀 피어올랐다. 그러나 확연하게 떠오르지 않고 뿌옇게 보이지만 극도로 불쾌한 기분이 들었다.

"한 선생, 우리가 왜 불렀는지 알겠죠?"

"말씀 마저 하세요."

"빙빙 돌려 말하면 서로 괴로우니 본론부터 말하겠네."

채윤은 손이 떨려오자 두 손을 꼭 쥐어 떨고 있는 모습을 그들이 눈치 채지 않길 바랐다.

"고인이 된 조부님 함자가 한, 광 자, 서 자 쓰시는 분 맞나?"

"네, 맞습니다."

"난 시원이와 채윤 양이 좋은 인연이 아니라고 생각하네. 우리 집안은 아가씨네 집안하고 달라서 그런 집 여식을 며느리로 받아들일 여력이 안 됩니다."

"그런 집 여식이요?"

"아가씨네 조부의 직업을 모르고 하는 말인가?"

"제 할아버지의 직업이 남다르기는 하셨지만 무슨 뜻인지 모르겠습니다."

채윤은 차분한 어조로 대답했지만 이미 가슴에 생채기가 그어져 아팠다.

할아버지의 직업이 남다르긴 했다. 할아버지는 개인이나 기업이 필요한 급전을 대출해 주기도 했지만 일반 사채업자들의 뒤를 봐주는 큰손이었다. 특히 기업체나 정치인들에게는 '얼굴 없는 제3금융권의 터줏대감'이라는 호칭을 들을 정도로 할아버지의 손에서 융통되는 액수는 상상을 초월했다. 그러나 직접 나서서 주식으로 작전 세력을 펼치거나 회수하지 못한 돈을 위해

선불리 다른 사람을 끌어들이는 행동은 하지 않았다. 비록 불법적인 돈이기에 이름이나 얼굴을 드러내진 않았지만 신의를 지킬 줄 알고 어려운 사람에게는 선뜻 돈을 내주었었다. 그러한 행동들로 인해 그의 존재에 대해 알고 있는 이들도 그의 정체를 입 밖에 내지 않았고 지금까지 잘 지켜지고 있었다. 그래서 채윤은 강 장관이 할아버지를 알고 있다는 것만으로도 놀랐다.

강 장관은 표정 하나 숨기지 못하고 다 드러내는 채윤의 눈을 살짝 피했다.

"좋은 직업은 아니지."

"어떻게 제 할아버지의 직업까지 알고 계시는지 저는 그게 더 궁금합니다."

"그건 채윤 양이 알 바가 아닌 것 같군."

"제 할아버지에 대해서는 더 이상 드릴 말씀이 없습니다. 제게는 누구보다 소중한 분이고, 그만큼 자랑스럽게 생각합니다. 비록 급히 필요한 사람에게 이자를 더 받는 사업을 선택하셨지만 손해나도 양심을 어기거나 더러운 일은 하지 않으셨습니다."

"당돌하군."

"한 선생, 알고 있겠지만 바깥양반은 법무장관이에요."

"네, 명함에서 봤습니다."

채윤은 그들 앞에서 최소한의 예의를 지켜야 하지만 스스로 날카롭게 나가는 말을 제어할 수 없었다. 채윤이 가장 소중히 여기던 가족에 대한 자존심을 건드렸다. 채윤은 문득 시원과의 행복한 시간은 역시 이전과 같이 다시 혼자 돌려놓을 수밖에 없다고 느꼈다. 지나치게 아름다운 것은 지나치게 추악하게 변한다더니 시원과의 시간이 앞에 앉은 두 사람으로 인해 치욕스럽게 느꼈다.

"한 선생, 우린 법조인 집안이에요. 그렇다고 우리가 특별히 잘난 집안 며느리를 원한다는 건 아니에요. 우리 힘으로 충분히 시원일 끌어올릴 수 있지만 적어도 아래에서 한 선생이 지닌 여건으로 발목 잡아서는 안 되겠지요? 둘의 사이가 더 깊어져서 상처가 심해지기 전에 끝내는 게 서로에게 낫지 않을까 싶어요."

장 원장의 말이 끝나기가 무섭게 채윤의 핸드백 안에서 벨소리가 울렸다. 채윤은 발신자를 확인하곤 표정이 확 굳어졌다. 양해를 구하고 원장실을 나온 채윤은 숨을 깊이 들이마시고 전화를 받았다.

"시원 씨, 무슨 일이에요?"

채윤은 혹시나 목소리가 떨리기라도 할까 봐 전화기에 입을 바짝 가져다 대었다.

[밤새 뒤척이다 나간 게 마음에 걸려서. 무슨 안 좋은 일 있나 걱정이 되더라구.]

"그냥, 앞으로 뭘 하고 먹고 사나 생각하느냐고 그랬어요. 근데 혹시 나한테 숨기는 거 없어요?"

[숨기기는······. 근데 교육원에서 왜 불렀대?]

"교육원장님이 부르셨어요. 나중에 다시 통화해요."

[교육원장? 채윤아, 잠깐만.]

채윤은 시원이 더 말을 하려고 하자 전화를 끊어버렸다. 듣지 않아도 아는 사실을 구태여 듣고 싶지 않았다. 아니, 시원으로 인해 이미 무너져 버린 마음에 확인 사살을 받고 싶지 않았다. 도리어 지금 상황을 부정하고 싶은 마음에 휴대전화를 두 손으로 꽉 쥐며 벽에 등을 대고 스르르 주저앉았다.

"여보, 타박 주지 말고 그냥 돈 주고 끝내요. 그러려고 부른 것 아니에요?"

"모르는 소리 하지 마. 저 애가 어떤 애인 줄 알고 하는 소리야? 몇 년 전에 제 할아비 죽고 미수금 회수하러 다닌 애야. 독하디독한 애라고."

채윤은 꽉 닫히지 않은 문 사이로 흘러나오는 그들의 대화에 바닥에 털썩 주저앉았다. 채윤은 자신에 대해 내려지는 주변 평판을 예전부터 알고 있었다. 그러나 막상 직접 듣게 되자 끝없는 나락으로 떨어지는 기분이었다.

채윤은 차가운 바닥에 손을 대고 안에서 들리는 말 하나 놓치지 않고 들었다. 그리고 꼬리에 꼬리를 무는 강찬균이라는 이름에 실마리를 찾기 위해 자리에서 일어나 좀 떨어진 곳으로 가 권 사장에게 전화를 걸었다.

"아저씨, 저 물어볼 게 있어서 전화 드렸어요. 혹시 강찬균 법무장관과 할아버지가 어떤 관계였는지 아세요?"

채윤은 곧이어 들려오는 전화기 너머의 이야기를 듣고 두 눈에 분노의 빛을 가득 띠었다. 그러곤 입가에 회심의 미소를 지었다. 채윤의 저편에 숨어 있던 기억력의 실마리에 감사하며 이를 악물고 안으로 들어갔다.

"실례했습니다."

"그럼 이쯤에서 우리 얘기는 끝내는 게 어떻겠나?"

"드릴 말씀이 있습니다, 강찬균 법무장관님."

부부는 얌전히 듣고 있던 채윤이 갑자기 자신감에 깔보는 기색을 보이자 불쾌하면서도 이어질 말을 기다렸다.

"장관님이 의원이실 때 몰래, 그것도 어떤 이유를 빌미로 큰돈을 받은 적이 있으시죠?"

그 말을 들은 강 장관은 미간을 찌푸리며 당당한 채윤의 시선을 피했다.

"그런 일 없네."

딱 잘라 막하는 강 장관의 파렴치한 모습에 채윤은 입술을 파르르 떨었다. 채윤의 모습에 이상한 낌새를 챈 강 장관은 자리에서 일어나려고 했다.

"없으시니까 저를 이런 자리에 부르셨겠죠. 정치하시는 분이니 잘 아시겠지만 실향민의 소원이 뭔지 아십니까?"

강 장관의 얼굴이 흙빛으로 변하며 헛기침만 내뱉자 옆에 앉은 장 원장은 이상한 눈빛으로 쳐다보았다.

"북에 있는 가족을 만나보는 거죠. 제가 한 불쌍한 실향민 이야기를 아는데 한번 들어보시겠어요?"

"됐네. 한가하게 그런 이야기 들을 시간 없으니 그만 일어나겠네."

채윤은 자리에 일어나 나가려는 강 장관의 심하게 들썩거리는 등을 보며 이야기를 계속했다.

"전쟁이 일어났을 때 북에 살던 남자는 인민군의 횡포를 피해 아내와 두 명의 자식을 뒤로하고 남으로 내려왔답니다. 먼저 가서 자리를 잡을 테니 가족들에게 뒤따라오라고 하곤 핏덩이 아들 하나만 데려왔죠. 그리고 얼마 후 전쟁은 끝났으나 뜻밖에도 38선이 그어지면서 졸지에 가족을 잃어버리고 말았어요. 두고 온 처자식을 그리워하면서도 이제 갓 걷기 시작한 아들 하나 위해 남자는 악착같이 살아가기 시작했답니다. 때론 살아남은 운명을 저주하며 죽고 싶을 때도 많았지만 삶은 계속되었고 갖은 고생 끝에 아주 많은 돈을 벌게 되었대요. 하나뿐인 자식은 고생시키지 않으려고 온갖 정성을 쏟아 대학교수가 되었는데 결혼하고 잘사는가 싶더니 지지리 복 없는 실향민 아들 부부마저 비명횡사로 가슴에 묻었다더군요. 너무 불쌍하지 않으세요?"

채윤은 문가에 서서 미동도 하지 않는 강 장관을 보며 두 주먹을 꽉 쥐었다. 두 사람을 번갈아 보며 이야기에 집중하던 장 원장은 그들의 사이에 자신이 모르는 어떤 고리가 있다는 걸 눈치 챘다.

"노인의 직업상 정치 비자금에 몇 번 얽히면서 괜찮은 정치인한 사람을 알게 되었죠. 전도유망한 그 정치인이 선거를 준비하면서 자금이 부족하다는 소문에 노인은 선뜻 돈을 내주었대요. 그것도 세 번의 선거 모두 아무 조건 없이 내주었는데 어느 날 그 정치인이 노인에게 약속을 했답니다. 곧 있으면 공식적으로 방북을 하게 될 것이니 그 명단에 넣어주겠다는. 처음엔 반신반의하던 노인도 언론에서 떠들어대고 민간단체도 같이 움직인다는 소식을 접하면서 기대감에 부풀었죠. 그 대신 그 정치인에게 막대한 돈이 들어가야 했지만 그런 것은 이미 노인에게 문제가 되지 않았어요. 죽기 전에 갈 수만 있다면, 그렇다면 그 어떤 것도 아깝지 않았는데 정말 운명의 장난인지 정치인이 돈을 받고 배신했대요. 아니, 정확히 말하면 정치인은 방북하고 노인은 텔레비전으로 봤다고 하더군요. 이유를 물어보았지만 노인은 대답을 듣지 못했고, 평생의 꿈이 무너진 노인은 시름시름 앓던 병이 심해져 암이 되어 돌아가셨다더군요."

채윤의 서글픈 이야기가 끝나자 등을 보이고 있던 강 장관이 채윤을 향해 몸을 돌렸다. 두 사람이 서로 마주 보며 팽팽하게 나누는 긴장감을 느끼며 장 원장은 그 이야기의 노인과 정치인이 누군지 알아챌 수 있었다.

"그 이야기를 나한테 하는 의도는 뭔가?"

"그 노인은 제 할아버지고, 그 정치인은 강찬균 의원이더군요. 그럼, 누가 누구에게 헤어지라고 할 수 있는 입장인지 헤아려 보시죠."

채윤을 쏘아보는 강 장관의 눈에는 화로 인해 핏발이 서기 시작했다. 끓어오르는 화를 참는 강 장관의 얼굴을 붉어지고, 그 모습을 장 원장은 믿을 수 없다는 듯이 놀란 얼굴로 보았다.

"말도 안 되는 소리를 하는군. 나는 평생 청렴한 정치인이자 장관으로 부끄러울 게 없는 사람이야. 어디 감히 너 따위 천한 게 나를 모함해!"

"너 따위 천한…… 하, 일부 회장님들에 비하면 훨씬 고상하시네요. 장관님, 모함이라는 말에 어패가 있지 않나요?"

장 원장은 갑작스럽게 변한 이 분위기에 너무나 당황한 나머지 우선은 이 상황을 피해야겠다는 생각이 들었다.

"한 선생, 말이 조금 심한 것 같네요. 오늘은 여기서 그만 하고 나중에 다시 만나요. 아니, 오늘 일은 서로 없던 일로 해요."

"강찬균 장관님, 진 빚은 청산하셔야죠. 그리고 잘나신 아드님 일은 저를 통하지 마시고 잘난 가족끼리 해결하세요."

"한채윤 양, 세상이 그리 만만하게 살아지던가?"

강 장관은 채윤을 보는 눈에 이미 화가 걷어지고 목소리는 부드러워졌다. 어느새 노련한 정치가로 돌아와 있었다. 채윤은 뜻하지 않은 질문에 의도를 몰라 아랫입술을 깨물며 강 장관의 다음 말을 기다렸다.

"채윤 양이 그런 일까지 알고 있을 거라고 생각하지 못한 내 불찰이 오늘 이런 자리를 만든 것 같군. 어르신과 나는 삼십 년 넘게 가까이 알고 지내던 사이이고 채윤 양 말대로 이렇다 저렇다 쉽게 단정 지을 사이가 아니네. 난 정치인이고 정치란 그리 쉬운 게 아니지. 그 얽히고설킨 이해관계를 다 설명할 순 없지만 의도적으로 내 아들에게 접근한 거라면 그 빚 갚아주겠네. 아니, 내 아들 곁에서 사라져만 준다면 그 배로 갚아주지."

약자와 강자를 순식간에 바꿔놓은 강시원. 채윤은 그가 다시 튀어나오자 대답하지 못했다. 아니, 시원이 이런 패가 될지 몰랐다. 혼란스러운 채윤에게 강 장관은 흡족한 웃음을 보이며 명함을 손가락으로 가리켰다.

"생각해 보고 연락 주게."

강 장관이 사라진 자리에 남아 있는 두 사람은 당혹스럽고 혼란함에 지쳐 멍하니 있었다. 시간이 얼마만큼 흘렀는지도 모른 채 침묵하고 있던 두 사람은 원장실 문을 두드리는 소리에 정신을 차렸다.

"권민준 씨 전화입니다."

"고마워요. 여보세요? 그래, 민준아. 고맙다. 너 아니면 이런 일을 누가 알려주겠니."

나가보라는 손짓을 하는 원장의 입에서 불린 이름에 채윤은 정신이 아득해졌다. 권민준, 채윤이 알고 있는 그 사람이 아니길 바라며 재빨리 원장실을 나와 민준의 휴대전화 번호를 눌렀지만 통화 중이라 연결할 수 없다는 멘트만 나왔다.

채윤은 운명이 자신을 어디까지 비참하게 만들지 몰라 정신이 아뜩해졌다. 그리고 비극적 운명을 지닌 가족사는 어떤 식으로든 대물림 된다는 말이 사실이 될까 봐 겁이 났다.

 채윤은 교육원을 나와 정신을 놓지 않으려 애썼으나 이내 정처없이 헤맸다. 정신없이 길을 걸으며 사람들과 몸이 부딪쳐 곱지 않은 시선도 받고, 횡단보도 신호를 보지 않고 무작정 건너려다 위험한 상황에도 여러 번 처했지만 아랑곳하지 않았다. 무작정 걷고 또 걸었다. 그러나 걸으면 걸을수록 채윤의 넋이 나간 멍한 표정은 더욱 짙어졌다.
 채윤이 아침에 입고 나왔던 회색 정장은 어느새 눈에 띌 정도로 구김이 졌고, 깔끔하게 틀어 올렸던 머리카락들은 제멋대로 삐져 나와 채윤의 얼빠진 행색을 더욱 초라하게 만들었다.
 '사랑이란 원래 이렇게 사람을 흔들어놓는 거야?'
 채윤은 차마 목 끝에 걸려 나오지 않는 말을 속으로 중얼거렸다. 이 기구하고도 잔인한 인연들을 듣는 이가 있다면 누구든 답해달라고 세상에 무언의 외침을 보내고 있었다. 아니, 누구라도 좋으니 제발 자신을 붙잡아 이 모든 일을 단번에 정리해 주길 간절히 바라며 사람들 틈을 헤매고 다녔다. 셀 수 없이 많은 생각들이 타래실이 엉클어진 것마냥 머릿속에서 교차했다.
 "아가씨, 건너면 안 돼요!"
 채윤은 갑자기 타인의 손에 의해 뒤로 당겨진 팔 때문에 중심을 잃고 휘청거렸다. 그리고 흔들리는 몸의 중심을 잡고 서자 건너편 신호등이 보였다. 빨간 불, 그 불빛의 색이 혼란스러운 채윤에게 대답을 해주는 것 같았다.

'그만, 멈춰.'

채윤은 황단보도에 서서 신호등의 색깔이 몇 번이나 바뀌는 걸 바라만 보았다.

'세상을 살면서 모든 일에 파란 불이 켜진다면 얼마나 좋을까? 아니, 시원 씨와 나한테만이라도 그렇다면 얼마나 좋을까.'

채윤은 핸드백에서 끊임없이 전해지는 진동을 느끼곤 휴대전화의 전원을 끄려고 꺼냈다. 휴대전화의 부재중 목록을 채우고 있는 두 남자의 이름.

강시원. 권민준.

채윤은 두 사람이 왜 끊임없이 전화를 하는지 궁금하지 않았다. 오히려 그들이 만들어낼 변명이 머릿속에 그려졌다. 하지만 그 변명들을 그들에게 직접 확인하고 싶지 않았다. 그들을 떠나 채윤의 머릿속에 떠오르는 지난날의 과거와 복잡한 현실만으로 이미 사고능력을 벗어난 것처럼 느꼈다.

채윤은 휴대전화의 전원 버튼을 누르려 할 때 다시 진동이 울리고 발신인 이름이 떴다. 흔들리는 액정 속에 권민준, 그 이름을 뚫어져라 쳐다보던 채윤은 마지못해 전화를 받았다.

[왜 이렇게 통화하기 힘들어? 어디야?]

"나한테 왜 전화했는데?"

[그냥, 뭐 하나 궁금해서.]

채윤은 주저하는 민준의 목소리를 듣자 전화를 걸며 애달아하고 있을 시원이 떠올랐다. 갑자기 물밀듯이 밀려오는 시원에 대한 그리움에 채윤은 서 있다가 그대로 주저앉을 것 같아 애써 발걸음을 옮겼다. 채윤의 귀에 휴대전화에서 들려오는 민준의 말은 들리지 않았다. 무조건 시원에 대해 향하는 터질 것 같은 그리움을 떨쳐 내려 걸었다. 한 걸음 걸을 때마다 무거운 돌덩이가 발목에 매달려 있는 듯 채윤은 힘겹게 횡단보도를 건너왔다.

"화가 났어. 얼마나 화가 났는지 온몸이 부들부들 떨리고 숨이 가빠져서 진정이 안 돼. 누가 내 양옆을 붙잡고 마구 흔들어 대는 것 같아. 무슨 약을 먹어야 할까? 약국이 눈앞에 있는데 무슨 약을 사야 할까?"

[너 어디 있니? 무슨 일 있지?]

채윤은 다급한 민준의 목소리에 실소가 흘러나왔다.

"아무 일도 없어. 오빠는 지금 나한테 무슨 일이 있었으면 좋겠지?"

[당연히 아무 일 없는 게 좋지, 무슨 그런 말을 해. 지금 어디 있니?]

"글쎄, 이제 어디로 가지? 어디로 가야 다 지워 버릴 수 있을까? 날 다 알고 있는 오빠가 찾아보는 건 어때?"

채윤은 휴대전화의 전원을 끄고 앞에 보이는 쓰레기 더미 안에 던져 버렸다. 이것이 지금 화가 날 대로 나 있는 상태의 채윤이 민준에게 할 수 있는 유일한 짓이었다.

채윤은 또 무작정 걸었다. 그녀는 그리도 대단한 아버지를 가진 시원이 왜 하필 자신의 앞에 나타났는지 원망스러웠다.

채윤이 알고 있는 짧은 지식으로도 강찬균 법무장관은 일반적인 사람이 아니었다. 대단한 배경과 덕망을 지녔다는 소문, 나라의 부름을 간곡히 받은 법무장관, 최고의 정치인이자 관료인 강 장관이 보여준 높은 자신감은 당연한 거였다. 그런 그를 아버지로 둔 시원이 어떤 사람인지는 알아보지 않아도 어느 정도 추측할 수 있었다.

그제야 채윤은 비로소 시원에게 얼마만큼 마음을 주었는지 알게 되었다. 갑자기 나타난 행운 같은 사람이라 그를 보는 것만으로 벅찼기에 다른 감정을 알아채지 못했다. 티도 내지 않고 시원에게 이슬비처럼 젖어버린 마음을 그의 아버지가 깨우쳤다. 시원은 돈과 바꿀 수 있는 사람이 아니었다. 시원에게서 사라져 준다면 돈을 주겠다던 강 장관의 말에 시원에게서 덜컥 채윤이 사라져 버린다면 자신과 시원은 어떻게 되나 걱정이 들었다. 이젠 혼자 있는 시간이 예전만큼 즐겁지도 않고 시원과 같이 있지 않거나 시원을 생각하지 않으면 웃음이 나지 않았다. 시원이 없으면 자신이 살아갈 수 있을지 스스로에게 질문을 던졌다.

민준은 채윤과의 통화가 일방적으로 끊기자 계속해서 전화를 걸었지만 휴대전화는 꺼져 있다는 말만 되풀이해 들렸다. 민준은 자신이 만들어놓은 상황에 채윤이 걸려들은 걸 감지할 수 있었다. 하지만 채윤답지 않은 통화는 되레 민준을 불안하게 만들었다.

민준은 당연히 채윤이 울면서 상황을 이야기해 주며 자신에게 기대어 감정을 털어버릴 거라 생각했다. 하지만 감정을 드러낸 채윤의 목소리는 알싸한 냉랭함이었다. 일말의 여지도 두지 않고 선을 긋는 모습은 더 이상 민준에게 내보여 주려 하지 않는 것 같았다. 위로의 방패막이 되어줄 수 있을 거라 여겼던 민준은 채윤의 반응에 당혹스러웠다.

민준은 채윤을 찾기 위해 자주 가던 식당, 커피숍, 서점 등 알고 있는 곳은 모두 찾아 헤매고 다녔다. 여기저기 들쑤시고 다니다 보니 어둑했던 날은 저물어 어느새 밤이 되었다. 민준은 채윤을 찾지 못하자 그녀가 영영 이대로 곁에서 떠날 것만 같아 목이 조여오는 불안감에 휩싸였다.

민준은 마지막으로 한강변을 찾아 오랜 시간 동안 샅샅이 뛰어다녔다. 그리고 혼자 앉아 있는 채윤을 겨우 발견했다. 고개를 숙이고 있는 옆모습에 민준은 긴장이 풀려 다리가 후들거렸다.

"한채윤!"

민준은 채윤의 이름을 목청 돋워 부르며 한달음에 뛰어갔다. 채윤은 옆에 앉는 사람의 기척 때문에 고개를 돌리다 민준과 마주쳤다.

"나 찾았구나. 그럴 줄 알았어."

"너 왜 전화기 꺼놓고 그래? 얼마나 찾아다녔는지 알아?"

"한강도 변해. 저 다리들에 색이 입혀졌고, 강 주변도 변했어."

채윤의 무심한 표정은 변화가 없었다. 민준의 등장에도 놀라지도 않고 그저 묵묵히 한강만 바라보았다.

"무슨 소리야?"

"끝내는 오빠가 날 찾았잖아. 다 변하는데 오빠는 변하지 않고 나를 찾았잖아."

채윤의 주변엔 초록색 병들이 제멋대로 흐트러져 있거나 깨져 있었다. 빈 소주병의 개수는 민준이 알고 있는 채윤의 주량을 훌쩍 뛰어넘은 상태였다.

"날도 추운데 왜 여기서 술 마시고 있어?"

"갈 곳이 없어서……. 어딜 가도 북적거리고 활기차잖아. 그런 곳은 내가 있을 곳이 못 돼."

"새로 만난다던 남자랑 안 좋은 일 있었니?"

"오빠, 내 손에서 피 난다."

민준은 자신을 향해 뻗어진 채윤의 손바닥을 보았다. 손바닥은 깨진 병에 다쳤는지 날카롭게 줄이 그어져 있고 군데군데 피가 말라붙어 있었다. 민준은 채윤이 들고 있던 술병을 낚아채어 채윤의 손바닥에 붓고 손수건으로 손을 감아주었다. 아직 아물지 않은 상처를 감싼 손수건에는 피가 배어들었다. 채윤은 상처가 깊어 아플 텐데도 무감각하게 눈썹 하나 까닥하지 않고 민준의 손놀림만 쳐다보았다.

"바보야, 아프면 아프다고 말해. 술 먹고 다쳤다고 혼날까 봐 알아서 반성하는 거야?"

채윤은 회색 치마 위의 검붉은 흔적들을 보며 잔에 술을 따라 마셨다.

"손이 아파야 하는데 가슴이 아파. 가슴에서 흐르는 눈물이 손에서 피로 대신 나오나 봐."

"채윤아."

민준은 어두운 한강변에서 채윤의 표정을 읽어내기 쉽지 않았지만 시원의 부모에게 상당한 상처를 받았다는 생각에 죄책감이 들었다.

처음부터 시원의 집에 알릴 생각은 아니었다. 그러나 채윤의 곁을 지나가는 바람일 거라 믿었던 시원이 술집 앞에서 술에 취해 흐트러져 있는 모습을 본 후 생각이 바뀌었다. 민준이 시원의 옆을 지나가도 인사불성이 된 그는 민준을 알아보지 못했었다. 그날 시원의 뒤를 쫓아 그가 채윤의 집으로 들어가는 것을 보지 않았다면 이렇게까지 비열하고 치사한 방법을 선택하지 않았을 것이다. 이렇게 둘을 갈라놓아야 하는지 자책하면서도 채윤이 제자리로 돌아온다면 받는 상처 따위는 다 보상해 주면 될 거라 여겼다.

"내가 오빠라고 부르던 권민준은 어디 간 걸까? 우린 가족이었는데, 이젠 비수를 꽂는 남이 되어버린 그 권민준은 어디 있을까?"

"가족? 오빠? 채윤아, 나도 넘고 싶은 선이란 게 있어."

민준은 채윤에게 자신이 왜 이래야 했는지 설명하기 전에 깊이 한숨을 내쉬었다. 처음으로 마음을 고백하려는 민준은 적절한 때가 아닌 걸 알지만 더 이상 지긋지긋한 가족으로만 묶여 있고 싶지 않았다. 이젠 가족이란 관계를 깨부수어 같이 한발 앞으로 나가야 할 때였다.

"강시원 씨 알아?"

"어?"

"내가 만나던 사람이 오빠가 아는 강시원 변호사야."

"……강 변호사 알지, 우리 회사 전담 변호사였는데. 네가 만나던 사람이 그 사람이었니?"

민준은 둘 사이를 최대한 모르는 척 연기하기로 마음먹고 꽤나 놀란 말투로 말했다.

"오빠, 나 다 알아. 그러니 부러 놀란 척하지 마. 둘이 친구잖아."

"친구? 글쎄, 동문인데다 회사 일로 얽혀 있지만 그리 친하진 않아. 그 사람이 왜?"

"나 화나. 제발 여기서 더 화나게 하지 마."

"무슨 말인지 모르겠다."

"들었어, 오빠랑 교육원장님이 통화하는 거. 그러니 더는 그러지 마."

민준은 손에 들린 소주병에 입을 대고 벌컥벌컥 마셨다. 너무 당황스러웠다. 발가벗겨진 아이마냥 치부를 들킨 기분이었다.

"뭘 들었는데?"

민준이 병에서 입을 떼고 내뱉은 목소리는 탁했다. 어떤 감정이 뒤엉켜 있는지 알 수 없을 만큼 혼탁한 목소리였다. 그는 다 마신 소주병을 강을 향해 던졌다.

"왜 말했어?"

"나중에 알게 된다고 해도 지금의 상처보다 작을 거라고 생각하지 마. 이쯤에서 끝난다면 너나 시원이 둘 다 정리하기 쉬워."

민준의 단호한 말에 채윤은 허허 웃었다. 그렇게 오랫동안 가족이라 믿을 만큼 가깝게 지냈던 사람이 이 정도뿐이었다니, 쓸쓸했다.

"그래? 그럼 내 사랑은? 아직 그 사람에게 제대로 보여주지 못한 내 사랑은?"

"누가 사랑이라고 하는데? 너와 시원이가 사랑하는 거였니?"

"사랑을 알아? 내가 하는 게 사랑이 아니면 뭔데? 오빠가 내 감정을 알아? 일일이 다 알아? 왜? 더 잔인하게 말해볼까? 뭘 더 말해줄까!"

끝내는 버럭 소리를 지른 채윤을 민준은 지치고 슬픈 눈으로 바라보았다. 그는 단 한순간도 채윤의 감정을 사랑이라고 생각해 본 적이 없었다. 채윤이 신기한 것을 보고 관심을 가지는 정도의 수준으로 생각했던 민준에게 사랑이라는 단어를 꺼낸 것 자체가 이미 잔인한 일이었다.

민준은 벌겋게 물기가 가득한 채윤의 눈을 바로 보고 물었다.

"내 눈을 봐. 나를 제대로 보고 말해. 잔인하게 말해봐."

"그 사람 사랑해. 강시원을 사랑해. 권민준이 아니라 강시원을 사랑해!"

"한채윤!!"

민준은 화가 가득 난 눈으로 고함지르며 채윤의 어깨를 꽉 붙잡았다. 민준은 채윤의 말을 믿을 수가 없었다. 채윤이 어떻게 이런 말을 눈 하나 깜짝하지 않고 말할 수 있는지 민준은 받아들일 수가 없었다.

"치사하고 비열해. 왜 나서는데? 오빠가 왜!"

"그래, 나 치사하고 비열해. 그럼 나는 십 년이 넘는 세월 동안 네 옆에서 뭐였니? 난 언제나 기다리고 있었어. 네가 나를 받아들일 수 있을 때를."

"오빠, 나 잘 알잖아. 나 그냥 사랑하면 안 돼? 나 불쌍하지도 않니?"

채윤은 더 이상 민준을 제대로 볼 자신이 없어 고개를 떨어뜨렸다. 이렇게까지 민준에게 상처 주며 사정하고 싶지 않았다. 차라리 민준에게 언급하지 말고 그냥 넘어갈 걸 그랬단 후회가 들었다.

"그래, 내가 시원이네 집에 너에 대해 말했어. 그렇게 대단하고 잘난 집에서 내가 알고 있는 너를 받아줄 일이 없어서 미리 막았어. 시원이만 너 사랑한 거 아냐. 나도 너 사랑해. 긴 시간 동안 말하지 않았다고 모른 척하지 마. 내가 아무 이유도 없이 너한테 그렇게 목매고 살았겠니? 시원인 보이는데 왜 난 안 보이니?"

민준은 급하게 마신 술기운이 올라오는지 가슴으로 뜨거운 기운이 확 번졌다. 목구멍이 따끔거릴 정도의 열기로 인해 민준은 인상을 쓰면서도 손길을 벗어나려는 채윤의 어깨를 놓아주지 않았다.

"사랑. 그래, 사랑 좋아. 내가 처음으로 사랑한다는 사람하고 이렇게 떨어뜨려 놓으면 오빠 사랑은 자연히 이루어지니? 나 남 앞에서 비굴하고 추해 보일까 봐 말 못했지만 나 사는 거 그렇게 좋지만은 않았어."

민준도 충분히 채윤이 힘든 일을 겪으며 살아온 것을 생생이 지켜보았다. 힘들다는 내색 없이 그 나이에 버티는 것만으로도 속이 얼마나 상했을지 안다.

"근데 그 사람 만나고 나 너무 행복했어. 나 웃고 토라지고 화내고 마음대로 감정 다 표현해 본 게 언제인지 기억나지 않을 만큼 가물거리는데 그 사람하고 있으면 자연스럽게 돼."

"그건 내가 힘든 일을 서서히 잊어갈 때 시원일 만나서 그래. 생각해 봐. 나는 뭐였니? 나는 너를 웃게 하려고 매일 발버둥 치고 우울해하는 널 위해 항상 노력했어. 그래, 미안해. 치사하고 비열해서 미안한데 이제 끝났으니까 잊어. 잊어버리고 나를 봐."

민준은 채윤의 감정에 대해 매정했다. 너무나 가볍고 헛된 것으로 치부하는 사람처럼 야박하게 짓밟았다.

"오빠를 며칠 보지 않았다고 해서 그리워 잠을 못 이루고 애타지 않아. 오빠를 만날 때는 무엇을 입고 어떤 행동을 해야 할지 걱정하지 않아. 오빠를 만날 때는 어떤 일이 내 가슴을 뛰게 할지 기대되지 않아."

"그래서 뭐였냐고!!"

채윤의 담담한 표현에 민준은 분통이 터졌다. 세상이 아무리 제멋대로 돌아간다고 해도 채윤만은 이럴 수 없었다.

"제자리를 맴도는 관계는 가족뿐이야. 오빤 나한테 자극제가 안 돼. 내 안을 보게 만들지 않는다고."

"나에겐 아니야. 너를 보면 발가벗겨서 침대에 눕히고 맘대로 탐하고 싶어, 내 옆에 두고 그 작은 입으로 사랑한다고 말하게 만들고 싶어."

"그런 자극이 아냐. 시원 씨는 내가 그에게 어울리기 위해 더욱 노력하게 만들어. 안주하는 게 아니라 앞으로 향하게 만들어. 잘살아봐야지 이런 생각들에 마음을 불끈하게 만들어."

"너에게 뭐가 더 필요하니? 돈이 부족하니? 관심이 필요해? 명예가 필요해? 내가 시원이만큼 못 주는 게 뭐니?"

민준의 울분 터지는 소리에 채윤은 어깨에 붙잡는 손을 쳐내고 돌아 앉아 강을 보았다. 너무나 평온하게 흐르는 강이 두 사람을 비웃는 것 같았다.

"시원 씨는 모든 걸 나에게 맞추려고 하지 않아. 오빠는 나를 만들어진 인형처럼 여기고 관리하려고 하지만 그 사람은 나와 부딪치고 알맞게 서로 맞추게 만들어. 그래서 더 멋지고 괜찮은 여자로 보이고 싶은 욕심이 들어. 왜 사랑인 줄 알겠어?"

"그 헛된 욕심과 상상에서 깨지면 넌 후회할 거야. 그래서 난 널 말릴 수만 있다면 이보다 더한 짓도 할 수 있어. 날 더 이상 자극하지 마."

채윤은 이를 꽉 깨물고 민준을 차갑게 쏘아보았다. 채윤이 알고 있던 민준에게 나온 말은 악마의 저주 같았다. 그러나 어쩌면 시원을 사랑한다고 말하는 채윤 또한 매한가지라는 생각이 들었다.

채윤은 지난 세월들 다 부정하고 싶을 만큼 미워지는 민준을 잡기 위해 마지막으로 애원했다.

"나한테 이러면 안 되잖아. 나한테 이렇게 뺏어갈 수는 없잖아. 나 한 번만 봐줘. 오빠 나 한 번만 눈감아줘라. 그냥 나 모른 척해주면 안 될까? 꼭 그 사람하고 결혼한다는 보장도 없는데 그냥 한 번만 눈감아줘. 나 그 사람하고 있으면 행복해."

민준은 채윤의 무지함에 속이 답답했다. 민준 하나만 비켜주어 될 일이었다면 이렇게까지 하지도 될 않았다. 하지만 민준을 넘어 시원의 부모까지 첩첩산중인데 채윤이 상처받는 모습

난제(難題) 201

을 보느니 여기서 말리고 싶었다. 채윤이 더 괴로워한다면 민준이 숨이 막혀 견딜 수 없을 것 같았다.

"시원이 부모님은 어떻게 할 건데? 그 집에 너희들 내버려 둘 것 같아? 왜 이렇게 정신 못 차리니? 너 왜 이렇게까지 바보처럼 무너지는 건데?"

"아무것도 모르겠어. 그냥 하루 종일 그 사람 없으면 어떻게 살아야 하나 걱정만 돼. 미치게 보고 싶은데 다시는 볼 수 없을 것 같아 겁나. 나 매달리고 불쌍하다고 하면 그분들도 봐주지 않을까? 아니면 가지고 있는 돈 다 줘버리고 그 사람하고 살게 해달라면 안 돼? 나 딱 한 번만 행복해지고 싶었는데…… 이루어졌다고 생각했는데 나란 애는 왜 이렇게 재수가 없냐고."

민준은 분에 못 이기는 채윤이 두 손으로 가슴을 때리는 걸 다 받아주며 눈을 감아버렸다. 더 이상 투정이라고 생각되지 않을 만큼 채윤의 감정이 깊어진 걸 느꼈다. 지난날의 한채윤은 설사 민준 앞이라도 이렇게까지 비하시키지 않았다. 채윤이 자존심까지 던져 버리고 사정하는 걸 민준은 감당할 수 없었다.

기운이 빠진 듯 채윤이 무너지듯 민준의 무릎에 얼굴을 묻고 흐느끼기 시작했다. 민준은 울고 있는 채윤에게 아무것도 해줄 수 없어 얼굴을 두 손으로 감쌌다. 서럽게 우는 채윤의 울음소리에 민준은 무거워지는 마음을 주체할 수 없었다. 그동안 자신의 감정을 잘 감추어두었다가 채윤에게 멋지게 고백할 날만을 기다리고 있던 민준은 시간을 되돌릴 수 있다면 오늘을 다시 시작하고 싶었다. 아니다. 시간이 지나 매일 비추던 햇살이 바람에 의해 잠시 사라져 봐야 간절함을 깨닫는 것처럼 채윤이 곧 민준의 소중함을 곧 깨달을 거라 생각했다.

"내 마음속에 온통 그 사람만 살아 있어. 내 마음엔 세상 사람들 아무도 없고 그 사람하고 나, 단둘이만 살아 있어. 이렇게 담아두고 잘살 수 있을까?"

채윤은 극도로 날카롭던 신경에 주량을 넘은 상태라 끝내는 알아듣기 힘들게 중얼거리다 잠들어 버렸다.

민준은 잠이 든 채윤을 들춰 업은 후 꽤 오랜 시간 한강다리를 걸었다.

"나도 살아 있다. 네 눈앞에 숨 쉬고 살아 있으니 이젠 마음에만 넣으면 돼. 시원이도 들어간 가슴에 내가 들어가지 못한다는 법은 없잖아. 어려울 거 하나 없어. 어렵지 않아."

민준은 잠들어 있는 채윤에게 하염없이 되풀이하며 한남대교를 지나 빌라까지 걸어왔다. 온몸이 땀으로 범벅이 되고 숨이 턱까지 차 올라 걷기 힘들었지만 등 뒤에 고른 숨소리를 내며 잠들어 있는 채윤 때문에 꽉 막혔던 가슴에 이제야 공기가 들어오는 것 같았다.

시원은 채윤의 빌라 주차장에 차를 세워놓고 채윤이 들어오기만 기다리고 있었다. 낮에 어머니와 같이 있다는 통화 후 전혀 연락이 되지 않았다. 집과 휴대전화 모두 불통이고 빌라는

난제(難題)

불이 켜져 있지 않아 시원을 더 불안하게 만들었다. 시원은 산을 넘었다고 생각했지만 더 큰 산을 보지 못했다. 지금 시원에게 가장 어려운 것이 무엇이냐고 당장 묻는다면 사랑하는 자의 마음을 확고히 얻는 거라고 대답할 심정이었다.

시원은 채윤이 이미 교육원을 그만둔 상태라고 알고 있었다. 그래서 교육원에서 채윤을 부른 게 어머니일 줄은 생각도 못하고 일을 마무리 짓기 위해 간다고 안일하게 생각하고 있었다. 채윤과 무슨 일이 있었는지 어머니에게 여러 번 전화했지만 집으로 들어오라는 말만 되풀이할 뿐 채윤에 관해선 언급조차 피하고 있었다. 시원의 주변 사람을 온전히 그들의 것처럼 여기는 그분들이 채윤을 알아내지 못할 일이 없었다. 하지만 그 피해가 채윤에게 돌아가는 상황에선 자신을 손아귀에 쥐고 휘두르려는 부모님에 대한 원망보다 지금 채윤이 무슨 생각으로 자신을 피하는지 알 수 없어 미쳐 버릴 것 같았다.

시원은 또다시 어머니에게서 걸려오는 휴대전화를 밖으로 던져 버리려다 채윤을 마냥 기다리는 것보다 무슨 일이 있었는지를 먼저 확인하기 위해 집으로 출발하기 위해 시동을 걸었다. 시원의 차가 주차장을 거칠게 빠져나가면서 모래바람을 일으켰다.

뿌옇게 사라지는 차 뒤로 채윤을 업고 숨어 있던 민준의 모습이 들어왔다.

시원은 거실 중앙에 놓여 있는 소파에 앉아 굳게 입을 다문 채 강 장관의 말을 기다리고 있었다. 집에 들어올 때부터 일하는 사람들과 장 여사의 행동이 눈에 띄게 부자연스러워 보였다. 그들은 지나치게 긴장하고 있었다. 시원은 차와 과일을 가지고 나오는 근심 가득한 장 여사의 얼굴을 살폈다.

"오늘 낮에 한채윤이라는 아가씨를 만났다."

시원은 아버지의 입에서 채윤의 이름이 나오자 장 여사를 보았다. 그러나 굳은 표정으로 시선을 피하며 고개를 돌리자 시원은 이미 그들이 계획했던 일인 걸 알게 됐다.

"네 어머니가 있는 교육원 강사였더구나."

시원은 강 장관의 말에 대꾸하지 않고 어이없는 표정으로 두 사람을 번갈아 보았다. 시원의 아버지, 강 장관의 오만한 자존심에 분명 채윤에게 곱지 않은 소리를 했을 게 뻔해 시원을 피한 채윤의 마음이 이해되었다.

"아버지가 어떻게 채윤이와 제 관계를 아셨는지 묻지 않겠습니다."

"현명하구나."

"왜 불러들이셨습니까? 그것도 왜 교육원으로 불러들이셨습니까? 예전 직장이었던 곳에서 느닷없이 전화가 오면 어떤 기대감을 가지고 가는지 아십니까?"

"더 깊어지기 전에 정리해라. 그 아가씨에게는 알아듣게 말했으니 너만 정리하면 된다."

"채윤이한테 어떻게 알아듣게 말씀하셨습니까?"

시원은 그들의 이기적인 비열함에 끓어오르는 화를 억지로 참아내느라고 목소리가 희미하게 떨렸지만 부부는 알아채지 못했다.

"당최 그 아이가 어떻게 너한테 어울린다고 생각하느냐? 어디 감히 천박한 집안의 고아 따위가 우리 집안 며느리 자리를 탐하게 놔둬? 네가 그러고도 제정신을 가진 놈이야?"

"천박한 집안의 고아? 그렇게 말씀하셨습니까? 그리하셨냐고요!"

강 장관은 엄한 호통이면 수긍하고 받아들이던 아들이 으르렁거리며 언성을 높이자 사뭇 놀랐다.

"뭐가 그리 천박한 집안입니까? 불의의 사고로 부모를 일찍 여의고 할아버지 손에 잘 자란 남의 집 귀한 여식한테 그런 소리를 한다는 게 가당키나 합니까? 그게 한 나라의 장관 입에서 나온 말이라는 걸 세상 사람들이 알게 될까 무섭습니다."

"모르면 잠자코 있든지, 어디서 감히 두 눈을 부릅뜨고 바락바락 대드는 거야? 네가 뭘 알기나 해? 그 아이가 누구의 손녀인지 알고 하는 말이야?"

"누구의 손녀인지는 중요하지 않습니다."

"명동의 한광서 어른을 기억하느냐?"

"예, 기억합니다. 한때 아버지와도 얽혀 좋지 않게 끝난 걸로 알고 있습니다. 그리고 채윤이의 할아버지임 또한 알고 있었습니다."

 시원이 처음 검사직을 수행할 때 우연히 듣게 된 이야기가 한 어른과 얽힌 아버지의 인연이었다. 숨기고 감추고 있었지만 소문은 알게 모르게 퍼졌고 정치권에서는 토사구팽당한 어른이 그 화를 이기지 못하고 돌아가셨다는 말도 나왔었다. 그 어른의 영향력이 비단 돈뿐이 아니라 북을 향한 열망으로 정치권에 손이 다 있다는 것은 선거를 치를 때마다 드러나곤 했다.

 채윤의 집에서 같이 지내게 되면서 알게 된 이 인연을 시원은 대수롭지 않게 여겼었다. 채윤만 모르고 넘어간다면 거치적거릴 게 없을 줄 알았다.

 "알면서도 그 천박한 애를 만났다고?"

 "그 어르신 손녀를 왜 천박한 고아라고 하는지 모르겠습니다."

 "그럼 네 생각에는 돈놀이꾼 손녀가 대단한 집안 여식으로 생각되더냐? 이 정도 말했으면 알아들어야지, 왜 그리 미련하게 구는 거냐! 내가 자식을 허투루 키웠지."

 시원의 얼굴에 묘한 웃음이 스쳐 지나갔다. 그리고 흐트러졌던 마음을 다잡아 어깨를 펴고 앉아 눈에 힘을 주며 강 장관을 마주 보았다.

 "사실대로 말하시죠. 차라리 그 어른께 몹쓸 짓을 한 게 마음에 걸려 차마 채윤일 볼 수 없다고 하셔야지, 그렇게 무작정 깎아내린다고 해서 지난 일이 다 지워집니까?"

강 장관은 왜 이제 와서 지난 일에 발목 잡혀 자식한테까지 이런 무참한 소리를 듣는지 객스러웠다.
　"그건 시국이 그런 거야. 어차피 그 돈 다 돌려줄 거고, 네까짓 게 아비가 하는 일에 뭘 안다고 왈가왈부야? 시키면 시키는 대로 하면 될 것을 감히 건방지게 내 일에 기웃거려!"
　강 장관이 소리 지르며 자리를 박차고 일어나자 장 여사가 붙잡아 앉혔다. 시원은 얼굴이 벌겋게 달아올라 씩씩거리는 강 장관의 모습에 피식 웃었다. 하지만 두 사람을 번갈아 보며 안절부절못하고 있는 장 여사를 때문에 감정을 누르려 깊은 숨을 내쉬었다.
　"아버지, 저는 사람이 고기처럼 등급이 매겨진다고 생각하지 않습니다. 더구나 불의의 사고로 안타깝게 돌아가신 부모와 곱게 키우신 어르신이 있는데 고아라고 하신다면 하늘에 계신 분들이 노하십니다. 아버지 자식인 제가 중요한 만큼 남의 집 자식도 귀하게 여길 줄 아셔야죠. 공직에 오래 계셨으면서도 언제까지 그렇게 편협하게 사실 겁니까?"
　"아들, 아버지 뜻은 네가 제대로 된 집에서 가정교육을 받은 여식하고 맺어졌으면 하는 것이야. 그렇게 화만 내지 말고 생각해 봐. 네 인생에 어떤 일이 있을지 누가 아니? 사람이 사랑으로만 사는 거 아니다. 사랑도 좋지만 살다 보면 힘들 때 언덕이 돼 줄 사람이 더 필요한 법이야."
　장 여사는 두 사람 사이에 거친 말들이 오가자 더는 불안해 아들부터 다독거렸다. 언제나 다정하진 않아도 번듯한 아들 둔 것을 자랑으로 여기던 부부였다. 그래서 주변에서 더욱더 시원에게 관심을 가졌고, 시원 역시 흠 잡히지 않고 지금껏 잘 따라와 주었었다. 그런데 여자 하나 때문에 시원이 이렇게 대드는 게 믿겨지지 않았다.

시원이 억지로 누르고 있던 감정이 장 여사의 말로 인해 주체할 수 없게 터져 나왔다. 시원의 안면은 화로 인해 떨리고 입에서 나오는 말은 오히려 차디찼다.

"채윤이는 제가 만났던 그 어떤 여자와도 비교가 안 되는 여자입니다. 가정교육? 저는 가정교육 잘 받은 자식이라고 누가 장담합니까? 아버지가 가정교육을 그리도 잘 시켰습니까? 사람이 사람을 좋아하는데 마음이 중요한 거지, 그 외의 것들은 부수적인 겁니다. 그 사람의 모자란 부분은 제가 채워주고, 제 모자란 부분은 그 사람의 도움 받으며 사는 거 아닙니까? 사랑, 그거 해보니까 좋더군요. 어머니, 아버지도 채워주지 못한 그렇게 열심히 살아도 허전했던 마음을 다 채워주더군요. 그 사람 하나 내 옆에 있어서 사는 게 기운이 난다는 게 어떤 걸 뜻하는지 아십니까?"

"너 무슨 말을 그따위로 해? 우리가 너한테 못해준 게 뭐가 있어?"

"그럼 잘해주신 게 뭐가 있습니까? 돈으로 채워준 거 이외에 뭘 해주셨습니까? 전 제 인생에서 원하는 대로 해본 적 한 번도 없습니다. 부모로서 자식이 원하는 게 뭔지 언제 한 번 물어나 보셨습니까?"

"그걸 지금 말이라고 지껄이는 게야? 신성그룹 박차고 나온 걸 내 모른 척 덮어줬더니 원하는 대로 살아본 적이 없어?"

"아버지, 사실대로 말해서 제가 그곳을 나온 걸 환영하셨다고 하는 게 맞지 않습니까? 저를 정치판으로 그렇게 끌어들이고 싶어하실 때, 마침 나와주니 아무 말 없으셨던 것 저 모를 만큼 어리지 않습니다."

강 장관은 보기 싫다는 듯이 눈을 감고 뒷목을 잡으며 울분을 참으려 숨을 크게 내쉬었다. 시원은 그 모습에 특별이 경제적 어려움 없이 키워준 부모에게 이토록 말하는 자신이 미울 정도였다.

자식의 최선의 길로 이끌어가고 싶어하는 것이 부모의 마음이라면 스스로 길을 찾아가고 싶은 것 또한 자식의 마음이었다. 절충점 없이 항상 부모가 제시하는 길로만 걸어가던 시원이 처음으로 그 길에서 벗어나고 있다. 무작정 싫어서 하는 치기 어린 반항심이 아니었다. 채윤이라는 뚜렷한 이유가 있었고, 혹여나 그들이 채윤에게 어떠한 해를 가할지 몰라 더 이상 물러날 수 없었다. 이미 채윤에게 생겨 버린 생채기는 되돌릴 수 없지만 시원이 옆에 있다면 다른 상처가 덮어씌우는 것만은 막아야 한다는 결심이 들었다.

"전 채윤이한테 결혼을 언급한 적 없습니다. 왜 이렇게 제 인생에 모든 걸 다 관여하려고 하십니까? 수석, 명문대, 검사 이것만으로도 부족하십니까? 뭘 더 해드려야 절 가만 두실 겁니까?"

"내가 너에 관한 걸 뭘 그리 관여했어? 흔하디흔한 여자 하나 때문에 부모한테 이렇게 대드는 놈이 자식이야?"

"끝내 동물 짝짓기마냥 여자 들여다 놓고 정치하게 만들어야 속 시원하시겠죠. 그냥 자식의 마음이 기우는 곳에 힘을 실어주면 안 되는 겁니까?"

"미친놈."

강 장관은 끝내 하얗게 질려 두 손으로 얼굴을 감싸며 몸을 앞으로 웅크렸다. 시원도 저절로 고개가 숙여졌다. 부모의 가슴에 상처를 내면서 제 가슴이라고 성할까. 이토록 팽팽하게 극으로 대립을 해본 적 없는 부자는 서로의 벽을 확인하고 좌절감을 느꼈다.

"여보, 내가 자식을 잘못 키웠나 보구려. 하나밖에 없는 자식이라고 너무 고이 키웠나 봐."

강 장관의 무너질 듯한 목소리에 시원은 서슴없이 말했다.

"제가 사랑하는 여자입니다. 아버지가 어르신하고 어떤 관계이셨든 제가 사랑하는 여자, 저 살린다 생각하고 한 번 눈감아주세요. 제 마음이 사랑해서 행복하다는데 그것보다 더 중요한 게 어디 있겠습니까?"

"제 자식이 불구덩이 안고 살겠다는데 좋아할 부모가 어디 있어? 넌 앞으로 나를 이어서 할 일이 많아. 그 애가 적으로 둔 사람들이 얼마나 많은데 나중에 그 많은 적들을 어떻게 감당하려고 해?"

"아버지와 달리 전 정치에 욕심없습니다. 채윤이만 제 옆에 있다면 전 지금까지처럼 평범한 변호사로 살 겁니······."

시원의 말이 채 끝나기도 전에 강 장관은 자리에서 일어나 시원을 때리기 시작했다. 어디든 가릴 곳 없이 손 가는 대로 그 화를 담아 마구잡이로 때리며 고함쳤다.

"빌어먹을 놈! 몇 달 만나지도 않은 여자 치마폭에 싸여 제 부모도 못 알아보는 이 후레자식 같은 놈! 내가 너를 어찌 키웠는데 네가 우리한테 이럴 수 있어? 우리 집안은 어떻게 되라고 이렇게 막무가내야!"

시원은 대꾸하지 않고 강 장관이 하는 대로 내버려 두었다. 분이 풀릴 때까지 맞아주기로 작정한 시원이 피하지 않고 버티자 장 여사는 시원을 감싸 안았다.

"여보, 내가 잘못 키운 죄예요. 차라리 날 때려요."

강 장관의 주먹이 장 여사의 몸 위에 아슬아슬하게 멈추었다. 비키라고 소리치며 장 여사를 밀어냈으나 그녀는 오히려 더 시원을 끌어안았다.

"제 마음 가는 대로 움직인 애가 무슨 잘못이에요. 마음 하나 다스리지 못하게 키운 내 죄예요. 당신, 시원이 때리고 또 얼마나 괴로워하려고 그래요."

"당신이 이렇게 감싸니까 애가 저렇게 빗나간 거 아니야."

시원은 감싸 안고 있는 장 여사를 떼어내고 당당히 강 장관을 마주했다. 갑자기 밀려난 장 여사는 한숨을 내쉬며 바닥에 주저앉았고, 강 장관은 시원을 쏘아보았다.

"때리세요. 하지만 예전에 대학 가는 문제와는 다릅니다. 아무리 이러셔도 채윤이에 대한 제 마음은 변하지 않으니 분이 풀리실 때까지 때리시고 반대하지만 않으셨으면 합니다. 결혼을 한 번도 생각해 본 적 없는 제가 채윤을 만난 후 생각이 달라졌습니다. 이 사람과는 한순간도 떨어지고 싶지 않다고 느꼈습니다. 이래서 다들 결혼하는구나 싶더군요. 그러니 원하시는 만큼 때리세요. 때리시고 제발 채윤이 받아주세요."

힘을 주고 내려치려던 강 장관의 팔이 허공에서 맥없이 떨어졌다. 매서운 시선 한 번 피하지 않고 제 할 말 다 하는 아들을 보면서 이제는 때린다고 해도 말을 들을 나이가 아님을 깨달았다. 단 하나뿐인 아들과 어긋나 버린 만큼 강 장관의 가슴에도 심한 못이 박혔다. 자랑스럽게 여겼던 아들이지만 왜 흡족하게 마음에 차지 않았던지, 괜한 욕심이 지나쳐 그랬던 것 같아 후회스러웠다. 몰아치지 말고 시원에게도 조금 여유를 주었다면 이토록 깊게 빠져들지는 않았을 텐데 하는 생각도 들었다.

강 장관은 쓸쓸한 등을 보이며 기운없는 발걸음으로 서재로 향했다.

"내가 너를 어찌 키웠는데, 이렇게 속을 썩여. 뭐 그리 대단한 여자라고 네 아버지한테 널 때리라고 말을 하니? 대학 갈 때도 네가 속 썩여서 아버지가 얼마나 괴로워하셨는지 알아?"

 장 여사는 고개를 떨어뜨리고 두 손으로 머리를 헝클어뜨리는 시원의 등을 때리며 서럽게 울기 시작했다. 그러나 시원은 어머니의 울음소리가 들리지 않았다. 지금 이 순간 채윤의 눈물, 아픔, 괴로움밖에 생각나지 않았다. 강해 보일지 몰라도 여린 채윤의 속마음에 얼마나 큰 생채기가 났을지, 시원이 그것을 다 치료해 줄 수 있을지가 더 큰 걱정이었다. 이제야 채윤이 시원에게 활짝 마음을 열었는데 다시 닫혀 버릴지도 모른다고 생각하니 끔찍하게 싫었다.

 "절 한 번이라도 이해하려 노력해 보셨어요? 저도 괴로워요. 예상치 못한 벼락 치듯 일순간에 이런 상황들을 겪어야 하는 저도 괴롭다고요. 누가 알았겠어요. 어머니 아들이 누군가를 이렇게 미치도록 사랑하게 될지 누가 알았겠냐고요."

 "시간 지나면 다 잊혀져. 너 마음먹기 달렸어. 아들, 노력해 보면 안 될까?"

 "마음에 부는 바람을 무슨 수로 막습니까. 인위적으로 막는다고 그 바람이 없어지는 거 아니잖아요? 바람에는 그저 온전히 맞아야 하는 수밖에 없는데, 찾아온 사랑을 놓쳐서 후회하느니 이대로 살고 싶습니다. 사랑하는 사람하고 한평생 사는 게 행복인 듯합니다."

 시원은 자리에서 일어나 울고 있는 어머니를 뒤로한 채 방으로 들어갔다. 옷장을 열어 여행용 가방을 꺼내 두서없이 옷을 집어넣고 몇 가지 생활용품을 챙겼다.

가방을 들고 현관 앞에 선 시원은 아직 그대로 주저앉아 있는 장 여사에게 다가갔다.

"어머니, 죄송합니다. 나중에 채윤일 받아들이실 수 있을 때 저 찾으세요."

시원은 마지막으로 거실에 걸려 있는 가족사진을 물끄러미 쳐다보곤 가방을 쥔 손에 힘을 주며 집을 나왔다. 이 집을 나가는 걸 몇 년 동안 꿈꾸었으나 결코 이루지 못했었건만 사랑이 이토록 강한 힘을 실어줄 줄 몰랐다. 시원에게 있어 최초로 부모의 뜻을 거스르는 것이었지만 전혀 두렵지 않았다. 채윤만 옆에 있다면 그 어떤 것도 두렵지 않고, 세상의 어떤 것도 방해물이 되지 않았다.

민준은 푹신한 의자에 몸을 묻고 사무실 창밖을 넋 놓고 보고 있었다. 살을 에는 듯 매서운 바람이 잠잠해진 겨울의 끝자락에 서 봄의 푸르른 향내가 빼꼼히 고개를 내밀었다. 그러나 아직 코트 자락을 여미게 하는 차가운 바람이 부는 변덕스러운 계절은 민준의 마음과도 같았다. 봄이 눈앞에 펼쳐져 있어 조금 앞으로 가면 될 성싶은데, 민준은 자신을 둘러싸고 있는 겨울의 스산한 바람을 떨쳐 내지 못하고 봄을 그리워하며 애달아했다.

"실장님, 빨리 연락을 취해 결과를 알려주셔야 오늘 내로 회장님께 보고할 수 있습니다."

 민준은 다급한 회장실의 비서실장 말에 의자에 몸을 더 깊숙이 기대며 눈을 감았다. 민준은 온종일 사무실에 틀어박혀 아무도 들이지 않았던 만큼 비서실장의 등장이 결코 반갑지 않았다.

 "이런 식으로 일처리하시면 곤란합니다. 어떤 개인 사정이 있으신지 모르겠습니다만, 저희 비서실 직원들은 지금 실장님 결과 보고가 기다리며 대기 중입니다. 실장님이 강시원 변호사에게 연락을 취하지 않으면 저희 비서실에서 직접 움직이겠습니다."

 "변호사가 강시원밖에 없습니까? 새로운 변호사도 있는데 굳이 강 변호사를 다시 불러오라는 이유가 뭡니까? 어차피 내 의견은 묵살될 테니 회장님께 기획 1팀 권민준은 퇴사 조치시키라고 보고하세요. 비서실장, 그 정도 능력은 있지 않습니까?"

 "새삼 이리 삐딱한 이유가 뭔지 모르겠지만 전 개념없는 사람이 제일 싫습니다. 보는 눈이 한둘이 아닌 자리인데 낙하산인 것 티 내지 마시고 제대로 처신하시죠."

 민준은 비서실장의 말에 미간을 찌푸리고 의자를 홱 돌려 마주 보았다. 그의 능력은 출중했으나 권민준 기획실장에겐 항상 낙하산 인사라는 꼬리표가 붙어 있었다. 공식적으로는 능력에 따른 승진으로 포장하고 있지만 고인이 된 이전 회장과 채윤의 할아버지의 인맥으로 인해 자리를 차지했다는 소문이 무성했다. 그 소문을 잠재울 만큼의 능력을 민준이 보여줬기에 대놓고 말하지 못하지만 민준이 약간의 빈틈을 보이면 커다란 약점이 된다는 듯 어김없이 끄집어내 공격했다. 민준은 이 자리를 탐낸 자신이 결코 무능력한 게 아니라며 그렇게 보는 당신들의 편견이 더 우습다고 비아냥대고 싶었지만 참았다. 언제나 그렇듯 민준은 감정을 내보일 자신이 없어 그저 묵묵부답으로 일관했다.

"회장님께 보고하는 것도 잊을 정도로 개념없는 인간 아니니까, 웬만하면 오늘은 건드리지 말고 나가주세요."

"그럼 오늘 내로 처리된다고 믿고 나가겠습니다."

비서실장은 제대로 쳐다보지도 않고 말하는 민준의 황당한 태도에 차마 더는 말하지 않고 나갔다. 하나, 사무실 문은 부서질 만큼 세게 닫혔다. 회사 내에서 적을 만들지 말아야 할 1호 대상이 회장실의 비서실장임을 모르지 않는다. 다만 지금 민준은 온종일 머리를 조여오는 두통에 심사가 뒤틀려 그 누구도 눈에 들어오지 않았다. 사람이라면 다 거슬리고 구역질이 났다.

"김 대리에게 강시원 변호사에게 연락 넣으라고 하고 경과보고는 회장실로 직접 올리라고 하세요."

비서에게 말을 건넨 민준은 사무실로 들어오는 밝은 빛에 눈을 찡그리고 온풍기를 껐다. 창문을 활짝 열자 시내 중심에 서 있는 건물로 인해 차가우나 매캐한 바람이 밀려들어 왔다. 먼지가 잔뜩 섞여 있는 바람이 민준의 얼굴을 덮자 그는 눈을 감고 채윤을 생각했다.

"한강도 변해. 저 다리들에 색이 입혀졌고, 강 주변도 변했어."

그렇게 세월이 흘러 모든 것이 변할 때 민준은 변하지 않았다. 하지만 채윤은 변했다. 평생 변하지 않고 그대로 있을 줄 알았던 채윤은 변해서 떠나려는데 민준은 놓아주지 못할 것 같았다. 왜 채윤은 변하는데, 세상이 다 그렇게 변해 버리는데 민준은 변하지 못한 건지 스스로에게 물었다. 물어보고 또 물었지만 채윤의 변화만이 원망스럽게 느껴졌다.

"손이 아파야 하는데 가슴이 아파. 가슴에서 흐르는 눈물이 손에서 피로 대신 나오나 봐."

피눈물이 흐를 정도로 아프다는 채윤의 말이 민준을 흔들었다. 스스로 사랑도 주체 못하면서 채윤의 사랑을 막으려 하는 모순에 헛웃음이 나왔다. 마음에 깊고도 깊은 상처가 난 민준은 혼란스러움에 아무런 결론도 낼 수 없었다. 그저 모든 걸 놓아 버리고 싶다.

시원은 차 안의 시계가 새벽 두 시 정각을 가리키자 긴 한숨을 쉬며 채윤의 빌라를 올려다보았다. 집을 나온 이후 매일같이 채윤의 흔적을 찾아 빌라의 주차장에서 일주일이 넘도록 기다리고 있지만 그녀의 집에선 희미한 불빛조차 새어나오지 않았다. 그 어두움이 지금의 자신과 채윤의 관계를 뜻하는 듯해 또다시 벼랑 끝으로 떨어지는 기분이었다.

채윤이 사라진 후 시원은 할 수 있는 수단과 방법을 동원해 채윤을 찾았다. 휴대전화 위치 추적과 해외출국 명단, 차량 번호 추적, 각종 쉼터 등 조사할 만큼 해보았지만 그녀의 흔적은 어디서도 찾을 수 없었다. 마지막으로 경찰을 대동해 채윤의 빌라 문을 열려고 시도했지만 고급 빌라의 사생활 보호원칙에 걸려 입구에서 거절당했다. 하지만 대신 채윤이 집에 없는 것을 확실히 알아낸 시원은 언젠가는 집으로 돌아올 거라 믿으며 외부주차장에서 아침부터 새벽까지 지키기 시작했다. 시간이 흐를수록 눈을 감으면 나타나는 암흑이 눈을 떠도 지속되는 것 같아 시원은 두려웠다. 아무리 애를 쓰며 채윤을 찾아도 그녀의 행방은 오리무중이었고 무모하게 나왔던 집에서는 오히려 전화 한 통조차 오지 않았다. 폭풍전야 같은 이 조용한 상황에서 가슴 졸이는 날의 연속에 시원은 점점 지쳐 가고 있었다.

호텔 주차장 앞에 다다른 시원은 갑자기 차의 방향을 틀어 한강으로 향했다. 막상 꽉 막힌 호텔방에 들어갈 생각을 하자 갑자기 확 트인 곳이 간절히 필요해졌다. 늦은 시각의 한강은 드문드문 차들이 보였다. 시원은 속도위반 따위는 생각지 않고 오랜만에 가속페달을 힘주어 밟아 무작정 달렸다. 그동안 갑자기 일어난 일들에 정신없이 휩쓸려 빠져나갈 출구만 찾느냐고 스스로를 위로해 본 적이 없었다.

띄엄띄엄 놓인 한강다리의 오색찬란한 조명을 되받아치는 물빛 색깔을 보던 시원은 차를 멈추고 대로로 나왔다. 너무나도 유유히 흐르는 강물을 보자 시원의 눈가에 물기가 맺혀 시야가 흐려지기 시작했다.

"아, 오늘은 안구에 습기까지 차네."

시원은 서럽고 아파하는 자신을 위로하려고 가볍게 던진 말이 오히려 도화선이 된 듯 명치끝부터 시작해 가슴 전체에 온통 피멍이 든 듯 아픔이 몰려왔다. 뜨거운 물 덩어리가 목구멍까지 한참이나 오르내리더니 얕은 기침을 내뱉게 만들었다.

"어디서부터 어긋난 걸까?"

시원은 집을 나와 채윤을 찾아다니느냐 정신없다가 처음으로 아버지를 떠올렸다. 그동안 시원이 커오면서 선택의 기로에 서게 되면 그 선택은 당연히 아버지 몫이었다. 그건 외아들, 집안을 이어갈 단 하나뿐인 아들이 지켜야 할 도리라고 생각했었다. 하지만 법대 진학을 원치 않았던 시원의 처음 선택이 치기 어린 반항으로 치부되며 처절한 좌절감을 맛본 후에는 그 선택권조차 스스로 포기했던 거였다. 그저 주어진 대로 열심히 사는 것 외에는 강찬균의 아들인 시원이 할 수 있는 게 없었다. 그래서 시원은 남들과는 달리 안 되는 일은 과감히 포기 후 미련을 갖지 않고 살아와 쿨한 사람으로 불렸다. 어차피 살아가야 하는 삶이라 심각하지 않고 순간순간 즐기며 사는 게 목표였다. 그렇게 어떤 것도 깊이있게 여기지 않던 시원에게 채윤은 가슴을 파헤쳤다.

채윤을 처음 만났던 때를 떠올리며 시원은 혼잣말을 내뱉었다.

"너무나도 달랐지. 나 같지 않았어."

차가운 바닥에 누워 온갖 욕을 지껄이며 성질나 있는데 채윤과 눈이 마주친 순간 봄바람이 일렁거렸다. 아주 차가운 겨울에 어디서 불어오는지조차 알 수 없는 따뜻하고 싱그러운 봄바람. 그 봄바람 뒤편에 이런 좋지 못한 인연이 있을 줄 몰랐다. 너무나 깊이 남아버린 봄을 송두리째 드러내 버리면 다시는 여름이나 가을을 보지 못하고 도로 겨울로 돌아가야 할 것 같았다.

"아냐, 아마 이런 인연의 고리가 끌어당긴 걸지도 몰라. 아버지 죗값을 대신 받으라는 하늘의 뜻일지도 몰라. 아, 정말 모르겠어."

시원은 채윤을 찾는 데 급급해 둘 사이에 풀어야만 하는 깊은 골을 나 몰라라 했었다. 처음 해보는 사랑이기에 그 어떤 것도 신경 쓰이지 않고, 그 무엇도 문제가 되지 않는다고 생각했다. 하지만 채윤의 입장에서 생각해 보면 이렇게 얽힌 인연은 결코 쉽게 넘어갈 수 있는 일이 아니었다.

시원은 이제야 왜 채윤이 이렇게 사라질 수밖에 없는지 이해가 되었다. 가족이라는 틀을 간접적으로 깨뜨린 사람의 핏줄이라는 것을 알면서 사랑이라는 이유로 자신의 안에 받아들일 수 있는 사람이 몇이나 될까. 이미 그들의 관계는 시원의 사랑의 깊이를 떠나 채윤의 결정에 따를 도리밖에 없었다.

"참 사람 사는 게 웃기지. 나 힘든 건 생각하면서 왜 채윤이 힘들 건 생각하지 못했을까. 그저 사라진 채윤이가 원망스럽기만 했는데 조금 이성적으로 생각하면 이 인연에 더 힘든 건 채윤인 걸……. 그래서 감정이 무서운 건가 봐. 아무것도 떠오르지 못한 채 내 안에 묶어두고만 싶게 만드니. 왠지 내가 무섭다. 이렇게 힘든 인연이면서도 채윤이 아니면 무조건 안 된다니……."

시원은 아직도 유유히 흐르는 강물에게 말 상대가 되어주어 고맙다며 동전 몇 개를 던지고 차에 다시 올라탔다. 마이클 부블레(MICHAEL BUBLE). 채윤이 좋아하는 가수, 힘있는 목소리가 차 안에 울려 퍼지고 있었다. 채윤을 다시 만나려고 찾아갔던 날 차 안의 정적이 지루해 집히는 대로 집은 CD였다. 사무실 직원이 선물이라며 줬던 앨범임에도 잊어버리고 처음 틀어보았다. 우연을 빌미로 억지로 차에 태워놓곤 어찌나 어색했던지, 채윤이 좋아한다는 말 한마디에 같은 취향이라고 동조했었다. 어떻게든 잘 보이려는 마음에 급조한 말이라 너무 우스워 속으로 한참을 웃었었다. 사실 재즈바를 즐겨 가는 이유가 음악을 좋아해서가 아니라 그곳이 사람들이 적은 장소이기 때문이었다. 재즈라면 왠지 흐느적거리고 끈끈해 마니아적인 면이 있어 꺼려했었다. 더구나 재즈를 안답시고 계보나 늘어놓거나 남들과 다른 독특한 취향에 우월함을 내비치는 사람들 때문에 멀리했었다. 하지만 채윤이 좋아한다는 이 가수의 노래는 하루도 빼놓지 않고 듣다 보니 나름대로 묘한 매력을 느끼게 되었다. 더구나 음악을 듣는 시간만큼 채윤을 떠올리는 횟수도 잦아졌다.

시원은 휴대전화에 1번 버튼을 꾹 눌렀다. '도도마녀'가 액정에 뜨자 시원은 정말 마녀 같은 매력을 지닌 채윤을 제대로 갖다 붙인 것 같아 피식 웃음이 나왔다.

"아직도 전화기가 꺼져 있구나. 벌써 일주일이 지났어. 처음 네가 사라진 걸 알았을 때는 죽을 것 같았는데 아직 살아 있어. 다시는 못 볼지도 모른다는 생각에 미쳐 버릴 것 같았는데 아직 제정신이야. 웃기지? 근데…… 행복하지 않아. 네가 없으니까 행복하지 않아. 세상 모든 게 다 슬퍼. 채윤아, 보고 싶어. 돌아오라고 말하고 싶어. 하지만 나를 만나지 않았다면 네가 힘들지 않았을 거란 생각에 그렇게 말할 수가 없어. 채윤아, 난 너를 만나서 행복하다. 채윤아, 한채윤 마녀야. 그리워, 많이 그리워. 미치게 그리워. 사랑해."

시원은 두 눈에서 흘러내리는 그리움의 눈물을 막지 못하고 서럽게 울어버렸다. 지칠 줄 모르고 애타게 찾는 마음이 혹시 닿아 돌아오게 할 수 없을까 하는 미련이 남아, 그리고 어쩌면 스스로 이별을 준비하고 있는 마음이 불쌍해서 쏟아지는 울음을 멈출 수 없었다. 좋은 인연도 많은데 왜 하필 악연으로 만나 사랑을 사랑으로 할 수 없게 만드는지 하늘이 원망스러웠다.

채윤은 민통선 안의 허물어져 가는 전형적인 농가에 긴 시간 머물고 있었다. 조금이라도 북에 가까이 다가가고 싶었던 열망에 할아버지는 남들이 쉽게 드나들 수 없는 민통선 안에 묘를 썼다. 할아버지의 묘는 할아버지 친구 분이 꾸준히 관리해 주고 있었다. 그게 너무 감사해 채윤은 수차례 집을 수리해 주려 했지만 절차도 복잡하고 사실 노인도 자식들 때문에 오래 머물고 있지 않아 매번 흐지부지되었다.

"채윤이, 서울 안 내려가?"

구석진 음실에 틀어박혀 끼니도 거른 채 뭔 일인지 온종일 잠만 자는 채윤을 노인은 흔들어 깨웠다.

"며칠 있다가요."

"그럼 아침밥이라도 먹으래. 아무리 말라깽이가 좋다지만 송장 치를 것 같구먼."

"입맛이 없어요. 죄송해요."

채윤이 귀찮다는 듯 몸을 벽 쪽으로 돌려 이불을 머리끝까지 끌어당겨 뒤집어쓰자 노인은 한숨만 크게 쉬고 방을 나갔다.

"가시나이, 밤낮없이 쳐자기만 하니 뭣도 못 물어보겠구먼."

채윤은 노인이 방을 나가자 몸을 뒤척거리다 끝내 자리에서 일어났다. 어두운 방 안에서 자고 또 자기만 반복해서인지 도통 며칠이 지났는지 가늠되지 않았다.

채윤은 구석 자리에 놓여 있는 백을 가져와 새로 산 휴대전화의 전원을 켰다. 버거워 버려 버린 휴대전화지만 막상 서울을 떠나려 하니 어떤 끈이라도 필요할 것 같았다. 전원이 들어온 액정에는 음성 메시지 표시가 깜박거렸다. 벌써 일주일이 훌쩍 넘어버린 날짜를 보니 잠이 달아났다.

"꽤나 오래 잤네. 잠자는 숲속의 공주는 왕자님이 와서 깨우는데 난 할아버지가 와서 깨우네."

채윤은 문자 메시지 몇 개를 확인하면서 시원의 흔적에 또다시 두통이 밀려왔다. 몇 년 전에 사라진 두통이 도지자 겁이 나 할아버지 곁으로 온 것이다. 우선은 이 끔찍한 두통에서 벗어나고 싶었고, 시원에게서 멀어지고 싶었다. 그리고 처음엔 모든 게 다 민준이 탓이라고 원망했었다. 민준이가 그렇게 하지만 않았어도 시원과 아무 문제 없었을 거라고 생각했다. 하지만 민준이 그러지 않았다 해도 시간이 흘러 시원의 부모를 만나게 되면 지금과 다를 바 없었을 거다. 문제는 민준에게부터 시작된 게 아니라 할아버지와 강 장관의 좋지 못했던 인연에서부터 시작되었던 것이니까.

처음엔 시원만 사랑할 수 있다면 이따위 인연은 아무것도 아니라고 생각했다. 강시원 옆에서 행복할 수 있다면 먹고 사는 데 지장없으니 그까짓 돈 돌려받지 않아도 좋았다. 하지만 여기에는 돈만이 걸려 있는 문제가 아니라 할아버지 병의 시발점이 강 장관이었다는 것이다. 세상에서 둘도 없는 유일한 가족이자 사랑하는 할아버지를 잃어버리게 된 심정을 떠올리면 강 장관은 절대 용서할 수 없는 사람이었다. 뻔뻔하게 나타나 도리어 자기 아들한테 떨어져 달라는 강 장관을 어떤 식으로 이해해야 하는지 도통 알 수가 없었다. 적어도 강 장관이 있는 한 시원과는 어떤 관계도 진행할 수가 없었다. 그냥 보내야 하는 방법 외에 무슨 수로 그 거대한 산을 넘어설 수 있을지 막막했다.

어차피 채윤은 할아버지가 돌아가시고 모진 일을 겪은 후 원한이나 미움 따위는 다 버렸다. 너무나 빨리 세상의 더러운 바닥을 보았기에 빨리 잊어버리려 모든 악한 감정들을 비워냈었다. 아마 그때 시원을 만나고 강 장관을 알게 되었다면 이를 갈고 저주하며 악하게 욕을 퍼부었을 거다. 하지만 그렇다 해서 죽은 할아버지가 살아 돌아오는 것도 아니고 사람을 미워하면 할수록 상처는 곪아 썩어드니 차라리 다 놓아버리고 무덤덤하게 사는 것이 좋았다.

채윤은 몸이 방바닥으로 자꾸 꺼져 들어가는 것 같아 이부자리를 정리하고 씻었다.

"나갔다 올게요."

방을 나와 산으로 올라가던 채윤은 어느새 불어오는 푸른 봄 향내에 아찔해졌다. 행복에 빠져 시간 가는 줄도 모르고 지내다 보니 차디찬 겨울은 사라져 버렸는데, 도돌이표처럼 채윤은 또다시 겨울에 갇혀 있었다. 모진 겨울을 잘 견디고 푸릇푸릇한 새순을 돋아내는 나무들을 보니 비단 미물들도 저리 힘차게 앞을 향해 나아가는데 자신만 혼자 주저앉아 지나간 세월에 묶여 신세를 들볶고 있단 생각이 들어 서글퍼졌다.

"할아버지, 채윤이 왔어. 아래에서 잠만 퍼질러 자면서 언제 올라오나 기다렸지?"

채윤은 쇼핑백에서 살아생전 할아버지가 좋아하던 보드카 한 병을 꺼냈다. 종이컵에 따라 묘 둘레에 뿌리고 담배 한 대를 꺼내 불을 붙여 올려놓았다.

"보드카도 예전에 비해 많이 비싸졌어."

채윤은 담배가 다 타 들어갈 동안 묘에 나 있는 엄한 풀을 뽑으며 주절거리기 시작했다. 이제는 백수가 되었다는 이야기, 민준은 회사 생활을 잘하고 있고, 권 사장 댁 부부는 아직도 금슬이 좋다는 둥 시시껄렁한 이야기만 하다 갑자기 목이 메인 채윤은 보드카를 따라 쭉 들이켰다.

"……사랑하는 사람이 있어. 아주 멋진 남자야. 할아버지가 보면 저놈 때깔 한번 좋다고 할 거야. 할아버지가 생각날 정도로 아주아주 다정해서 같이 다니면 어깨가 으쓱해질 정도로 멋진 외모에다가 나만 사랑하는 사람이야. 근데 할아버지, 웃기게도 그런 복이 어디서 굴러 들어오나 했더니 역시 내 복이 아니었나 봐."

채윤은 억지로 마신 보드카 덕에 속에서 불이 나 눈까지 벌게졌다. 속에 맴돌고 있는 알코올을 빼내려 숨을 크게 들이마시며 내뱉기를 여러 번 하자 머리가 띵해졌다.

"그러게 뭐 하러 정치인하고 얽혔어. 그놈의 북한은 돈 줘도 못 가는 곳인데 지나치게 욕심 부리니까 할아버지만 속 터진 거지 뭐. 다 먹고 살려고 아등바등하다 보니 그런 거려니 하지 그걸 가슴에 품고 한을 만들어 왜 죽어서는 날 이렇게 힘들게 해. 살아 있었으면 어디 감히 내 손녀한테 그리 막말을 하냐면서 호통을 쳐줬을 텐데 지금은 아무도 내 편이 없잖아."

채윤은 할아버지가 살아 있었으면 시원과 어떻게 되었을까 하는 상상을 했다. 우연히 할아버지가 집을 비운 날 시원을 만나게 되고 그렇게 해서 지금까지 오게 되었다면, 그들이 채윤을 반대할 수 있었을까 하는 망상이 꼬리에 꼬리를 물고 커져 갔다. 물론 일말의 희망으로라도 시원을 붙잡고 싶은 욕심에서 시작된 망상이었다.

"참 미운 사람의 아들인데도 그 사람을 사랑해. 사랑하지 말자고 도망쳐 왔는데도 꿈에서라도 마음껏 만나고 싶어 잠이 쏟아져. 할아버지, 지금 벌떡 일어나 살아 돌아오면 안 돼? 나 그런 종교에 가볼까? 왜 죽은 사람도 살린다는 이상한 종교 있잖아. 할아버지만 살아 돌아오면 모든 게 다 잘 풀릴 것 같아."

술이 약한 채윤은 보드카 한 잔에 이미 취해서 혀가 풀렸다. 봄날의 햇볕이 어찌나 따뜻한지 채윤은 묘에 기대 중얼거리며 잠들어 버렸다. 잠꼬대를 하는지 연신 중얼거리며 웃기도 하고 울기도 하며 때론 화를 내기까지 했다.

"잘 찾아왔구나."

채윤은 눈앞에 나타난 할아버지를 보고 두 눈을 세게 비볐다. 어찌나 세게 비볐는지 눈이 뻑뻑해 감기도 힘들 정도였다.

"이것아, 아무리 그래도 할아비를 못 알아보는 손녀가 어디 있어?"

채윤은 이제야 할아버지가 진짜 앞에 나타난 것을 믿고 달려가 꽉 안았다.

"얼마나 보고 싶었는지 알아. 한 번도 꿈에 안 나타나서 엄마, 아빠 만나서 나를 잊어버린 줄 알았어. 보고 싶었어, 할아버지."

"그래, 이 할아비도 우리 채윤이 너무 보고 싶어 병이 다 나는 줄 알았어."

"하늘에서도 병이 나? 엄마, 아빠는 잘 있어? 나 많이 보고 싶은데 같이 오지 왜 혼자 왔어."

채윤은 어린아이가 된 듯 할아버지 품에 안겨 어리광 부리기 시작했다. 가슴에 얼굴을 비비며 너무 늦게 나타난 할아버지를 놓치지 않으려고 두 손으로 허리를 꽉 안아 깍지를 꼈다.

"채윤아, 할아비가 시간이 많지 않아. 그러니 잘 들어."

"가지 마. 가려면 나도 데려가. 이제 정말 혼자이고 싶지 않아."

채윤은 돌연 할아버지 품에서 엉엉 울며 두 팔에 더욱더 힘을 주어 끌어당겼다. 어찌나 세게 껴안는지 채윤의 손이 하얗게 변했다.

"왜 혼자야. 시원이 놈은 어쩌고 혼자야! 할아비 말 놓치지 말

난제(難題) 229

고 잘 들어. 세상에 수많은 인연들 중에 하나의 인연이 만나기까지 하늘에서 얼마나 많은 공을 들이는지 사람들은 몰라. 너무 성급히 만나지 않게 하려고 다른 인연들과 엇갈리게 꼬이기도 하고, 늦어질까 급하게 풀어버려 순식간에 만나게 해버리기도 해. 정말 진정한 인연을 만나면 어려움이 있고 힘이 들기도 하지만 지혜롭게 헤쳐 나가야 해. 지금이 그때야. 할아버지와 채윤이 엄마 아빠는 멀리 있지 않아. 항상 우리는 채윤일 지켜보고 있어."

"할아버지, 나도 데려가. 그냥 나도 같이 살고 싶어. 이렇게 힘든 세상에서 살고 싶지 않아. 엄마 아빠 옆에서 할아버지랑 같이 만날 웃으면서 살고 싶어."

"채윤아…… 우리 채윤인 너무 일찍 힘들었지만 이번만 넘기면 괜찮아. 이젠 시원이가 채윤이 옆에 있잖아. 둘이 잘 헤쳐 나갈 수 있어."

"내가 어떻게 할아버지를 아프게 만든 사람과 한가족이 될 수 있겠어? 그건 말이 안 되잖아. 너무 불공평하잖아."

"할아비는 운명만큼 살다 간 거야. 꼭 그 사람이 아니더라도 그때가 가야 했을 때야. 채윤아, 할아비가 너희 두 사람 지켜줄게. 누구도 채윤일 다치게 할 수 없게 지켜줄게. 그 누구도 운명을 거스를 수 없듯이 채윤이도 지혜롭게 이 인연을 붙잡길 바라. 그래야 이 모든 엉켜 있는 인연들이 풀려서 웃을 수 있어. 너에게만 큰 짐을 지어주어서 미안하다. 사랑하는 아가야. 내 사랑하는 아가야. 이 할아비가 우리 아가 웃을 수 있게 도와줄게."

채윤은 숨이 넘어갈 정도로 꺽꺽대며 울면서도 할아버지를 꽉 붙들고 있었다. 그런 채윤의 머리를 쓰다듬던 할아버지는 서서히 사라져 채윤의 두 손만 덩그러니 바닥으로 떨어졌다.

"가지 말라고 했잖아. 가려면 나도 데려가라고 했잖아. 시원 씨 없이 나도 여기에 살기 싫어. 제발 나 혼자 두지 마!"

허공에 목이 터지라고 외치지만 채윤의 말은 공허하게 퍼져 되돌아오지 않았다. 얼마나 울었는지 눈앞이 흐릿해지며 멍하니 앉아 떠나 버린 할아버지의 자리를 보다 기운이 빠져 서서히 바닥에 쓰러져 버렸다.

채윤은 몸을 부르르 떨며 소스라치게 놀라 꿈에서 깨어났다. 어둑어둑해지려는 하늘을 보며 두 손으로 눈물범벅이 된 얼굴을 닦아냈다. 돌아가시고 처음으로 나타난 꿈속에서의 할아버지는 건강해 보여 눈에서는 눈물이 흐르지만 입가엔 미소가 지어졌다. 그렇게 그리워 애타게 찾아도 생전 나타나지 않더니 이렇게라도 보게 되어 반갑기만 한 마음에 숨이 차도록 소리 내어 울고 싶은 만큼 죄다 토해냈다.

"할아버지, 고마워. 얼마나 보고 싶었는지 몰라. 정말 정말로 나타나 줘서 고마워."

채윤은 앞에 놓인 술병을 들고 일어나 묘를 빙 둘러 다 뿌려 주었다.

"많이 드시고 노래 한 곡절 멋들어지게 부르면서 재밌게 지내. 거긴 북도 갈 수 있고 마음먹으면 어디든 다 가니 실컷 마시고 원없이 돌아다니며 연애도 해."

채윤은 자리에 앉아 벌건 노을을 바라보며 꿈에서 할아버지가 한 말을 곱씹어보았다. 지치고 힘들어 포기하려던 마음에 작은 불씨가 지펴지기 시작했다. 뜻하면 안 되는 게 없는 세상이지 않던가. 시원에 대한 마음도 이리저리 엉켜 있더니 차근히 정리되어 가고 있었다.

"할아버지, 저 노을을 보니 생각난 건데 에쿠니 가오리라는 일본 소설가의 책 중에 이런 말이 있어. 〈이별 이유……. 다 핑계고 이유는 하나, 그 모든 걸 감당해 낼 만큼 사랑하지 않는다는 것.〉 난 시원 씨를 얼마만큼 사랑하는지 모르지만 이 모든 걸 감당해 내야 할 것 같아. 감당해 낼 수 있을지 모르지만 그냥 사랑하니까. 막연히 할 수 있을 것 같아. 그런데 잘못된 인연이라면 풀어야 하겠지? 만약 풀 수 없는 실타래 안에 엉켜 있다면 어떻게 해야 할까?"

채윤은 올라올 때는 무거워 한 걸음 옮기는 것도 힘들어 숨이 차더니 내려가는 길은 한층 가벼워져 빠른 속도로 걸어갔다.

사랑이 언제 말을 하고 찾아오더냐.
사랑이 언제 말을 하고 깊어지더냐.
아니 될 사랑이 있다고 누가 말하더냐.
그저 사랑이 사랑인 것을 뭐 그리 고민하느냐.
사랑하는 자여! 사랑하는 이 찾아 맘껏 사랑하거라.

보고 싶어 가슴 언저리 죄어오는 것을.
그리워 하염없이 불러도 대답 없는 것을.
아니 보고 홀로 그리워하면 볼 수 없는 것을.
사랑하는 자여! 사랑하는 이 찾아 먼 길일지라도 가거라.

 채윤은 주황빛 물든 하늘을 뒤로 하고 시를 읊으며 산을 내려왔다. 텅 빈 집안에 들어가 가벼운 짐을 챙긴 채윤은 툇마루에 흰 봉투를 올려놓고 나섰다. 올 때와 갈 때의 마음이 사뭇 다른 문턱을 건너려다 도로 안으로 들어가 메모지를 찾았다.

 〈힘에 부쳐 쉬려 내려와 어르신 덕분에 잘 쉬고 기운내 서울로 올라갑니다. 할아버지의 묘가 아주 잘 정돈되어 있어 어찌 이 감사한 마음을 다 전할지 몰라 자그마한 성의를 표시합니다. 부디 건강하셔서 다음번에도 뵐 수 있기를 바랍니다.〉

 채윤은 차에 올라타기 전에 산 중턱에 자리 잡은 할아버지 묘를 다시 한 번 보았다. 왠지 할아버지가 서서 채윤에게 손을 흔들며 인사하는 것 같아 채윤도 손을 흔들어주며 쓸쓸하게 웃었다.

 채윤의 차가 도심으로 들어오는 인터체인지로 막 진입할 때 휴대전화가 시끄럽게 울려댔다. 새로운 휴대전화에 전화번호를 입력해 두지 않아서 누구인지 몰라 받지 않으려다 끊임없이 울려대는 소리에 마지못해 받았다.

"여보세요."

[…….]

전화기에서 아무 소리도 들리지 않자 채윤은 혹시 휴대전화가 꺼졌나 싶어 귀에서 떼어 액정을 확인했지만 배터리는 넉넉했다. 그렇다면 잘못 걸려온 전화일 수도 있는데 채윤은 왠지 끊고 싶지 않았다.

"한채윤입니다. 혹시 잘못 거셨나요?"

[나야.]

시원이었다. 채윤은 순간 휴대전화를 손에서 떨어뜨릴 뻔했다. 얼마 만에 듣는 목소리인지 손까지 바들바들 떨려 한 손으로 운전대를 꽉 잡아 갓길에 차를 세웠다.

[미안해.]

한참의 침묵을 깨고 들려오는 시원의 말에 채윤은 눈을 감고 머리를 뒤로 젖혔다. 참 오랜만에 듣는 목소리가 너무나 힘없이 가라앉아 있어 마음이 편치 않았다.

[아침나절 내리던 썰물이 저녁에 또 내리듯, 잊으려 하는 것은 잊지 않으려 하는 것보다 더 어려운 일이더니라.]

"어제 반짝이던 별들이, 오세영 씨 시죠?"

[맞아. 잊으려 하는 것은 잊지 않으려 하는 것보다 더 어려운

일이더니라. 마지막 음성 메시지를 남기고 계속 입에서 맴돌던 시야.]

둘 사이에 또다시 침묵이 흘렀다. 사실 마지막 음성 메시지가 뭔지 모르는 채윤은 그저 서로 떨어져 있음에도 불구하고 완전히 회복되지 않은 상처로 인해 아파하고 있다는 걸 느끼고 있었다.

"많이 힘들었고 지금도 힘들어요. 결코 사랑 하나로 인해 아픈 게 아니기 때문에 덜 아파하려고요."

채윤은 휴대전화 너머로 들려오는 숨소리만으로도 시원이 얼마나 자책하고 있는지 알 수 있었다. 시원의 아버지의 행동을 결코 용납할 수 없지만 그로 인해 시원까지 싸잡아 비난하고 싶지 않았다. 풀어야 할 일이라면 우선은 시원의 아버지와 채윤이 풀어야 하기에 지금 당장 시원에게 어떤 말도 해줄 수 없었다.

[서울로 돌아온 걸 환영해. 그리고 많이…….]

시원의 말이 잠시 끊겼다. 한참을 숨소리만 듣고 있던 채윤은 그 다음 말을 기다리면서 어쩌면 많이 다르다고 생각했던 시원도 자신과 다를 바 없을지 모른다는 생각이 들었다.

사랑 앞에 힘들어하며 어쩔 줄 몰라 이리저리 방황하다 끝내 지쳐 스스로 놓아버릴 만큼 힘든 건 채윤만의 것이라 생각했지만 시원도 똑같은 시간을 보냈을 거라는 생각이 들었다.

[이 인연 뒤에 놓여 있는 많은 악연을 원망해. 내가 너에게 귀걸이 주던 날, 넌 인연이라는 말 책임질 수 있냐고 물었었어.]

채윤은 기억하고 있었다. 처음 데이트에서 프랑스 식당을 갔었고 그 후에 귀걸이를 주면서 인연이라는 말로밖에 그 마음을 표현할 수 없다는 시원의 말은 굉장히 묘하게 들렸었다. 그날 받은 그 황홀하고도 특별한 대우를 떠올리자 채윤의 눈가에 슬쩍 또다시 눈물이 맺혔다.

[나한테 그 질문을 다시 한다면 책임질게, 라고 확실히 대답할 거야.]

"몇 달 전에 물은 질문에 지금 대답하는 거 너무 늦지 않았어요?"

[늦지 않았으면 좋겠어. 그리고 혼자 아파하지도 않았으면 좋겠어.]

채윤은 전화를 끊고도 한동안 차를 출발시키지 못했다. 시원이 마지막에 남겼다는 음성 메시지 끝에 들리는 그 서러운 울음소리에 채윤은 숨이 턱 막혀왔다.

"난 정말 시원 씨가 나와는 많이 다른 사람이라고 생각했는데 똑같구나. 당신 말대로 포장을 벗겨놓고 보면 다 똑같더니, 나와 같구나."

채윤은 시원의 음성 메시지를 여러 번 반복해 들으면서 컴컴한 하늘에 반짝이는 별들을 보았다. 잠깐 꿈에서 보았던 할아버지 말들이 실제로 이루어졌으면 하는 소망을 하늘로 올려보냈다.

짧은 시간 비운 집이지만 먼지가 잔뜩 쌓여서 채윤은 아침부터 창문을 열어놓고 청소를 하느라 분주하게 보냈다. 서울에 올라오고도 며칠 동안 가시지 않는 편두통 때문에 침대 위에 누워서 지냈지만 드디어 싹 가신 두통으로 인해 기운을 차린 채윤은 묵힌 일들을 정리하기 시작했다. 이마에 땀이 맺힐 정도로 가구까지 들어내며 구석구석 넓은 집 청소를 끝낸 채윤은 원두커피를 내리며 베란다에 앉았다. 채윤은 오랜만에 베란다에 앉자 시원이 생각났다. 그날, 베란다에 나와 있지 않았다면 시원은 어찌 됐을지 생각해 보며 인연이란 타이밍의 순간이란 생각했다. 그때 그 시각, 아마 할아버지가 말한 하늘에서 인연을 맺기 위한 노력을 한 때였지 않을까 싶었다.

활짝 열린 베란다의 창밖으로 고개를 내밀자 때마침 시원의 차가 눈에 들어왔다. 채윤은 혹시 잘못 본 게 아닐까 싶어 창틀을 붙잡고 몸을 내밀어 번호판을 자세히 봤지만 시원의 차가 확실했다. 채윤은 재빨리 인터폰을 들었다.

"아저씨, 저 BMW 4577 차 언제부터 있었어요?"

[애고, 아가씨 모르셨어요?]

"뭘요?"

[말도 말아요. 아가씨 안 계실 때 저분이 밤낮 가릴 것 없이 차 대놓고 지키고 있었어요. 하다 안 되겠는지 경찰까지 데려와서 아가씨 댁 문 열라고 난리 부리고, 괜한 일 나는 게 아닌가 다 조마조마하게 만들더라니까요.]

"세상에, 그게 정말이에요?"

[네. 안 되겠다 싶어 나중에 아가씨 오면 연락 준다고 몇 번이나 말해도 듣지도 않더라고요. 하여간 아침이고 밤이고 새벽이고 저 차 안 보이는 게 이상했죠. 근데 아가씨 올라오고도 며칠 내내 저렇게 지키고 있으니 저분 속도 말이 아닐 거예요.]

"수고하셨어요. 본의 아니게 폐를 끼친 것 같아 죄송해요."

[에이, 죄송은요. 근데 내가 이 경비원 생활만 이십 년이 다 되게 하고 있는데 별일 다 겪어봤지만 사랑은 어쩔 수 없더라구요. 둘 다 안쓰럽고 참 딱한데 젊음이란 게 그런 거예요. 나중에 세월 흐르면 아가씨도 알게 되겠죠.]

채윤은 인터폰을 제자리에 놓고 주저하다 휴대전화를 집어 들고 베란다에 서서 시원의 차를 내려보았다. 그토록 애타게 찾아놓고 첫 마디가 미안해라는 저 남자를 어떡해야 할지 막막했다. 채윤은 아직 시원을 볼 자신이 없었다. 남아 있는 강 장관의 미움이 시원을 보게 되면 또 울컥 터져 나올 것만 같았다. 사랑만 해도 부족한 시원을 두고 수많은 감정이 교차해 채윤을 그를 바로 볼 자신이 없었다.

"왜 집 앞에 있어요?"

시원이 차에 나와 휴대전화를 귀에 대고 올려다보는 행동 하나하나 채윤은 놓치지 않고 뚫어지게 보았다. 항상 단정하게 다니던 시원이었지만 오늘은 초라해 보였다. 흐트러진 머리카락들, 풀어 헤쳐진 와이셔츠, 멀리서도 알아볼 정도로 구김이 많이 간 양복을 보는 채윤의 마음은 아려왔다.

[그냥, 또 어디론가 훌쩍 가버리면 쫓아가려고.]

"돌아왔어요."

[알아, 하지만 불안해. 널 찾으려고 하니까 막상 떠오르는 곳이 없더라.]

"다 알 수는 없잖아요. 우린 이십 년을 넘게 떨어져 있다 만났는데 단 몇 달 만에 모든 걸 다 알 수는 없잖아요."

[욕심이 생겨 버렸어. 속속들이 다 알고 싶고 다 예상하고 싶어져.]

채윤은 시원이 고개를 숙이고 구두로 엄한 바닥을 차며 먼지바람 일으키는 모습에 긴 한숨을 내쉬었다. 그토록 자신감 넘치고 세상 모든 게 다 만만하게 보이던 사람이 사랑 앞에는 자신과 다를 바 없음이 왜 이렇게 자신을 슬프게 하는지 채윤은 눈물이 핑 돌았다.

"시원 씨, 지금은 나 당신을 만나고 싶어도 참고 있어요. 아직나, 정리가 안 돼서 무작정 반갑지만은 않아요. 조금은 시간이 필요해요."

[미안해.]

"한없이 밉기까지 했어요. 하필이면 그분의 아들인지 너무나 밉기도 했는데 그래도 사랑해요. 사랑하는 마음이 더 크다고 해서 그분마저 용서가 되는 건 아니에요. 그래서 더 시간이 필요해요. 내가 시원 씨 아버님을 받아들일 수 있는 시간이 빨리 왔으면 좋겠어요."

[사실 네가 받아들인다고 해서 아버지 일이 해결되는 건 아니야.]

"맞아요. 하지만 내가 그분을 받아들일 수 있어야 그분하고도 풀어갈 수 있잖아요."

[널 받아들일 수 있게 나도 노력할게.]

"이해해 줘서 고마워요. 그리고 앞으로 이렇게 집 앞에서 밤새지 말아요."

시원은 대답하지 않고 채윤을 올려다보다 한 손을 흔들었다. 채윤도 시원을 향해 손을 흔들어주며 창틀에 머리를 기대며 한동안 서로 바라보기만 했다. 아마도 채윤이 먼저 들어가지 않으면 가지 않을 듯한 시원 때문에 채윤은 베란다 창문을 닫고 안으로 들어갔다. 그리고 부엌에 들어가 컵을 씻고 청소 도구들을 정돈한 다음 다시 베란다로 나와보았다. 텅 빈 주차장의 자리를 보면서 허전한 마음 가득했지만 이렇게라도 하지 않으면 보고파 미치게 달려가고 싶은 마음을 조절할 수 없었다.

아쉬운 마음을 접고 호텔로 돌아온 시원은 호텔 로비에서 자신을 기다리고 있던 민준과 마주쳐 어쩔 수 없이 그를 방으로 데리고 들어왔다. 며칠 동안 제대로 잠을 자지 못해 커피숍에서 앉아서 말할 기운도 없는 시원은 방에 들어오자마자 누워버렸다.

"거기 의자 가지고 와서 앉아."

시원은 멀뚱히 내려다보는 민준에게 뒤에 있는 의자를 손가락으로 가리키며 말했다. 민준은 피곤에 절어있는 시원을 보면서 의자를 끌어다 앉고 인상을 썼다.

"제발 연락하면 좀 받아. 너 때문에 나 회사에서 잘리면 네가 나 먹여 살릴 것도 아니잖아."

"나도 죽느냐 사느냐의 기로에 놓여 있었다. 근데 회사에 무슨 문제 있어?"

시원은 회사 이야기가 나오자 무거운 몸을 힘겹게 일으켜 앉았다. 민준은 지나치게 말라붙은 입술 때문에 더 피곤해 보이는 시원 때문에 냉장고에 가서 물을 꺼내 건넸다.

"너 데려오라는 회장님의 지시다. 새 변호사들 면접도 보고, 일도 시켜봤는데 도저히 안 되시겠나 봐. 웬만하면 들어와라. 어차피 너 정치할 생각도 없잖아."

"됐다. 한번 나온 회사 또 기어들어 가는 취미 없다."

"너 집 나온 게 정말 너희 어머니 말처럼 여자 때문이야?"

민준의 말이 끝나기도 전에 시원은 마시던 물을 내뿜었다. 놀라서 입을 닦으며 시원은 의아한 눈으로 민준을 보았다.

"어머니가 너한테 전화했냐?"

"아냐, 너랑 연락이 안 되어서 집으로 전화했다가 알게 됐어. 목소리가 너무 안 좋으셔서 무슨 일 있느냐고 물어보니 대충 말씀해 주시더라."

"어머니 많이 안 좋으시대?"

시원은 막상 집을 나왔지만 부모님이 아프다는 소리를 들으니 마음이 편치 않았다. 그래도 부모인데 어긋나 나와 버렸으니 그 속이 말이 아닐 게 뻔했다.

"괜찮으신 것 같아. 하여간 병원에서 말하던 그 여자야?"

"어. 어쩌다 보니 일이 이 지경까지 왔다. 사랑이 뭔 죄가 있겠냐. 사람이 얽혀놓은 덫에 잘못 걸린 사랑이 불쌍한 거지."

"어이, 쿨하게 돌아서던 강시원은 어디 갔냐? 그 여자랑 무슨 일로 그러는지는 모르겠지만 어차피 다 감정은 변하는 거 아니냐? 밉다가도 사그라지고, 기쁘다가도 슬퍼지고 사랑도 그런 거 아니겠냐."

"넌 그 고매하게 짝사랑한다던 여자한테도 그렇게 느껴지던?"

민준은 차마 아무 대답 못하고 시원이 내려놓은 물병을 집어 들어 마셨다. 시원의 앞에서 모른 척하며 마음을 떠보았지만 시원의 대답을 듣자 속만 더 탔다. 채윤만큼 깊어져 버린 시원의 마음을 보고 나니 민준은 자신의 마음이 더 초라해지는 것 같아 화가 났다.

"연애가 다 그렇지 뭐. 그렇게 집에서 반대하면 그 여자한테 상처이지 않겠냐? 너야 어차피 너 좋다는 여자 널렸잖아. 괜히 멀쩡한 여자 상처로 너덜거리게 만들지 말고 그냥 너로 돌아가."

"모르나 본데 내가 이번에 만난 여자는 보통이 아냐. 마녀야, 마녀. 상처받아 쓰러질 정도로 약한 여자 아니야."

"그래? 하지만 계속해서 반대하는 너희 부모님을 감당할 수 있을까?"

"그건 네가 걱정 할 문제가 아냐. 그건 나와 내 여자가 알아서 할 일이야. 어찌 됐든 우리는 헤어지지 않을 거고, 회사로 돌아가는 일은 가능성 제로니까 그만 가줘라. 안 그래도 머리랑 가슴이 다 터져 버리기 일보 직전인데 너까지 와서 보탤 필요 없잖아."

민준은 내 여자라는 시원의 말에 머리를 한 대 얻어맞은 거처럼 얼얼했다. 한 번도 입 밖으로 내뱉어보지 못한 채윤에 대한 소유를 시원은 너무 쉽사리 말하자 민준은 지난 세월이 다 허무해졌다.

"강시원…… 나도 정말로 내 목숨만큼 사랑하는 여자가 있어. 세월이 흐르면서 내 사랑이 자라는 만큼 그 여자도 커버렸고, 이젠 다른 사람을 목숨만큼 사랑한대. 보내야 할지 말지 한참을 고민하다가 보내지 않기로 결정했는데 그 여자가 그 남자를 사랑하지 못하게 될까 봐 가슴에서 피가 흐른다더라. 그래서 보내야 하지 않나 하고 마음을 바꿔먹었는데 쉽지 않아. 사랑한다고 해서 다 해줄 수 있는 건 아닌가 보더라. 사랑하기 때문에 더 붙잡고 싶은 게 진짜 사람 마음이더라."

민준은 아무것도 모르는 시원에게 고해성사를 하는 듯 마음을 털어버렸다. 너 혼자만 채윤을 사랑하는 게 아니라는 경고도, 도전장도 아니었다. 그냥 왠지 한 번은 시원에게 말을 해버리면 채윤에 대해 꽉 쥐고 있는 주먹이 펴질 듯했다.

"나도 그래. 그녀가 상처받는 모습에 내 사랑이 잘못된 건 아닌가 보내야 하지 않나 백번도 넘게 생각해 보았어. 그래도 아니더라? 사랑하니까 붙잡아두고 사랑하니까 그 상처 다 보듬어서라도 사랑하고 싶은 게 사람 마음이더라. 근데 민준아, 너 사랑하는 사람 둘 사이에 네 사랑이 더 크다고 방해하는 거 그거 네 사랑에 대한 오만이야. 왜 혼자 하는 사랑을 외사랑이라고 하는지 아냐?"

"왜?"

"짝이 없이 혼자 하는 거니까. 혼자서는 제아무리 세상을 다 뒤덮을 만큼 큰 사랑을 가졌어도 완성되지 않는 거니까. 아, 진짜 강시원 멋지지 않냐? 이런 멋진 조언을 하게 될 줄이야. 역시 사랑을 해야 완전한 인간이 되는가 보다. 잘 가고 너도 힘내라."

시원은 또 다른 사랑에 열병을 앓는 민준의 모습에 안타까움을 느끼며 자리에 누워 눈을 감았다. 머릿속은 온통 조금 전에 만나고 온 채윤의 모습으로 가득했다. 창가에 기대 손을 흔들며 그리움 가득한 시선을 보내는 채윤의 모습에 가슴이 떨렸다. 어떻게 하면 아버지를 채윤의 앞에서 스스로 지은 죄를 인정하고 받아들이게 할지 고민하기 시작했다. 극단적으로 아버지를 꺾고 싶지 않지만 그것도 방법이라면 시원은 하지 못할 이유가 없었다.

채윤은 이 상황에 모든 것을 알고 있는 사람이 절실해 오랜만에 할아버지의 사무실이었던 권 사장의 사무실을 찾아갔다. 예전과 달리 사무실의 가구나 직원들은 바뀌어 있었지만 몇몇 손때 묻은 장식품들은 고대로 남아 있었다.

"그렇게 오라고 말할 때는 오지 않더니 제 일 생기니 그제야 날 찾는구나."

권 사장은 한참 만에 보는 채윤이 반가워 자리에 일어나 채윤의 손을 잡고 소파에 앉혔다.

"얼굴이 많이 까칠해졌구나."

"까칠하긴요, 아니에요. 아주머니가 보내주시는 반찬 잘 먹고 있어요."

"민준이 고놈이 아주 너라면 죽고 못살아서 때마다 보내지 않으면 들볶여 못살지. 그리고 어르신도 그렇고 너도 안사람 음식이 입에 맞았잖아. 더 자주 해서 보내야 하는데 우리가 이렇다."

"아니에요. 민준 오빠도 매번 번거롭고 저 때문에 특별히 신경 쓰셔야 하는 아주머니도 부담되실 거예요. 안 보내주셔도 되니까 너무 신경 쓰지 마세요."

채윤은 민준의 이름이 나오자 괜히 죄인처럼 움츠렸다. 민준이 자신을 특별히 생각하는 건 알았지만 그토록 클 줄은 몰랐다. 더 이상 민준을 만나거나 예전처럼 대한다면 채윤보다 민준에게 큰 상처가 될 것 같아서 그와 연관된 일들은 모두 끊어버리고 싶었다. 그렇지 않다면 민준의 마음을 포기시키기 힘들 것 같았다.

"저, 전화로 이미 말씀드렸지만 강찬균 장관에 대해서 상의를 드리려고 왔어요."

"그래, 안 그래도 네 이야기 듣고 많이 놀랐다. 참 인연도 요상치, 어찌 그렇게 얽혔는지. 그래서 그 강 변호사와는 전혀 헤어질 생각은 없고?"

"처음엔 헤어지는 쪽으로 생각을 하기도 했는데 막상 헤어지려니 마음이 너무 깊어져서 힘들 것 같아요. 그냥 부딪쳐 보려고요. 어떻게든 풀어서 해결해야지요."

"강 장관이 쉬운 사람이 아니야. 그 자리에 올라가기까지 그 모진 세월 다 견뎌낸 사람인데. 차라리 외국으로 너희 둘이 나가는 건 어떻겠니? 강 변호사도 국제 변호사로 충분히 가능성이 있고, 돈이야 네 할아버지가 물려준 것만으로도 사는 데는 평생 지장없을 테고."

"아저씨, 저번에도 말씀드렸지만 그 돈 제 거 아니에요. 처음에는 뭣도 모르고 받았지만 기회 봐서 장학재단이나 고아원, 장애아 시설에 나눠 줄 거예요. 피땀 흘려 버신 돈, 좋은 일에 써야지요. 그리고 전 제가 벌잖아요. 집도 있고, 차도 있고, 부족한 것 없어요."

"하여간 누굴 닮았는지 오지랖만 넓다."

"그리고 시원 씨와는 그렇게 살기 싫어요. 없는 가족이라면 모를까, 가족이 버젓이 살아 있는데 저 하나만 보고 없는 척하고 살라는 것도 못할 짓이잖아요."

생각해 보지 않은 것은 아니었으나 멀쩡한 가족을 부러 끊음을 시원이 감당할 수 있을지 채윤은 자신할 수 없었다. 또한 그 부담감에 채윤은 시원을 편히 대할 수 없을 듯했다. 맺어준 인연은 인연대로 놔두고 그 위에 새로 시작해야 했다.

"흠, 그렇지. 부모에게 자식을 못 보고 살라는 건 가혹하긴 하지. 하지만 시간이 흐르면 그분들도 자식이 그리워서라도 널 받아들이지 않겠니?"

"그러면 할아버지는요? 전 할아버지에 대한 부분은 접혀진 채 내 아들의 여자니까 하고 억지로 되는 것도 싫어요."

"막막하구나. 하지만 국내에서 해결할 수 있는 수가 별로 없다. 사실 그 일에 대해서 파고들자면 북에 가고자 했던 네 할아버지의 욕심도 어느 정도 탓할 수 있어. 강 장관도 그토록 오랫동안 남들 눈에 띄지 않게 후원 받으면서 부담감도 느꼈을 거다. 하여간 돌아가신 어르신만 안타까울 뿐이야. 강 장관이 일이 성사 안 됐다고 그렇게 갑자기 연락을 뚝 끊을 줄 누가 알았겠어. 같이한 세월이 얼마인데, 와서 용서를 빌면 어르신이 받아주고도 남을 분이셨건만……."

권 사장은 그때 일을 떠올리며 뒷말을 채 잇지 못했다. 곁에서 가장 오랜 세월 모신 사람으로서 본 어르신이 느낀 그 실망감은 차마 말로 설명할 수 없을 정도였다. 그렇기에 때마침 발생한 암마저 모두 다 강 장관의 책임처럼 느껴졌었다.

"그분이 마지막으로 돈을 가져가셨을 때 쓰신 각서 비슷한 게 있다고 하셨죠?"

"아, 액수가 크니까 일의 성사에 따라 얼마 정도 돌려주기로 하긴 했지. 내가 직접 공증까지 다 받아놓았어. 아마 법정으로 가져간다고 하면 이보다 더 확실한 증거는 없지."

"저 그거 주세요. 복사본 말고 원본이요."

"원본을? 복사본이면 되지 원본을 가져가서 뭐 하게?"

"저 그 돈 받을 생각 없어요. 이제 와서 돈 달라고 하는 것도 싫고, 할아버지가 부러 묻어두고 돌아가신 일을 다시 끄집어내서 누구한테 타격을 주거나 하고 싶지 않아요."

권 사장은 채윤의 말을 이해하지 못하겠다는 듯 고개를 저으며 자리에 일어나 원본과 복사본을 가져와 채윤의 앞에 놓았다.

"그럼 협박용으로 사용할 거니? 국내에서 있으려면 이걸 터뜨리느니 강 변호사를 달라는 것도 괜찮을 거다."

"그런 거 아니에요."

"사랑하더니 다 용서되더냐? 바보가 아니고야 이런 일이 어떻게 그냥 용서가 돼?"

권 사장은 채윤이 무지하게 시원 하나만 바라보는 여자가 된 것은 아닌가 싶어 호되게 호통 쳤다.

"저 용서 안 했어요. 아무리 시원 씨를 사랑한다고 해도 그분을 용서하는 일만은 쉽게 안 돼요. 저 착한 여자 콤플렉스 없어요. 다만 너무 극단적으로 가지 않으려고요. 어차피 가족이 될 거잖아요. 할퀴고 물어뜯어 상처 내면 그거 다 아물어도 흉터가 남아서 힘들잖아요. 내야 할 상처라면 내고 불필요한 것들은 되도록 피하면서 풀어가려고요."

쓸쓸한 채윤의 표정에 권 사장은 섣불리 판단한 것 같아 민망해졌다.

"그렇긴 하지. 어차피 시대 식구도 반평생을 같이 살아가야 할 가족인데, 헤어지지 못한다면 품고 가야 하는 거 네가 지혜롭게 처리할 거라고 믿는다. 필요한 일 있으면 연락해라. 나도 따로 강 장관에게 연락을 해보마."

채윤은 자신의 손을 잡은 권 사장의 주름진 손을 보면서 다른 한 손을 그 손 위에 얹었다. 다정한 손길이 채윤의 가슴을 얼마나 토닥여 주는지 힘들었던 마음까지 위로받는 것 같았다.

"아저씨가 계셔서 든든해요."

"어르신에게 받은 은혜에 비하면 내가 너에게 돌려준 게 없어 못내 마음이 아팠다. 내 이번 일에 도와줄 수 있는 만큼 최대한 나서보마. 민준이가 내 아들이지만 너도 내 딸이야. 민준이가 지금은 마음을 못 가누지만 이렇게 얽혀 버린 인연 속에서 제아무리 발버둥 쳐도 안 되는 건 안 되는구나 알게 될 게다. 너무 마음 쓰지 마."

"아저씨."

"지난 힘든 세월 단둘이 잘 헤쳐 왔잖니. 그 야박하고 서러운 세월도 이겨낸 채윤인데 지금은 강 변호사까지 있잖아. 사랑은 세상을 지탱하는 힘이야. 그 사랑을 가진 너희 둘은 잘 버텨낼 거야."

채윤은 뜻하지 않은 권 사장의 말에 또다시 울컥 치밀어 오르는 뜨거운 기운에 눈시울이 붉어졌다. 자기 아들을 힘들게 하는 자신을 이렇게 위로해 줄 만한 사람이 또 있을까. 사뭇 자신의 주변에 이토록 좋은 사람들이 많다는 것에 감사하고 또 감사하게 되었다.

채윤은 가벼운 마음으로 차를 주차하고 빌라의 입구에 들어서자마자 추위에 움츠리고 있는 장 여사를 보고 움찔하며 걸음을 멈추었다. 언제가 한 번은 찾아올 거라 예상했지만 막상 부딪치고 나니 떨렸다. 장 여사와 눈이 마주친 채윤은 급하게 고개 숙여 인사하고 다가갔다.

"한 선생, 기다리고 있었어요."

장 여사의 냉랭한 말투에 한결 가벼워졌던 채윤의 마음이 다시 무거워졌다. 일희일비라고 하더니 어째 요새 하루라도 평탄하기가 참 힘들다는 생각이 들었다.

"아직 날이 추운데 안으로 들어가시겠어요?"

허리를 꼿꼿이 펴고 따라가는 장 여사는 채윤과 눈 한 번 마주치지 않은 채 집 안으로 들어갔다. 채윤이 차를 내오길 기다리며 집 안을 둘러보던 장 여사는 채윤이 어릴 때로 보이는 가족사진에 시선이 꽂혔다. 일찍 부모를 여읜 건 알고 있었지만 사진 속 네 식구를 매일같이 혼자 볼 채윤을 생각하니 자식 가진 장 여사는 내심 측은지심이 생겼다.

"혼자 사는 집이라 손님 대접할 만한 커피 잔이 없어요."

채윤은 쟁반에서 머그잔을 내려놓으며 쑥스러워했다. 그나마 커피메이커 전원을 꺼놓지 않고 나가서 따뜻한 커피를 내놓을 수 있다는 걸 천만다행으로 여기며 바닥에 앉아 장 여사와 마주 보았다.

"긴말하러 온 건 아니에요. 바깥양반한테 그동안의 일을 들었어요. 그렇다고 해도 우리 아들하고는 안 돼요."

"무슨 말씀을 드려야 할지 모르겠습니다."

"한 선생, 그 돈 갚아줄게요. 바깥양반이 한 실수는 책임져 줄 테니 우리 아들을 놓아줘요."

"그 실수에 사람이 죽었어요. 아니, 그 실수가 사람을 병들게 해 죽음에 이르게 했어요. 그런데 어찌도 그리 쉽게 생각하고 말씀하시는 거죠?"

채윤은 장 여사의 뻔뻔스러움에 화가 났다. 두 번 다시 보지 않을 사람이라면 욕이라도 실컷 퍼붓고 쫓아내고픈 정도였다. 하지만 시원의 부모이기에 참는 중이었다.

"혹시 드라마처럼 복수를 목적으로 나타나 내 아들을 유혹한 건 아닌가요?"

장 여사의 말이 채윤의 가슴을 탁하고 쳐 웃음이 새어나오게 만들었다. 세상에 저렇게 어이없게도 생각할 수 있구나 싶어 새어나오는 웃음을 참지 못했다.

"원장님, 상상이 지나치면 망상이 되는 법입니다. 저를 그런 사람으로 만들지 마세요. 전 오히려 시원 씨를 만나지 않았더라면 하는 상상을 수도 없이 되풀이하고 있어요. 그런 말도 안 되는 말씀 하시려거든 나가주세요."

"한 선생, 지금 그게 무슨 말버릇인가요? 망상이라니? 내 아들이 집 나가 아버지와 의절을 하겠다는데 이런 생각 안 할 부모가 어디 있어요?"

"원장님 저는요, 제 할아버지가 돌아가신 직접적인 원인이 된 분을 만난 것도 그날이 처음이었고, 그전엔 그 일에 대해 자세히 알지도 못했었어요. 전 원장님이나 장관님에게 지난 일에 대해서 사과받아야 할 사람이에요. 돈을 갚아준다고 죽은 할아버지가 돌아오나요? 시원 씨에게 일부러 접근해서 뭘 이룰 수 있다고 접근해요? 제발 지금 무엇이 잘못되었는지 보세요. 이렇게 절 찾아와서 이런 말 하실 자격이 있으신지부터 따져 보시라고요."

장 여사는 할 말을 잃었는지 이미 차갑게 식어버린 커피를 단순에 들이켰다. 씁쓸하고 비릿한 찬 커피를 들이마신 장 여사의 표정은 구겨질 대로 구겨져 있었다.

"한 선생, 사실대로 말해서 나 며느리 욕심 많아요. 왠지 병원에서부터 느낌이 이상해 여자 문제 일으키지 말라고 시원이한테 당부해 놓고 여기저기 괜찮은 집 여자들 찾고 있었어요. 물론 한 선생 참 괜찮은 사람인 거 알아요. 그동안 교육원에서 보아온 것만으로도 탓할 거 없는 사람인 것은 아는데 내 며느릿감으론 아니에요. 사람은 무릇 어울리는 사람하고 살아야지 근본이 다른 사람하고 다음 대를 어찌 이어가겠어요?"

장 여사의 본심에 채윤은 고개를 숙이고 저려오는 다리를 꼬집었다. 채윤은 저 정도의 위치에 사는 사람들이 바라는 도도한 피에 자신이 어울리지 않는다고 생각한다는 것쯤은 알고 있었다. 태어나기를 다른 위치에서 태어났다고 피가 다르다는 저 뻔뻔한 논리는 어디서 생긴 건지 그 근원이 궁금했다.

"저에게 근본을 찾으라고 하시면 저는 원장님에게 그 근본이 뭔지 묻고 싶은데요. 제아무리 잘났다 해도 똑같이 뱃속에서 열 달 있다 태어나고 똑같이 자랍니다. 다만 환경에 의해서 좋은 것들을 가지냐 못 가지냐, 혹은 교육을 더 잘 배우느냐 못 배우냐의 차이이지 사람이 뭐 그리 다르나요? 원장님, 교육자시잖아요. 사람이 태어날 때부터 등급이 정해서 나온다고 가르치셨나요?"

장 여사의 얼굴이 새파랗게 질리기 시작했다. 불편한 다리를 주무르며 또박또박 말하는 채윤의 말에 독한 기운까지 느껴졌다. 장 여사는 자신의 아들인 시원이 보통 여자에게 빠져 있는 게 아니란 것을 톡톡히 알았다.

"그래요. 한 선생 말이 틀리지는 않지만 우린 이미 자본주의 사회에서 형성된 계급 속에 살지 않나요? 한 단계 위의 계급으로 뛰어넘으려면 얼마나 큰 노력을 해야 하는지 아나요? 그걸 결혼으로 뛰어넘어 보려는 여자들 숱하게 많아요. 하지만 사는 사회가 달랐다면 융화될 수 없어요. 우리 이성적으로 생각해 봐요. 한 선생이 시원이랑 결혼해서 정치적 내조를 할 능력이 있나요? 채윤 씨가 그동안 만들어놓은 반감을 가진 많은 사람들이 시원에게 협조할까요? 채윤 씨 한 사람으로 인해 시원이의 앞길이 위태해진다면 그건 사랑이라는 말로 한 사람의 인생을 망가뜨리는 것과 다르지 않잖아요. 내 말…… 잘 생각해 봐요."

장 여사가 자리에 일어나 굳어 있는 채윤을 매섭게 노려보고 현관문을 나서려 할 때 채윤이 입을 열었다.

"정치인 강시원이 필요하신가요, 아님 아들 강시원이 필요하신가요? 누구를 위한 며느리를 원하시나요? 원장님은 단지 정치인이 될 아들을 낳으신 건가요? 정치인이 될 강시원이 행복하다고 하던가요? 부모는 자식을 위해 바른길을 안내할 의무가 있지만 자식이 원하는 것이 어떤 건지 살펴보아야 할 의무도 있습니다. 시원 씨가 비록 부모의 뜻과 다른 것을 원한다 할지라도 그 안에서 행복을 찾는다면 정치인이 되어야 할 이유가 있을까요? 삶의 궁극적 목표는 행복 추구에 있지 않나요? 허튼 명예욕에 얽매이는 것 또한 한 사람의 인생을 망가뜨리는 것과 다를 바 없지 않나요? 한번 잘 생각해 보시기 바랍니다."

집 안이 울리도록 현관문이 세차게 닫히자 채윤은 어정쩡하게 일어나 소파에서 저리는 다리를 주무르기 시작했다.

"아씨, 이게 아닌데……. 정말 잘해보려고 했는데 미치겠네."

채윤은 소파의 쿠션을 손으로 때리며 방금 전 대화를 후회하기 시작했다. 나긋나긋하고 고분고분하게 최대한 예의를 갖추어 장 여사와 잘해보려고 했다. 밉고 원망스러운 감정이야 사그라지지 않지만 적어도 사랑하는 사람의 부모인만큼 일말의 여지를 두고 대하려고 했었는데 장 여사의 모진 말이 채윤의 오기를 자극했다. 가진 자들이 소위 말하는 상류층의 그 오만한 생각에 부딪치자 지난날 겪었던 감정들이 치밀어 올라 되받아치고 말았다.

지혜롭게 헤쳐 나가라는 말도 소용없게 되어버려 채윤은 땅 밑으로 꺼지는 기분이었다. 이렇게 되어버린 거, 그들이 바뀌지 않는다면 더 이상은 방법이 없단 생각에 더 답답해지기만 했다.

시원은 늦은 밤 전화 한 통이 걸려온 후 잠을 이루지 못한 채 여기저기 전화를 걸어 무언가를 재차 확인했다. 마지막으로 새벽녘이 되어 민준에게 전화했다.

"권민준, 혹시 너희 아버님 요새 사업이 어려우시냐?"

시원의 뜬금없는 전화에 당황한 민준이 부스럭대며 일어나는 듯했다.

[뭔 소리야?]

"그냥, 혹시 너희 아버님 회수가 잘 안 되시거나 뭐 그런 걱정 같은 거 없으신가 해서?"

[요새 사업을 대폭 축소하셔서 그런 걱정 없으실 거다. 이 새벽 댓바람부터 전화해서는 왜 뜬금없는 소리야?]

시원은 민준에게 이 말을 해줘야 할지 고민하다 어렵게 말을 꺼냈다.

"저번에 칼질한 놈들을 잡았는데…… 그놈들이 내 행적에 대한 소스를 아버님한테 얻었다고 하더라."

[뭐? 그게 사실이야?]

"그렇다네. 조용히 처리할 테니까 당분간 너희 아버님 좀 지켜봐 봐."

[나중에 통화하자. 시원아, 고맙다.]

시원은 검찰청에서 드디어 그때 해를 가하려던 조직의 우두머리를 잡았다는 연락을 받았다. 더불어 그 우두머리가 몇 년 전 시원이 어렵게 잡아넣었던 거물급이라는 걸 알게 되었다. 악감정이 남아 있을 만했다. 나름대로 머리를 굴릴 줄 알던 놈은 넓은 인맥을 이용해 생각보다 짧은 형을 받아 시원을 놀라게 했었다. 그런 놈이 시원의 그날 행적에 대해 누군가가 팩스로 보내주었고 그에 따라다니다 만날 기회만 엿보았을 뿐이라며 절대 납치의 의도는 없었다고 부인했다. 팩스의 번호를 추적하다 보니 민준의 아버지인 권 사장의 사무실이었다. 결코 있을 수 없는 일들이 최근 시원에게 일어나고 있다. 차마 권 사장까지 험한 꼴 보게 해드릴 수 없는 시원은 미결된 상태로 사건을 덮어주기를 동료들에게 부탁했다.

호텔 방 안에 현관 벨소리가 소란스럽게 울려대자 시원은 어설피 잠에서 깨 협탁 위로 손을 뻗어 시계를 찾았다. 갓 새벽을 넘긴 이른 시각이었다. 이불을 걷어내고 주섬주섬 옷을 입었다. 찾아올 사람이 없는데 끊임없이 울리는 벨소리에 신경질적으로 문을 열다 그대로 굳었다.

"놀라긴, 나와 사니 좋으냐?"

시원은 장 여사가 문 앞에 서 있자 잠이 확 달아났다. 장 여사의 자존심에 집 나온 아들을 찾아와 회유할 사람이 아님을 알기에 짧은 순간에도 무슨 연유인지 의아심이 들었다.

"밥은 잘 먹고 다니는 거냐?"

시원이 문을 닫고 한쪽에 놓인 간이 식수대로 가 머리를 긁적이며 커피메이커를 작동시키자 장 여사는 걱정의 한숨을 내쉬었다. 어떻게 키운 아들인데 이렇게 허섭한 곳에서 칩거하고 있는 모습을 보자 가슴이 저릿해졌.

그놈의 사랑이 무엇인지. 또 그런 자식을 찾아온 어미의 마음은 무엇인지. 자꾸 한숨만 나왔다.

"어머닌 얼굴이 많이 상하신 거 같은데 병원 한번 가보세요."

"병원은 무슨. 늙으니까 기력이 딸리는지 밤 한 번 새고 나면 몸이 예전 같지 않아."

난제(難題)　257

"어머니 나이엔 잘 드시고 잘 주무시는 게 보약이에요."

시원은 아들이 집을 나와 호텔에서 생활하는데 어느 부모가 잘 먹고 잘 잘 수 있을지 어이없이 나간 말에 헛웃음이 나왔다.

"너도 객쩍은 소리 하는구나."

슬쩍 웃음기를 보이던 장 여사의 얼굴은 또다시 수심 가득한 얼굴로 변해 커피를 가져오는 아들에게 시선을 떼지 못했다. 머뭇거리며 입을 떼지 못하던 장 여사는 어렵게 말을 꺼냈다.

"며칠 전에 한 선생을 만났었다."

그 말에 울컥한 감정이 든 시원은 장 여사 앞에 커피가 넘치도록 찻잔을 거칠게 내려놓은 뒤 넓은 창가로 걸어가 커튼을 거칠게 걷어냈다. 부모와 자식, 시원은 마음이 더 이상 통하지 않는다 해도 우선은 화를 다스려야 할 자식의 도리가 있었다. 등을 보이고 서서 시원은 가슴에 먼저 떠오르는 채윤을 생각했다.

"다시는 찾아가지 마세요. 가서 사과하고 용서 바랄 생각 아니시면 절대 두 번 다시 채윤에게 발걸음하지 마세요. 자기 자식 간수 못하고 남에게 책임 전가하는 짓 하지 마세요. 그건 망신이에요, 망신!"

시원의 뒷모습은 창가에 쏟아져 들어오는 빛과 다르게 어둠 그 자체였다. 어릴 적 이 호텔에 부모님 손을 잡고 왔을 때 보았던 어두침침한 서울은 흔적도 없이 사라져 버리고 밝고 세련된 서울이 되었다. 세월이 이렇게 많이 흘러 버렸는데도 부모님은 아직도 지난 시대의 낡은 생각에 빠져 아등바등하고 있었다. 시원은 그런 부모임의 행동에 가슴에 돌덩이를 하나 더 얹어놓은 듯 더욱 무거워졌다.

"그래, 내 자식 간수 못한 추태 부렸다. 그렇다고 해도 그렇게 말하는 게 아냐."

장 여사는 이런 시원의 반응을 어느 정도는 예상하고 왔다. 이미 채윤을 만나고 나오던 순간부터 후회를 잔뜩 했고 아들이 그리워졌다. 사랑하는 아들이 사랑하는 여자를 만났다는데 장 여사는 지금 서 있는 시원의 모습이 오히려 검은빛 가득한 것이 자신의 탓인 듯했다.

"그럼 '잘 찾아가셨어요. 가신 김에 돈도 듬뿍 쥐어주고 오시죠' 라고 말할까요?"

시원의 날카로운 말들이 장 여사의 가슴을 더 아릿하게 만들었다. 장 여사는 채윤을 만난 것도, 잠을 이루지 못하고 이른 아침 아들을 찾아 온 것도 모두 후회하고 있었다.

"넌 나에게 한 선생이 어떤 사람이라고 말해줄 거니?"

뜻 모를 질문에 시원은 몸을 돌려 장 여사와 마주 보았다. 아무것도 읽을 수 없는 시원의 익숙한 무표정을 장 여사는 빤히 보았다. 시원의 대답을 기대하고 있기보다는 너의 사랑은 어떤 미사여구로 포장하는지 두고 보자는 마음이 더 컸다.

"참 바른 사람입니다. 갈수록 사람을 끄는 매력적인 사람입니다."

짧은 말속에서도 시원의 표정은 환하게 변했다. 마치 채윤을 앞에 두고 사랑스러워 그 감정을 어찌 다 보여줘야 할지 고민하는 사람마냥 시원의 퀭하던 눈이 햇빛을 받는 듯 반짝였다.

"제 자신 전부를 다 주고 싶은 여자입니다. 사랑에 수식어가 필요없듯이 제가 채윤에 대해 길게 말하지 않는 것과 같습니다."

"한 선생을 만나 행복하니?"

장 여사는 주저하다 시원에게 처음으로 행복에 대해 물었다. 세상의 모든 것을 줄 수 있는 것 이상으로 주려 했던 아들에게 행복이 없었다는 걸 받아들일 수가 없던 장 여사였다. 처음엔 당돌한 채윤이 헛소리를 지껄인다고 여겼다. 자식이 원하는 게 뭔지 알지 못하고 사는 부모가 어디 있겠느냐며 의심했던 적이 없던 시원의 마음이 문득 흐릿하게 느껴졌다. 시원의 입으로 정치인을 원한다고 말하지 않았지만 당연히 뒤를 이을 아들이니 따르는 것이라고 여겼다. 시간이 지날수록 시원에게 꿈을 물어본 적이 없고 항상 하지 말라는 말들뿐이었다.

"네."

짧은 시원의 말에 장 여사는 정말 아들이 행복해하고 있음을 너무나 선명하게 눈앞에서 보았다. 처음 이 작은 아이를 낳았을 때는 건강하게 자라주는 그것 하나 외에는 어떤 욕심도 없었는데 지금 왜 이토록 많은 것을 요구하고 강요했는지 모르겠다. 내 아들이 원하는 것, 물어본 적도 없고 당연히 같을 거라는 몰지각한 양육이 이토록 자신을 가슴 아프게 할 줄은 몰랐다.

"너에게 우리가 묻지 않은 꿈이라는 게 있다고 생각해 본 적이 없었어. 난 너에게 어떤 부모였니? 몹쓸 부모는 아니었지?"

누구보다도 자식에 대한 사랑과 집착이 큰 장 여사는 혼란 속에서 시원에게 아니기를 바라며 물었다.

"좋은 부모님이십니다."

거짓말, 그러나 시원은 장 여사 눈가의 눈물에 거짓말밖에 할 수 없었다. 변하지 않을 부모라면 자식은 그저 맞춰주면서 그렇게 흘러가는 대로 같이 살아가는 것이라 여겼었다. 그런 부모가 좋은 부모일 수는 없으나 큰 어려움 없이 채윤을 만날 수 있게 키워준 것만으로 감사했다. 이젠 변하지 않는다고 발버둥 치던 시원보다는 스스로를 변화시키려는 자의적인 시원이 되었다.

"내 아들을 위해 최선을 다했다고 말했었지, 얼마 전까지. 하지만 아닐 수도 있더구나."

장 여사는 아들을 행복하게 키우는 게 목표가 아니었다. 최고로 만들기 위해 키웠었다. 그래서 행복 따위는 장 여사의 머릿속에 존재하지 않았다. 아들의 행복. 그 무엇보다 우선이 되었어야 했는데 그렇지 않아 아들에게 불행을 던져 준 게 아닌지 하는 회의가 들었다.

"최고로 키우셨고 또 그 최고의 자리를 주고 싶어하셨던 거 아니까 지금껏 참고 견뎠어요. 그런 노력들 덕분에 지금에 제가 있고요. 결국 이렇게 어긋난 상황이 생겼고 이 일이 결코 저에게나 아버지, 어머니에게나 좋지 않은 상황이지만 제 행복을 위해 이제 저도 물러날 수가 없어요."

 시원은 변화하고 있는 장 여사의 심정을 알아차렸다. 절대로 변하지 않을 사람은 역시나 없었다. 긴 시간의 틀을 깨고 나온 이 작은 흔들림이 장 여사에게 얼마나 큰 파장이 될지 시원은 어림짐작 할 수 있었다.

 "넌 모를 게다. 난 교육자로서, 그리고 한 나라를 대표하는 정치인의 안사람으로서 공정하지 못했어. 착각하고 있었지. 그걸 한 선생이 깨주더라. 어떻게 교육자인 내가 그럴 수 있냐고 하는데 뒤통수를 맞은 기분이었어. 세상은 공평하고 모두에게 기회가 주어지니 노력하라고 가르쳐 놓고는 실상 그 아이들 수준에서 성공하는 길만을 가르치려고만 했던 것 같더구나. 많이 생각해 봤지만 내가 정말 교육자로서 아이들에게 어떤 이상을 줬는지, 돌아보면서 후회스러웠어."

 장 여사의 교육자로서 자부심은 실로 교만하다고 느낄 정도였다. 명문대의 명망있는 여교수로서 학생들이 참 많이 따르기도 했고 그만큼 세심하게 챙겨주는 교수였다. 그러나 스스로 장 여사는 남들이 존경하는 교육자인 자신의 실체에 실망하고 있었다. 결코 교육자로서 흠 잡을 데 없이 평등한 교육을 했다는 자부에 반해 실생활은 너무나 괴리가 깊었다. 보지 못하고 반평생을 그렇게 속여가면서 산 기분이었다.

 "어찌 보면 한 선생이 제대로 된 교육을 할 수 있을지도 모르지."

장 여사 생각은 채윤에게 너그러워졌지만 눈에는 채윤이 예쁘게 보이지 않았다. 사리 분별할 줄 아는 딱 부러짐이 눈에 들어오긴 했지만 그토록 열망하던 딸로서는 너무나 거부감이 들었다. 어쩌면 딸에 대한 환상을 며느리에게 심어오고 있었던 건 아닌지 되돌아보지만 아직은 버거운 존재가 채윤이었다.

"마음 가는 대로 편히 생각하세요. 모든 건 다 걸쳐진 옷이잖아요. 벗어 던지면 그만인걸요. 더 좋은 옷 찾아도 걸칠 때만 좋을 뿐이지 아무 소용 없어요. 그건 어머니가 더 오래 사셨으니 잘 아시잖아요."

"너 내가 낳은 아들 맞니? 자식은 부모의 거울이라는데 어쩜 넌 이리 다른지 내가 널 키운 게 맞는지 모르겠다."

"그래도 공직자, 교육자 아들로 컸는데 제대로 배웠지 않았겠습니까."

시원의 우스갯소리에 장 여사 표정도 한결 밝아졌다. 그러고 어쩌면 시원이 생각했던 이상으로 잘 커주어서 더 바랄 게 없을 것 같았다. 그들이 꾸는 꿈이 아닌 시원이 꾸는 꿈을 믿어봐도 될 것 같았다.

"한 선생을 가족으로 받아들이기엔 너무 많은 상처를 껴안고 있어 힘들지 않을까 싶다."

"지금 어머니가 원하시는 며느리 조건에 만족하지 못해도 그 성품만큼은 어디서도 찾을 수 없을 만큼 최고예요. 그리고 상처받은 만큼 제가 더 잘해주고 감싸줄 거예요. 그러니 어머니도 채윤일 너그럽게 봐주세요."

그렇게 말하는 시원의 눈에는 기대감이 떠올랐다. 아직은 섣부른 기대감일지 몰라도 장 여사가 슬슬 마음의 빗장을 풀어낸 듯한 느낌이 들자 더는 바라는 게 없을 만큼 기뻤다. 이젠 시간과 노력이 해결해 줄 것이다.

"저 행복합니다, 어머니. 이렇게 자랑하고 싶도록 행복하긴 처음이에요. 그동안 왜 이렇게 텅 빈 기분이었는지, 그렇게 원하던 행복이 사랑 안에서 존재한다는 것 이제 알았어요. 자식 이기는 부모 없다고 하지만 채윤일 억지로 받아들이는 것 원치 않아요. 제 마음을 믿어주세요. 그리고 그 마음을 한번 살펴주세요."

시원이 단호하게 말하며 장 여사의 손을 힘주어 잡았다. 오랜만에 아들의 생기 도는 얼굴에 장 여사는 더 이상 채윤에 대해 어떤 말도 하지 못했다.

"알았다. 더는 네 아버지가 한 선생을 찾아가게 하지 않으마. 그리고 내 아들이지만 대견하게 커주어 고마워."

장 여사가 웃으며 시원의 손 위에 나머지 한 손을 얹어 토닥여 주자 시원은 마음에 얹힌 돌덩이 한 뭉텅이가 떨어져 나가 숨 쉬기 편해진 기분이었다. 자신을 짓누르고 있는 돌덩이들이 하나둘 사라져 채윤과 손을 맞잡고 한없이 웃으며 자유롭게 숨 쉴 수 있는 날이 곧 올 것 같았다. 컴컴하던 앞이 오늘에서야 자그마한 빛이 보여 어둠을 빠져나갈 길이 나타난 듯했다.

"참, 네 아버지가 호텔비 계산하셨어. 그리고 너 만나러 간다니까 백수 아들이 걱정되었는지 용돈도 챙겨주시더라."

장 여사는 핸드백에서 두툼한 하얀 봉투를 꺼내 시원 앞에 내밀었다. 시원은 흰 봉투를 보며 쓸쓸히 웃음 지었다. 작은 산을 넘자 큰 산을 마주 본 느낌이 들었다. 이젠 큰 산 하나만 넘으면 되는데 오히려 더 단단히 옭아매는 것 같으니 아직 아버지란 존재가 시원에겐 너무 크게 느껴졌다.

"저 돈 있어요. 가출한 것도 아니고 나이 먹은 자식한테 뭘 이런 걸 주고 그러세요."

"이게 네 아버지 마음이야. 넣어둬. 어찌 됐든 몸이라도 편히 지내라고 보내준 거니 다른 생각 하지 말고 받아두렴."

시원을 데리고 나가 밥이라도 사 먹이려고 장 여사는 시계를 보다 그만두었다. 아무리 하는 일 없다고 해도 마음이 힘들면 몸은 평상시 배로 힘들기 마련인데, 시원의 눈가에 가득한 피곤을 보니 조금 더 자고 푹 쉴 수 있게 자리에서 일어났다.

"그만 가봐야겠다. 한 선생 일도 일이지만 앞으로 네 갈 길도 잘 생각해 봐. 그리고 네 아버지 너무 원망 말고. 자식이라면 자기 목숨보다 더 끔찍하게 생각하시던 양반이야."

시원은 그저 웃음만 지었다. 그렇게 끔찍한 양반이었으니 이렇게 나이 먹도록 아버지가 어려운 게 아닌가 싶었다.

"아버지 욱하시는 성정에 몸 상하실 수도 있으니 어머니가 잘 챙겨 드리세요. 그리고 나중에 놓치기 아까운 며느리였다고 깨닫지 마시고 채윤이 한번 다시 생각해 보세요. 어머니 마음에 꼭 드실 거예요."

"네가 그러면 예쁘게 보이려다가 말아. 팔불출처럼 굴지 마라. 시간이 흐르면 알게 되겠지만 한 선생이 네 짝으로 보이지 않을 뿐만 아니라 어르신과 얽힌 일도 만만치 않아."

장 여사가 달갑지 않은 표정으로 말하지만 시원은 이미 마음을 열어준 것을 알았다. 시원을 위한 장 여사의 마음, 시원은 장 여사를 따뜻하게 안아줬다. 장 여사는 훨씬 큰 아들이 덥석 안아주자 그동안 속 썩던 일들이 눈 녹듯 사그라졌다. 시원의 등을 몇 번 토닥이고 방을 나가던 장 여사는 생각난 듯 시원을 불렀다.

"참 민준이한테 전화 왔었는데 너희들 연락 안 하니?"

"며칠 전에 왔다 갔어요."

"그래, 민준이도 다 너 생각해서 우리한테 귀띔해 준 건데 친구 사이 금 가지 말고 잘 지내."

민준이 귀띔해 줬다는 말에 시원은 당황한 표정 숨기지 못한 채 나가려는 장 여사의 손목을 재빨리 잡았다.

"민준이가 무슨 귀띔을 했는데?"

시원이 아무것도 모르는 표정으로 되묻자 장 여사는 괜한 소리를 해서 분란을 일으킨 것 같아 난처해졌다.

"몰랐니? 어머, 이를 어째. 난 민준이가 널 찾는 전화를 하기에 그 일로 의가 상해서 그랬는 줄 알았지. 별일 아냐, 못 들은 걸로 해라. 난 아무 말도 안 했다."

"뭐라고 했는데요!"

장 여사가 숨기려고 들자 시원은 복도가 쩌렁쩌렁 울리도록 소리쳤다. 안 그래도 얼마 전 권 사장 일로 크게 신경이 쓰였는데 이토록 꼬인 일 뒤에 어쩌면 시원이 모르는 일들이 있을지 모른다는 생각이 들자 갑갑해졌다.

"이놈이 어디 못 배운 놈처럼 엄마 앞에서 소리를 지르고 그래. 네가 만나고 있는 여자가 그 어르신 손녀라고 알려줬어. 마음이 깊어지면 둘 다 상처 입게 될 테니 미리 알려준 걸 가지고 왜 이렇게 화를 내니?"

"죄송해요. 요새 조금 민감해서 그래요."

내키지 않는 사과를 하는 시원의 안색은 좀 전과 달리 급속히 어두워졌다. 민준이 어떻게 채윤의 소소한 과거사를 알고 어머니에게 알려준 의도가 뭐였는지 고민하느라 시원은 머릿속이 엉켜 버렸다.

"진짜 간다. 그놈의 사랑이 뭐라고. 어휴."

장 여사는 그새 또 채윤을 감싸고도는 아들을 보자 기분이 뾰로통해진 채 휙 돌아갔다. 텅 빈 복도를 멍하니 서 있던 시원은 만약 우연치 않게 민준이 알았다 쳐도 그래도 가까운 친구인데 굳이 알린 행동을 이해할 수 없었다.

시원은 한참을 서성거리며 갈피를 잡지 못하고 있다 문득 며칠 전에 민준이 찾아와 사랑하는 여자 이야기를 했던 게 생각났다. 오랫동안 짝사랑했던 여자가 다른 남자를 만나 떠나려 해 가로막아 봤지만 어쩔 수 없이 보내야겠다고 했는데 그 말이 지금 채윤과 시원, 그리고 민준, 세 명이 처한 상황과 엇비슷하게 맞아떨어지는 것 같았다.

시원은 휴대전화를 들고 누구에게 먼저 전화를 걸어야 할지 한참 망설이다 채윤에게 걸었다. 벨소리만 연거푸 울릴 뿐 전화를 받지 않아 끊으려는 찰나에 채윤의 목소리가 들렸다.

[시원 씨?]

"어."

반갑게 부르는 채윤에게 시원은 차마 복잡한 민준의 이야기를 꺼내기 힘들었다. 망설이며 잠시 말이 없자 채윤은 걱정스러운 목소리로 물었다.

[어디 아파요? 왜 그렇게 기운이 없어요?]

"아니야, 그냥 목소리 듣고 싶어서 전화했어. 많이 보고 싶고 빨리 모든 게 정리되었으면 좋겠어. 그래서 마음 편히 너 보면서 웃고 싶어."

시원은 차마 채윤에게까지 이 혼란을 전해주기 싫어 목까지 치밀어 오른 민준에 대한 의문을 참았다. 안 그래도 힘든 채윤에게 괜히 알려서 더 힘들게 하느니 민준과 둘이 만나 해결하기로 마음먹었다.

[시원 씨, 힘들면 와요. 많이 힘들면 그냥 와도 돼요.]

"아니야. 일부러 부담 주면서까지 못 견디게 힘든 정도는 아니야."

［얼굴 본 지 며칠 안 됐는데 천만 년이 흐른 것처럼 왜 흐릿하게 기억되는지 모르겠어요.］

"뭐야? 벌써 날 잊은 거야?"

［바보, 보고 싶다는 말이에요. 얼굴 한번 보고 싶다고요. 끊어요.］

시원은 툭 끊긴 전화에 대고 희미하게 웃으며 아쉬운 듯 전화기를 꽉 쥐었다. 그러곤 외출할 차비를 하기 위해 욕실로 향했다.

시원은 퇴사 후 처음으로 신성그룹 본사에 들렀다. 이젠 회사 외부인이라 아이디가 없어 인식기계를 통과할 수 없어 안내데스크를 찾아갔다.

"기획 1팀 권민준 실장 자리에 있나요?"

안내 직원은 근무했던 시원을 기억하고 재빨리 내선을 연결했다. 직원은 약간 어두운 표정으로 갸웃거리며 내선을 여러 번 바꾸더니 시원을 엘리베이터 쪽으로 안내했다.

"길은 아니까 됐어요. 수고해요."

시원은 따라오는 직원을 돌려보내고 혼자 사무실로 올라갔다. 가장 바쁜 오후 시간에 북적이는 기획실 사무실을 지나 실장실로 들어서자 비서는 시원의 등장에 놀란 듯 벌떡 일어났다.

"변호사님, 아래서 이야기 못 들으셨어요? 지금 실장님께서 만나고 싶지 않다고……."

여비서는 상당히 난처한 듯 우물쭈물하며 시원을 막으려 들었다. 시원은 비서에게 괜찮다고 자리에 앉히고는 사무실 안으로 들어갔다.

"실장이 오후에 사무실에 다 붙어 있고, 요새 기획실 한가한가 보다."

민준은 결재를 하느라 들어오는 사람이 누구인지 확인하지 않다 시원의 목소리에 놀라 고개를 들었다.

"명색이 친구인데 데스크에서 거절하면 강시원 체면이 뭐가 되냐?"

민준은 순간 인상을 찌푸리곤 시원에게 소파에 앉으라고 청하며 결재를 마저 끝냈다. 여비서가 그 사이에 서류를 가지러 들어와 차를 가져다줄 때까지 어색하게 둘 사이엔 별말없었다.

"사무실까지 왜 찾아온 거야? 지금 컨디션 안 좋으니까 짧게 말해."

민준의 불쾌한 태도에 시원은 성질이 치밀었지만 속으로 열까지 숫자를 세면서 가라앉혔다.

"나도 길게 너랑 말 섞고 싶지 않아. 채운이에 대해서 우리 집에 말한 이유가 네가 사랑하는 여자를 보내지 않기로 결정한 행동이야? 그게 아니라면 뭐야?"

민준은 앞에 놓인 차를 마시다 멈칫하며 시원을 보았다. 간혹 시원은 지나치게 화가 나면 강한 눈빛을 하는 반면 차분하게 말했다. 지금이 바로 그랬다. 그 모습에 민준은 자신이 한 일을 시원이 알아차렸음을 알았다. 어떻게 알게 됐는지 몰라도 채윤이 말하지는 않았을 거라 생각하며 민준은 시원과 당당히 눈을 맞추었다.

"채윤이랑 난, 네가 알기 훨씬 전부터 알고 지내는 사이일 뿐 아니라 그 애 주변에 가장 가까이 있는 사람이 나야. 내가 예전부터 사랑하는 여자가 채윤이고, 너희 집에 알린 이유도 채윤일 위해서야. 끝이 보이는 일은 시작점에서 멈추게 하는 게 최선이기에 그랬을 뿐이야. 이제 답 들었으니 가라."

민준은 귀찮다는 듯 손짓으로 문을 가리키며 자리에서 일어나 시원에게 등을 돌렸다. 시원은 반응하지 않고 앞에 놓인 찻잔을 들고 차분하게 말했다.

"채윤이 알고 있어?"

"유감스럽게 알게 됐어."

"알아? 그러고도 나한테 와서 사랑이 어쩌고 하고 떠들다니 거 참, 어쨌든 고마운 건 고마운 거지. 너로 인해 내가 얼마나 채윤일 사랑하는지 깨닫고 행동에 옮기게 됐으니. 근데 좀 치사하지 않니? 그래도 기획실장이나 되시는 분이 머리 굴리면 쌈박한 방법도 있었을 텐데, 너무 구닥다리 같은 방해 아니냐?"

차라리 흥분하고 고함이라도 친다면 훨씬 대하기 편할 텐데 시원의 차분한 모습에 민준은 화가 치밀어 올랐다.

"방해? 훗. 네 집에서 나중에 알게 됐다고 지금 상황이랑 다를 것 같아?"

난제(難題)

"네 사랑이 아무리 크다 해도 사랑하는 채윤이 가슴에 칼을 들이대 상처를 입혔다면 그건 잘못된 거 아니겠어? 뭐, 아니라고 생각한다면 할 말 없지만. 권민준, 채윤인 네 여자가 아니라 내 여자야. 앞으로 똑바로 행동해. 두 번 발걸음 하지 않게."

시원은 민준에게 치솟는 화를 찻잔이 부들부들 떨리도록 참고 있었다. 어떻게 사랑하는 사람에게 상처를 주면서까지 자기 사랑을 지키려 하는지 시원은 그 잔인함에 화가 났다. 그사이에 채윤이 가까운 사람인 민준에게 받은 상처를 혼자 애써 감추며 힘들어했을 걸 떠올리자 아무것도 해준 것 없이 옆에 있어달라고 말한 스스로에게 시원은 화가 났다.

"강시원, 네가 채윤일 얼마만큼 사랑하는진 모르지만 내가 그 애 옆에 있던 세월은 장장 십 년이 넘어. 그러니 내 앞에서 채윤에 대해 함부로 떠들지 마. 모르겠냐? 넌 지금 채윤한테 감당하기 힘든 상처를 주고 있어."

민준이 생각하기는 자신이나 시원이나 채윤에게 상처 주는 건 매한가지였다. 다만 다를 게 있다면 채윤이 민준이 아닌 시원을 사랑한다는 것뿐이었다.

"십 년이 넘는다고? 그래서 그 시간을 배신하고 네가 한 짓은 뭔데?"

"그럼 넌 사랑한다는 여자한테 뭘 해줬는데? 눈물이나 흘리게 하고 수모나 당하게 하면서 네가 그러고도 나한테 따져 물을 자격이 있어?"

시원은 소파에서 일어나 민준의 앞에 서서 거칠게 멱살을 잡았다. 서로 노려보며 한 치도 지지 않으려 기를 쓰면서 버텼다.

"그래, 네 말대로 채윤이가 힘들어하는 것 보면 미쳐 버릴 것 같아. 속으로 차라리 내 부모가 다른 사람이었으면 하는 바람까지 들 정도로 미안하고 안쓰러워 죽겠어. 근데 나는 너처럼 그 애한테 그런 몹쓸 짓은 안 해. 너와 내가 뭐가 다른 줄 알아? 넌 채윤이에게 직접 창을 들이대고 난 내 주변에서 창을 들이대었다는 거야. 네 사랑까지 뭐라고 하고 싶지 않아. 그건 네 사랑이고 내가 뭐라 할 수 있는 게 아니니까. 하지만 넌 내 친구였어. 적어도 친구라면 그 이야기를 나한테 먼저 털어놓을 수도 있었잖아?"

민준은 잡힌 멱살 때문에 숨이 막혀와 두 손을 뿌리쳐 보려 하지만 워낙 시원이 강하게 잡고 있어 포기했다. 콱 막힌 목을 위해 어렵게 와이셔츠 단추 몇 개를 풀어버리고 고개를 흔들었다. 여태껏 채윤일 위해 민준이 공을 들인 시간이 얼마인데 갑자기 시원이 나타나 운명이라니 어쩌니 해가며 둘이 사랑한다니 확 돌아버리기 일보 직전이었다. 시원만 아니었다면 채윤이 이렇게 아파할 일도 없고 결국엔 민준과 결혼했을 텐데 그 관계를 다 망쳐 놓고 친구를 찾고 있으니 민준은 속이 뒤집어졌다.

"친구? 그래, 친구 좋다. 그런 너는 친구 여자나 뺏니? 만날 일등은 네가 다 했으면서 그리 잘난 놈이 뭐가 아쉬워서 쳐다보기도 아까워 차마 손도 못 대고 있던 남의 여자를 보란 듯이 채가는데. 그런 게 친구냐?"

시원은 코웃음을 치며 멱살을 탁 놓고 두 손으로 민준의 구겨진 양복을 탁탁 털어주었다.

"이봐요, 권 실장. 뭔가 착각하시는 모양인데, 한채윤이 권민준의 여자였다는 것 자체가 오류지. 채윤인 사귀는 사람도 없고 사랑하는 사람도 없는 상태에서 나를 만났는데 혼자 실장님 거라면 권 실장 건가? 그리고 일등만 하는 잘난 놈이라고 말하니까 하는 말인데, 그만큼 노력하지 않으면 그 자리도 없어. 내가 거저먹은 게 아니라 밤잠 못 자고, 남들 놀 때 놀지 못하고 이룬 거야. 남의 것 질투하기 전에 네 오류나 잡아. 그리고 권민준 실장님, 이제 당신 내 친구 아닙니다. 적어도 그렇게 생각하는 친구를 둔 적 없으니 제정신 돌아오면 그때 나 찾아오시구려."

민준은 비아냥거림을 참지 못하고 주먹을 들어 시원의 턱을 강하게 한 대 쳤다. 고개가 돌아간 시원이 씩씩거리는 민준을 보며 피식 웃었다.

"그래, 한 대 맞아주마. 네 말대로 십 년을 넘게 애지중지하던 여자를 사랑한 분풀이로 맞아주는데, 너 십 년 동안 네 옆에서 친한 친구로 지냈던 건 잊지 마라. 어차피 얽혀 있는 인연을 탓하려는 건 아니었으니까 상관없지만 친구로서 너 그러는 거 아니다. 너 채윤이 잡으려고 한 행동이 채윤이뿐만 아니라 나한테까지 상처 줬다는 것 잊지 마라."

"세상 제일 잘난 놈처럼 그딴 식으로 말하지 마. 역겨워. 차라리 화를 내고 따지고 들지 뭐 그리 도덕군자처럼 말해? 당장 내가 그 사랑 때문에 죽을 만큼 괴로운데 어떻게 친구고 상처고 따지고 들어?"

시원은 얼얼한 턱을 손으로 문지르며 민준을 한심하게 쳐다봤다. 그렇게 오래 사랑했다면서 어떻게 저리 이기적일 수 있을지 시원이 알고 지내던 민준이 아닌 것 같았다.

"미친놈, 죽을 만큼 괴로운 네 상처는 네가 만들었지 채윤이가 만들었니? 왜 네 스스로 만든 사랑의 상처를 채윤이한테 전가하는 건데? 그 애가 널 사랑하지 않은 죄로 가장 가까운 사람에게 그딴 배신을 당해야 하니? 난 그 애를 사랑한 죄로 친한 친구에게 이렇게 당해야 하니? 야, 권민준! 너만 그 사랑에 죽을 만큼 괴로워? 난 살아 있는 내 목숨이 저주스러워. 이런 인연에 얽혀 버려서 채윤일 힘들게 만드는 내가 싫어. 차라리 죽어버려서 나 때문에 받은 상처를 기억에서 지워주고 싶은 지경이야."

민준은 시원의 표정에서 진한 자괴감을 볼 수 있었다. 괴로워 피가 흐르는 자신의 마음과 같은 아픈 마음을 마주한 민준은 아무 말 할 수 없었다. 쓸쓸함, 그것을 넘어선 괴로움. 시원 또한 너무나 확실하게 드러나 있는 얼굴을 보며 민준은 담배 한 개비가 너무 필요했다.

"사랑하는데 어떻게? 당장 만나고 싶고 보고 싶어. 가슴이 다 타 들어간다고 죽을 순 없잖아. 내가 살아 있어야 내가 사랑하는 채윤이도 언젠간 웃을 수 있잖아. 너한테 화나는 건 너만 생각하고 한 경솔한 행동이야! 네 행동으로 인해서 받지 않아도 되는 상처까지 하나 더 얹어 받은 채윤일 생각해 봐. 이 미련한 미친놈아. 사랑이 상대방에 대한 배려도 없고 우선시 되지 않으면 그게 사랑이냐? 혼자서 벽 보고 하는 것도 아니고 왜 그렇게 미련하게 굴어!"

시원은 제어할 수 없을 만큼 짜증이 치밀어 민준에게 토해내고도 가시지 않아 책상의 한 귀퉁이를 발로 찼다. 채윤과 시원의 지독한 인연이 얼마나 얽혀 있기에 친한 친구까지 뒤틀려 버리게 만드는지 앞으로 그 지독한 인연이 얼마나 더 남아 있을지 두렵기까지 했다. 그리고 이 인연을 채윤이 감당하지 못하고 포기해 버리면 어쩌나 하는 섣부른 걱정마저 들었다. 사랑이라는 말로 얼마나 더 많은 상처를 채윤에게 감당하라고 해야 할지 몰라 시원은 그 자리에 주저앉고만 싶었다.

"더 이상 채윤이한테 상처 줬다간 정말 너 나한테 죽어. 너 혼자 시작한 거니까 너 혼자 끝내. 내 말 허투루 듣지 마. 정말 이 이상 채윤이 상처받는다면 나도 날 어떻게 할 수 없을 거야. 알았어?"

민준은 대답하지 않았다. 더 이상 사랑하는 채윤에게 상처 줄 만큼 민준의 이기적인 사랑은 멀리 가지 않았다. 다만 그 시기엔 감당할 수 없을 만큼 느낌 배신감에 미쳐 있었다. 아직도 남아 있는 미련에 시원이 밉고 채윤이 원망스럽지만 더 이상 민준도 스스로 상처 주고 싶지 않았다. 생각보다 빠르게 채윤에 대한 마음은 아버지의 채찍질에 더 빠르게 진행되고 있었다.

"강 변호사님, 오랜만입니다."

민준의 사무실 문이 열리며 회장 부인이자 얼마 전 기획팀장으로 승진한 정은수가 등장했다. 그러자 두 사람의 대치는 어쩔 수 없이 슬쩍 풀렸다.

"강 변호사님, 그동안 잘 지내셨어요? 제가 두 분 방해한 건 아니죠?"

싸늘한 기운을 느꼈는지 슬쩍 웃으며 문가에 서 있는 정 팀장 때문에 시원은 민준의 옆구리를 팔꿈치로 쳤다.

"정 팀장, 들어오세요."

"결혼 생활은 어떠신가요?"

소파에 앉은 시원은 어느새 표정이 다 풀려 다정하게 물었지만 민준은 여전히 굳어 있었다.

"좋죠. 얼른 결혼들 하세요. 그건 그렇고 강 변호사님, 권 실장님이 그렇게 노력하시는데 꿈쩍도 안 하시는 이유가 뭔지 궁금한데요. 저희 회사만큼 대우해 주는 곳도 드물고 또 회장님이 찾으시는데 웬만하면 복귀 한번 고려해 주세요."

"퇴사한 사람 데려다 쓰는 것보다 새로 좋은 변호사 분들을 찾아보는 게 나을 듯하네요. 전 개인적인 일도 그렇고 당분간 좀 힘들 것 같습니다."

시원은 최대한 정중하게 정 팀장에게 거절하려고 노력했다. 사실 기획팀장이기보다 회장 부인이기에 시원은 더욱 조심스러웠다. 어차피 이 바닥에 발을 들인 이상 신성그룹의 심기를 건드리지 않는 것이 불문율이니 시원도 따를 수밖에 없었다.

"저희도 알아보고 있지만 워낙 로펌이 강세다 보니 능력있는 분들은 많이 묶여 계시더군요. 신성에서 이렇게 목매게 만드는 분은 강 변호사님이 처음일 거예요. 회장님 방침 아시죠? 인재는 많고 그 인재를 발굴하면 된다. 그런데도 찾으시는데 회장님께 제 체면도 살려주시고 긴 휴가 보냈다고 여기고 복귀하시면 안 될까요? 이전 대우에 더 해드린다는 게 저희 조건이지만 원하시는 게 있으시다면 말씀하세요. 최대한 들어드리도록 할게요."

시원은 이렇게까지 말하는데 거절할 수도 없고 난감해 민준을 보았다. 민준은 시원의 시선을 느끼고 고개를 돌리며 씩 웃었다. 속으로 그토록 미꾸라지처럼 빠져나가더니 잘 걸렸다 싶기도 하고 어쨌거나 시원이 복귀한다면 그건 민준의 공이 되니 그저 가만히 굿이나 보고 떡이나 먹자는 심사였다.

"그럼 제가 개인적인 문제가 해결되면 연락드리겠지만 언제가 될지는 저도 잘 모르겠습니다. 만약 그때도 절 찾으신다면 마다하지 않겠습니다."

"강 변호사님, 혹시 연애 문제 있으세요?"

시원은 정곡을 찔리자 놀래서 움찔한 반면 민준은 이 상황을 즐기기 시작하는지 피식 웃기까지 했다. 시원은 이 민망한 자리를 당장 벗어나고 싶었다.

"원래 사랑이 그렇게 쉽게 되면 사랑이겠어요. 다 그렇게 지지고 볶고 해야 사랑도 완성되는 거예요."

"그런 거 아닙니다."

"에이, 딱 보면 알겠는데요. 그래도 제가 결혼도 먼저 하고 이 분야에는 출중한 능력이 있지 않겠어요. 말해보세요. 제가 무료 상담 해드릴게요."

시원은 앞에 놓인 다 식은 밍밍한 커피를 마시며 어쩔 줄 몰라 난처해할 때 마침 노크 소리가 들려왔다.

"팀장님, 회장님께서 급하게 찾으시는데요."

"왜 찾는데요?"

"네? 전 그저 회장실 급하게 찾으신다는 연락만 받았는데."

얼굴에 일어나기 싫은 기색을 잔뜩 한 정 팀장이 자리에서 일어서자 시원은 안도의 한숨을 내쉬었다.

"하여간 잠시도 자리를 못 비워. 강 변호사님, 조만간 좋은 소식 기다리고 있겠습니다. 권 실장님도 실례 많았어요. 다음에 회장님께 말해서 자리 한번 만들게요. 수고하세요."

투덜거리며 나가는 정은수 팀장으로 인해 시원은 소파 뒤로 깊숙이 몸을 묻어버렸다. 이렇게 걸려들까 봐 신성그룹 근처는 가지 않으며 잘 피해 다녔는데 호랑이 굴에 제 발로 들어와 발목이 딱 잡혀 버린 거니 이젠 서서히 복귀 준비를 해야 할 듯했다.

"권민준, 진짜 너 때문에 이게 뭐냐. 노력은 개뿔. 아, 진짜 되는 일 없어."

"너 아까 나한테 남 탓 하지 말라고 해놓고는 왜 이러냐? 사실 따지고 보면 이건 네가 여기로 왔을 때부터 예견된 일이야."

둘 사이에 고조되었던 감정은 의외로 정 팀장이 왔다 가면서 슬그머니 가라앉았다. 사실 시원은 민준에게 화가 나기도 했지만 한편 오랜 시간 들어온 애틋한 외사랑에 대해 알고 있었기에 친구로서는 어느 정도 화를 다스릴 수 있었다. 채윤이만 아니었다면 민준을 비난하지 않았을 텐데 너무나 엉켜 버린 인연의 타래가 안타까울 뿐이었다.

"강시원, 나 채윤이 많이 사랑한다. 정말 그 애 아니면 안 된다고 생각하고 지금까지 기다렸어. 그런 나에게 너희 둘의 사랑은 독이야. 나는 안 된다면서 너는 된다는 채윤을 이해할 수가 없었어."

"그래도 더 이상 채윤이한테 상처 주지 마. 이해할 수 없다면 우겨. 채윤이가 다른 사람을 사랑할 수 있구나 하고 우겨. 그게 우리 셋한테 최선이야. 내 말 꼭 기억해라. 한 번만 더 상처 준다면 너 내가 가만 안 둔다."

시원은 느슨하게 앉아 있는 민준을 쏘아보며 다시 한 번 경고했다. 격하게 화가 났던 감정들은 어느새 수그러들고 얼굴 한 번 보고 싶다던 채윤이 생각나 시원은 차 방향을 틀어 빌라로 향했다.

채윤은 시원의 전화에 막연히 이상한 느낌을 받아 온종일 불안했다. 예전에도 뜬금없이 전화했던 적은 많았지만 오늘은 뭔가 할 말을 감추며 말을 돌리는 기분이 들었다. 아직도 더 안 좋은 일들이 남아 있는 건 아닌가 싶어 채윤은 그저 한숨만 쉬었다. 얼마나 더 이렇게 서로 보고 싶어하고 그리워하면서도 마음 편치 못해 만날 수 없으니 답답했다. 제발 마음에 자리 잡고 있는 강 장관에 대한 미움이 떨어져 나가길 바랐지만 아무 일도 없이 뚝 떼어지지는 않았다. 채윤은 시원을 사랑하는 만큼 강 장관도 품고 덮어가야 하는 사람임을 알지만 그 오만하고 도도하던 모습이 눈에 아른거려 용서가 되지 않았다. 제발 한 번만 찾아와 사과한다면 할아버지에 대해서 잘못을 인정한다면 금방 놓을 수 있을 것 같은데 이 시간들이 몸서리치게 견디기 힘들어지고 있었다. 다 놓아버리고 정말 어디로든 가버리고 싶은 마음이 하루에도 열두 번도 넘게 들었다.

"채윤아."

현관문 너머에서 들리는 시원의 목소리에 채윤은 들고 있던 책을 내던지고 인터폰을 확인했다. 문 앞에 보이는 시원을 본 채윤은 생각할 틈도 없이 자동적으로 문을 열어버렸다.

"시원 씨!"

"안 오려고 했는데 안 보면 한강에 뛰어버릴 것 같아서 딱 한 번만 보려고 왔어."

채윤은 지쳐 보이는 시원이 자신만큼 힘든 시간을 보내는 게 안쓰러워졌다. 그러곤 확실히 아침에 온 전화가 불안하게 만들더니 뭔 일이 생긴 게 아닌가 조마조마해졌다.

"들어와요."

"아니야, 안 들어갈래. 들어가면 못 나올 것 같아. 나 염치없는 놈 만들지 말고 네가 잠깐만 나올래?"

채윤은 힘없이 고개를 끄덕이며 시원이 손을 잡아끄는 대로 쫓아 나왔다. 문 바로 앞에 있는 계단에 서서 시원은 양복 상의를 벗어 접고 채윤이 앉을 수 있도록 바닥에 놓았다.

"됐어요. 그냥 앉으면 되지 왜 괜히 옷을 버리고 그래요."

"아냐, 여자는 차가운 곳에 앉으면 안 된대. 지금 어디를 데리고 가면 그대로 도망갈 거 같고 집 안은 안 되니 최선이 이 계단인데 차가운 곳에 앉혀놓고 내 마음이 편하겠니."

채윤은 오늘따라 왜 이렇게 시원의 말이 다 처량하게 들리는지 모르겠다. 그냥 표정이나 눈짓 모든 게 너무나 채윤의 가슴을 먹먹하게 만들었다. 접어놓은 양복 상의 위에 앉은 채윤은 옆에 앉은 시원의 손을 잡았다.

"오늘따라 시원 씨 이상하게 기운없어 보이네. 빨리 말해요. 안 그러면 너무 두근거려서 내 심장이 확 터져 버릴지도 몰라요."

시원은 잡고 있는 손을 놓고 눈을 찡긋거리는 채윤을 꽉 안아버렸다. 단 한 번도 투정 부리지 않으며 잘 견뎌내고 있는 채윤에게 해줄 수 있는 게 없는 시원은 안아줄 수밖에 없었다.

"왜 하필 나를 사랑해서 이 모진 일들을 다 겪니? 내가 어떻게 해주면 네가 편해질까? 나 미칠 것 같아, 채윤아. 내가 너한테 어떻게 해줘야 네가 더 이상 상처받지 않을까?"

점점 세게 안는 시원 때문에 채윤은 숨이 막힐 지경이었다. 갑자기 왜 이렇게 소심해졌는지 시원에게 정말 어떤 일이 생긴 건 아닌지 걱정이 되었다.

"정말 무슨 일인지 말 안 해요? 나 그냥 들어가 버린다."

"너 민준이가 어머니한테 할아버지에 대해 말한 거 왜 말 안 했어? 너 혼자 그렇게 아파하고 있으면 나는 뭐야? 나 혼자 아무것도 모르고 있었잖아. 네가 혼자야?"

채윤은 뜻밖이지만 다른 일이 일어나지 않고 오히려 민준의 일을 시원이 알게 된 것이라 다행스럽게 생각했다. 시원이 찾아온 후부터 제멋대로 휘저어지던 마음은 어느새 진정되어 가고 있었다. 더 이상 둘에게 안 좋은 일이 일어나지 않는다면 채윤은 견딜 만했다.

"그냥, 말할 기회가 없어요. 민준 오빠가 사랑 때문이라는데 그걸 어찌 탓해요. 민준 오빠가 밉기도 하지만 오히려 빨리 알게 해주어서 다행이기도 해요."

"바보야, 너만 보면 내가 어떻게 해야 할지 모르겠어. 그렇게 세상에 다 이해하고 사는 사람이 어디 있어? 나한테 와서 말이라도 하지."

"바보는 무슨. 세상 사는 게 다 그렇지요 뭘."

시원은 아무렇지 않게 어깨를 으쓱거리는 채윤 때문에 감정이 격해져 버렸다. 이렇게 혼자 아우르는 빛을 내는 채윤을 놓지 못하는 미련함이 사랑 때문이라고 변명하면서도 어쩌지 못하고 있는 처지에 대한 미안한 마음 또한 가득했다.

"채윤아, 미안해. 나 만나서 너 너무 힘들게 만들어서 미안해. 이러고도 못 놓아주어서 너무 미안해, 정말 미안해."

"놓지 말아요. 시원 씨가 놓으면 나 시원 씨 잡을 힘이 없어요. 시원 씨가 붙잡아주고 있어서 나 버티는 거예요."

"나 놓지 마. 나 잘 붙잡고 따라와. 온전한 방패가 되어주지 못하고 있지만 노력하고 있어. 어떻게든 아버지를 네 앞에 데려올게. 왜 하필 사랑이 이렇게 어렵게 왔는지, 미안해."

"사랑이 알고 오나요. 사랑이 그냥 온 건데 우리가 얽혀 있던 걸 뭘 탓해요. 시원 씨, 하나만 약속해요."

"뭘?"

"장관님이 사과하고 잘못을 인정할 때까지 기다려 준다는 거요. 그렇지 않으면 이대로 계속된다고 해도 먼저 포기하지 않기. 가슴이 아프고 눈물이 나도 우리 결혼은 그 후에 한다는 거 약속해요."

"약속할게. 채윤아, 이렇게 아프게 하고 눈물이 나게 해서 미안하지만 사랑해. 내가 너에게 해줄 수 있는 만큼 평생 다 하면서 살게. 이 일만 지나면 가슴 아플 일도, 눈물 날 일도 절대 없게 해줄게. 그러니 조금만 더 견뎌줘."

채윤은 아무 말 없이 시원의 어깨에 얼굴을 묻고 있었다. 말로 하지 않아도 온몸으로 떨고 있는 시원의 마음을 느낄 수 있었다.

 시원이 채윤의 얼굴을 두 손으로 감싸고 천천히 입을 맞추었다. 살포시 맞닿은 입술에 파르르 떨림을 느낀 채윤은 눈을 감고 시원의 목을 감으며 끌어당겼다. 어두운 계단에서 그렇게 떨어질 줄 모르고 격렬하게 탐하던 두 사람은 아쉬움과 다가올 그리움에 눈물을 흘렸다.

4. 더없이 깊은 사랑

여의도의 고급 일식집, 강 장관은 늦은 오후에 갑자기 잡힌 약속을 초조하게 기다리고 있었다. 이게 얼마 만에 만나는 건지 세월의 흐름에 가물거렸다.

"늦었습니다."

미닫이문이 열리며 들어서는 권 사장을 본 강 장관은 반가움에 자리를 박차고 일어나 문가로 가 그의 손을 덥석 잡았다.

"이 사람아, 이게 얼마 만이야. 그동안 잘 지냈는가?"

"어르신 돌아가시고 처음 뵙는 거니 꽤 오랜만인 듯합니다. 장관님 소식은 여기저기서 잘 듣고 있습니다."

권 사장이 채윤의 할아버지인 어르신을 들먹이자 강 장관은 맞잡던 손을 놓고 얼굴이 굳어진 채 자리로 돌아가 앉았다. 그리고 음식이 나와 상에 차려지고 종업원이 나갈 때까지 두 사람은 꿀 먹은 벙어리처럼 있었다. 지난 세월 동안 쌓인 이야기도 많겠지만 이 침묵이 대변하듯 앙금 또한 깊었다.

"자네도 세월 가는 그대로 늙었구먼. 한 번쯤 연락이 오겠지 하면서 기다렸었네. 사업은 잘되고?"

"사업이랄 게 있습니까? 어르신이 남기고 가신 거 정리하면서 간간이 제 밥벌이하고 있습니다."

강 장관은 눈에 띄게 한숨을 내쉬며 앞에 놓은 회 한 점을 개인 접시로 가져갔다. 그러곤 간장 속에 회를 여러 번 담그며 점점 짙어져 가는 검은색만 골똘히 보았다.

"어르신 일은 내가 입이 열 개라도 할 말이 없네. 하지만 그때는 어쩔 수 없었다는 거 알아주었으면 좋겠네. 자네도 어르신 옆에서 모시면서 많이 봐와서 알겠지만 오늘 합의한 일도 내일이면 뒤집어지는 게 정치 아닌가? 그때 그렇게 돌아가실 줄 알았으면 한 번 찾아뵙기라도 할 걸 후회가 많아."

강 장관은 검은빛으로 변한 회를 입 안에서 곱씹으며 미간을 찌푸렸다.

한광서 어르신, 그는 강 장관에겐 든든한 후원자이자 필요한 인맥 연결의 중심에 계셨었다. 처음 의원 직을 위해 공천 심사 모임에 스쳐 지나가듯 만난 게 전부였지만 나중에 어르신이 따로 불러 후원을 하겠다는 제의했을 때 의도를 몰라 반신반의했지만 도움이 필요했기에 그분의 제안을 받아들였었다. 의원 직을 위해 몇 번 선거를 치를 때마다 큰 힘이 되어주었고 어려운 정치 고비를 넘기는 시기엔 사람들을 시켜 옹호하는 세력을 만들어주기도 했었다. 하지만 어르신은 그런 일들에 따른 어떠한 대가도 바라지 않았다. 어르신은 그렇게 말없이 강 장관 뒤를 지켜봐 주는 역할만 자청했었다. 그보다 더, 아들같이 대하였었다.

처음 어르신이 불신했던 마음은 그렇게 사라지고 든든한 조언자로 여기게 되었다. 어려운 일이 있을 때마다 어르신을 찾아가 자문을 구하기도 하고 일이 풀리지 않으면 힘을 보태달라는 소리도 선뜻 할 수 있을 정도로 가까운 사이가 되었다. 그렇게 시간이 흐르면서 어르신에 대한 마음은 다정한 아버지를 만난 듯 의지하면서 더욱 깊어졌었다. 그러다 남북정상회담에 참여하게 되면서 좋던 인연이 틀어지기 시작했다. 어르신이 북에 같이 갈 수만 있다면 그동안 빚진 많은 일들을 단번에 갚아줄 수 있다는 생각이 들었다. 많은 로비자금이 들어가는 어두운 일에 선뜻 어르신이 돈을 내주면서 부탁에 부탁을 거듭할 때만 해도 할 수 있는 것 이상으로 최선을 다했다. 그 당시 강 의원의 위치에서 할 수 있는 선을 넘어 겨우 어르신을 방북수행단 중 실향민 대표에 끼워 넣기로 마무리되었지만 어떤 연유인지 손쓸 틈도 없이 순식간에 배제되고 다른 사람이 대표가 되어버렸다. 막대한 돈이 들어간 일에 전혀 성과가 없자 강 의원은 덜컥 겁이 났다. 그리고 무엇보다 아버지 같은 분에게 큰 실망감을 주었다는 견디기 힘든 죄책감에 뵐 면목이 없어 그 순간 후로는 다신 뵙지 않았다.

"어르신께서 많이 기다리셨습니다. 많이 찾으셨고 제가 여러 번 찾아갔지만 장관님께서 그리 야멸차게 나오실 줄 몰랐습니다. 어르신이 정말 실망하신 건 일이 성사되지 않아서가 아니라 장관님이 그렇게 단번에 관계를 끊으셨기 때문입니다. 일을 부탁하시면서 입버릇처럼 말씀하셨지요. '돈은 그저 돈일 뿐이니 혹시라도 기대에 어긋나는 일이 있더라도 강 의원은 여전히 내 사람일세. 돈은 잃으면 다시 벌면 되지만 사람 잃으면 어디서 찾겠나?' 기억하십니까? 이래서 머리 검은 짐승은 집안에서 키우는 게 아니라는 말이 있나 봅니다."

강 장관은 눈을 감고 입 안 가득 고여 있는 짠 침을 삼켰다. 목을 타고 넘어가는 짠 기운에 목구멍이 따끔거리는 만큼 마음도 따끔거렸다. 그렇게 대범하게 마음 쓰시던 어른이었건만 스스로 찾아가 사실대로 말할 용기가 없어 매몰차게 끊어버린 인연인만큼 권 사장의 말도 틀린 것 하나 없었다.

"어르신 병원 들어가시기 전에 전화통화 하신 분이 장관님 인 거 저 분명히 기억합니다."

권 사장은 매서운 눈으로 강 장관을 쳐다보았다. 기억하고 있는 그 일. 남들에겐 점으로 보일지 몰라도 어르신을 너무나도 가까이에서 모신 권 사장에겐 잊을 수 없는 일이었다.

"기억하지. 그 일을 분명히 기억하지."

강 장관은 아득한 지난 일이 점점 요연해졌다. 그때 법무부 장관 내정자에 대한 인사 청문회가 국회법사위에서 몇 시간 후에 열릴 예정이었다. 그 내정자로 지명된 강찬균 의원은 재산증식과정과 외아들에 대한 병역기피 의혹까지 받고 있어 순탄치 않았다. 남북회담에 참가해 좋은 성과를 끌어내 톡톡히 눈도장을 찍은 강 의원은 마지막 고비에서 힘에 부치는 걸 느꼈다. 그래서 마음속으로 차라리 지금이라도 어르신에게 무릎 꿇고 도와달라 애원하고 싶기도 했었다. 그렇게 혼자 힘들게 버티고 있을 때 걸려온 어르신의 전화 한 통을 잊을 리가 없었다.

"이보게 강 의원, 내 이번에 병원 가면 쉬 나오지 못할 듯하네. 아들 하나 있던 것 지은 죄가 커 먼저 보내고 자네한테 참 많이 정을 준 듯해. 일이야 어찌 됐든 가기 전 내 아들 노릇 한 번 해주지 않겠나? 더도 덜도 말고 오늘 한 번만 찾아와 주지 않겠나?"

큰 파도가 덮치듯 강 의원의 마음에 그간 어르신이 베푼 정에 흠뻑 젖어 있었다. 그러나 지금 강 의원은 당장 찾아가기보다 눈앞에 놓인 장관 자리가 더 급급했다. 만나서 설득해야 할 사람들도 많았고 더구나 웬만한 사람들은 다 아는 큰손인 명동 한 어른과 이제 와 엮이는 모습이 언론에라도 잡힌다면 다시는 장관이 될 기회가 없을 것 같았다. 뒤에 탄탄히 받쳐 주던 배경이 시들어가는 데 위기감을 느끼고 있던 강 의원은 연을 끊자고 까짓 빌린 돈 돌려주면 될 거 아니냐며 배은망덕한 소리를 해댔었다. 더구나 지난 세월 어르신이 준 돈으로 정치하느라고 조마조마하며 살았던 것 이제야 다 털어버려 속 편해졌다고 헛소리까지 하며 매정한 짓을 했었다.

그때는 너무 궁지로 몰려가 악에 받쳐 누군가에게 터뜨려야 했었는데 그게 본의 아니게 어르신이 되었던 것이다.

"내가 설마 모를까. 어르신에게 지은 죄를 알고 또한 많이 후회하고 있네. 나도 그만큼 괴로운 세월을 보냈어. 차마 내 안신을 위해 찾아가지 못하고 있었는데 그런 내 마음이라고 편했겠나? 다들 날 탐탁지 않게 여기며 내가 어르신이 입원한 병원을 찾아가기만 바라며 그곳에 죽치고 앉아 흠 잡을 기회만 엿보던 수많은 눈들을 감당하고도 어르신을 찾아갔어야 했겠나? 생각해 보게. 어찌 됐든 병세가 심각해지게 만든 장본인이 나라는 걸 알고 있는데 자네라면 가서 뵐 자신이 있었겠나? 가진 것 다 내던지고 가서 용서를 구할 용기가 있었겠나? 나 또한 못할 짓 한 죄인이지만 그만큼 괴롭게 지낸 사람일세. 그렇게 박하게만 보지 말게나."

억울함이 맺힌 듯한 강 장관의 말투에 권 사장은 그저 앞에 놓인 술잔을 비우는 걸로 화를 달랬다. 세상 어디 핑계없는 무덤이 없다지만 그래도 강 장관이 이렇게까지 나올 줄 몰랐다.

"그런 장관님은 어르신의 하나뿐인 혈육인 채윤에게 그렇게 대하십니까? 제가 두 눈 부릅뜨고 살아 있는데 감히 어르신의 손녀에게 그렇게 함부로 하실 수 있습니까? 세상에 아무리 장관님이 높은 자리에 올라가 세상을 발 아래로 본다지만 어르신의 혈육에게 어찌 그러실 수 있습니까?"

강 장관은 한숨을 토해내며 눈을 부릅뜨고 파르르 떠는 권 사장에 맥없이 말했다.

"자식은 다르지 않은가. 자네도 자식 있지 않아? 지금 내가 내 아들을 나보다 더 높은 자리 올리려 얼마나 노력하고 있는지 안다면 자네도 그런 소리 못할 걸세. 그런데 채윤 양이랑 이어진다면 그 자린 헛물켜는 것밖에 안 돼. 알게 모르게 채윤이가 적으로 두고 있는 사람이 몇인가? 그거 고스란히 내 아들이 다 감당해야 하는데 자네라면 받아들일 수 있겠는가?"

권 사장은 앞에 놓은 술을 자작자음하며 쏩쓸한 입맛을 달랬다. 그때 채윤을 그렇게 데리고 다닌 건 어르신이 돌아가시고 반년이 넘도록 집 밖을 나오지 않고 눈물로 보내는 채윤에게 세상으로 나올 계기를 마련해 주기 위해서였다. 너무 강하게 세상과 부딪치게 해서 권 사장도 염려했지만 그 후 착실히 대학 생활도 해나갔고 평범한 아가씨로 지낼 수 있게 되었다.

"적으로 두고 있는 많은 경제계 사람들을 겁내하신다면 어쭙잖게 말씀드리지만 돈으로 만나 돈으로 돌아선 사람들에게 미련 남기지 마십시오. 그 사람들 다시 돈이 된다면 무릇 다시 만나게 되고 돈이 되지 않는다면 돌아서기 마련입니다. 채윤이 때문만 아니라 지금 아드님의 가치가 돈이 되지 않으니 그 사람들이 덤비지 않을 뿐입니다. 어찌 오랜 세월 몸담았던 곳의 생리를 모르십니까?"

"그렇지만 어린 것한테 당한 모욕은 남아 있을 걸세. 그 사람들에게 자네와 채윤이가 오죽 앙칼지게 덤볐어야. 아직도 가끔 돌아가신 어르신 이야기가 나올 때마다 빠지지 않는 이야기가 자네들일세. 나에게 너무 많은 걸 바라지 말게. 어르신을 등졌을 때부터 난 이미 변했어. 세상에 되지 않는 일은 없는데 힘이 없어 되지 않는 일은 많더구먼. 이 자리까지 오려고 기를 쓰고 지난 세월 힘을 키웠네. 채윤 양 일은 미안하게 되었네."

세월이 흐르면서 권력의 힘을 가지게 되면 더 높은 곳을 향하게 되는 것이 사람의 이치이긴 하나, 지난날마저 잊은 채 눈앞에 것만 챙기니 강 장관은 예전의 모습은 온데간데없이 잃은 듯했다.

강 장관은 지난 일을 뒤로하고 오랜만에 온 연락에 반가운 마음으로 이 자리에 나왔다. 어르신 옆에서 긴 세월 동안 보필하며 지냈지만 명석하게 굴어 여러 곳에서 손을 뻗을 때에도 굳건히 의리를 지키던 사람이 권 사장이었다. 사람 많은 자리에 나서길 꺼려하는 어르신 대신 일을 도맡아해 강 장관과도 보통 인연이 아니었었다. 동년배여서 더 통하는 것이 많았던 두 사람은 젊은 때는 밤새 술을 마시고 쉽게 어려움을 하소연하던 사이였다. 그리도 좋아 둘도 없는 인연이라 믿었던 사이를 엉클어지게 만든 그 권력의 힘이란 게 새삼 야속해졌다.

"권 사장, 얼마 전에 자네한테 연락하려다 만 일이 있었네. 내 아들이 우연찮게 잡배들에게 몸이 상한 일이 있었는데 알고 보니 그 뒤에 권 사장이 있더군. 처음에 화가 끓어 연락하려다 지난날 내 과오도 있고 해서 조용히 넘어갔네. 그러니 채윤 양 일도 모른 척 넘어가게."

권 사장은 입가에 있던 술잔은 상에 탁 내려놓고 목청을 보이며 웃었다. 뜬금없이 웃어 젖히는 그를 보며 강 장관은 인상을 찌푸리며 술잔을 채웠다.

"제가 시킨 일입니다. 설마 장관님이 모르실 거라는 아둔한 생각으로 저질렀겠습니까? 기억하실지 모르지만 우리가 만난 지 얼마 안 됐을 때 어르신과 채윤이, 그리고 장관님과 아드님이 서울호텔에서 열린 실향민 모임에서 만났던 적이 있었습니다. 그때 어르신이 막 초등학교 들어간 아드님을 보곤 생긴 것만큼이나 제 몫을 할 놈이라고 하자, 장관님께서 그 많은 사람들 앞에서 잘 키워 채윤이와 좋은 인연으로 훗날 이 자리에 다시 서게 하겠다고 했었습니다. 지나가는 농담처럼 웃자고 한 이야기 아무도 기억 못하는 일이라고 해도 어르신은 기억하고 계셨습니다."

강 장관은 세월이 너무 많이 흐르긴 흘렀는지 가물가물하게 떠오르는 일에 흐뭇하게 시원의 머리를 쓰다듬어 주던 어르신이 떠올랐다. 그렇게 기억 저편에 남아 있던 조각들이 서서히 맞춰지자 강 장관은 마음이 어지러워졌다. 잊고 있었던 송구스럽고 한없이 감사하며 따뜻했던 지난 일들이 주마등처럼 스쳐 지나갔다.

"어르신이 돌아가시기 전에 지나가는 말로 강 의원 아들이 참 잘 자랐는데 채윤과 좋은 인연을 맺지 못한 게 참 안타깝다고 하셨습니다. 그래서 한번 어떤 인연인지 보려고 했습니다. 방법은 좋지 못했지만 둘이 이어졌으니 전 만족합니다. 다만 장관님이 그러실 줄 몰랐기에 당황했습니다. 어르신의 손녀라면 두말 않고 받아들일 줄 알았지, 누가 그리 안하무인일 줄 예상이나 했겠습니까?"

두 사람의 만남은 권 사장이 처음부터 꼼꼼히 시기를 보며 여러 가지 방법을 강구해 계획했던 일이었다.

집을 구한다는 시원의 소식에 사람을 시켜 채윤이 살고 있는 빌라 쪽을 관심을 두게 했다. 같은 빌라에서 우연이라도 부딪치게 된다면 좋은 일이고, 그렇지 않다면 일을 만들어서라도 채윤의 관심을 끌게 하면 될 거라 여겼다. 그럼에도 억지로 인연을 이르려는 생각은 하지 않았다. 그렇게 해서 만나 둘이 이어지면 인연이고 아니면 권 사장도 미련을 버리려고 했다. 때마침 권 사장이 젊은 시절 잠시 거뒀던 조폭이 출소했다기에 뒤쫓아 다니며 때를 봐서 시끄러운 일을 한번 만들라고 지시했었다. 하지만 권 사장은 그 조폭과 시원이 검사와 죄수로 만났던 일을 모르고 있었기에 시원의 부상 소식에 놀랐고 자식 키우는 부모로서 마음이 좋지만은 않았다.

하지만 하늘에서 주는 인연이 따로 있는지 둘은 만나게만 했는데도 그 뒤에는 알아서 잘되었다. 한 일이라고는 뜻밖의 상황에 부딪치게 한 일뿐이었다. 그래서 시원과 채윤이 만나 서로 깊은 인연으로 되어간다는 것만으로도 기분 좋아했던 게 불과 몇 달 전이었는데 세상이란 참 얄궂었다.

"허허, 거 참. 부러 이으려는 인연이었구먼. 그러고도 나한테 받아들이라고? 더구나 자네 아들이 우리에게 채윤 양에 대해 말해준 일을 알고나 있나? 내 보기엔 자네 아들 마음이 보통이 아니던데. 자네도 무서운 사람이야, 무서운 사람."

"제 자식일 제가 모르겠습니까. 정말 인연이라면 그마저도 알아서 잘 헤쳐 나가려니 하고 있었습니다. 저는 장관님처럼 나서서 흘러가는 방향을 흐트러뜨리려 하지 않습니다. 채윤이 민준이와 인연이었다면 진작에 이어졌겠지요. 아니니 지금까지 저 혼자 속 썩고 있는 거 아니겠습니까. 어디 자식이 마음대로 되던가요. 저 좋은 거 하게 내버려 두고 알아서 책임질 능력만 가르쳐 놓으면 되는 걸 욕심 안 부립니다. 제 몫이란 게 있으니까요."

강 장관은 온몸에 힘이 쫙 빠져나가는 기분이었다. 자신보다 못 배우고 덜 가진 권 사장이 이미 자식 기르는 법이나 세상 보는 눈이 한 수 위였다. 그제야 어르신이 그토록 권 사장을 아낀 이유를 알 수 있었다. 하나하나 예민하게 신경 쓰는 자신에 비해 우직한 저 사람이 어쩌면 바른 판단을 하고 있을지 모른다는 생각에 강 장관은 술을 들이켰다.

"자네는 예전이나 지금이나 여전해. 어르신이 자네를 보면 돌덩이밖에 생각 안 난다고 하셨는데 그 무렵이 생각나는구먼. 참 어렵고 힘든 시절이었는데 어떻게 흘러왔는지 모를 정도로 벌써 이 나이가 되었으니. 돌이켜 보면 괜히 그리워."

지난 세월의 잔상에 잠겨 서로 잔에 술을 채워 마시는 일 외에는 침묵뿐이었다. 강 장관은 왜 이 순간 돌아보니 그토록 든든한 시절이 있었는데 다 버리고 지금은 무엇을 얻은 건지 허무했다. 앞이 아찔할 만큼 술을 들이부었더니 싱싱하게 놓여 있던 회는 어느새 흐물흐물해져 입 안을 비릿하게 했다.

"강찬균, 탁 까놓고 이야기해 보자. 우리가 알고 지낸 세월이 얼마야? 친구고 나발이고 그딴 거 다 떠나서 나름 좋다고 말할 사이었잖아."

권 사장은 빈속에 급하게 들이마신 술에 취해서 넥타이를 느슨하게 풀고 삿대질을 하면서 강 장관을 꾸짖었다. 강 장관은 오랜 지기 친구처럼 낯설지 않은 그 모습에 껄껄 웃으며 남은 술을 혼자 마셨다.

"부탁 하나 하자. 채윤인 어르신 손녀를 떠나서라도 참 괜찮은 아이야. 내 며느리로 탐이 나지만 둘이 좋아 죽는다고 하니 너 가서 채윤이 잡아와라. 너 때문에 돌아가신 건 아니지만 넌 양심도 없냐? 그 어린 게 제 할아비 불쌍타고 눈물을 달고 살면서도 그 돈 악착같이 다 받아낸 거야. 그런 애니 네 아들이 정치

한다면 도움이 되면 됐지 해는 안 된다. 그리고 너도 그러는 거 아냐. 네가 어르신한테 한 짓을 생각해서라도 가서 잡아와. 내 아들이 뭐 했는지 능력없어 보낸다는데 넌 준다고 해도 싫다니 정말 미치겠다. 장관이면 다냐? 어르신이 너 그 기반 다 닦아준 은혜도 모르는 이 짐승아! 채윤이 눈물 빼면 네 자식 눈에는 피눈물 뺀다. 빌어먹을 놈!"

예전부터 성질이라면 한가락 하던 권 사장의 예의 차리던 모습이 어색하게 느껴졌는데 다시 본성을 드러내니 강 장관은 도로 그 시절로 가 있는 것 같았다. 그러나 채윤을 떠올리자 강 장관은 목이 콱 막혀 담배 연기조차 넘어가지 않았다. 지금의 강찬균 장관과 지난날의 강찬균으로 오락가락하는 사이에 채윤이 중간에 놓여 어찌할 수 없게 만들었다.

하필이면 이 상황에 걸려들어 지켜보는 모두를 그리 애타게 하니 정말 하늘의 인연인 것인지, 어르신의 지나가는 푸념처럼 좋았던 인연이란 빗말로 끝이 나버린 것인지 생각이 많아졌다. 그토록 독설로 대했던 채윤에 대해 정작 알고 있는 것은 없었다. 단지 어르신이라면 피하고 싶던, 스스로 느낀 죄책감을 그 아이에게 뒤집어씌운 기분이었다.

"우리 민준이 눈에 눈물 흐르게 하고…… 너 얼마나 대단한 며느리 얻어서 사나 내 두 눈으로 두고 볼 거야."

권 사장은 참고 있던 울분을 터뜨려 상에 엎어지면서까지 모진 소리를 해댔다. 그 뒤 완전히 정신을 잃은 듯 코를 골기 시작하자 강 장관은 종업원을 시켜 대기 중인 권 사장의 기사를 불렀다.

"이봐, 권 사장. 두 눈 뜨고 보든지 말든지 집에 가서 자시게나."

기사가 들어와 축 처진 권 사장을 업어가자 강 장관도 자리에서 일어났다. 비틀거리는 게 자신도 꽤나 많이 취한 것 같아 실수라도 할까 조바심이 나 보좌관을 불러 차에 올라탔다.

어느새 자정을 넘어선 도로엔 차 몇 대 이외엔 적막함만이 있었다. 술기운에 열기가 오른 강 장관은 차창을 열고 밀려오는 찬바람을 맞으며 지그시 눈을 감았다.

"세상은 이리도 조용한데 내 속만 들끓는군."

시원은 창 너머 세상 온갖 화려한 불빛은 다 모아놓은 듯한 서울 야경을 넋 놓고 앉아 몇 시간째 보고 있었다. 그러나 시선은 번쩍거리는 불빛들에게 떨어져 어두운 능선 너머만 바라보고 있었다. 어둠을 넘어서면 막연히 또 다른 불빛이 나타나리라 기대하듯 지금 시원은 그런 자신이 저 캄캄한 능선을 올라가는 기분이었다. 그러다 시원은 어둠의 두려움에 능선을 다 올라서지 못하고 내려오듯이 미칠 듯 치밀어 오는 그리움을 견뎌내지 못하고 지쳐 포기하게 될지 모른다는 두려움에 휩싸였다. 잠시 만나 얼굴을 보는 거 외에는 어떤 것도 할 수 없는 이 상황에서 매 순간 채윤을 보고 싶고 시시때때로 생각나 마음이 출렁거리니 당최 일이 손에 잡히지 않고 의욕도 없었다. 그저 무기력하게 얼른 시간이 지나 채윤을 마음껏 안아보고 싶다는 생각만 온종일 머릿속을 맴돌았다.

시원은 자리에 박차고 일어나 단단히 결심한 표정으로 호텔을 나섰다. 이젠 정말 막다른 벼랑 끝에 혼자 서 있고 싶지 않았다. 실마리를 풀 힘이 시원에게 없다면 할 수 있는 것만이라도 찾아보려 했다.

시원은 오랜만에 찾은 집 정원에 들어서자 조명등 몇 개만 불을 밝히고 있었다. 집 안에서도 새어나오는 불빛은 거실 외에는 찾아볼 수 없었다. 이미 자정을 넘은 시각에 대책없이 쳐들어와 놓고는 시원은 어찌할지 잠시 발걸음을 멈추었다.

"제 발로 나간 놈이 어디라고 여길 기어들어 와!"

텅 빈 정원에 쩌렁쩌렁 울리는 호통 소리에 시원은 천천히 몸을 돌려 집 앞에 서 있는 강 장관을 마주 보았다. 강 장관은 그런 시원을 무시하려는 듯 보좌관에서 서류 가방을 건네받고 집 안으로 들어가려 했다.

"이 집에 돌아온 거 아닙니다. 더는 못 견디겠습니다. 채윤이에 대해서 오늘 결정을 내려주세요."

"결정? 내 결정은 하나야."

시원은 쳐다보지도 않고 등을 보이는 아버지에게 바닥에 무릎을 꿇고 앉았다. 강 장관은 세상 어디에서도 두 다리의 무릎만큼은 바닥에 닿지 말아야 한다고 시원에게 가르쳤다. 무릎이 바닥에 닿는 순간 자존심은 땅에 파묻혀 버린다고 했었다. 그런 시원이 움직임을 느낀 강 장관은 뒤를 돌아보며 가뜩이나 언짢은 인상을 더 찌푸리며 혀를 찼다.

"여자 하나 때문에 무릎까지 꿇고 너도 이젠 별짓을 다 하는구나."

"허락해 달라는 청 드리지 않습니다. 축복해 달라고 빌지도 않습니다. 다만 지난날 명백히 저지른 과오에 대해서 채윤이에게, 아니, 어르신에게 늦게나마 사과해 주시기만 하면 됩니다. 그럼 더는 아버지께 부탁드리지 않겠습니다."

강 장관은 어찌나 기막히던지 헛웃음이 절로 새어나왔다. 시원의 앞에 한 발 다가선 강 장관이 입을 열려 하자 현관문이 열리며 장 여사가 맨발로 뛰쳐나왔다.

"당신, 미쳤어요? 왜 애를 이 찬 바닥에 무릎 꿇려요! 시원아, 이러지 말고 일어나."

시원의 한쪽 팔을 붙잡고 일으키려는 장 여사와 꿈쩍도 않는 시원을 보면서 강 장관은 살짝 휘청거렸다.

"내가 뭘 어쨌다고 다들 나한테 이러는지 모르겠구먼."

강 장관의 말에 장 여사는 시원의 팔을 놓고 당당히 눈을 맞추었다.

"사람이 욕심이 과하면 화를 당한다고 하는데, 당신도 정신 차려요. 있었던 일이 없어지지 않듯이 억지 부리지 마요."

"나보다 그 애를 더 반대해 놓고 이제 와서 웬 역성이야! 남들이 들으면 나 혼자 독한 아비라 아들 쫓아낸 줄 알겠네."

"그래요. 나도 한 선생 탐탁지 않아요. 그런데 당신 또한 반대할 자격 없어요. 속속들이 말하지 않는 당신 때문에 어렴풋이 짐작만 했지 어르신하고 그렇게 틀어진 줄 알았다면 그렇게까지 안 했을 거예요. 그 은혜를 몰라도 유분수지 당신이 그렇게 파렴치하게 굴 수 있어요? 난 당신이 그렇게까지 했다는 게 믿어지지 않아요. 그러니 난 더 이상 관여 안 할 거예요. 그냥 내 아들이니까, 내 아들의 안목이라니까 믿고 알아서 하게 둘 거예요."

"은혜를 몰라? 당신이 어떻게 그렇게 말할 수 있어? 내가 지금까지 누구 때문에 험한 꼴 다 보고 참아가면서 지냈는데, 당신에게 세상 부귀영화 다 누리게 해줬는데 파렴치? 그래, 짐승도 은혜를 아는데 나는 그 은혜도 모른다. 다 죽어가는 노인네보다 장관 자리가 더 좋았다. 이 치열한 세상에 안 그러고 사는 사람이 어디 있어! 고상한 척해도 속은 다 그렇지!"

강 장관은 쌓였던 울분이 봇물처럼 터졌다. 혼자 잘살아보겠다고 아등바등한 것도 아니건만 살 부대끼고 산 사람까지 자신을 몰아붙이니 어디 하소연할 데가 없었다. 막상 돌아보면 결코 잘했다고 하는 말이 아니고 최선이었다고 단정하는 것도 아니지만 그래도 누군가 그 심정을 이해해 준다면 그건 안사람뿐이라 믿었기에 강 장관의 마음은 싸늘하게 변했다.

"당신도 참 말 이상하게 하네요. 내가 언제 짐승이라고 했어요? 그리고 누가 장관하라고 등 떠밀었어요? 당신 좋아서 그러고 다닌 거지 꼭 내가 시킨 것처럼 말하는데, 그래, 고마워요. 장관 부인이라서 고상 양껏 떨며 살았어요. 하지만 잘못된 일은 짚고 넘어가야지, 이렇게 예전 실수 다 드러난 마당에 애들 갈라놓는다고 해서 없어지지 않는다는 건 당신이 더 잘 알 거예요."

시원은 단 한 번도 보지 못한 광경을 눈앞에 보고 있다는 게 믿기지 않았다. 강 장관에게 고분고분하던 장 여사가 얼굴을 붉히며 언성을 높이고 소위 말하는 부부 싸움을 벌이자 시원은 왠지 손도 안 대고 물길을 저절로 튼 기분이었다.

"세상 헛살았어. 마누라고 자식이고 누구 하나 내 편이 아니라니. 시원이 너도 그리 생각하느냐?"

"이제까지 어려움없이 키워주셔서 감사한 마음은 분명 있습니다. 하지만 이제 아버지도 한 번쯤 돌아보시고 과거의 후회에서 벗어나시는 게 어떨까 싶습니다. 지금 이 일이 나오지 않았다고 해서 훗날 다시 나오지 않는다는 법도 없고 매번 예민하게 겪어내시는 것도 힘드시지 않습니까? 피하지 마시고 바로 보시길 바랍니다."

"이 일은 이미 묻어진 일인데 네놈이 들춰낸 거 아니냐? 자식이 부모의 흠을 들춰내는 법이 어디 있어?"

강 장관은 아직 바로 볼 이유가 없었다. 시원이 채윤과 더는 만나지 않는다면 간혹 구설수는 있겠지만 잊어버리고 살 일이었다.

"지긋지긋하지 않으십니까? 전 하루가 지긋지긋합니다. 이렇게 마음 하나 가는 대로 가게 놔둘 수 없어 어찌할 바를 모르겠습니다. 제발 그 욕심 놓아버리시면 안 되겠습니까?"

시원의 애절한 눈빛이 강 장관의 마음을 아프게 했다. 그동안 그저 심드렁하게 인생을 살아가는 시원이었기에 간절히 원하는 눈빛을 드러낸 적이 없었다. 더구나 그동안 자신들에게 맞추려 노력하던 시원이 저토록 힘에 부쳐 힘들어하는 모습을 본 강 장관은 사랑이 사람을 죽이겠구나 싶었다.

"네 말대로 채윤 양을 죽을 만큼 사랑하느냐? 네 눈앞에 있는 부모도 내팽개칠 만큼 그 아이만 있으면 되느냐?"

"아버지, 어머니도 사랑합니다. 그런데 그보다 더 채윤일 사랑합니다. 숨 쉬는 순간, 보고 싶고 가슴을 생으로 찢는 듯한 그리움에 힘들고 괴롭습니다."

"남은 네 인생을 그 아이로 인해 변하게 된다고 해도 후회하지 않느냐?"

"후회는 채윤이와 함께하지 않으리라 마음먹는 순간부터 하게 될 것입니다. 사랑은 후회를 동반하지 않습니다."

강 장관은 어느 애정소설에나 나올 문구를 시원이 읊고 있자기가 차 웃음이 나왔다. 오늘 권 사장부터 시작해 이 일에 끝을 볼 때가 온 것 같았다.

"가거라. 더는 보기 싫다."

강 장관은 지친 기색으로 시원에게 등을 보이며 집 안으로 성큼 걸어갔다.

"가지 않습니다. 할 수 있는 일이 이것밖에 없습니다. 제가 아무리 생각해 봐도 채윤이와 아버지 사이에서 할 수 있는 게 이것밖에 없다는 말입니다. 쓸모없는 놈이라고 하셔도 좋으니 결정해 주실 때까지 이대로 있겠습니다."

강 장관은 들어가려는 발걸음을 멈추었다. 시원은 당당한 언성으로 뜻을 밝히고 있었다. 자존심을 다 버린 구걸이 아니라 굳건히 변하지 않을 마음을 확고히 보여 더는 물러나지 않는다는 선언이었다.

"네 마음대로 해."

멈추었던 강 장관의 발걸음이 다시 움직이자 장 여사가 쏘아붙였다.

"당신 자식이 이렇게 추운 바닥에 자존심도 버리고 애걸하는데 마음대로 하라는 소리가 나와요?"

"그럼 당신 자식이 제 아비한테 자존심을 버리고 사과하라는 소리를 듣고 뭐라 해?"

장 여사는 긴 한숨을 쉬고 기운이 빠져 야외 테이블 의자를 끌어와 앉았다. 얼굴에 어떤 표정도 담지 않은 담담함으로 강 장관을 보았다.

"우리 남들이 보기에 멋들어지게 살았잖아요. 근데 생각해 보니 남들 부러워할 것만 생각하곤 내 자식 아픈 건 안 본 것 같아요. 당신이나 나나 시원이가 뭘 원했는지 뭘 좋아했는지 살핀 적 있나요? 어디 내놓기 번듯한 며느리가 아니면 어떻고 지난날 좋지 못한 인연이면 어때요. 아들이 같이 있으면 행복해 죽는다는데 그거 막아놓고 우리가 얼마나 더 잘살길 바라요. 편해집시다. 당신 후계자 강시원으로 보지 말고 아들 강시원으로 봅시다."

"시원이한테 갔다 오고 근래 이상타 했더니 완전 넘어갔었군."

시원은 예상외의 지원병을 만나 승리를 눈앞에 둔 듯 어깨에 힘이 들어갔다. 장 여사의 말 한마디 한마디가 엉켜 있던 타래를 풀어주기 시작한 듯했다.

"채윤 양을 한번 보고 모든 결정을 해주마. 단 아버지의 결정이 어떻든 따르겠느냐?"

"죄송하지만 제 뜻과 다른 결정이시라면 따를 수가 없습니다."

"내가 허락한다면 뭘 해주겠느냐? 정치하러 들어오겠느냐?"

"채윤일 두고는 절대 어떤 타협도 하지 않겠습니다."

"독한 놈, 겉은 실실거려도 속은 독했어."

강 장관은 시원에게 눈길 한 번 주지 않고 집 안으로 들어가 버렸다. 강 장관을 가장 가까이에서 보아온 장 여사는 그 속을 모르지 않았다. 겉은 강하고 화통해 보일지라도 감정이 섬세해 마음의 혼란을 종종 겪는 사람이었다. 시원이 집을 나간 후부터 부쩍 사진첩을 들춰보며 잠을 이루지 못하고 힘들어했었다. 들춰보면 과오없는 사람이 어디 있고 후회하지 않는 일들이 얼마나 되겠는가. 그렇게 흔들리기 시작한 강 장관의 감정들이 폭풍처럼 몰아쳤다는 걸 장 여사는 눈치 챘다.

"네 아버지 오늘 밖에서 뭔 일이 있으셨는지 그나마 조용히 넘어간 줄 알아. 다음부터 이러지 마라. 네 마음 모르는 거 아니지만 기다려 봐. 네 아버지 한 선생 만나면 그 성품을 마음에 들어할 게다."

장 여사는 비틀거리며 일어나는 시원을 잡아 의자에 앉히고 혀를 차며 안쓰러워했다. 그깟 사랑이 뭐라고 잘난 아들이 이렇게 초라해지는지 속상했다.

시원은 아직 저린 다리를 주무르며 자신들의 상황이 막바지에 다다랐다는 걸 느꼈다. 부디 아버지가 채윤을 만나 과오를 풀어낼 수 있기를 바랐다. 더는 누구도 지난날에 얽매여 상처받지도, 슬퍼하지도 않는 그런 때가 시원은 곧 오리라 믿었다. 그건 강 장관이 시원의 부모이고 시원이 자식이기에 가능하리라 믿는 것이었다.

시원은 안쓰러운 표정으로 바라보는 장 여사를 억지로 집 안으로 들여보내고 채윤의 빌라로 찾아갔다.

채윤의 빌라 거실 창은 환한 불빛을 내보내고 있었다. 시원은 늦은 시간까지 잠 못 들고 책을 보고 있을 채윤을 상상하자 차에서 내려 당장 올라가고 싶었지만 억지로 참고 대신 휴대전화 버튼을 눌렀다.

[이 시간에 안 자고 웬 전화예요?]

시원은 채윤의 덤덤한 목소리에 뜬금없이 발신자 표시가 싫어졌다. 이미 누구인지 알고 전화를 받으니 막상 놀라게 해주려 전화 건 사람의 기운을 뺐다.

"그냥."

[실없긴.]

시원은 김빠진 듯한 채윤의 목소리에 기분 좋아 장난기가 발동했다.

"나 어디게?"

[호텔 방이겠죠.]

너무나 당연하다는 듯 채윤이 심드렁하게 대답했다.

"한강 근처."

[한강? 또 뛰어들고 싶어서요? 그러지 말고 들어가 자요. 찬 바람 맞으면 감기 걸려요.]

"십 원을 한강에 떨어뜨렸어."

[십 원?]

채윤이 되묻자 시원은 씩 웃었다.

"그 십 원 찾을 때까지 널 사랑할 거야."

전화기 너머로 채윤의 깔깔거리는 웃음소리가 들려오자 시원의 입가에 가득 웃음이 걸렸다. 잘 드러나지 않는 보조개까지 드러낼 만큼 시원은 채윤의 웃음소리에 행복해졌다.

[백 원도 아니고 십 원을 찾는다는 게 말이 안 되잖아요.]

"따지고 들기는."

[유치해.]

시원은 채윤이 전화기를 들고 창가 쪽으로 가까이 오는 실루엣을 보았다. 차를 돌려 나가기에는 이미 늦은 것 같은 시원은 채윤이 베란다 창을 여는 모습을 지켜보았다.

채윤은 반신반의하며 창가로 왔는데 시원의 차가 정면으로 보였다. 이렇게 시원을 보고 아지랑이 하늘거리는 듯한 설렘도 채윤은 고치지 못할 병 같았다.

[거봐, 한강은 무슨 한강.]

"우유 사 왔어. 그거 주려고."

시원은 갑자기 채윤이 깜짝 놀라 자지러질 듯 웃을 수 있을 거라고 생각하며 사 오지도 않은 우유 핑계를 댔다.

[웬 우유? 나 나가기 귀찮은데.]

"무슨 우유 좋아해? 말만 해봐. 내가 가져다줄게."

[초콜릿 우유.]

"미안해서 어쩌지. 나는 마음에 있는 아이럽우유를 가져왔는데."

채윤이 베란다 난간을 짚으며 몸이 흔들리도록 웃고 있자 시원도 큰 소리로 웃었다.

[못살아, 오늘 뭐 잘못 먹었어요?]

"그냥, 웃으니까 좋잖아. 잘 자."

[내 꿈에 나타나 줘요.]

채윤의 달콤한 속삭임에 시원은 휴대전화에 입을 맞추며 차창을 열고 손을 흔들며 주차장을 빠져나왔다. 그러곤 환하게 웃고 있을 채윤을 생각하자 막상 강 장관이 찾아갈 거란 말을 하지 않았다는 생각이 났다. 다시 전화를 걸까 하다가 좋은 기분으로 잠에 들게 내버려 두기로 했다.

시원의 지나친 배려로 채윤은 며칠째 전화기 주변을 서성이며 초조하게 보내고 있었다. 차라리 강 장관이 곧 연락할 거라는 언질을 주지 않았다면 기다리는 고통 따위는 겪지 않을 텐데 괜한 짜증이 나 소파에 누워 해가 지기 시작한 하늘을 창 너머로 바라보았다.

시원을 만나 마냥 행복하다가 지난 슬픈 과거와 맞닥뜨린 채윤은 지금이 인생에 몇 번 오지 않는 전환점을 찍는 시기임을 알았다. 한동안 나름대로 평화롭고 별다른 굴곡이 없었던 삶이 어찌 변할지 두렵고 버겁기도 하지만 시원의 뒷받침이 있어 수월하게 견뎌내고 있었다. 이젠 정말 혼자가 아니라는 사실에 채윤은 시원을 만나게 된 것에 감사하고 또 행복하기만 했다. 그러면서 채윤은 혼자라는 이유로 스스로를 옥죄던 외로운 마음 한켠에 이렇게 다가올 사랑을 기다리고 그리워하며 양껏 시원을 받아들였던 것 같았다. 그러나 시원을 생각하면 행복한 마음이 가득하면서도 강 장관 때문에 온전하게 웃을 수 없었다. 그에 대한 마음은 창 너머 어둑어둑한 하늘에 악착같이 남아 있는 붉은 노을과 같았다. 이젠 과거의 허망한 미움이나 원망을 다 놓아버리고 산뜻하게 앞으로 나아가려다가도 그로 인해 할아버지와 자신이 당한 고통을 생각하면 절대로 쉽게 사그라질 감정들이 아니었다. 그 두 가지 마음이 서로 더 큰 자리를 차지하려고 안에서 악착같이 싸워대지만 채윤은 마음을 다잡고 긍정적으로 풀어가려 무던히도 노력 중이었다.

채윤은 막 잠이 들려는 찰나, 온 집안에 울리는 전화벨 소리 때문에 소파에서 튕기듯 일어나다가 바닥으로 떨어졌다. 순식간에 떨어진 충격에 아프지만 벨소리가 끊길까 봐 제대로 일어나지도 못하고 무릎으로 기어가 간신히 수화기를 들었다.

"여보세요?"

채윤은 수화기를 드는 그 짧은 사이에 혹시라도 이 전화를 기다렸다는 티가 날까 봐 숨을 고르며 무심한 어조로 말하려 노력했다.

[왜 이렇게 전화를 늦게 받아? 초저녁부터 잔 거야?]

"아, 정말 내가 시원 씨 때문에 살 수가 없어!"

채윤은 시원의 목소리가 반갑기도 하면서 한편 강 장관의 전화를 얼마나 기다리고 있는지 다시금 깨달았다. 그토록 담담하게 강 장관에 대해 풀어가자던 마음은 흐트러지고 앞 모르는 일을 불안하게 기다리고 있었다.

[왜? 보고 싶어 죽겠어?]

"왜 집으로 전화하고 그래요. 기다리는 전화 있는데 다른 사람이면 얼마나 허탈한 줄 알아요? 뻔히 알면서 가슴 철렁하게 만들고 있어."

채윤은 소파 밑동에 등을 기대앉으며 신경질을 냈다. 휴대전화면 당연히 발신자 표시로 상대방을 알 수 있지만 집 전화는 전혀 알 수 없어 벨소리에 매우 예민해져 있었다. 벨소리가 한 번 울릴 때마다 어찌나 긴장하고 떨려하며 수화기를 집어 드는데 그 기대가 무너지면 허탈해 짜증이 치밀었다.

[휴대전화 배터리가 다 된 줄 모르고 충전 안 해서 호텔 전화 이용하는 거야. 요 며칠 너무 까칠한데 긴장하지 마.]

"어떻게 긴장을 안 해요? 난 긴장해요. 내가 시원 씨를 온전히 사랑할 수 있는 마지막 기회예요. 사랑하는 마음 한편에 남은 원망스러운 마음을 버리고 온전히!"

채윤은 괜히 시원에게 톡 쏘아붙이며 짜증 부렸다.

[어차피 우리 앞엔 두 가지 길밖에 없어. 아버지가 사과를 하고 널 인정하실지 모르지만 채윤아, 제발 마음 편하게 가져. 그 누구도 너에게 상처 준다면 내가 용서하지 않아. 네가 이렇게까지 기회를 줬는데도 아버지가 변하지 않으신다면 더 이상은 노력하지 마. 더 이상은 무의미할 뿐이야.]

시원의 말대로 더 이상의 노력은 채윤에게 무리일지도 모른다. 지금도 이토록 불안하고 힘든데 이 이상 더 마음을 조절할 자신이 없었다. 기나긴 기다림은 채윤을 지치게 만들고 있었다.

"모르겠어요. 그냥 겁나요. 시원 씨 아버님을 만나 아무것도 얻지 못한다면 우린 어떻게 해야 하나요?"

[아버지가 변하지 않는다고 해도 우린 달라지지 않아. 아버지

는 내가 아니야. 아니, 나의 일부분이야. 하지만 그 일부분까지 네가 억지로 받아들일 필요는 없어. 만약 나를 사랑하니 내 아버지를 용서하라는 건 강요고 이기심이지 절대 제대로 된 사랑이라고 할 수 없어. 내 일부가 해결되지 않으면 그 부분을 철저하게 무시해 버려. 없는 것처럼 그냥 보지도 듣지도 생각하지도 않으면 돼.]

너무나 냉정하게 쳐내듯 말하는 시원의 마음은 정리가 끝난 것 같아 보였다. 그러나 시원도 그렇다고 마음속으로 우기고 있었지만 불안하기는 마찬가지였다. 정말 마지막 희망을 걸었는데 암흑 속으로 빠져 버리는 건 아닌지 두려웠다. 그래서 더 확고하게 채윤의 마음을 다잡게 하기 위해 냉혹하게 버릴 수 있다고 말했다.

"내가 만나서 무슨 말을 하고 어떻게 풀어나갈지 점점 자신없어져요. 아직은 말만 그 많은 감정들을 다 놓아버렸다고 했는지도 모르겠어요. 막상 코앞에 닥치니 화가 나기도 하고, 또 상처받는 게 두렵기도 해요. 어떻게 지난 일을 사과받아야 내 속이 편할까 싶기도 하고 하여간 이 모든 상황을 겪어야 하는 게 마뜩찮아요."

채윤은 그동안 감추고 있든 들쑥날쑥하던 감정들을 밖으로 내뱉고 나니 왜 그리도 며칠 동안 심사가 뒤틀렸는지 알았다. 착한 체하려는 건 아니지만 다 받아들이고 이해해야만 앞으로 잘살 거라는 희망에 무조건 안으로 덮어두려고만 했다. 그러니 풀리지 못한 감정들이 남아 있었다. 드디어 눈앞에 나타났으니 앙갚음으로 잔뜩 비꼬아 속에 응어리졌던 말들을 다 내뱉어 버리고 싶기도 했다. 이런 마음들을 다 접어두고 시원 하나만 보며 안간힘을 썼으니 온 마음이 변덕을 부린 것이었다.

[그게 정상이고 당연한 거야. 그렇지 않다면 넌 하늘에서 내린 천사지. 지금도 천사이긴 하지만 마음이 어찌 갈래 길도 없이 하나이기만 하겠어. 그리고 널 만나고 어머니 변하셨어. 자세히 말씀 안 하시지만 많이 생각하셨나 봐. 딱히 허락한다고는 안 하시지만 뉘앙스가 그래. 그러니 더도 말고 덜도 말고 네가 할 수 있는 만큼만 해.]

"정말 원장님이?"

채윤은 놀라운 반 의아한 반으로 시원에게 되물었다. 그토록 꼿꼿하게 특권의식에 젖어 자신을 나무라시던 분이 짧은 시간에 변하셨다니 아무리 생각해 봐도 별다른 이유가 떠오르지 않았다.

[그래, 너 마녀잖아. 나도 어머니도 다 너의 마법에 걸렸으니 아버지한테도 마법을 부려봐. 사실 나도 하루가 매일 괴롭고 지쳐. 차라니 내가 대신해 줄 수 있다면 속이라도 편할 텐데 매번 너에게 짐이 되는 것 같아 면목없어.]

"시원 씨한테 말하고 나니 속이 좀 풀리는데요. 사랑하니까 다 견디고 겪어내는 거 아니겠어요? 우리가 만나서 사랑하는 거 감사해요. 그것 하나만으로도 충분해요."

채윤은 시원이 앞에 있는 듯 환한 미소를 지었다. 어느새 타인에게 약한 모습을 드러내는 게 어색하지 않은 채윤은 사랑은 상대방을 온전히 껴안는 것 이상으로 자신 또한 내보이는 것이 아닌가 싶었다.

[사랑…… 고맙기도 하고 미안하기도 하지만 행복해. 채윤아, 내가 널 사랑하는 만큼 네 마음에 남아 있는 아픔도 사라지기 바라. 함께하지 못한 시간에 받은 상처는 내 사랑으로 모두 치유되기 바라. 그게 지금 내 사랑이 할 수 있는 일인 것 같아.]

"시원 씨는 낮이 좋아, 밤이 좋아?"

[한채윤이랑 같이 있다면 다 좋아.]

채윤은 듣고 싶던 달콤한 시원의 대답에 그가 말한 사랑으로 치유되고 있었다. 너무 달콤해 키스하고 싶은 채윤은 전화기를 꽉 쥐고 이젠 완전히 어두워진 하늘을 보며 아침이면 밝아올 하늘을 기다렸다. 어차피 사람이란 저 하늘처럼 어둠과 밝음 양면 속에서 적절히 섞여 살아가는 것이었다. 흥진비래라는 말도 있듯이 지나치게 밝음 혹은 어두움을 찾으려는 것도 부질없어 보였다.

늦은 저녁, 기운을 차린 채윤은 책장에서 책을 꺼내 오랜만에 평화롭게 책을 펼쳤다. 유명한 책이지만 오히려 선뜻 손이 가지 않던 고전 데미안을 펼쳐 주르륵 훑다가 눈에 확 들어오는 문구가 있어 쫙 펼쳤다.

〈사랑에 빠지게 되면 사랑밖에 보이지 않는다. 때로는 희미해질지라도, 때로는 흔들릴지라도 그 역시 사랑이다. 희미해질 때나 흔들릴 때 그럼에도 불구하고 사랑이라고 확신할 수 있는 게 그게 바로 사랑이다. 본래 우연이란 없는 것이다. 무엇인가를 간절히 필요로 했던 사람이 그것을 발견한다면 그것은 우연히 이루어진 것이 아니라 자기 자신이, 자기 자신의 소망과 필연이 그것을 가져온 것이다.〉

"흠, 소망과 필요? 혼자이고 싶지 않던 마음과 맺어질 수밖에 없는 인연 끈? 사랑을 어떻게 설명하던 사랑인 거지 뭐. 내가 사랑이라는데 누가 뭐라 하겠어."

채윤은 혼잣말을 하며 빨간 펜을 찾아 문구에 밑줄을 그었다. 특히 소망과 필연에 동그라미 그리며 여러 번 지금 채윤의 상황에 연결해 보았다. 사랑은 꽉 잠겨 있는 문틈을 비집고 들어오는 것이라기보다 열려 있는 작은 틈으로 들어와 점점 넓혀간다는 채윤의 경험과 비슷했다.

첫 페이지부터 다시 읽기 시작하던 채윤은 더 이상 머릿속에 시원이 떠다녀 진도가 안 나기에 책을 덮었을 때 집 안에 초인종 소리가 울렸다. 직감적으로 채윤은 강 장관일 거라는 생각이 들었다. 쉽게 들어오지 못하는 경비 시스템에도 불구하고 경비실에서 아무 연락 없이 이 늦은 시각에 올려 보냈다면 괜히 그분일 것 같았다.

  인터폰으로 그토록 기다리던 강 장관의 모습이 나타나자 새삼 떨려 현관 앞에 놓인 큰 거울을 보며 머리를 매만졌다. 그리곤 다시 한 번 눈을 감고 큰 숨을 들이쉰 후 잔뜩 긴장한 채로 현관문을 열었다.

"늦은 시각에 미안하네."

"들어오세요."

  강 장관은 채윤에게 짧은 인사를 하고 스스럼없이 들어와 소파에 앉았다. 혼자 산다고 들었는데 생각보다 꽤 넓은 집엔 휑한 기운이 느껴졌다.

"커피밖에 없는데 괜찮으시겠어요?"

"아무거나 괜찮네."

  강 장관은 딱딱한 어조로 말하곤 집 안을 둘러보았다. 혼자 사는 큰집치고는 구석구석 잘 정돈된 모습에 손이 제법 야무지다는 생각을 하면서도 역력히 가라앉아 있는 집 분위기가 신경 쓰였다. 그러다 거실 창 근처에 놓여 있는 어르신의 독사진을 보았다. 처음 뵙던 그 모습 그대로 인자한 미소가 그려져 사뭇 강 장관의 눈길을 붙잡았다.

"집에 크림이 없어 블랙으로 내왔어요."

  채윤은 탁자를 끌어다 강 장관 앞에 놓고 떨리는 손으로 커피잔을 내려놓았다. 강 장관은 채윤이 나타나자 사진에서 눈길을 거두며 커피 한 모금 마셨다.

"내가 왜 찾아왔는지 알고 있겠지?"

채윤은 가타부타 설명없이 묻는 말에 눈만 껌벅이며 아무 대답도 하지 않았다. 의중을 알 수 없는 말에 강 장관의 표정을 살펴보았지만 마땅한 대답이 떠오르지 않았다.

"자식이 많은 것도 아니고 하나 있는데 어찌 채윤 양과 얽히게 되었는지. 참 사는 게 한 치 앞을 모를 일이더군. 자식만 아니라면 모른 척 넘어갈 일이지만 내 자식 가슴에 못 박으면서까지 살아야 할 의미가 없어 찾아왔네."

강 장관은 피곤한 기색이 역력한 표정으로 채윤에게 영 기운 없이 말했다. 채윤은 왠지 호령하던 강 장관의 모습이 더 어울린다는 생각이 들면서 찾아오기까지 꽤나 고심한 것이 눈에 보였다.

"안사람은 며느리 욕심이 있었을지 모르지만 난 시원이게 욕심이 참 많았지. 나를 대신해 더 큰 자리를 탐내 더 많은 사람에게 존경받을 놈으로 만들어주고 싶었는데 이젠 그것도 허사가 되었더군. 특별히 채윤 양이 몹쓸 사람이라 그리 매정하게 대한 건 아닐세. 다만 어르신 손녀이고 내 나름 시원이에게 품은 뜻이 있어 과했던 듯싶네."

"말씀하시는 뜻은 잘 알겠습니다."

채윤은 강 장관이 어떤 이야기라도 계속 이어갈 수 있게 차분히 듣고 있었다. 되도록이면 많은 말을 듣고 싶었다. 그때에 대한 변명도 좋고 할아버지와 관계에 대해서도 말해주었으면

했다.

"어르신 일도 들어서 알겠지만 내 의도적으로 그런 건 아니야. 어차피 지난 일에 변명할 생각은 없으니 할 말이 별로 없고, 그 돈은 내 바로 권 사장에게 입금시켜 줄 예정이니 걱정 말게. 갚을 능력이 없어 갚지 않은 것은 아니고 묻힌 일이다 보니 그것마저 챙길 여유가 없었군."

채윤은 의외로 부드럽게 말하는 강 장관의 의중을 도무지 알 수 없었다. 무표정한 일색으로 피곤한 듯 띄엄띄엄 말을 이어가는 강 장관 앞에서 채윤은 어찌해야 할지 망설였다.

"저도 권 사장님한테 그간의 사연을 듣고 대략 알고 있습니다. 다만 그 일의 성사 여부를 떠나 장관님이 하신 태도로 인해 할아버지가 큰 충격을 받으셨다는 건 알고 계셨는지요?"

강 장관은 담배 한 대 태워도 되겠냐고 물으며 재떨이를 찾았다. 채윤이 일전에 시원이 사다 놓은 재떨이를 가져다주자 옆에 놓고 끝까지 피고는 비벼 껐다.

"모른다고는 말 못하지. 알고 있었네."

"할아버지한테 미안하지도 않으셨어요? 어떻게 몇 십 년의 세월을 그렇게 단번에 무 자르듯 자르시고 돌아서셨는지 그 충격은 왜 할아버지 혼자 감당하셔야 했는지 전 이해할 수 없어요."

"그러게, 사람이 그럴 수도 있더군."

채윤의 남의 이야기 하듯 눈도 마주치지 않고 할아버지 사진만 뚫어져라 보는 강 장관에게 스멀스멀 뜨거운 기운이 치밀었다. 어떻게 할아버지 사진을 바라볼 용기가 있는지 뻔뻔하다고 여겼다.

"세월이 몇 굽절을 흘러도 변치 않을 줄 알았더니 그렇게 변하는 게 사람이군. 채윤 양, 난 내가 어르신께 잘했다는 건 아니지만 그 상황을 이해해 주길 바라네. 그리고 가능하면 그 상황에 대해서 내 입장에서 봐준다면 좋겠네. 어르신도 중요했지만 난 정치인이었고 그만큼 야망도 중요했던 사람이야. 어르신께 보은을 하려던 마음으로 시작했지만 지나치게 밀어붙여 내가 얼마나 많은 질타는 받았는지 모를 걸세. 그렇다고 해도 나만 원해서 될 일이었겠나? 서로 욕심이 과했다 생각해 주게나. 내 잘못도 있으나 어르신도 일부분 잘못이 있으셔."

"전 그 일을 듣고 싶은 게 아니라 할아버지가 그렇게 세상을 갑작스레 떠나신 것에 대한 도의적인 사과를 원했어요. 일이야 전후사정 따져 보면 한 사람만 잘못했겠습니까? 잘잘못을 떠나 삼십 년이 넘는 세월에 대한 사과를 원했어요. 우리 할아버지가 그렇게 마음 아파하셨던 것만큼만 사과하셨으면 했다고요!"

채윤은 어찌도 이리 권력을 가지게 된 사람들은 하나같이 과오를 인정하기보다 떠넘기는 것이 당연지사인 것처럼 떳떳하게 굴자 화가 났다.

"사과 한마디 하시면 제 마음속에 장관님에 대한 원망도 사라져요. 하도 당하고 살던 게 익숙해서인지 누가 사과 한마디 해

주길 이제껏 기다리면서 살았어요. 전 더 이상 장관님에게 이전의 잘못 따위를 따지려는 게 아닙니다. 더 이상 전 할 말이 없는 것 같습니다."

강 장관은 머리를 한 대 얻어맞은 거처럼 머릿속이 멍해졌다. 근래 권 사장과 시원의 말을 들으며 참 많은 생각을 했었다. 그동안 살아오면서 참 많은 사람들에게 고마워해야 하는 반면에 용서 구할 일도 많다는 것을 알게 됐다. 하지만 지난 세월 어쩔 수 없이 일어난 일에 굳이 지금에 와서 사과한다고 달라질 것이 없다고 생각했다. 그래서 채윤에게 어르신도 그런 면에서 자유롭지 못하니 알아서 생각하라는 뜻으로 말을 했다. 그런데 만약 강 장관이 당했다고 생각하면 절대 죽어도 용서 못할 일에 대해 채윤은 그저 사과만 한다면 그 원망을 잊어준단다. 아무리 사람이 각기 다르다지만 억울하고 분한 마음을 저리도 버릴 수 있구나 싶은 게 당황스러웠다.

"장관님, 전 우리 할아버지가 그렇게 마음 아파하시고 가신 게 너무 억울해요. 아파서 누워 있는데 그렇게 보고 싶어 찾은 사람이 장관님인 거 너무 속상해요. 다른 사람이면 찾아라도 왔을 거 아니에요? 그거 우리 할아버지 가슴에 피멍 들게 한 거잖아요. 아들 없는 할아버지한테 마음 주게 하셔놓고 그러시면 그거 배신이잖아요. 왜 그렇게 잘잘못만 따지고 드세요. 감정이 더 중요하잖아요. 나누었던 감정이 어떻게 변했는지 그게 더 중요하잖아요. 누가 돈 물어달래요? 누가 할아버지 살려달래요?

그저 그 나누었던 감정에 미안해하라는 건데 장관님도 참 너무 하세요."

"정말 채윤 양은 사과만 원한다고 생각하지 않는데, 뭔가 달리 원하는 게 있으면 말해보게."

채윤은 할아버지의 그 미련한 마음이 서러웠다. 이렇게 아무렇지 않게 죽은 사람과 나누었던 마음 따위는 신경도 안 쓰는데 혼자 뭐 하러 그렇게 속을 끓였던 건지 채윤은 눈물이 나려는 걸 애써 참았다.

"없어요. 제 뜻을 오해하시는 것 같은데 저 한없이 착한 사람 아니에요. 그러나 더 이상 지난 일에 발목 잡혀 사는 건 예전으로 족해요. 시원 씨 아니었으면 이렇게 변하지도 않았을 거예요. 이젠 털어버리고 행복하게 살고 싶어요."

강 장관은 놀란 마음을 감추지 못하고 담배를 한 대 더 꺼냈다. 아마 세대가 변화하면서 젊은 애들이 노인네들의 생각을 뛰어넘는 건지 생각지도 못한 이야기를 들으며 강 장관의 마음은 무너져 내렸다.

"이 모든 걸 다 겪으면서까지 시원일 원하나? 다른 좋은 사람도 많지 않는가? 차라리 더 예쁨 받을 수 있는 집안에 가는 게 채윤 양에게 너 낫지 않을까 싶은데."

"사랑하는 사람이 시원 씨니까요. 시원 씨가 아니라면 소용없으니까요. 어르신 뜻이 저희 생각과 다르시다면 따를 수 없어 죄송합니다."

강 장관은 담배 연기마냥 제각기 일렁거리는 감정을 주체할 수 없었다. 이곳에 발을 들여놓는 순간, 다시 어르신을 뵙던 그 순간이 떠올라 마음이 한없이 흔들렸었다. 짐승이 아니고서야 어찌 그 마음 하나하나 다 잊어버리고 살 수 있겠는가. 강 장관은 자리에 일어나 어르신의 사진 앞에 섰다.

'어르신, 그때는 죄송했습니다. 뒤늦게 못난 이 사람 어르신께 나타나 사죄드립니다. 더 높은 곳으로 가면 더 많은 세상을 가질 수 있다고 믿었습니다. 하지만 어르신, 비록 가졌다고 한들 한낮 모래 같은 것에 왜 그리 집착했는지 저도 모르겠습니다. 그렇게까지 하지 않아도 더는 어르신 마음 상하게 하지 않았을 텐데, 그때 제가 뭐에 씌었었나 봅니다. 지금 와서야 어르신께 참 많이 받았고 그로 인해 제가 여기까지 왔다는 걸 다시금 깨달았습니다. 그때 차라리 어르신께 용서를 구했다면 지금까지 이렇게 불편한 마음으로 살지 않았을 텐데, 훌륭히 키우신 손녀 가슴에 못을 박아 죄송합니다. 더는 죄 짓지 않겠습니다. 어르신, 이 못난 사람 꿈에 한번 나타나 주시겠습니까? 만나뵙고 싶습니다.'

채윤은 사진 앞에 말없이 서 있는 강 장관을 보며 더는 할 일이 없다고 생각했다. 강 장관의 몫으로 남겨진 일에 채윤은 지켜보며 어떤 생각을 하고 있을지 추측하기만 했다.

"어르신 일은 내 크게 잘못했네, 사람이 도리상이라도 일이 그릇됐으면 가서 여차저차 설명이라도 해야 했는데 무엇이 그리 겁났는지 차마 뵙지 못하고 돌아섰네. 할 말이 없군. 그렇게 가시게 하는 것이 아니었는데 내 입이 열 개라도 할 말이 없어. 그리고 내 지금 확답은 못해주지만 채윤 양과 시원이에 대해선 긍정적으로 생각해 보겠네. 돌아가신 어른을 봐서라도 내가 참 이럴 수는 없지 하면서도 아직은 모든 확신을 해줄 수 없구먼."

강 장관은 채윤을 지나 빠른 걸음으로 집을 나섰다. 인정하면 다 쉬워지는 마음을 그토록 감추고 싶어 차마 이곳에 들어서서까지 인정하지 못했었다. 하지만 어르신의 사진을 본 순간 주마등처럼 스쳐 지나가는 그 세월의 형상에 단단히 감싸고 있던 욕심들이 흐트러지면서 무릎을 꿇었다. 아무리 잘났다 한들 도와주는 사람 없이 혼자 클 수 없고 그 은혜를 모르고 살 수 없는 것을 이제야 마음 깊이 헤아린 강 장관은 언제 다시 변덕 부릴지 모를 마음을 다잡으며 집으로 향했다. 안 사람과 시원이 일을 마무리 지어 지난 잘못에 대한 마음의 짐을 조금이라도 덜어 보고 싶었다.

민준은 어두운 방 안에서 널브러진 술병들과 담배와 함께 주말 내내 틀어박혀 나오지 않고 있었다. 시원이 다녀간 이후로 숱한 고민에 고민을 거듭한 민준이었다. 친구, 내 사랑하던 여자. 점점 마음에 넘치도록 차 있던 분노도 서서히 그 둘이 잠식해 버렸다. 둘을 아직 인정하지 않지만 둘이 하나가 되었다는 건 눈에 확연히 보였다. 그래서 더는 그들을 보고 싶지 않았다.

세상과의 단절. 민준이 스스로에게 내린 결정이었다. 단 이틀, 이대로 마음을 죽여 버리며 물러날 수밖에 없기에 자신에게 준 유예 기간이었다. 마음껏 원망하고 비꼬고 저주하고 온갖 하고 싶던 짓은 혼자 다 해보고 깔끔히 던져 버릴 작정이었다. 그리고 그 시간이 다 되어가고 있었다. 한순간도 잠을 이루지 못하고 긴 시간 고민했지만 민준은 어떠한 답도 내리지 못했다. 이대로 보내 버리게 되는 미련한 사랑이 원망스럽기까지 했지만 채윤에 대한 사랑이 그녀에게 더는 상처 주지 말라고 하고 있었다. 사랑이 사랑을 보내야 하는 마음을 그 누가 이해할 수 있을까. 가슴 깊이 심장 속에 박혀 있는 사랑을 꺼내야 하는 심정을 그 누구에게 하소연할 수 있을까.

어두운 방 안에서 민준은 또 다른 술병의 마개를 따고 담배에 불을 붙이며 채윤을 생각했다. 아프지 말아야 하는 자신보다, 더 행복해야 할 자신보다 어둠에 가려져 빛나지 못했던 보석인 채윤. 양방향이 아닌 사랑에 누구를 탓할 수 있을까. 미치지 않고 버티고 있는 자신의 이 쓴 마음을 어찌해야 할지 감당하고 싶지 않았다.

"아직도 그러고 있으면 어쩌자는 거냐?"

어두운 방 안에 한줄기 인공 빛이 스며들더니 큰 그림자가 들어왔다. 민준은 그 큰 그림자가 누구인지 알고 있었지만 그 그림자 자체를 무시하고 있었다.

"내 말이 안 들려?"

"들리지 않습니다."

이 모순된 말에 민준은 아버지에 대한 모든 마음을 다 실어 내뱉고 있었다. 아들이 아닌 남을 선택한 아버지였다. 채윤을 위한다는 명목으로 자식의 손을 먼저 놓은 아버지를 민준은 쳐다보기도 싫었다.

"그만 하면 됐다. 그 정도 했으면 네 마음도 이제 정리해야지, 언제까지 떠난 사람 때문에 그러고 살 거야?"

"누구 때문에 떠났는데요! 누구 때문에! 아버지만 아니었어도 채윤인 그 자식을 만날 일이 없었다고! 왜! 왜! 왜? 자식보다 뭐가 더 중요해서? 뭣 때문에!"

민준은 처음으로 소리쳤다. 절제된 삶 속에서 자신을 드러내는 것을 극도로 거부하던 아버지 밑에서 자린 민준이 절규하는 모습에 권 사장은 한 발자국도 가까이 갈 수 없었다.

"나는 왜 안 된다고 단정하고! 나는 왜! 그건 아버지가 할 일이 아니었잖습니까!"

그 누구도 해서 안 될 일이었다. 민준은 그렇게 아버지가 중간에서 그 둘을 엮어주었다는 것 자체가 채윤에게 받은 상처보다 더 큰 상처로 다가왔다. 그간의 마음을 모르던 사람이라면 무지했음을 원망하고 돌아서겠지만 이건 아니었다.

"왜 그랬는지 알고 싶으냐?"

권 사장은 문간에 기대 처절하게 무너져가는 아들을 쓰린 가슴으로 바라봤다. 그리고 그 눈에 눈물이 고여갔다.

"네가 내 자식이기 때문이다. 남이라면 모를까, 네가 내 자식이니까 내가 못을 박았다. 어쩌겠니, 어르신이 원했던 사람은 네가 아니라 시원이었는 걸. 나라고 내 자식이 눈에 안 들어왔겠니."

민준은 물기 어린 아버지의 목소리에 담배에 불을 붙이고 흐르려는 눈물을 손등으로 닦아냈다. 아버지도, 아들도 찢어지는 아픔을 가지고 있었다. 채윤을 둘 다 이렇게 보내 버려야 하는가 보다. 그토록 애달파 제대로 손 한 번 잡아보지 못한 순수한 열망을, 보는 것만으로도 웃음 짓던 설렘을, 다른 사람에게 느낀다는 사랑에 대한 원망도 이젠 다 보내 버려야 할 때인 듯했다.

"아버지, 내 사랑은 어찌합니까?"

민준은 터져 나오는 울음을 어찌지 못하고 바닥에 두 손을 짚고는 통곡을 했다. 행복하라고 보내는 사랑은 어찌하냐는 아들을 끌어안은 권 사장은 꺽꺽거리는 민준을 가슴에 품어주었다.

"채윤일 보내고 어찌 삽니까?"

"그냥 살면 된다. 하루 해가 뜨고 지듯이 그렇게 살아가다 보면 살아지게 된다."

"기회조차 제대로 없던 내 이 무능함은 어찌합니까?"

"마음이 마음을 따르는 데 능력은 없더라. 지난 시간을 아름답게 포장해 가슴에 빛나게 품어라. 그래야 너도 살지. 용서해라. 아버지가 이것밖에 안 되는, 내 자식보다 더 큰 은혜를 입을

지애(至愛) *327*

수밖에 없던 무능했던 아버지를."

"아버지……."

민준은 목이 아프도록 소리치며 아버지 품 안에서 어린아이처럼 한없이 울었다. 방향을 잃어버린 사랑을 혼자 가슴에 묻어두고, 그 오랜 세월 쌓아두었던 숨은 사랑은 그렇게 가슴에 사장되었다. 아픔도, 기쁨도, 행복도 같이 그 사랑과 함께.

시원은 탁자에 앉아 여러 차례 전화기를 들었다 놓으며 난색을 짓고 있었다. 아버지의 일도 일이지만 민준도 시원의 마음이 걸려 신경 쓰였다. 친구로 지내온 시간 동안 혼자 사랑하고 있다는 여자 이야기를 꽤 들었기에 그 마음의 상처를 가늠할 수 있었다. 채윤과의 확실한 정리를 위해서라도 시원이 나서야 하지만 소위 말하는 가진 자의 여유로 보일까 싶어 주저하게 되었다. 하지만 늦으면 늦을수록 채윤 또한 마음의 짐을 지게 될 것이고 민준의 미련도 커질 것 같았다. 시원은 주저거리며 전화번호를 누르고 한 손은 볼펜을 쥐고 책상을 톡톡 쳤다.

"권 실장 부탁합니다."

비서는 시원임을 확인하고 실장실로 전화를 연결시켰고 잠시 연결음이 울리다 민준이 받았다.

[너 때문에 내가 회장한테 만날 찍히고 있으니까 당장 회사로 쳐들어올 거 아니면 끊어.]

시원은 지난번 방문이 회장의 귀에까지 들어간 사실을 알고 있었다. 따로 연락이 오지는 않았지만 주변에서 계속해서 복귀를 청하는 소리에 지긋지긋해져 있었다.

"알았어. 그건 그렇고 잘 지내냐?"

[잘 지내면 내가 사람이냐? 힘들다. 염장 지르지 말고 용건 간단히 해라.]

"택배 받았냐?"

민준은 문득 생각나 책상 위에 놓여 있는 작은 상자를 보았다. 아침에 비서가 건네줬지만 업무에 치여 들춰보지 않았었다.

[어.]

"그 시집 잘 봐. 너한테 내가 해주고 싶은 말이다."

[그러게 그때 국문학과나 가지. 그러면 내가 지금 이 고생을 안 하잖아.]

민준이 오래전 고등학교 때 이야기를 꺼내자 시원은 아련한 기분이 들었다. 그때는 그렇게도 책이 좋고 글짓기가 좋았는데, 어느새 다 잊은 것 같았다.

"국문학과 갔으면 밥이나 빌어먹고 살았을라나."

민준은 잠시 말이 없었다. 상자를 뜯어 안에 있는 시집의 접힌 페이지를 읽으며 말을 할 수 없었다.

〈떠나야 할 때
떠나야 하는 곳으로
떠날 줄을 알아야 합니다.

비록 지금은 슬픔일지라도
그 사람을 위해서
나 자신을 위해서
그리고 어딘가에 있을 나의 동반자와
그 사람의 동반자를 위하여
기꺼이 그 자리를 비워둘 줄 알아야 합니다.

사랑은 혼자 이루는 것이 아니기에
이별도 있을 수 있는 것입니다.
사랑을 모르는 사람이거나 한다는 것은
혼자서만 사랑하는 사람의 넋두리일 뿐입니다.

진정한 사랑은
사랑하는 사람이 사랑하는 사람과
영원히 함께하는 것입니다.〉

긴 침묵이 흐르며 전화기 너머 민준의 불규칙한 숨소리가 들려오자 시원은 아직 많이 아파하는 친구의 마음을 느꼈다. 다른 위로는 섣부른 자신들만의 이기심으로 비춰질까 무척이나 어려웠다.

[고은별? 유명한 시인이냐?]

"그럭저럭."

[강시원, 네가 그러니까 여자가 꼬이는 거야. 시나 보고 있는 남자 새끼 밥맛없어.]

툭 끊긴 전화기를 들고 시원은 차마 민준에게 하지 못한 미안하다는 말을 하곤 내려놓았다. 그리고 전화벨이 갑자기 울렸다. 뜻밖에도 채윤이었다.

[시원 씨, 나.]

"마녀?"

[그럼 다른 여자 기다렸어요? 휴대전화는 왜 꺼놓은 건데요?]

시원은 탁자에 놓인 휴대전화를 보고는 아직 충전하지 않은 걸 알았다. 막상 전화 올 곳도 없고, 온다 해도 피하고 싶은 전화들이 대부분이어서 신경 쓰지 않았었다.

"네가 전화 안 하니까 휴대전화가 소용없어서. 근데 우리 마녀께서 웬일로 먼저 전화를 하셨나?"

[그냥 보고 싶으니까. 창밖을 자세히 봐요.]

채윤의 말대로 시원은 커튼을 걷어 창밖을 보았다.

"벌써 계절이 봄이네. 우리 막 겨울에 들어서려고 할 때 만났는데 시간이 이렇게 흘렀네."

[그러게요. 추운 남산 자락에서 한 번만 만나달라고 사정하던 남자였는데 어느새 내가 그 남자가 없으면 안 되게 됐네요.]

시원은 그날 그 주차장에서 처음 보았던 채윤이 선명하게 떠올랐다. 하얀 원피스를 입고 계단에 서서 검은 머리카락을 휘날리던 여자.

"처음 널 만났을 때 갑자기 봄이 생각났었어. 이 봄에 우리에게도 좋은 일이 있었으면 좋겠어."

[난 봄 싫어했어요. 봄이면 만날 가족들끼리 놀러간다는 친구들도 미웠고, 텔레비전에서 특집이라고 그런 프로그램들 나오면 짜증나서 차라리 겨울이 와서 모두 다같이 추워버려라 하고 생각한 적도 있어요.]

봄, 가족의 계절. 그 틈바구니에서 어정쩡하게 서 있을 작은 여자 아이가 시원의 가슴에 꽉 박혔다.

"이젠 내가 있잖아. 봄 좋아해라. 이 봄이 다 가기 전에 어디 놀러라도 가야 할 텐데."

시원은 한층 밝아진 채윤의 목소리에 아버지가 찾아간 일에 희망이 보여 안심이 되면서도 미안했다. 그 시간에 같이 해주지 못하고 혼자 겪어내야 했을 채윤을 생각하면 한심한 자신이 미웠다.

"미안해, 벌써 봄은 왔는데, 너와 나에겐 아직 봄을 주지 못해서……."

채윤은 또다시 축 처져 버리는 시원의 목소리에 말을 돌렸다.

[나 안 보고 싶어요? 혼자 저녁 먹긴 싫고 장 봐서 올래요? 멋진 저녁 마술 보여줄게요.]

"기다렸던 바입니다. 지금 갈게. 마법 재료는 뭐 사가면 돼? 마른 박쥐? 개구리?"

시원은 자신의 장난에 깔깔거리는 채윤이 불러주는 것들을 메모지에 받아 적으며 들뜬 기분을 감출 수 없었다. 얼마 만에 이렇게 반갑게 서로 볼 수 있었는지 아득한 일 같아 몸이 들썩여 한시도 가만히 앉아 있을 수 없었다.

 시원과 채윤은 시원이 사 온 빨강색, 노란색 앞치마를 각각 두르고 싱크대 앞에 나란히 서서 분주하게 손을 놀리고 있었다. 그동안 외아들로 대접만 받고 자란 시원에게는 채윤이 시키는 일이 낯설고 어렵기도 했지만 앞치마가 젖도록 씻고 껍질을 벗겨내며 열심히 하고 있었다.
 채윤은 그릇에 담긴 다듬어진 야채들을 보곤 엉덩이로 시원을 밀쳐 내고 다시 꺼내 다듬기 시작했다. 툭 밀려난 시원은 왜 채윤이 두 번씩 일을 하는지 의아해 고개를 흔들며 따라 하기 바빴다.
 "차라리 하지 마요. 뭐 하나 제대로 하는 게 없어."
 "그러니까 설명해 줘야지. 그냥 이거 다듬으라고 하면 내가 어떻게 해?"
 "왜 못해요? 양파 처음 까봐요?"
 "어. 아까부터 이상한 눈으로 날 보는데 뭐가 문제야?"
 시원이 버럭 성질내면서 손에 들린 작은 구슬 같은 양파를 던져 버리자 채윤은 한심스럽게 쳐다보며 할 말을 잃었다. 열두 개의 양파 중에 채윤이 깐 네댓 개를 제외하고는 온전하게 껍질을 벗은 양파가 없었다. 이것저것 여러 가지 음식을 한꺼번에 만드느라 정신없던 채윤은 시원이 양파 껍질이 유달리도 두꺼워 까도 끝이 없다고 투덜대는 것을 의아해하면서도 설마 이런 기본적인 것을 하지 못할까 싶어 내버려 뒀었다.

채윤은 차라리 손 많이 가는 양파 튀김을 하지 않게 되어 다행이라고 생각하며 시원을 뒤로 물러서게 하곤 지저분한 개수대를 정리하기 시작했다.

"앗, 따가워."

밀려난 시원은 뒤에 서서 한숨지으며 혀를 차는 채윤을 보기 멋쩍어 무심코 손등으로 눈을 비비자 갑자기 쑤시는 따가움에 눈물이 맺혀 발을 동동 굴렸다.

채윤은 갑작스런 소란함에 뒤를 돌아 시원을 보고 놀라 까치발을 들어 그의 고개를 뒤로 젖혔다. 재빨리 두 손을 모아 물을 담아서 몇 번 눈에 넣어 매운 기를 가시게 하고는 수건을 가지러 갔다. 시원의 얼굴에서 흐르는 물이 목을 타고 가슴까지 흥건히 적셨다. 채윤은 수건으로 물기를 닦아낸 후 시원의 손을 개수대로 가져가 깨끗이 씻겨내곤 식탁 의자에 앉혔다.

"내가 애를 키우는 것도 아니고, 원. 그 매운 손으로 누가 눈을 비벼요?"

"날 잡아서 구박을 해라. 눈 아파. 호 해줘."

"뭐 예쁘다고요."

"한채윤 미워. 삐뚤어질 거야!"

"얼씨구, 아주 가지가지 하시네요."

콧방귀 뀌며 돌아서는 채윤의 손을 시원은 확 잡아당겨 중심을 잃게 하곤 무릎에 앉혀 두 손으로 허리를 꽉 안았다.
"야! 삐뚤어진다는데 이러기야?"
채윤이 일어나려고 발버둥을 치지만 시원은 더 세게 허리를 안아 당기는 바람에 배에 통증까지 느껴졌다.
"아파요. 살살 안아요."
"앙탈 부리긴. 그래도 안아주니까 좋으니 살살 안으라는 거 봐. 한채윤 속보인다."
"유치하게 말꼬리 잡고 늘어지는 사람하고 말 안 해요."
"좋다. 믿어지지 않을 만큼 좋아."
채윤은 가슴팍에 기댄 시원의 머리를 한 손으로 감싸고 다른 손으론 볼을 쓰다듬었다.
"나도 좋아요. 오랜만에 시원 씨 같은 시원 씨여서 좋아요. 우울한 건 당신하고 안 어울리는 것 같아."
"그래도 우울해. 아직 완전히 해결된 게 없잖아."
시원의 어두운 목소리에 채윤은 볼을 쓰다듬던 손을 등으로 옮겨 아기 달래듯 부드럽게 토닥였다.
"난 그래도 좋은걸요. 이젠 마음 편해요. 실마리가 풀렸잖아요. 이젠 시간이 흘러 정리되는 일만 남았어요. 그리고 할아버지 앞에 낯이 설 것 같아요. 바보처럼 사랑한다고 다 받아주었다면 아마 두고두고 할아버지가 마음에 걸렸을 거예요. 우린 사랑으로 지난 일을 다 풀어냈잖아요."

"만약 내 아버지가 아니었다면 평생 힘들게 용서하려 하지 않았을 텐데 나로 인해 네가 어려운 결정을 하게 되어서 미안해. 굳이 나만 아니었다며 울 일도 없었을 텐데……."

아무것도 한 게 없어 더 미안하고 괴로운 시원이었다. 그리고 그런 마음이 고스란히 채윤에게 전해졌다. 웃을 수도, 그렇다고 울 수도 없는 참 어중간한 상황이었다. 딱히 이렇다 할 상황이 아니니 오히려 더 심란하게 했지만 시원이 채윤을 사랑하고, 채윤이 시원을 사랑하기에 둘만을 생각하려고 노력하고 있었다. 명확하지 않아 힘들어하는 시원에게 채윤은 어색하게 웃어 보였다.

"난 오히려 감사해요. 당신을 만나지 않고 아버님을 뵐 기회가 없었다면 죽을 때까지 마음에 그 많은 감정들을 담아두고 살아야 했잖아요. 이렇게 다 놓아버리고 나니 가벼워요. 어차피 한낱 부질없는 감정들이었는걸. 허우적거릴 때는 몰랐지만 벗어나 보니 도움되지 않는 것들이더라고요."

"이젠 한시도 내 옆에서 떨어지지 마. 너 없으면 나 죽을지도 몰라."

"에이. 아저씨, 나 많이 사랑하는구나."

"아저씨? 나이 서른세 살에 아저씨 소리 듣고 이제 한물가는가 보다. 그래, 어차피 한채윤 눈에만 잘 보이면 되니까 별상관 없다."

"그럼 이제 다른 사람들한테는 잘 보이면 안 돼요. 아무렇게

나 옷 입고 다니고 수염도 기르고."

"한채윤 많이 뻔뻔해졌다."

"시원 씨 닮아가서 그런가 봐요."

시원은 손을 들어 웃고 있는 채윤의 볼을 부드럽게 쓰다듬었다, 채윤은 손이 닿자 눈을 감고 시원의 머리에 얼굴을 기대었다.

구름 한 점 없는 화창하게 맑은 하늘은 아니지만 이제 막 비 온 후 개기 시작한 하늘이 펼쳐져 어렴풋이 무지개가 보이기 시작했다.

시원은 무거웠던 마음을 조금 덜어내고 채윤을 품에 안고 있다 보니 찾아 헤매던 행복이 다른 곳이 아닌 채윤 안에 있음을 다시 한 번 느꼈다. 거창하게 행복은 먼 곳에 있어 찾아가야 하기에 막막해 모든 것을 그만두었지만 사랑하는 사람을 만나던 그 순간부터 행복은 시원의 앞에 놓여 있었다. 아주 작은 점에서 시작한 행복은 작은 기쁨들이 덮어지고 더해져 알아볼 수 있는 큰 형태로 나타난 게 아닐까 싶었다.

"찌개 넘친다. 이제 밥 먹을 시간이네요."

채윤은 허리를 붙잡고 있는 시원의 손을 풀고 가스레인지 앞에 가 맛을 보았다. 간이 알맞게 맞은 찌개에 흐뭇해진 채윤은 상을 차리며 절로 콧노래가 나왔다. 막연히 언젠가 해보겠지 했던 상 차리는 일을 막상 하게 되니 채윤은 꿈만 같았다. 이런 소소한 기쁨으로 인해 지난 어려웠던 시간은 서서히 잊혀가고 있었다.

"뭐야? 왜 밥이 하나도 안 된 거야?"

시원은 전기밥솥을 열고 놀라 주걱을 들고 그대로 굳었다. 분명 채윤이 쌀을 넣고 물을 맞춰준 대로 밥솥 안에 넣어 버튼까지 눌렀는데 밥통 안은 생쌀 그대로였다.

"취사 버튼을 눌러야지 보온을 눌러놓으면 어떻게 해요!"

채윤이 소리 나게 등짝을 때리자 시원은 움직이지 못하고 맞으며 울상을 지었다. 채윤의 전화를 받고 한걸음에 달려오느라 온종일 밥도 제대로 챙겨 먹지 못하면서 분주하게 볼일을 마치고 장까지 봐왔는데 맥이 탁 풀려 버렸다.

"배고파. 밥 먹고 할 일 있는데 어떡하냐?"

시원은 장을 볼 때 눈에 띄어 집어온 콘돔 한 박스를 손가락으로 가리키며 전의를 상실한 표정으로 채윤을 보았다.

"굶으면 되겠네."

"아씨, 하루 종일 굶었는데 밥하려면 얼마나 기다려야 해? 나 진짜 급한데 우리 반찬만 먹으면 안 될까?"

시원의 안절부절못하는 모습에 채윤은 크게 웃으며 시원이 가리키는 박스를 흔들어 보이며 서랍장에 넣었다.

"밥 먹다 놀다가 가요. 저건 다음을 위해 잘 챙겨놓을게요."

시원이 힘없이 주걱을 내려놓고 풀 죽은 손길로 밥솥의 뚜껑을 닫자 채윤은 시원의 등 뒤로 가 살포시 그를 안아주었다. 처음 만날 때부터 제멋대로 살갑게 굴던 시원이 어느새 채윤의 말

한마디에 희비가 엇갈리는 모습을 보면 웃음을 멈출 수 없어 몸이 들썩거렸다.

"움직이지 마. 흥분하면 더 배고파."

"햇반 있으니까 전자레인지에 돌리면 삼 분이면 돼요."

"진작 말하지. 날 들었다 놨다 하니 재밌어?"

시원은 화색이 도는 표정으로 돌아서 장난스럽게 채윤의 입술에 살짝 입술을 맞추고 겨드랑이를 간질였다.

"하지 마요. 간지럽잖아요."

채윤은 간지럼을 참지 못하고 시원과 실랑이를 벌였다. 어느새 시원이 뒤에서 채윤을 꽉 안아 찬장 가까이로 들어올렸다.

"자, 세 개 꺼내."

"왜 세 개?"

"많이 먹어야 밤새고 놀지. 힘들어, 빨리 꺼내."

채윤이 찬장에서 햇반을 다 꺼내자 시원은 채윤을 바닥에 내려놓고 목덜미에 입을 맞추며 몸을 더 가까이 밀착시켰다.

"아직도 축축해."

채윤은 등 뒤로 흠뻑 젖어 있는 시원의 가슴팍이 신경 쓰여 돌아서 단추 서너 개를 풀었다. 시원은 마른침을 삼키며 채윤의 긴 손톱이 맨가슴을 스쳐 지나갈 때마다 미약하게 몸을 떨었다.

"급할 거 없잖아요."

채윤이 웃으며 도망가자 시원은 황당해 웃음밖에 나오지 않았다. 단 한 걸음에 채윤을 따라가 뒤에서 껴안아 들고는 한 바퀴 돌렸다.

"감히 나의 배고픔을 이용해 놀려. 오늘 밤 죽었어."

채윤이 유쾌하게 웃으며 몸을 비틀어 떨어지려고 앞으로 한 발 걸어가자 시원은 절대 떨어지지 않으려는 듯 채윤의 발걸음에 맞춰 온 집 안을 헤매고 다녔다. 둘은 잘 맞춰 걸어다니다 시원이 일부러 박자를 어긋내자 둘은 바닥으로 넘어져 버렸다. 시원의 위로 잽싸게 올라탄 채윤이 두 눈 감고 입술을 시원 쪽으로 내밀 때 갑자기 현관 벨소리가 울려 퍼졌다.

"누구지?"

"이 시간에 올 사람 있어?"

채윤과 시원은 뜬금없이 울린 벨소리에 서로 의아해 쳐다보았다. 채윤은 이 시각에 찾아올 사람이 없기에 고개를 좌우로 흔들며 인터폰을 확인하고 어두운 얼굴로 현관문을 열었다.

"잘 지냈어? 아무리 해도 지문 인식기가 안 먹어서 벨을 눌렀어."

"미안해. 지문 인식기가 두 사람밖에 입력이 안 돼서 오빠 거 삭제했어."

민준은 채윤의 당황한 표정 뒤에 서 있는 시원과 맞닥뜨렸다. 시원은 문 앞에 서 있는 민준을 보고 차마 웃을 수도, 찡그릴 수도 없어 무표정하게 있었다. 민준 또한 채윤 때문에 어정쩡한 표정으로 시원을 보았다. 채윤과 한공간에 처음으로 같이 있기에 어색해진 둘은 채윤이 신경 쓰게 하고 싶지 않아 겉으로 친구를 만난 척했다.

"같이 있었구나. 들어가도 되냐?"

"들어와. 저녁 먹었냐?"

"아니."

"우리도 막 저녁 먹으려고 했는데 잘됐다."

민준은 둘 다 흐트러진 모양새를 하고 서 있어 안으로 들어가기 꺼려졌다. 채윤은 오랜만에 보는 민준의 어둡고 야윈 모습에 마음이 무거워져 시원을 지나쳐 고개를 숙이고 부엌으로 향했다.

"오랜만에 본다. 참, 택배 잘 받았다."

"그래. 오랜만에 얼굴 보는데 너도 참 때를 못 맞춘다."

시원은 와이셔츠의 가슴팍이 활짝 열린 곳으로 민준의 시선이 꽂히자 괜히 민망해져 심술맞게 말하곤 식탁에 앉았다.

처음으로 셋이 모인 자리인지라 어색하고 조용한 식사가 계속되었다. 채윤은 굳은 표정으로 입에 밥을 쑤셔 넣는 두 남자의 눈치를 보며 제대로 먹을 수가 없었다.

"오빠, 왜 그렇게 핼쑥해졌어?"

"일이 바빠서."

"그렇구나. 차린 건 없어도 많이 먹어. 속이 든든해야 일도 잘하지."

"그래."

"시원 씨도 요리하는 것 거드느라 고생했는데 많이 먹어요.

그리고 천천히 씹어 먹어요."

"알았어."

채윤은 두 남자의 짧은 대답에 민망해져 얼굴이 붉어졌다. 어떻게든 이 어색한 분위기를 바꿔보려고 했지만 두 남자 사이의 유치한 줄다리기를 보고 앉아 있을 수밖에 없었다. 시원이 반찬을 집으면 민준이 재빨리 젓가락으로 빼앗아가고 민준이 집으면 시원이 툭 건드려 떨어뜨리게 만들었다. 서로를 의식하면서 장난도 아닌 짓을 심각한 표정으로 하는 두 남자를 보면서 채윤은 차마 웃지도 못하고 식사가 끝날 때까지 지켜봤다.

"채윤아, 너 시원이 직업도 없는 거 알지?"

"어? 맞다. 시원 씨 고급 백수지."

불편한 저녁 식사가 끝나고 채윤이 커피를 내오자 시원은 상 치우는 걸 도와주었다. 민준은 자연스럽게 서로 살이 부딪치고 눈이 마주칠 때마다 웃는 두 사람을 보며 한숨을 쉬었다.

"그 말이 지금 왜 나와? 내가 설마 채윤이 손 빨고 살게 할 것 같아서 그러냐?"

시원은 득달같이 쏘아붙이며 민준이 무슨 말을 하려는지 알고 있어 막아보려 했지만 채윤이 솔깃해하는 모습을 보이자 어쩌지도 못하고 민준만 쏘아보았다.

"오빠, 근데 왜?"

"시원이 자꾸 날 물 먹이잖아. 회사에서 시원이를 복귀시키라고 나를 자꾸 쪼는데 저놈은 들은 척도 안 해. 너도 잘 생각해 봐. 백수 남편 어떻게 먹여 살릴래?"

"야, 권민준!"

시원이 그릇을 거칠게 개수대에 집어넣고 무섭게 쏘아보아도 민준은 아랑곳하지 않았다.

"네가 시원이 좀 설득해라. 내가 왜 저놈 때문에 두 번 마음에 상처를 받아야 하겠니?"

"그건 그러네. 시원 씨가 알아서 잘할 거야. 그렇죠?"

채윤이 시원 옆에 서서 커피 잔을 내려놓고 어깨를 으쓱하자 시원은 눈을 감아버렸다. 민준이 아주 작정하고 채윤이 앞이라는 약점을 잡아 자신을 회사로 끌어들이려고 하는데 차마 화를 낼 수도 없어 민준의 앞에 커피 잔을 밀어놓고 말없이 커피만 마셨다.

"강시원. 너 때문에 회장님이 삼 일에 한 번씩 어떻게 됐냐고 묻는데 내가 할 말이 없다. 만났으니 이 기회에 담판을 짓자."

"시원 씨가 회사에서 그렇게 중요한 역할을 해?"

시원은 채윤의 앞에 능력있는 남자로 보이는 게 기분 나쁘지만은 않았다. 근래 새로운 일을 찾으려 이곳저곳 다녀보았지만 분야가 마땅치 않고 마음에 차지 않아 고민하던 차였다. 민준의 말에 고심하는 척하다가 시원은 커피 잔을 내려놓았다.

"알았어. 며칠 내로 회장님께 찾아뵌다고 전해 드려. 신경 써줘서 고맙다."

"오빠가 고생이 많구나. 근데…… 갑자기 무슨 일로 찾아온 거야?"

채윤이 주저거리며 말하자 시원은 자리에 일어나 의자에 걸어놓았던 양복 상의를 집어 들었다.

"나 이만 가본다. 둘이 할 이야기가 있을 것 같은데 옆에서 방해하기 싫다. 권민준, 나중에 술이나 한잔하자."

채윤이 간다는 말에 자리에 일어나자 시원은 웃으며 어깨를 으쓱거렸다. 채윤은 현관까지 따라 나와 시원의 풀어진 와이셔츠 단추를 잠가주고 작게 속삭였다.

"이렇게 다 내놓고 다니면 안 돼요. 절대 다른 데 보지 말고 앞만 보고 호텔로 가요."

"운전할 때 옆, 뒤 안 보면 사고 난다."

시원은 고개를 숙여 채윤의 볼에 짧은 입맞춤을 해주곤 떨어지지 않는 발걸음을 민준을 위해 나섰다. 아직 풀지 못한 두 사람의 남은 이야기를 마저 할 수 있도록 배려해 주려 나섰지만 차마 닫힌 현관문 앞을 벗어나지 못했다.

민준은 시원을 배웅하고 들어오는 채윤을 앞에 두고 마시는 커피가 예전에 마시던 것과 유달리 써 인상을 찌푸렸다.

"커피가 이상해?"

"좀 쓰다."

"시원 씨가 커피를 독하게 마시는 것에 맞추다 보니까 오빠가 독한 거 싫어하는 걸 잊었다. 다시 타줄게."

민준에게 벗어나 다른 남자의 입맛을 신경 쓰는 채윤에게 민준은 이젠 정말 멀어졌다는 것이 느껴졌다. 내 여자일 거라 믿고 모든 걸 맞추어줬는데 다른 남자의 여자가 되어 다른 사람에게 맞춰가고 있으니. 독한 커피만큼이나 입 안이 썼다.

"그냥 앉아."

그동안 민준의 사랑을 받았던 채윤은 다른 사람을 만난다는 것이 그에게 어떤 상처를 얼마나 주었는지 알지 못한 것에 미안한 마음이 들어 쉽게 말이 나오지 않았다.

"오빠, 무슨 말을 해야 할지 모르겠지만 찾아와 줘서 고마워."

"내 앞에서 미안해 죽을 것 같은 표정 짓지 않아도 돼."

"그래도 미안하지. 나 때문에 오빠 많이 아팠을 텐데……."

"행복하지? 시원이가 잘해주지? 워낙 다정한 놈이라 잘할 거야."

"응, 잘해주고 행복해."

민준은 죄인같이 고개 숙이고 있는 채윤 때문에 마음이 아팠다. 이런 모습을 보려고 찾아오고 마음을 고백했던 것은 아닌데 너무나 어색한 모습에 이젠 정말 끊어야 할 때임을 알았다.

"채윤아, 오빠 처음 만났을 때 기억하지? 너 중학교 때 처음 봤는데 어찌나 예쁘던지 그 후로는 모든 기준이 네가 되었었어. 오빤 당연히 네가 나와 같은 마음이 될 거라고 생각했는데, 네가 날 남자로 보지 않고 너무 편하게 여긴다는 걸 안 이후부터 많이 조급해하고 집착했던 것 같아."

민준은 교복을 입고 발랄하게 뛰어오던 여중생을 잊지 못했다. 환하게 웃으며 오빠가 생겼다고 반갑게 소란 피우던 채윤이었다. 그 밝은 햇살 고스란히 받던 자그마한 여자 아이가 이젠 사랑을 하는 여자로 변해 있었다. 아니, 그렇게 변해가는 걸 고스란히 봐온 민준은 왠지 먼 이야기같이 아득했다.

"긴 시간 내 마음대로 너를 마음에 품었던 마음도 이젠 정리되고 있어. 처음에 고통스럽고 믿을 수 없었지만 내 마음도 내 마음대로 안 되는데 네 마음까지 내 마음대로 할 수 없다는 걸 깨닫게 되었지."

"오빠, 미안해. 내가 의도하지 않았지만 고통을 주게 되어서 마음이 편하지 않았어."

"그래, 내 사랑은 나 혼자만의 사랑이니까 너무 걱정하지 마. 어차피 세상에 견뎌내지 못할 고통 따위는 없잖아? 이젠 네가 행복해져서 맘껏 웃을 수 있게 되기를 바랄 뿐이야."

"나, 오빠한테 내 곁에 남아달라는 말 안 해. 그건 이기적으로나 행복하자고 오빠를 붙잡아두는 것 같아서 싫어. 하지만 오빠……."

채윤은 차마 다음 말을 잇지 못하고 식탁 위에 놓여 있는 민준의 손을 덥석 잡았다. 지난 어려웠던 시절 그 누구보다 큰 힘이 되어주었고 옆에서 성심성의껏 도와준 민준이었다. 지난 모든 좋았던 시간마저 이렇게 엇나가 버린 마음처럼 사라질까 안타깝고 미안해졌다. 한편 자신에 대한 사랑을 접으려고 할 때 느꼈을 그의 고통을 생각하면 이렇게 찾아와 행복하라는 말을 하는 민준에게 표현할 수 없을 만큼 고마웠다.

"많이 사랑했었어. 채윤아, 정말 너 많이 사랑했고 네 곁에 있어 행복했기만 했다. 내가 인연이 아닌 걸 가지고 발버둥 쳐서 널 아프게 해서 미안해. 그래, 시원이 말처럼 사랑이 어디 순서를 따지는 일도 아니고 오빠가 사랑한 것까지 더해서 시원과 행복하게 살아. 오빠도 시간이 흘러서 아주 많이 흐른다고 해도 내 동생 채윤이의 오빠로 돌아올게. 오빠 정말 너 많이 사랑했어. 채윤아, 꼭 네 마음 안에 들어온 행복 놓치지 마. 알았지?"

민준의 말엔 진심 반 거짓 반 섞여 있었다. 채윤의 마음에서 조금이라도 가지고 있을 죄책감을 덜어내게 하고 싶었다. 자신이 누구의 아픈 부분이 되고 싶지 않았다. 절절히 사랑했으니 좋은 사람으로 기억되고 싶은 욕심을 부려보고 싶었다. 그래서 억지로 좋은 위로의 말들을 끄집어냈다.

민준이 눈물 가득 맺힌 눈으로 입술을 꽉 깨물며 말을 잇는 모습에 채윤은 끝내 울음이 터져 나왔다. 시원과 나누는 사랑과는 다르게 친오빠로서 많이 사랑했던 채윤은 복받쳐 오르는 감정에 민준의 두 손을 놓지 못하고 소리 내어 울어버렸다.

"오빠, 미안해. 나 정말 오빠 많이 좋아했어. 내 옆에 있어줬다는 것만으로도 한없이 고마워. 그때 오빠가 없었다면 어떻게 견뎌냈을지 모르겠어. 비록 지금은 오빠랑 내가 가까이할 수 없는 감정들로 인해 이렇게 지내야 하지만 시간이 흐르고 흘러서 꼭 돌아와 줘. 그럼 그때 이 고마운 마음들 다 갚아줄게. 내가 지금 해줄 수 있는 게 없고 받기만 해서 미안해."

민준은 숨을 헐떡거리며 우는 채윤의 두 손을 놓고 옆으로 가 안아주었다. 누구도 예상하지 못해 불현듯 맞이하는 감정들에 셋 다 아파해야 했던 시간을 위로하며 채윤의 등을 토닥여 주었다.

"사랑이 그런 걸 미안할 것 없어. 네가 행복하면 되고 내가 앞으로 행복해지면 되는 거야. 그러면 돼. 그게 오빠가 해줄 수 있는 유일한 위로인 것 알지?"

"오빠 미안해, 그리고 고마워. 나한테 준 과분한 사랑 보태서 잘살게. 정말 오빠 마음을 내가 오랜 시간 상처 준 거 미안해."

채윤은 민준의 품속에서 미안하다는 말과 고맙다는 말을 반복하며 목 놓아 울어버렸다. 이젠 민준이 옆에 같이하지 않는다 해서 마음속에서까지 죽어버리는 일은 더 이상 일어나지 않았다. 마음속에서 영원히 민준의 자리도 남아 언젠가 같이할 수 있기를 바라고 또 바랐다.

민준은 울고 있는 채윤의 등을 토닥이며 굵은 눈물 한줄기를 흘렸다. 이젠 지난 미련마저 흘려보내려 깊이 숨을 들이셨다 내뱉었다.

"시간이 흘러 나도 좋은 사람 만나게 되면 넷이 한자리에 모이자. 그러니 그만 해. 내 사랑이 너를 눈물 나게 한다면 한낱 가치없는 상처 덩어리밖에 되지 않잖아. 우리 다 행복해질 거야. 사랑을 한 번 보냈다고 다른 사랑이 오지 않는 건 아니니까 나도 너처럼 행복해질 거니 걱정 하지 마."

채윤을 토닥거리며 민준은 오래 담아져 있어 잘 떨어져 나가지 않는 잔재를 스스로 위로했다. 앞으로 얼마나 오랜 시간 이 잔재들로 인해 채윤의 앞에 나타나지 못할지 예상할 수 없었다. 허나 이젠 채윤이 편하게 풀어갈 수 있을 듯해 꽉 안아 토닥여 주었다.

채윤이 한참을 울다 지쳐 버릇처럼 품에서 잠들어 버렸다. 민준은 잠든 채윤을 방에 눕혀주고 마지막으로 눈물이 범벅된 얼굴을 쓰다듬어 주었다. 이것도 이젠 정말 마지막이라는 생각에 누워 잠든 채윤을 한참 바라보다 방문을 닫고 집 안을 살핀 후에 현관을 나섰다.

"채윤이 자니?"

민준은 현관을 나와 어두운 계단에서 들려온 시원의 목소리에 깜짝 놀라 움찔했다.

"놀라긴. 네가 나라면 방구석에 처박혀 있겠냐?"

시원은 한참을 기다려도 나오지 않는 민준을 찾으러 들어갈지 말지를 고민했었다. 그러다 채윤을 믿지 못하는 속 좁은 놈으로 보일까 봐 꾹 참고 찬 바닥에 앉아 고행하듯 오랜 시간 기다렸다.

"채윤이가 원래 울면 잠드는 버릇이 있어. 감정이 격해지면 애가 쉽게 피곤을 느끼는 편이야."

민준은 채윤에 대해 시원에게 당부하듯 말했다.

"그래, 앞으로 울 일이 없겠지만 참고할게."

민준은 시원의 옆에 앉아 놓여 있는 담배 한 대를 집어 들고 불을 붙였다.

"그동안 채윤이 옆에서 지켜주고 또 힘들었겠지만 마음 잘 정리해 줘서 고마워. 고마운 만큼 친구이기에 미안한 마음도 크다. 알지?"

민준은 팔꿈치로 툭 치는 시원을 되받아쳐 주고 담배 연기를 길게 내뿜었다.

"잘해줘. 이젠 네가 채윤이에게 힘이 돼줘야 해. 네 목숨만큼만 사랑해. 그보다 더 간절한 건 없으니."

"그래, 너도 네 목숨만큼 사랑할 사람 다시 만나게 될 거야."

"간다. 내 마음이 완전히 너희 둘을 행복하라고만은 못하니 너무 안심하지 마라."

마음에 없는 말임을 아는 시원은 민준의 웃음에 같이 웃어주었다.

"치사하게 채윤이 앞에서 회사 얘기나 꺼내고. 앞으로 두고두고 날 끌어들인 걸 후회하게 만들어줄 거야."

"널 친구로 삼은 것 자체를 후회하고 있다."

"난 널 친구로 삼은 것 자랑스럽게 생각하고 있다."

시원은 자리에 일어나 옆에 앉아 있는 민준에게 손을 내밀었다. 민준은 시원이 내민 손을 잡고 자리에서 일어나 어깨를 주먹으로 툭 치고 계단을 터벅터벅 내려갔다.

시원은 민준의 발소리가 사라지자 집 안으로 들어가 침실로 향했다. 스탠드 하나 켜진 옅은 불빛에 찡그린 표정으로 잠들어 있는 채윤을 보자 묘한 질투가 일어났다.

"채윤아, 마녀. 일어나 봐."

시원은 채윤의 옆으로 파고 들어가 눕고는 반쯤 잠이 깬 채윤과 눈을 맞추었다. 채윤은 옆에 누운 사람이 시원이자 얼굴에 슬며시 미소가 지어졌다.

"나한테 자기야 라고 해봐. 시원 씨, 하지 말고 자기야 라고 해봐. 응?"

채윤은 잠결에 일어나 꽉 잠긴 목소리로 중얼거리자 답답한 시원은 얼굴을 채윤에게 가까이 가져갔다.

"자기야 라고 해봐. 누구한테는 오빠 하면서 나한테는 시원 씨라고 하니까 꼭 멀리 있는 사람 같아."

"자기야, 자기야. 됐어요?"

"우리 마녀, 잘했다. 아주 잘했어. 앞으로 그렇게 불러."

시원은 만족한 표정으로 채윤의 머리 밑으로 손을 넣고 끌어당겨 도망가지 못하게 꽉 안았다. 잠이 오지 않는 밤에 머지않아 하게 될 결혼식을 상상하며 시원은 넘치는 성 욕구를 잠재웠다.

시원은 오랜만에 걸려온 아버지의 전화로 인해 이제껏 일어난 일에 대한 전후사정을 듣게 되었다. 그리고 어렵게 권 사장과 약속을 잡고 그의 사무실을 찾았다. 민준의 아버지기도 한 권 사장의 마음 씀씀이를 모르고 지나쳤다면 큰 결례를 범할 뻔했기에 쉽지 않은 발걸음이지만 급하게 찾아뵙게 되었다.

"오랜만에 뵙습니다. 그동안 안녕하셨습니까?"

"그래, 강 변호사도 잘 지냈지? 민준이를 통해 종종 소식은 듣고 있었는데 그간 많이 격조했어."

권 사장은 며칠 전부터 시원이 찾아오겠다며 기어이 약속을 잡으려 해 의아해하면서도 아직 채윤의 일이 깔끔하게 마무리되지 못해 찾아오는 것이라 여기며 반가운 얼굴로 맞았다. 그러면서도 한편으론 예상외로 마음고생을 크게 하는 민준을 생각하면 그리 달갑지 않은 손님이기도 했다.

"아버지가 약조하신 돈을 전해 드리라는 부탁을 받고 심부름 왔습니다."

시원은 양복 안주머니에서 아버지 비서가 보내준 하얀 봉투를 꺼내 권 사장 앞에 조심히 내려놓았다. 두툼한 봉투를 집어든 권 사장은 긴장한 시원 앞에서 금액을 확인해 보았다.

"하여간 자네 아버지도 그 성미 그대로시군. 뭐 그리 급하실 게 있다고 이리 빨리 이자까지 넉넉히 보내시나. 작은 액수도 아니고 큰돈 마련하시느냐고 힘드셨겠네. 내 조만간 연락드린다고 전해 드리게."

권 사장은 자리에 일어나 금고에 돈을 넣어두고 사무실 직원이 들여오는 차를 시원에게 권했다. 차를 마시며 권 사장은 선뜻 돈을 받긴 했지만 이 돈을 무엇을 뜻하는지 궁금한 표정으로 앉아 있는 시원을 살폈다.

"채윤이와의 일이 좋은 쪽으로 진행되고 있습니다. 그래서 아버지께서 짐이 될 옛일들을 하루속히 털어버리고 싶으신지 서두르시는 것 같습니다."

"내 그럴 줄 알았네, 채윤일 만나보고 마음에 들어하지 않는다면 아직 정신 못 차린 거지. 강 장관도 이제야 제정신이 돌아왔군."

시원은 권 사장의 말이 맞는 말임에도 불구하고 세간의 아버지 평을 다시 한 번 확인하는 것 같아 씁쓸한 기분이 들어 표정이 좋지 않았다. 권력의 탐욕이란 순식간에 불처럼 일었다가도 놓으면 순식간에 사라지는 것을 깨닫고 있는 아버지의 평이 곧 변하길 기대할 뿐이었다.

"아, 미안하네. 내가 말이 좀 험했군. 어쨌든 좋게 풀린다니 우리 채윤이에게도 정말 잘된 일이야."

"며칠 전 아버지에게 이야기 들었습니다. 사장님께서 저희를 엮어주려고 하신 일에 깊이 감사드립니다. 고등학교 때부터 사장님 댁에 자주 드나들어 절 아셨을 텐데 쉽지 않은 결정을 내려주신 것 거듭 감사드립니다."

"공치사 받으려고 한 일 아닐세. 내 할 일을 했을 뿐이야. 자네도 더 살다 보면 알겠지만 은혜에 대한 보답은 언제라도 어떤 방식으로든 돌려주어야 하는 일일세. 그게 사람의 도리인 게야. 그리고 자네가 그때 그놈들을 적당히 처리해 준 건 고맙네."

시원은 그날 채윤이 그들에게 얼굴이나 집이 드러나 혹시라도 해코지를 당하지 않을까 염려되어 조용히 넘어가기로 했다. 어차피 뒤에 권 사장의 의중도 알게 되었고 모든 것이 좋은 뜻이었다는 것만으로도 큰 짐을 덜은 기분이었다.

"네, 저희를 위해 하신 일인데 과해서 좋을 거 있겠습니까."

"그리고 혹여나 채윤이에게 내가 그리했다고 절대 말하지 말게. 고것이 알고 보면 까다로워 다 뒤집어엎을지도 몰라. 그건 자네가 바라는 일이 아니지?"

권 사장이 넉살스럽게 말하자 시원은 웃으며 고개를 끄덕였다. 시원이 알기에도 채윤은 운명이나 우연 등 예기치 못한 일을 상당히 믿는 편이었다. 권 사장의 방식이 좋지 못하였지만 채윤에게 효과적이었다는 건 부인할 수 없었다.

"이 감사한 마음을 어떻게 돌려 드려야 할지 막막합니다. 제가 감히 사장님께서 원하시는 것이 있는지 묻는 건방짐을 보일 수도 없고 이 빚을 어찌 갚을지 고민입니다."

"이미 건방져 보이네. 채윤이 눈에서 눈물 나지 않게 둘이 알토란 같은 자식을 낳아 살면 난 더 바라는 게 없어. 자네가 권력에 눈이 멀지 않고 그동안 내가 보아온 인품이 좋아 어렵게 결정한 것이니 알아서 해. 다 어르신과 자네 아버지의 질긴 인연으로 된 거려니 하고 나에 대해선 잊어버리게. 채윤이가 알면 고것이 날 얼마나 닦달할지 머리가 다 아파져."

시원은 채윤과의 만남 뒤에 이렇게 깊은 배려가 존재한다니 한층 이 사랑이 고귀하고 뜻하는 바가 많음을 되새겼다.

"그리고 내 부탁 하나 하자면 민준이 놈한테 좋은 여자나 소개시켜 주게. 그놈도 마음 접으려고 무진장 애썼어. 내 자식이라 하는 말이 아니라 사리 분별력이 아주 떨어지지 않아서 제 감정의 끝을 잘 알아차리고 애먼 짓을 하지 않았지만 보기 안쓰러워."

시원 또한 민준에게 남다른 마음을 쓰고 있었기에 권 사장 눈 밑의 어두운 그림자를 알아보았다. 민준에게 들었던 지난 세월들의 그 감정들을 헤아리면 시원 또한 친구로서 복잡한 마음이 들었다.

"그 점에서는 드릴 말씀이 없을 정도입니다. 앞으로 사장님께서 베풀어주신 만큼이라도 보답할 수 있도록 노력하겠습니다."

시원의 곧은 성격이 보여 흐뭇해진 권 사장은 채윤에 대한 걱정을 한시름 놓았다. 사실 강 장관을 만나 그 마음속에 가득한 아집을 보고 나니 비집고 들어갈 틈이 없는 건 아닌가 싶어 괜한 짓으로 채윤에게 더 상처만 주게 되는 건 아닌지 마음이 무거웠다. 지난 세월은 세월일 뿐이라고 여기는 강 장관을 너무 늦게 만나 설득하긴 늦었다고 여겼었다. 그러나 겉으로는 강하지만 속은 여린 그 성품이 늙어도 변치 않아 일이 자연히 순리

대로 흘러가니 그나마 천만다행이었다.

권 사장은 채윤이 지금 당장 결혼을 한다 해도 예쁨 받는 며느리로 자리 잡기는 힘들겠지만 그 굴곡을 넘고 나면 충분히 누구보다 사랑받는 며느리가 될 거라 믿었다. 강 장관 부부가 명예를 좋아하고 겉치레를 중시하지만 그 이면에는 순수한 사람에 대한 동경도 있었다. 천성이 악하지 않은 두 사람을 채윤이 잘만 구슬린다면 어느 가정보다 화목하게 지낼 수 있을 거라 여겼다.

"강 변호사, 미안하지만 이만 가보게. 내 약속이 있네."

벽시계를 본 권 사장은 급하게 시원을 보내려 하자 시원은 의아해하면서도 자리에 일어나 정중히 고개를 숙여 인사했다.

"그럼, 나중에 일이 다 마무리되면 좋은 일로 다시 뵙겠습니다."

"아저씨."

사무실 문이 벌컥 열리며 채윤이 들어오자 시원은 권 사장을 보았다. 채윤을 보고 벌떡 일어난 권 사장은 어정쩡하게 서 있는 시원에게 가까이 가 귓속말을 했다.

"다시 당부하지만 채윤이한테 말하면 안 되네. 실언이라도 하는 날에는 자네 내 손에 죽어."

시원은 협박 아닌 협박을 하는 권 사장의 말에 나오는 웃음을 억지로 참으며 고개를 끄덕였다.

"아저씨가 절 부른 이유가 시원 씨 때문이었군요."

"그건 아니고 좌우지간 만났으니 자네도 앉고 채윤이도 앉아라."

채윤이 시원의 옆에 앉자 권 사장은 금고의 문을 열고 시원이 가져왔던 봉투를 꺼내 채윤의 앞에 놓았다.

"장관님이 약조한 돈이라더구나. 이자까지 듬뿍 넣어주셨으니 네가 알아서 하거라."

채윤은 봉투와 시원을 번갈아 보면서 놀란 표정을 감추지 못하고 봉투를 집어 들었다. 예상했던 금액보다 훨씬 많이 들어있어 채윤이 손이 떨리자 권 사장은 걱정스러운 눈길로 보았다. 채윤 앞으로 된 자산은 모두 권 사장이 관리해 왔기에 채윤은 자기 재산에 대해 확실한 금액은 모르고 있었다. 어림짐작으로만 알고 있었고, 중요한 일이 아니면 알려 하지 않았기에 채윤은 이번 액수를 보며 다시 한 번 어르신이 남겨준 유산에 놀라는 모습이었다.

시원은 흔들리는 눈으로 자신을 바라보는 채윤을 안심시켜 주기 위해 괜찮다는 눈빛을 보냈다. 혹시라도 이 돈을 보낸 게 돈을 받고 시원이와 그만두라는 강 장관이 뜻이 아닐까 하는 생각에 채윤은 겁이 났지만 시원의 평안한 표정에 안심했다.

채윤은 잠시 돈을 탁자에 두고 입술을 깨물며 생각에 빠졌다. 이제껏 손대지 않은 유산과 이 돈을 합치면 그동안 생각했던 일을 하기에 충분할 거란 생각이 들었다.

"예전에 제가 말씀드렸듯이 처리해 주세요. 엄마가 계셨던 고아원에 갔을 때 낡아서 보기 흉하더라고요. 이 돈으로 땅 매입하시고 건물 증축하신 후에 이전에 받았던 유산으론 그곳 아이들의 미래를 위해 쓸 수 있도록 장학회 같은 형식으로 처리해 주세요."

채윤은 담담한 목소리로 앞에 놓인 봉투를 권 사장 앞으로 밀어 놓으며 눈웃음을 지었다.

"매번 아저씨가 제 일을 다 처리해 주셔서 얼마나 고마운지 몰라요. 마지막으로 한 번만 더 수고해 주세요."

시원은 채윤을 보고 경악한 표정을 지으며 입을 다물지 못했다. 일이 억도 아니고 수십 억을 한 푼도 챙기지 않고 전부 기증을 한다니 사람이 어디까지 선할 수 있을까 하는 생각에 어안이 벙벙해졌다.

"애교 부리지 말고 내가 이런 일도 안 하면 나이 먹어 할 일이 뭐가 있겠냐? 그럼 전에 준비했던 서류가 있으니 도장만 찍으면 되겠구나. 네 인감 도장이 나한테 있지?"

"네."

"잠깐만 기다리렴. 저번에 그 서류를 진행시켰는데 어디다 두었더라."

권 사장이 서류를 찾기 위해 사무실을 나가자 시원은 눈을 깜박이며 채윤의 볼을 꼬집어보았다.

"아파. 왜 그래요?"

채윤이 볼을 만지며 시원을 쨰려보자 시원은 꿈은 아니고 실제 일어나는 일이라 재차 놀란 가슴을 어찌할지 몰랐다.

"정말이야? 전부 다?"

"네. 왜 그리 놀래요?"

"아니, 솔직히 그 돈을 전부 기증한다니 놀랍지. 누구나 욕심이 있어서 어느 정도 자신의 몫을 남겨두는 법이잖아."

"이 돈은 내 돈이 아니잖아요. 할아버지 돈인데 내 일신을 위해 쓰기보다 더 필요한 사람을 위해 내놓는 게 편해요. 돈을 쫓아가면 돈에 나를 잃는다고 했어요. 어차피 한참은 더 살아야 하는데 돈이 더 필요해지면 열심히 벌면 되는걸요. 내 옆에 당신도 있고…… 그래서 아쉽지는 않아요."

채윤은 드디어 할아버지가 남겨준 짐 같던 지나친 유산을 벗어 던질 수 있어 홀가분해졌다. 적당한 돈을 넘어 많은 돈을 가지고 있다 보니 이곳저곳에서 할아버지와 친분을 들먹이며 도와달라는 부탁에 질렸었다. 더구나 평생 일을 하지 않아도 편하게 살 수 있다는 생각에 점차 태만해지는 삶의 태도도 부담스러워졌다. 돈이란 많으면 많을수록 사람을 옭매는 성질이 있는 듯했다. 이젠 한 가정을 유지하며 궁핍해 싸움이 일어나지 않을 정도만 가지고 조용히 살고 싶었다.

"천성이라는 생각밖에 안 든다. 힌채윤 멋있어. 너만큼 살려면 앞으로 나도 성실하게 살아야겠다."

시원은 채윤의 손을 꽉 잡으며 빠르게 뛰는 놀란 가슴을 진정시키려 노력했다. 돈 앞에 이기적인 욕심을 부리지 않고 대담하고도 진실된 마음을 가진 채윤과 앞으로 어떻게 살아가야 할지 더욱 깊이 생각하며 시원은 지난날 너무 흘러가는 대로 안일하게 살아가며 최선을 다한다는 자위하에 살았던 것이 후회되었다.

"요새 젊은 것들은 왜 이리 게으른지 일 하나 시켜놓으면 한나절이 더 걸려. 인터넷이 뭔지 그걸 그리 들여다보고 있으니 일이 되나."

"다 그래요. 인터넷이 생활의 한 부분이 되어서 뭐라 할 수도 없는걸요. 그래도 할 일 안 하는 건 아니잖아요."

"그래, 다만 딴 짓 하는 거나 걸리지 않으면 좋겠구나. 뭐 도장 찍는 건 지겹게 해봤을 테니 알아서 해라."

채윤은 수십 장의 서류를 일일이 확인하고 도장 찍으며 간혹 생각에 잠긴 듯 느리게 페이지를 넘겼다. 이젠 세상에서 두 번 다시 만질 수 없는 돈에 대한 미련이 잠깐 스쳐 지나갔지만 그 돈으로 인해 지금까지 겪은 일을 두 번 다시 겪고 싶지 않아 힘주어 도장을 꾹꾹 눌렀다.

"저런 며느리 얻으면 복이지 복. 강 변호사도 참 전생에 뭔 덕을 쌓았기에 채윤일 만났는지 궁금하구먼."

"다 사장님 덕분입니다."

"왜 아저씨 덕분인데요? 다 시원 씨가 잘나서 그런 거지. 안 그래요, 아저씨?"

채윤이 입술을 비죽거리며 말하자 권 사장은 시원을 쏘아보며 험한 인상을 짓지만 시원은 웃기만 했다.

"그래, 강 변호사가 잘나서 그렇다. 참 내, 누가 제 짝 흉이라도 볼까 봐 말하는 본새하고는……."

채윤은 도장의 뚜껑을 닫고 서류와 도장을 권 사장 앞으로 내밀었다. 그리고 애틋하지 못했던 부모님에 대한 최고의 선물일 거라며 웃었다. 왠지 어디선가 부모님이 어깨를 두드리며 잘했다고 칭찬해 줄 것 같아 눈물이 핑 도는 걸 애써 외면하며 밝은 목소리로 권 사장에게 물었다.

"근데 아저씨, 이 일 때문에 저 부르신 거예요?"

권 사장은 촉촉한 채윤의 눈을 의식하고 시원이 말없이 다정하게 손을 잡아주는 모습에 고개를 저으며 말을 꺼냈다.

"지난 일에 연연해하지 말고 잘살라고 훈계나 좀 늘어놓으려고 했는데, 알아서 잘하는 것 같아 그만두련다."

권 사장은 며칠 전 민준이 채윤을 만나고 온 후 갑작스레 출장을 간다며 행선지도 알리지 않고 사라져 혹시 둘 사이에 무슨 일이 있었기에 그런지 알아보려 불렀다. 하지만 채윤과 시원의 다정한 모습에 차마 입이 떨어지지 않아 말을 삼켰다. 설마 죽어 돌아올 아들도 아니고 사랑을 남들보다 힘겹게 겪어내는 것이려니 자위하며 행복해 보이는 두 사람을 심란하게 만들지 않기로 했다.

"난 점심 약속이 있어 이만 나가보아야 하니 너희들도 그만 가거라."

"아저씨, 건강하시고 다음에 또 올게요."
"부르기 전에 오면 참 좋겠구나."
"앞으로 자주 찾아뵙도록 노력하겠습니다."
"자주는 됐고 어쩌다 한번 노인네 궁금해 숨넘어가기 전에나 들리게."
"그럼 다음에 뵙겠습니다."

시원과 채윤이 활짝 웃으며 나가자 권 사장은 눈을 지그시 감으며 그 옛날 어르신에게 진 빚을 갚은 듯해 슬며시 웃음을 지었다.

오랜만에 바깥나들이를 나온 채윤은 화창한 봄 날씨에 활짝 핀 꽃들을 구경하며 길을 걷다 보니 종종 시들어 떨어져 있는 꽃잎들이 보였다. 어느새 이 봄도 여름을 맞을 준비를 하는 것 같아 아쉬웠다.

"꽃들이 여름을 맞이하려는지 제법 시든 꽃들이 보여요."
"아직도 많은데 뭘. 여름까지는 아니고 바람이나 황사에 떨어진 것 같아."
"집에만 있었더니 바깥에 뭔 일이 났는지도 몰랐네."

오랜만에 상쾌한 공기를 맡은 채윤은 기분이 좋아 시원의 허리에 팔을 두르고 가벼운 발걸음으로 사방을 두리번거렸다. 아직 벚꽃이 만발한 길을 걷다 보니 바람에 흩날려 뿌려지는 꽃잎들이 앞을 가릴 정도였다.

"있잖아요. 내가 너무 행복해서 그런지 우리를 축복하려고 일부러 꽃잎을 뿌리는 것 같지 않아요?"

"내가 하늘한테 시켰어. 오늘 같이 기분 좋은 날 그냥 넘어갈 수 없잖아."

"능력도 좋아. 근데 왜 나한테 프러포즈 안 해요?"

"웬 프러포즈?"

시원은 채윤이 구색 맞추는 걸 한 번도 챙기지 않아 생각지도 않았는데 갑작스러운 말에 허를 찔렸다.

"결혼하려면 당연히 해야죠."

"흠, 우린 천생연분이잖아. 그런 거 필요 없어."

"됐어요. 치사해. 나도 여자이고 싶다고요."

"너 강시원 공식 여자야. 운명에는 다 소용없어. 말하지 않아도 알고 있었잖아."

"몰라요. 당장 안 해주면 놀랄 소식 있는데 나 혼자만 알아야지."

시원은 고민에 빠져 한참 이런저런 생각을 한 끝에 허리춤에 있는 채윤의 손을 잡고 작게 속삭였다.

사랑하는 이여. 그대를 만난 후,
아침에 눈을 뜨는 순간 감사하다는 말이 절로 터져 나옵니다.
혹여나 그대 곁에서 그대만을 생각하며 사는 삶이 허락되지 않을까 두렵습니다.

사랑하는 이여. 그대를 만난 후,

눈물짓게 하고 마음 아프게 한 날이 더 많았기에 죄스럽습니다.

혹여나 그 눈물과 상처에 지쳐 그대가 내 곁을 떠나게 될까 두렵습니다.

사랑하는 이여. 그대를 만난 후,

매 순간 두려움 가득한 삶을 살아갑니다.

혹여나 이 두려움을 위해 내 삶이 끝날 때까지 같이 있어주지 않으렵니까.

사랑하는 이여. 그대를 만난 후,

매 순간 사랑으로 터지려는 가슴을 진정시키기 힘듭니다.

혹여나 이 불치병을 위해 내 삶이 끝날 때까지 같이 있어주지 않으렵니까.

사랑하는 이여.

그대 삶과 내 삶이 하나 되어 죽음으로 끝이 날 때까지 함께하지 않으렵니까.

채윤은 귓가에 바짝 대고 달콤하게 시를 읊어주는 시원 때문에 뺨이 붉게 물들었다. 시원은 잡고 있던 채윤의 손을 놓고 허리를 감싸 안으며 마주 보게 만들었다.

채윤은 시원을 수줍은 눈길로 바라보며 작은 탄성을 질렀다. 시원은 채윤의 주변으로 흩날리는 꽃잎들 속에서 돋보이는 채윤을 보며 아름답다는 말이 절로 나왔다.

"너무 낭만적이라서 싫어. 어디 불안해서 시원 씨 데리고 살겠어요?"

"너한테만 그러니까 데리고 살아줘. 사랑하며 행복하게 살자."

시원은 지키지 못할 헛된 약속은 절대 채윤에게 하지 않기로 스스로 다짐했기에 작아 보이지만 그가 할 수 있는 약속만을 말했다. 채윤은 그저 눈앞에 펼쳐진 풍경이 너무 아름다워 충동적으로 시원에게 프러포즈를 해달라고 했지만 진심을 다해 말하는 흔들리지 않는 그의 눈을 보며 믿었다.

"행복하게 사랑하며 살아요."

"놀랄 소식이 있다면서?"

"지금 그거 때문에 급조한 거예요? 실망이야."

"아냐, 한채윤은 강시원의 여자이자 강시원은 한채윤의 충실한 부군일 것임을 맹세합니다."

시원이 주변 사람들이 다 쳐다볼 정도로 큰 소리로 말하자 채윤은 사람 많은 곳에서 거침없이 자기표현을 다 하는 시원 덕분에 절로 웃음 지어졌다.

"뭔데? 뭐야? 뭐야? 말 안 해주면 진짜 확 삐뚤어질 테야. 나 삐뚤어지면 무섭다."

"아침에 원장님이 전화하셨는데, 오늘 저녁에 집으로 오라고 하셨어요."

"어머니가?"

"그럼 장관님이 그랬겠어요?"

"유치한 한채윤. 왜 오라고 하셨어?"

"하실 말씀이 있다고 시원 씨랑 같이 올 수 있음 오라고 하셨어요."

"왜 나한테 전화 안 하고 너한테 하셨지? 이상하네."

시원은 어머니가 부르셨다면 당연히 자신을 통할 일이지 채윤에게 직접 연락을 했다는 게 의아해 주머니를 뒤져 휴대전화를 찾았지만 없었다. 시원이 빈손을 내보이며 어색한 웃음을 짓자 채윤은 그의 민망한 빈손에 자신의 두 손을 올려놓았다.

"호텔에 안 들어가고 너네 집에서 놀아서 그래."

"시원 씨가 우리 집에서 놀았어요? 잔뜩 어질러 놓고 도망간 바람에 어제저녁부터 무릎이 닳도록 청소했어요. 그리고 어제 호텔 가서 잤으면서 뭐 했기에 휴대전화도 안 챙겨서 나와요?"

"야, 뜬눈으로 며칠 밤 새워봐. 넌 밤이면 책 보고 인터넷 한다고 나 몰라라 하고 막 잠들려고 하면 옆에 와서 딱 달라붙는데 잠이 오냐? 너도 그러는 거 아냐."

"내가 뭘요?"

"굶주려 있는 늑대 옆에서 잠이 오냐? 차마 자는 양을 덮치지 못하는 양심적인 늑대인 내가 밉다, 미워."

채윤은 큰 소리로 말하는 시원 때문에 입을 막고 주변을 살펴보았다. 점심시간이 되어 산책 나온 직장인들이 꽤 많았기에 혹시 들었을까 하는 생각에 민망해진 채윤은 시원의 손을 붙잡고 빠른 걸음으로 사람이 적은 곳으로 갔다.

"그렇게 크게 말하면 어떡해요?"

"나도 때론 힘 좋은 남자이고 싶다고."

"내가 가까이 가면 지레 겁먹고 뒤로 물러나 놓고 이제 와서 난리야."

"야, 그건 네 의도를 몰라서 그런 거지. 피곤해 자려고 하는 건지 아니면 나를 원하는 건지 고민되지 안 되냐? 내가 다시 가까이 가면 잠들어 있었잖아. 어쩜 잠도 그리 얌전히 자는지 차마 흑심을 품을 수 없는 나의 이 순수한 마음을 네가 꼭 알아야 해."

"아무리 그래도 그렇지 한참 후에 다시 안아주면 마음 다 달아나서 퍽도 좋겠어요."

"그럼 오늘부터 다시 너네 집에서 자야겠다. 나는 또 네가 싫어하는 줄 알았잖아. 앙큼하게 기다렸으면 진작 말하지."

시원은 채윤이 잡고 있는 한쪽 팔을 흔들며 새침하게 모은 채윤의 입술에 입 맞추었다. 채윤은 갑작스러운 입맞춤에 놀라 주변을 살펴보고는 시원을 흘겨보았다.

"사람들 보면 어떡하려고. 대책없어, 정말."

시원은 채윤의 팔을 살짝 당겨 품에 포근히 감싸 안았다. 채윤은 시원의 허리를 손으로 감싸고 유달리 따뜻한 가슴에 얼굴을 가져다대 보이지 않게 웃었다. 아직 이런 스스럼없는 스킨십

이 낯설지만 그의 손길이 마냥 좋기만 했다.

"앞으로 말해. 하고 싶으면 말하고 하기 싫어도 말해. 말도 안 하고 어떻게 다 알겠어? 우리 익숙해질 때까지 솔직한 감정을 말하자."

"감정을 솔직히 말하는 게 서툴러요. 매번 꾹 참고 넘기던 게 버릇이 돼서 왠지 이 말을 해도 되나 고민이 돼요. 그래도 앞으로 많이 노력할게요."

각자 다른 방식으로 삶을 살아왔기에 말로 표현하지 않으면 서로의 깊숙한 속마음을 알아차릴 수가 없었다. 품에 안겨 보이지 않게 웃으려고 파고드는 채윤을 보면서 시원은 떨어져 있던 만큼 익숙하지 않은 서로에게 조금씩 적응해 나가고 있으니 어느 순간 정말 하나가 될 수 있다고 여겼다.

"세상에 처음부터 딱 떨어지는 하나는 없어. 다 맞춰서 하나를 만드는 거야."

채윤은 지친 표정으로 대문 앞에 서서 시원의 손에 들린 수북한 쇼핑백을 보며 인상을 찌푸렸다.

"너무 많이 샀어요."

시원은 오후 내내 연신 들뜬 기분으로 채윤을 끌고 다니며 백화점에서 옷을 사 입히고 그토록 싫어하던 하이힐까지 사주며 긴장을 풀어주려 애썼다. 부모님이 좋아하는 것이 무엇인지 가르쳐 주면서 짐이 될 정도로 잔뜩 사 들고 왔지만 집 앞에 도착한 시원은 초인종을 누르는 걸 채윤에게 미루고 있었다.

"빨리 눌러요."

"네가 해. 네가 초대 받은 거잖아."

시원은 채윤이 초대 받았으니 당연히 채윤이 눌러야 하고, 채윤은 시원의 집이니까 같이 왔으면 당연히 시원이 눌러야 한다고 옥신각신하며 버티고 있었다.

"그럼 가위바위보 해요."

"정말 유치하게 이렇게까지 할래?"

"안 할 거면 시원 씨가 눌러요."

시원이 막 초인종을 누르려 하자 탕 소리를 내며 문이 자동으로 열렸다. 시원과 채윤은 열린 문을 놀래 머뭇거리며 의아해하자 목소리가 들렸다.

[강시원, 벨 누르는 거 가지고 남자가 옹졸하게 여자한테 미루고 그러니. 키도 있으면서 그냥 들어오면 되지 뭘 그리 복잡하게 만들어.]

장 여사의 말에 시원은 머리를 긁적이며 채윤의 손을 잡고 안으로 들어갔다. 채윤은 둘의 대화를 장 여사가 다 들었을 거라 생각하자 민망해 가뜩이나 긴장되는 마음이 더욱 긴장되었다.

"키도 있었다면서 왜 그렇게 힘들게 해요?"

"너한테도 기회를 준 거야. 이젠 내 집만이 아니라 네 집도 될 테니까."

채윤은 잘 꾸며진 넓은 정원을 보자 장 원장의 성격과 딱 떨어진다고 생각했다. 항상 단정한 옷차림으로 교육원 일에서도 틈을 주지 않고 정확하게 처리하는 모습이 이 집 정원에서도 고스란히 보였다.

"한 선생, 들어오세요. 시원이 넌 뭘 하고 돌아다니기에 휴대전화도 안 받니?"

채윤이 현관으로 통하는 계단에 막 올라서자 장 원장이 문을 열고 나와 두 사람을 맞았다.

"어머니, 안 받은 게 아니고 못 받은 거예요. 그리고 온 줄 알면 문 열어주시지 왜 엿듣고 그러세요?"

"아들아, 뭘 잘했다고 이 어미에게 따지니."

"어머니, 피차일반이라고 합시다."

채윤은 계단을 올라가면서 넉살스럽게 구는 시원이 얄미워 옆구리를 꼬집었다. 시원은 꼬집힌 옆구리 때문에 살짝 몸을 비틀다 손으로 쓰다듬으며 채윤의 뒤를 따라 집으로 올라갔다.

"채윤 양, 어서 오게."

시원과 채윤이 장 원장과 같이 안으로 들어오는 소리에 강 장관은 보던 신문을 접고 채윤에게 소파에 앉으라고 권했다.

"초대해 주셔서 감사합니다."

채윤은 몇 번 뵙지 않았지만 어둡고 굳어 있던 표정만 보다가 부드러운 강 장관을 보자 시원과 많이 닮았다는 생각이 들었다. 어색하게 소파에 앉아 부부의 시선을 받는 채윤은 분명 이전과 다른 밝은 분위기지만 어딘가 작위적인 기분이 들었다.

"어머니, 이거 채윤이가 인사 오는데 빈손으로 올 수 없다고 뭘 샀다는데 한번 보세요."

시원은 손에 든 쇼핑백을 장 여사 옆에 놓아두고 채윤의 옆에 와서 앉았다. 장 여사는 쇼핑백을 열어 안을 보더니 환하게 웃으며 채윤을 보았다.

"어쩜 우리가 좋아하는 것들이네요. 우리랑 취향이 꽤 잘 맞네요."

"채윤이가 보는 안목이 높아요. 뭘 사 왔기에 어머니 마음에 쏙 드셨나."

장 여사가 일하는 사람을 불러 주방으로 옮겨놓으라고 쇼핑백을 건네주자 시원은 보지 못해 아쉬운 얼굴을 했다. 하지만 백화점에서 채윤이 고르는 족족 시원은 말리며 다른 것을 추천했기에 사실 채윤의 안목이 아니었다. 채윤은 시원의 말에 고맙기도 하고 민망하기도 해 앞에 앉은 장 여사의 눈을 피했다.

"한 선생, 우리가 갑자기 불러서 많이 놀랐죠?"

"놀라기보다는 갑작스러워서 조금 당황했어요."

"시원이 아버지 성미가 워낙 급해서 무슨 일이든 마음을 먹었다 하면 그날로 해결해야 직성이 풀리니 당황스럽더라도 이해해 줘요."

채윤은 갑자기 너무나 부드러운 두 분의 태도에 가시방석에 앉은 기분이었다. 무슨 말을 하려고 이렇게들 다른 태도인지 차라리 뜸들이지 말고 빨리 말했으면 하고 조마조마했다.

"알고 있을지 모르지만 오늘 아침에 권 사장에게 시원이 시켜서 약속했던 돈을 보냈네. 돈으로 지난날의 과오를 덮을 수야 없지만 맘이 한결 가벼워지더군."

"진심을 담아 보내셨으면 당연히 가벼워지실 거예요. 좋은 뜻으로 보내주셨다고 생각하고 좋은 곳에 쓰겠습니다."

채윤의 말에 강 장관은 고개를 끄덕이며 장 여사를 보았다. 일하는 사람들이 내온 과일과 차를 손수 채윤에게 덜어주자 채윤은 시원에게 건네주었다. 장 여사는 채윤이 하는 모양새를 일일이 훑어보며 흡족해하는 반면 부족한 부분 또한 보여 한참 가르쳐야겠다는 생각을 했다.

"채윤이 그 돈 전액 고아원에 기부했습니다."

"시원 씨, 왜 쓸데없는 말을 하고 그래요."

강 장관과 장 여사는 마시던 찻잔을 들고 놀란 표정을 감추지 못하고 채윤을 보았다. 채윤은 붉어진 얼굴로 두 사람의 시선을 피해 고개를 숙였다. 되도록 이런 일은 남의 이목을 덜 받고 조용히 처리하고 싶은 게 채윤의 마음이었다. 간혹 사람들은 뜻을 곡해하거나 더 많은 돈을 가지고 있을 거라고 예상하며 구설수에 오르는 게 제일 싫었다.

강 장관은 재빨리 무표정한 얼굴로 돌아왔지만 젊은 아가씨의 결정이라기엔 깊이 있는 행동이라 재차 그 가진 성품과 그릇에 놀랐다.

"큰 결심을 했구나."

"아버지, 채윤이가 그만큼 순수한 사람이라는 겁니다."

강 장관은 시원의 말에 헛기침을 하며 시원을 쏘아보고는 다시 차분히 말을 꺼냈다.

"내 그날 이후 안사람과 곰곰이 상의해 보니 특별히 채윤 양을 반대할 이유가 없다고 여겨지더군. 우린 시원이 안목을 믿어 보기로 했네."

"네?"

채윤은 강 장관의 말을 잘못 들은 건 아닌지 시원을 보았지만 시원 또한 놀란 표정으로 장 원장과 강 장관을 번갈아 보며 믿을 수 없는 표정을 지었다.

"채윤 양을 반대한 이유는 어르신도 있지만 시원일 내 뒤를 이어 정치가로 만들 뜻이 컸기에 그랬네. 더 이상 뜻이 없다는 놈을 붙들고 늘어진다고 억지로 할 일이 아니라 여겨졌어. 시원이가 싫다는데 말해야 뭐 하겠나. 사실 아직도 시원이 정치를 하겠다 하면 채윤 양이 달가운 상대는 아니네."

"아버지, 저는 정치를 할 생각이 추후도 없으며 채윤일 그렇게 생각하신다면 더는 아버지와 이야기 나누고 싶지 않습니다. 사람 불러다 놓고 억지로 허락한다는 듯이 달가운 상대가 아니라는 말이 나오십니까? 아직도 그리 말하십니까?"

시원은 역시 변하지 않을 사람이 있다면 아버지일 거라며 화가 부르르 치밀었다. 지금껏 아버지로 인해 마음고생 시킨 것만으로도 채윤 앞에 몸 둘 바를 모르겠건만 작은 희망마저 이렇게 짓밟는 아버지가 정말 미웠다.

"네 이놈! 네가 감히 누구 앞에서 언성을 높여."

"시원 씨, 진정해요. 아직 장관님 말씀 다 끝나지 않았잖아요."

채윤은 얼굴을 붉으락푸르락하는 부자를 보자 시원의 손을 붙잡고 진정시키려고 했다. 채윤에게 워낙 이런 식의 대화에 익숙해 아무렇지도 않고 허락의 뜻으로 들었는데 시원이 민감한 게 아닌가 싶었다.

"내 기준에 탐탁지 않다는 말도 못하느냐? 그래도 채윤 양 좋은 면을 보고 새삼 놀라며 허락하는데 아들이라는 놈이 말꼬리를 붙잡고 늘어져?"

"말꼬리가 아니라 그런 말은 아버지 속으로 생각하셔도 되는 일 아닙니까? 왜 굳이 남을 상처 주면서까지 하셔야 하는지 도통 모르겠습니다."

시원의 말에 모두 무거운 침묵을 지켰다. 틀린 말이 아니기에 더욱 무거운 침묵이 흐르면서 장 원장은 달리 이 분위기를 깰 방도가 없나 세 사람을 번갈아 보지만 좋은 생각이 떠오르지 않았다.

"사람의 욕심은 한순간에 버려지는 게 아니다. 내 아무리 포기하고 스스로 옳지 않음을 알아도 하룻밤 새에 변하지 않으니 너희들이 알아서 걸러 들어라."

강 장관의 의외의 말에 시원은 채윤의 손을 더욱 꽉 잡았다.

이런 식의 대접에 익숙한 채윤이 더욱 애처로웠다.

"채윤 양, 우리 사이가 아직은 많이 껄끄럽기는 하겠지만 시간이 흐르면 다 해결될 거라고 생각하네. 채윤 양은 우리 집하고 혼인을 할 생각이 있나?"

채윤은 머뭇거리며 왜 이렇게 급박하게 상황이 반전되는지 정신을 차리려 노력했다. 아무리 사람 마음이야 손바닥 뒤집듯이 바뀌는 거라지만 두 분의 허락은 도저히 알 길이 없었다.

"채윤이랑 저는 결혼합니다."

"너한테 묻지 않았다. 너만 좋다고 다 되느냐? 채윤 양의 의견도 물어봐야지."

채윤이 대답을 주저하느라 시원이 먼저 나서서 대답하다 강 장관에게 혼만 났다. 시원은 갑자기 바뀐 두 분을 이해하기 힘들지만 지금같이 좋은 기회를 놓칠 수는 없었다. 차라리 이유가 어쨌든 허락만 받는다면 뒷일이 어찌 되든 해결 못할 일은 없으니 상관없다는 생각이 들었다.

"죄송하지만 두 분께서 갑자기 저에게 호의적이라 많이 당황되어서 올바른 답을 할 수 있을지 모르겠어요."

"그래요. 한 선생, 나도 시원 아버지가 갑자기 마음을 바꿔서 참 많이 혼란스러웠어요. 나조차도 아직은 반신반의하고 있었거든요. 하지만 우린 지금까지 누릴 거 다 누리고 세상 사람들에게 선망받으며 살았어요. 시원 아버지가 사람이 사람을 만나 사랑한다는데 무엇이 안 되는 일인지 곰곰이 생각해 보자시더군요. 짧은 시간에 우린 많은 생각을 했어요. 더 이상 조건을 염두에 두지 않기로 했어요."

채윤은 장 원장의 말에 진심을 느끼긴 했지만 의심이 들었다.

"하지만 세간의 이목을 중시하시잖아요."

"맞아요. 난 아직도 중요시해요. 하지만 한 선생, 하룻밤 사이에 사람이 다 변할 순 없잖아요? 시원이 별 탈 없이 좋은 가정을 꾸린다면 그것 또한 내세울 거리라고 생각해요. 더 이상 우리의 명예나 권력에 관심없는 시원에게 다른 삶을 스스로 결정해서 살 수 있게 할 거예요. 한 선생 말대로 내 아들이 행복하다는데 어쩌겠어요. 행복하게 살게 놔둬야죠."

채윤은 장 원장의 차근차근 하는 말을 듣다 보니 어느새 그들의 진심을 털어놓는다고 생각이 들었다. 자식의 행복을 위한다는 명목으로 억지로 채윤을 받아들인다는 느낌은 없었다. 왠지 속된 말로 손도 안 대고 코 푼 기분이 들었다.

"한채윤 양, 난 성미가 급해서 더는 말 안 하겠네. 내 아들과 결혼할 생각인지 아닌지 확실하게 말해주게."

강 장관은 장황한 장 여사의 설명에 다른 곳을 보며 듣지 않는 척하다 채윤에게 물었다.

"결혼할 생각입니다."

채윤의 대답에 강 장관과 장 여사는 얼굴을 마주 보고 안도의 웃음을 지었다. 시원은 그 짧은 사이에 오만함을 버린 부모님을 보며 뿌듯해하면서도 그것이 채윤의 힘이라 여겼다.

"아직은 서로 껄끄럽기는 하겠지만 시간이 흐르면 다 해결될 것이고 앞으로 결혼 이야기는 안사람과 상의해 되도록 빨리 날을 잡도록 하지. 시원이 네놈도 직장을 잡든지 아님 마누라한테 빌붙어 살지 결정해라."

"네, 허락해 주셔서 감사합니다. 아버지는 채윤이 같은 복덩이를 어디서 만나겠습니까? 아들 잘 둔 덕이라고 생각하세요."

"팔불출 같은 놈. 누굴 닮아 저 모양일꼬. 그럼 난 할 일이 있어 먼저 일어나겠네."

강 장관이 혀를 차고 자리에 일어나 보던 신문을 들고 서재로 들어갔다. 장 원장은 시원과 채윤을 번갈아 보며 인자한 미소를 지었다.

"이렇게 보니 둘이 참 잘 어울리네. 한 선생, 아니지, 뭐라고 불러야 하나. 내가 며느리가 없어서 참 막막하네."

"편하신 대로 부르세요."

"그럴까? 그럼 채윤 씨라고 부를게요. 결혼식은 우리 쪽에서 준비해도 될까요? 나한텐 하나밖에 없는 아들 결혼식이라 그런지 욕심이 많아서 해주고 싶은 게 너무 많아요."

채윤은 급물살에 휘말려 가는 기분이 들었다.

'결혼식이라니…… 방금 허락받았는데 정신없이 빠르네.'

"네. 전 어차피 올 사람도 별로 없고 혼자 준비할 수도 없으니 원장님께서 준비해 주시면 좋을 것 같아요."

"그럼 생리일이 언제죠?"

"네?"

"아, 원래 날짜는 신부 생리일 때문에 신부 쪽에서 잡거든요. 날짜를 알려주면 내가 그때를 피해서 좋은 날로 택할게요."

"매달 10~15일 사이요."

채윤은 시원 앞에서 말하는 게 부끄러워 얼굴을 붉혔지만 장 원장은 딴청을 부리는 시원을 보면서 웃었다.

"결혼하면 다 알 텐데 뭘 그리 부끄러워할까. 내 가장 빠르고 좋은 날로 정할 테니 후딱 해치우고 앞으로 잘해봐요. 그리고 너, 강시원. 여자 혼자 사는 집에 들락거려 흉한 소문 돌게 하지 말고 당장 집으로 들어와."

"네. 그런데 어머니, 너무 빨라서 그런지 정신이 하나 없고 폭탄 맞은 기분입니다."

"네 아버지 마음 변하기 전에 해야지 노인네 변덕 부리면 골치 아프다. 며칠 동안 잠도 못 자고 고민하더니 아침에 결정하더라. 이렇게 체력 떨어져 힘을 못 쓸 때 우리 마음대로 해야지 간섭하기 시작하면 할 일도 못해."

"원장님, 제가 조금 정신이 없어서 그런데 저희 결혼하는 거 맞죠?"

장 원장은 아직도 혼이 빠진 얼굴로 멍하게 있는 채윤을 보며 웃었다. 아마도 웬만큼 정신 차리고 있어도 이렇게 급하게 밀어붙이는데 말짱할 수는 없을 것이었다. 그래도 하루 빨리 며느리로 맞아 흡족하지 않은 부분은 강씨 집안 가풍에 따라 바꾸면서

정을 들이려는 뜻이 더 컸다. 두고 본다고 해서 더 많은 장점을 찾는 것도 아니고 딱 내 집 사람이라는 못을 박아 놓고 본다면 미운 점도 예쁘게 보이기 마련이었다.

"채윤 씨, 원래 우리 집 일 스타일이 이래요. 마음 정했다 하면 일사천리로 일을 진행해야지 시간 끌면 중간에 확 또 틀어지는 일이 다반사거든요. 조금 정신없더라도 그냥 우리 하는 식으로 따라와요. 따라오기만 하면 일은 이미 다 끝나 있을 거예요."

시원은 어머니가 진심으로 둘을 받아들이려는 마음을 가지고 있는 것을 확인했음에 기뻤다. 세상 누구의 축복보다 부모님의 축복 속에서 채윤과 함께할 수 있음이 시원을 더없이 들뜨게 했다. 아직은 서로 작은 앙금들이야 남아 있겠지만 아버지 말씀대로 시간이 흘러서 부대끼며 살다 보면 자연히 사라질 거라고 믿었다.

"대체로 이 집 남자들이 긍정적이고 즉흥적으로 일 처리 하는 걸 좋아해요."

"네, 알겠습니다. 아까는 정신없어 말씀 못 드렸는데 저희를 허락해 주셔서 감사합니다. 장관님께도 전해주세요."

"그럴게요. 오늘은 여기까지 이야기하고 며칠 내로 만나서 결혼에 대해서 상의해 보도록 하죠. 그리고 시원이는 기사 붙여줄 테니 호텔에 있는 짐 가지고 집으로 들어와."

시원은 갑작스러운 어머니 말에 인상을 찌푸리며 고개를 흔들었다.

"저희끼리 축하 파티라도 열어야죠. 내일 들어올게요."

"안 돼. 이제 우리 집 사람 될 텐데 괜히 흠 잡힐 꼬투리는 안 만드는 게 좋아. 채윤 씨도 그렇게 생각하죠?"

채윤은 고개를 좌우로 흔드는 시원을 보며 어깨를 으쓱하며 얄밉게 웃었다.

"네, 가능한 한 그렇게 하는 게 좋을 것 같아요."

시원은 채윤을 원망스럽게 쳐다보며 앞에 놓인 사과를 큰 소리 내어 씹었다.

"그럼, 늦은 시간에 와서 고생했어요. 앞으로 자주 봐요."

채윤은 자리에 일어나 장 여사에게 고개 숙여 인사하고 시원과 함께 집을 나섰다. 처음 이 집 안으로 들어올 때는 한발한발이 무거웠던 반면 나올 때는 너무나 가벼워 다른 곳을 갔다 온 기분이었다.

"시원 씨, 어쨌든 허락은 허락이니 잘됐어요."

"나도 너무 갑작스러운 게 마음에 걸리지만 지난 시간에 대한 우리 부모님의 보상이라고 생각하자."

창문으로 두 사람이 정원을 지나 대문을 나서는 모습을 보는 장 여사 뒤에 강 장관이 서 있었다.

"애들 가는데 왜 안 나오고 그래요?"

"아직 채윤 양을 보면 내 과오를 보는 것 같아 불편하구려."

"그러지 말아요. 시원일 위해서 우리를 위해서 우린 최선의 선택을 한 거예요. 저 아가씨가 우리 시원이에게 행복을 가져다주고 우리에겐 삶을 볼 수 있는 거울을 줬어요."

"난 저 채윤 양이 무섭구려. 젊은 아가씨가 세상을 다 살아본 듯 하는 행동들이 하나같이 내가 해야 할 일들이라, 내 속을 꿰뚫어 보는 건 아닌가 싶어. 감히 나는 엄두도 못 내는 기부라니…… 그 돈이 그렇게 쓰일 줄이야. 나는 채윤 양 덕분에 하지 않았던 일들을 앞으로 참 많이 할 것 같구려."

"아마 한 선생은 사랑이라는 이름으로 세 사람을 변화시킨 것 같아요. 당신과 나, 그리고 매사 주어진 대로만 살던 우리 아들까지요. 좋은 사람이에요. 참 많이 좋은 사람이요."

두 사람은 어두운 길가에 차의 헤드라이트 불빛이 비추며 사라지는 모습을 보면서 각자 자리로 돌아갔다. 오랜만에 집으로 들어올 아들을 위해 장 여사는 침실을 정리하느냐 분주했다. 강 장관은 아직도 양껏 반갑지만은 않은 마음을 돌리려 며칠 전 꿈에 나타나신 어르신을 생각했다. 엄한 얼굴로 된통 혼날 걸 걱정했지만 오히려 반갑게 나타나 따뜻하게 손을 잡아주시며 고맙다는 말만 연신하시고 사라진 어르신이었다. 처음 뵈었을 때 같은 포근함을 잔뜩 느낀 강 장관은 긴 한숨을 여러 번 내쉬었다.

채윤은 촉박하게 잡힌 결혼식을 준비하는 장 여사의 분주함에 생전 가보지 않은 곳을 다니며 하루도 제대로 쉴 수가 없었다. 채윤은 장 여사의 부담스러운 혼수품들을 사양하려면 언제 다시 이런 걸 며느리에게 해주겠냐며 아쉬워하는 바람에 어쩔 수 없이 챙겨주는 대로 받았다. 또한 결혼식은 조용히 치르고 싶었지만 외며느리를 들이면서 성대하게 치러주고 싶다는 장 여사의 고집에 밀리고 말았다. 두 번이 아니라 단 한 번이기에 가장 최고로 해주고 싶다는 장 여사의 마음이 고맙기만 한 채윤은 뜻하는 대로 따르며 점점 장 여사의 성격을 알아갔다. 겉으로는 학자다운 단정하고 딱 떨어지는 외모이지만 화통한 성격에 추진력 또한 거침없었다. 작은 감정을 남겨두지 않고 털어버리는 장 여사의 성격에 채윤은 강 장관보다 훨씬 대하기 편했다.

"우리 며느리 입을 거니까 최고급으로 해줘요. 하지만 화려한 걸 좋아하지 않으니까 심플하면서 우아함이 강조된 드레스여야 해요."

"우리 며느리한테 주는 선물이니까 가장 질 좋은 보석으로 줘요. 특히 알이 너무 커도 안 돼요. 괜히 촌스러워 보이잖아요. 우리 며느리는 생김새가 세련돼서 평범함도 특별하게 만들거니, 세팅은 무난하면서도 고급스러움이 한껏 묻어나는 디자인이어야 해요."

"우리 며느리 집에 들어갈 물건들이니 최상품으로 가져오세요. 하지만 색깔이 요란하면 안 돼요. 우리 며느리가 어찌나 검소한지 호화로운 건 질색하거든요."

근 한 달 동안 서울 호텔 지하에 상류층만을 위한 혼수 제품을 모두 입점해 둔 곳에서 장 여사가 되풀이한 말이다. 옆에서 귀에 못이 박히도록 듣고 있던 채윤은 여러 번 만난 직원이 장 여사가 '우리 며느리' 라는 말만 하면 미리 선수를 쳐 물건을 내오는 모습에 슬며시 웃었다.

채윤은 넓지 않은 지하를 돌아다니다 보면 장 여사가 어찌나 아는 사람들이 많은지 곳곳마다 인사하기 바빴다. 채윤의 얼굴이 생소한 사람들은 누군지 의아해하다 장 여사의 설명을 듣고 자신들과 격이 맞지 않는다는 뉘앙스라도 풍기면 장 여사는 매몰차게 말했다.

"우리 며느리만한 아가씨는 찾기 힘들 거예요. 사람 됨됨이가 얼마나 바르고 고운지 웬만한 집안 아가씨하곤 비교 자체가 안 되죠. 제아무리 돈 많고 잘난 집 여식이라도 성품만은 우리 며느리를 따라오지 못하죠. 속물들이나 겉만 보고 평가하는 거 아니겠어요?"

그리고는 그 사람들의 험담을 잔뜩 늘어놓으며 채윤에게 신경 쓰지 말라고 다독거리기도 했다.

끝이 보이지 않던 쇼핑은 결혼 일주일을 앞두고서야 거의 마무리되었다. 외아들이지만 장 여사는 며느리 시집살이가 싫다며 채윤의 집에 신접살림을 차리도록 했다. 시원과 채윤은 여러 번 본가에 들어가겠다고 했지만 강 장관과 장 여사는 끝끝내 같이 살기를 거부했다. 채윤의 집을 몇 번 들른 장 여사는 특별히 손볼 곳이 없다며 새 가구와 가전제품을 들여놓는 선에서 모든 일 처리를 마치고 힘에 붙였는지 몸살이 나 채윤은 결혼식 전까지 긴 휴식을 맞았다.

채윤은 별로 변한 곳이 없는 집이지만 새로 들여온 가구와 가전제품들로 인해 할아버지의 오랜 흔적들이 사라져 버려 낯설었다. 거실 창가 근처에 할아버지의 사진 하나 달랑 걸려 있으니 왠지 새로운 시작에 지난날의 채윤의 흔적들이 소홀히 대접받는 듯해 아쉽기만 했다.

시원은 결혼 허락을 받은 이후 신성그룹으로 다시 들어가 바쁜 업무에 매일 시달리고 있었다. 그동안의 공백 덕분에 틈이 나지 않아 결혼 준비로 바쁠 채윤에게 자주 들르지 못했다. 오히려 늦은 퇴근 후 찾아가 신접살림 준비를 하느라 피곤에 절은 채윤을 깨우느니 차라리 쉬게 해주느라고 만나는 시간이 훨씬 줄어들었다.

시원은 지나친 어머니의 소비 욕구에 시달리는 채윤을 보면 안쓰럽지만 마지막 부모님의 간섭이라는 생각에 참았다.

"변호사님, 한채윤 씨 오셨습니다."

시원은 오후에 채윤이 어머니 병문안을 간다고 알고 있었는데 의아해하며 비서와 같이 들어오는 채윤을 보고 소파로 자리를 옮겼다. 화색이 돌아온 채윤의 생기있는 모습에 본가에서 별일없었던 것 같아 안심한 시원은 볼에 입맞춤을 해주었다.

"나 보고 싶었죠?"

"막 보고 싶어 죽기 직전에 네가 와서 겨우 살았어. 빨리 결혼해서 하루 종일 보고 살았으면 좋겠다. 이제 사 일 남았는데 왜 이리 시간이 안 가니?"

채윤은 시원의 입바른 소리에 기분 좋아 시원의 다리를 베고 소파에 누웠다. 짧은 치마를 입고 누운 채윤의 다리가 훤히 드러나자 시원은 양복 상의를 벗어 다리에 덮어주었다.

"아, 나 결혼 두 번 하면 아마 몸이 견뎌내지 못할 것 같아요. 어머님이 그래도 체력이 좋으셔서 몸살로 끝났지 다른 분 같으면 아마 쓰러지실 거야."

"두 번 할 일은 곧 죽어도 없으니 그런 걱정은 하지 마. 이제 식장에 들어갈 일만 남았잖아."

시원은 채윤의 한 손을 잡고 다른 손으로 채윤의 어깨를 토닥거리며 조잘거리는 이야기를 맞장구치며 들어주었다. 결혼 준비하며 생긴 이야기, 새로 산 물건들, 만났던 사람들까지 채윤은 평상시답지 않게 말이 많았다.

"그래도 신기해요. 세상에 날 그렇게 열심히 챙겨주는 사람이 있다니 가끔 열심히 물건을 고르는 어머님을 보면 두근거려요."

"날 보면 안 두근거려?"

"시원 씨랑은 다르죠. 어머님을 보고 있으면 할아버지에게 느꼈던 그 정이 막 느껴져요. 우리 할아버지도 나 키울 때 최고로 좋은 거 사주고 어디 가서 자랑하고 이런 것 좋아했거든요. 그때 그 기분이 느껴져서 두근거려요."

"다행이야. 네가 아주 많이 부담스러워할까 봐 걱정했어."

채윤은 시원의 손 위에 올려져 있는 손가락으로 손바닥을 간질거렸다. 저녁에 시원이 퇴근하고 와서 피곤해 이야기 몇 마디 못 나누고 잠들기 일쑤였는데 간만에 생생하게 있으니 너무 좋았다. 이렇게 매일같이 함께 있을 생각을 하니 죽어도 좋을 만큼 행복했다.

"이거 나랑 뭐 하고 싶다는 거야?"

시원은 손바닥을 간질이는 채윤의 손가락을 움켜지고 씩 웃으며 물었다.

"왜요? 그냥 장난치는 건데."

"오늘 일찍 퇴근하고 그냥 집에 갈까?"

"정말?"

"기다려 봐."

시원은 채윤의 몸 위로 숙여 전화기를 집어 들었다. 채윤은 의심스러운 눈으로 올려보면서 시원의 넥타이 끝을 잡아당기며 장난치자 시원이 한 손으로 채윤의 두 손을 잡아버렸다.

"강시원입니다. 회장님 통화 가능하십니까?"

채윤은 시원이 회장에게 전화를 걸자 놀라서 일어나려고 하자 시원은 채윤의 어깨를 눌러 계속 누워 있게 했다. 시원은 손가락을 채윤의 입에 갔다 대며 조용하라는 제스처를 했다.

"회장님, 어려운 부탁이지만 저녁 정찬 모임에 불참해도 되겠습니까?"

시원은 특별한 이유보다는 결혼을 앞두고 있고 변호사가 필히 동석해야 하는 자리가 아니라면 개인 시간을 가지고 싶다고 재차 말했다.

"네, 알겠습니다. 감사합니다."

시원은 붙잡고 있던 채윤의 두 손을 놓아주고 어깨를 잡아 자리에서 일으켰다.

"가자."

"정말 괜찮아요?"

"어차피 내가 있으나마나 한 자리야. 자기들이 필요해서 불렀으면 이런 일쯤은 눈감아줘야지."

"오, 도도한 시원 씨였구나."

"일이잖아. 빨리 가자. 더 있다 괜히 붙잡히면 끌려갈라."

시원은 아직 다 보지 못한 서류를 챙겨 재빨리 사무실을 빠져나왔다. 채윤의 손을 잡고 시원이 엘리베이터 안으로 들어서자 여러 명의 중역들이 타고 있었다. 간단한 목례를 나누며 시원의 옆에 서 있는 채윤에 대해 궁금해하자 시원은 차갑게 말했다.

"아내 될 사람입니다."

"결혼하신다더니 이렇게 미인 아내인지 몰랐습니다. 변호사님과 같이 계시니 선남선녀가 따로 없네요."

"감사합니다."

채윤은 시원이 단답형의 대답 이외에는 길게 말하지 않고 싸늘한 표정을 고수하자 그가 혹시 이중인격을 가진 건 아닌지 의심이 되었다. 주차장까지 중역들과 같이 걷게 되어 채윤은 별다른 말을 못하다 차에 올라타자마자 시원의 활짝 펴진 인상에 더 이상한 눈초리를 보냈다.

"왜 그렇게 쳐다봐? 너무 잘생겨서 놀랬어?"

"당신 혹시 다중인격 아니야?"

"누가 그런 모함을 해?"

"시원 씨답지 않게 무겁고 서늘한 분위기 풍기니까 이상하잖아요."

"저 사람들은 언제든 내가 흐트러져 있을 때를 찾아서 허를 찌르려는 사람들이야. 어차피 같은 회사 내에서 업무의 능력은 다 고만고만하니까 누가 더 회장의 신임을 많이 받느냐에 따라 출세 가도가 달라지니 서로 견제하고 있지. 말 섞고 어울려야 허점만 보이게 되니 내 나름대로 선을 긋는 거야."

"사회생활이 각박하구나. 난 교육원에서 원생들만 상대해서 그런지 사회생활은 잘 모르겠어요."

시원은 환한 도로에 낮이라 차들의 통행이 별로 없자 속도를 내며 집으로 향했다. 채윤은 여전히 새로 본 사회생활의 모습을 나름대로 상상하느냐 푹 빠져 있었다.

"각박하다면 각박하고 또 재미있다고 하면 재밌어. 하지만 스스로 조심하는 게 최선이야."

채윤은 막연히 자신이 회사 생활을 했다면 어땠을지 상상을 하다가 많은 사람들 속에서 북적거리는 것이 싫어 견뎌내지 못했을 거라는 생각이 들었다. 원생들과는 일주일에 두어 번 만나며 시간 외에는 어울리지 않는 자신이 매일같이 벌이는 경쟁 속에서는 도태될 게 뻔했다.

"집이다."

시원이 발빠르게 차에서 내려 채윤에게 차 문을 열어주자 채윤은 매번 그가 이럴 때마다 공주가 된 기분이었다.

"나 이렇게 문 열어주니까 너무 좋아요. 결혼해도 꼭 차 문 열어줘요."

"평생 하지 말라고 할 때까지 할 테니까 안으로 드시죠, 마님."

"돌쇠야. 마님이 돌쇠가 많이 그리웠느니라. 오늘은 힘 좀 많이 써야 할 것이다."

시원이 고개를 젖히며 껄껄거리며 웃다가 서류 가방을 챙겨 차 문을 잠그자 채윤은 팔짱을 끼곤 빌라 안으로 들어갔다.

"저 경비원은 나만 보면 웃는 것 같아."

시원은 근래 빌라를 자주 드나들다 보니 자연히 마주치는 경비원이 자신만 보면 웃자 이상하게 여기고 말을 꺼냈다. 그러자 채윤이 웃으며 대답했다.

"웃기겠죠. 겨울에 조용한 빌라에 찾아와 용서해 달라고 생떼를 써 아저씨를 곤란하게 하더니 추운 밖에서 버티다 얼어 쓰러진 당신을 친히 우리 집에 옮겨다 주었죠. 거기다 주인도 없는 집 앞에서 밤새는 것을 밥 먹듯이 한 적도 있잖아요. 아마 저 아저씨가 우리 연애사를 다 알고 있을 것 같아."

"그런가. 하여간 자주 볼 텐데 매번 웃으시면 곤란한데."

투덜거리며 계단을 다 올라온 시원은 현관 지문 인식기에 검지를 가져다 대고 삑 소리와 함께 문이 철커덩 열리자 미소를 지었다.

"문이 열릴 때마다 당신은 유일하게 이 집에 허락된 사람입니다, 들어오십시오. 꼭 이 느낌이 들어."

"잘난 척."

시원은 문 안으로 채윤이 들어가자 현관에서 구두를 벗는 채윤을 뒤에서 지켜보았다. 그리고 불현듯 생각났는지 서류 가방을 거실에 휙 던져 버리고 다시 현관문을 빠져나갔다. 채윤은 갑자기 사라진 시원 때문에 어리둥절해 서류 가방을 들고 거실에 멍하게 서 있었다.

"한채윤! 한채윤! 밖을 봐봐."

채윤은 시원의 목소리에 거실 창문을 열고 베란다에 나가자 시원이 차 뒤에 몸을 기대어 소리치고 있었다.

"왜요? 안 올라오고 뭐 하는 거예요?"

"사랑하는 채윤아, 너와 결혼하게 되어서 너무 행복해. 죽어도 좋을 만큼 행복하고 네가 없다면 죽을 듯이 소중해."

채윤은 밖에서 소리치는 시원의 달콤한 말에 웃으며 두 손을 머리 위로 들어 흔들었다. 처음 만났던 그때처럼 시원은 주차장에 있고 채윤은 베란다에 서 있었다. 처음엔 서로 모르는 낯선 타인이었는데 이젠 떨어진다는 건 상상할 수도 없을 만큼 사랑하는 사이가 되었으니 알다가도 모르는 게 사람 인연이었다.

"너에게 아무것도 해주지 못하고 결혼하자고 해서 미안해."

시원은 손을 흔드는 채윤에게 소리치며 차 옆으로 물러나 리모컨으로 트렁크 문을 열었다.

"세상에!"

채윤은 열린 트렁크 밖으로 나와 눈앞에 올라가는 색색 가지의 셀 수 없이 많은 풍선들과 펄럭이는 플래카드에 감동해 두 손으로 벌어지는 입을 가리며 눈만 껌벅였다.

〈내 사랑, 결혼해 줘서 고마워.〉

시원은 그동안 제대로 된 프러포즈를 해주지 못한 것이 미안해 얼마 전부터 이것을 준비했지만 기회가 없어 보여주지 못했다. 채윤의 놀란 모습에 평생 기억에 남을 만한 이벤트를 만들어 주려던 계획의 절반은 성공했다는 생각에 스스로 뿌듯해했다.

"시원 씨, 고마워요. 정말 고마워요."

어디서 흔히 남들이 받았던 평범한 프러포즈지만 채윤에게는 바쁜 시간을 쪼개 자꾸만 사랑받는 여자로 만들어주니 고맙지 않을 수 없었다. 채윤이 난간을 잡고 몸을 밖으로 뻗어 크게 소리치자 시원은 두 손을 입에 맞추고 채윤에게 펼쳐 보이며 훅 불었다.

"이제 돌쇠는 힘쓰러 올라간다."

채윤은 베란다 문을 닫고 시원이 들어오는 현관에 서서 붉게 상기된 얼굴로 시원을 기다렸다. 타닥타닥 계단을 뛰어 올라오는 소리가 들리며 문이 열리자 채윤은 시원에게 폴짝 뛰어 안겼다.

"너무 좋아. 진짜 좋아. 시원 씨, 수고했어요."

시원은 코알라처럼 매달린 채윤을 흔들어 떨어뜨릴 듯이 장난치며 거실을 돌아다니다 침실로 들어가 방문을 닫았다.

시원은 침대 헤드보드에 등을 기대고 앉아 곤히 잠든 채윤의 머리를 쓰다듬다 시계를 확인했다. 저녁때가 한참 지났는데 잠에서 깨지 않는 채윤을 두고 집으로 가기 싫어 시원은 조심히 움직여 바닥에 떨어져 있는 옷을 집어 들고 휴대전화를 꺼냈다.

"어머니, 저 오늘 야근합니다. 아마 새벽에나 집에 들어갈 테니 먼저 주무세요."

[너 채윤이한테 가면 혼난다. 결혼 전에 부정 타면 안 돼. 알았지?]

"저 바빠요. 나중에 이야기해요."

시원은 미신을 들먹이며 결혼 전까지 절대 채윤이 집에서 외박하는 걸 극도로 꺼려하는 장 여사가 더 캐물을까 봐 대충 얼버무리며 전화를 끊었다. 시원은 휴대전화를 협탁에 내려놓고 거실에 내팽겨져 있는 서류 가방을 가지러 일어나려 하자 채윤의 손이 시원의 가슴 위로 스멀스멀 올라왔다.

"일어났어? 배 안 고파?"

"여기서 자고 갈 거예요?"

시원은 아직 눈도 못 뜨고 가지 않는다는 소리에 웃고 있는 채윤이 귀여워 채윤의 옆에 바짝 붙어 누웠다.

"응. 오늘 여기서 야근해야 하거든."

"오늘 우리 돌쇠 수고가 많았어. 힘을 너무 써서 야근할 수 있으려나?"

채윤은 혼자 낄낄거리며 시원의 뜨거운 맨몸을 껴안고는 연신 좋다는 말을 했다. 시원은 뭐가 그리 좋은지 눈도 채 뜨지 못하고 잠꼬대처럼 중얼거리며, 허리를 두른 손은 깍지까지 끼고 놓지 않는 채윤의 이마에 입을 맞추며 편히 잘 수 있도록 움직이지 않았다. 그리고 땀에 젖었던 몸이 식으면서 감기에 걸리지 않도록 허리 아래로 내려져 있던 이불을 끌어 올려 덮어주고는 제법 잠자리에 익숙해진 채윤을 다음번에는 어떤 식으로 더 가르칠까 상상했다.

지애(至愛)

민준은 서울 호텔 로비에 들어서서 막 식이 시작된 식장 안으로 들어가기 위해 진행 요원에게 청첩장을 꺼내 보였다. 기자들은 현(現) 법무장관 아들의 결혼식에 참석하려 늦게 식장으로 들어가는 유명 국회의원, 재계 인사들의 모습에 플래시를 터뜨리기에 바빴다. 그 틈을 비집고 들어간 민준은 화려하게 꾸며진 식장 맨 뒤에 섰다. 식장의 두 주인공이 서 있는 양 옆으로 오케스트라만 자리 잡고 시원의 부모는 하객들과 같이 맨 앞자리에 앉아 있었다.

"한 가정을 이룬 두 사람은 서로에게 육체적 순결 못지않게 정신적 순결을 지키며 아름다운 가정을 꾸리기 바랍니다."

이례적으로 주례를 맡은 현(現) 국무총리의 주례가 끝나자 하객들은 큰 박수를 치며 두 사람의 퇴장을 지켜보았다. 다른 결혼식과 다르게 두 사람은 친구들이나 친지를 모시고 찍는 사진을 생략했고 피로연에도 나타나지 않았다. 피로연은 강 장관의 주체하에 어렵게 모인 정·재계 인사들의 사교장으로 변하여 하객들은 서로를 찾아다니며 들뜬 분위기를 이어갔다.

피로연장을 빠져나온 민준은 마지막 채윤의 아름다운 신부의 모습을 확인하는 걸 끝으로 깨끗하게 마음을 비워 버리고 남들 몰래 공항으로 사라지는 가벼운 차림의 두 사람을 지켜보며 웃었다. 맞잡은 두 사람의 손이 다시는 그 어떤 일로도 놓치지 않으며 입가에 걸린 웃음이 평생 그들을 쫓아다니길 바라며 뒤에서 툭 치는 아버지를 따라 호텔을 빠져나왔다.

채윤은 야경이 너무나 멋스러운 인천 공항의 스카이라운지에서 몰디브행 비행기를 기다리며 시원이 챙겨주는 주전부리를 받았다.

"그래도 어머님이 피로연은 빼주셔서 살 만해요. 아침부터 얼마나 긴장했는데요. 뭔 사람들이 그렇게나 많이 왔는지 설마 어머님이 다시 피로연에 우리를 부르는 건 아닌지 초조했어요."

"서운해도 어쩌겠어. 며느리가 북적거리는 거 싫다는데 억지로 부르는 것도 미안하신가 보지."

"아까 총리님 하신 말 너무 좋지 않아요? 정신적 순결."

"그런 말도 했어? 난 너 웨딩드레스가 너무 잘 어울려서 그 모습 보느라고 정신없었어."

"거짓말."

시원은 조잘거리는 채윤의 입에 초콜릿 케이크를 떠 넣어주곤 오물거리는 입술에 입 맞추었다. 채윤이 어깨를 들썩거리며 웃자 시원은 채윤을 들어 무릎에 앉히고 더 깊이 입술을 파고들려 하자 채윤은 고개를 뒤로 뺐다.

"싫어. 사람들 많잖아요. 나 아직 쑥스러워요."

시원은 입술을 삐죽 내밀며 채윤의 허리를 더욱 세게 감싸 무릎에서 내려가지 못하게 했다.

"정말 결혼한 거 맞나 몰라. 내 아내가 예뻐 보여 뽀뽀하려고 해도 싫다고 하고. 돌쇠가 좋다더니 신랑은 싫은가 봐."

"애하고 결혼했나 봐. 나 이 결혼 무를래."

채윤이 시원의 삐진 표정에 아랑곳하지 않고 몸을 비틀며 빠져나가려 하자 시원은 목덜미를 살짝 물었다.

"무르긴 뭘 물러. 한 번 하면 그만이지. 죽을 때까지 내 옆에 있지 않으면 혼나."

채윤은 물린 목덜미를 손으로 비비며 시원의 삐져 퉁퉁 부은 볼을 잡아당기곤 디지털 카메라를 꺼냈다.

"우리 기억해 둬요. 이 공항에서 죽을 때까지 옆에 있다고 맹세한 기념으로 사진 찍어요."

채윤은 사진기를 높이 들어 시원과 얼굴을 맞대고 버튼을 눌렀다. 하얀 플래시가 터지며 두 사람의 밝은 표정을 고스란히 담았다.

그들의 손에 놓여 있는 디지털 카메라는 두 사람의 행복한 모습을 담느냐고 정신없이 버튼이 눌리며 플래시를 내뿜었다. 매번 표정도 포즈도 배경도 다르지만 항상 사랑 가득한 표정의 두 사람을 담는 디지털 카메라는 지칠 줄 몰랐다.

지혜가 깊은 사람은
자기에게 무슨 이익이 있을까 해서,
또는 이익이 있으므로 해서
사랑하는 것이 아니다.
사랑한다는 그 자체 속에
행복을 느낌으로 해서 사랑하는 것이다.

―파스칼―

　『필연(必然)』을 시작했을 때가 한국 날씨로는 무더운 여름에 시작했는데 벌써 두 해를 넘기고 봄이라는 게 감개무량합니다. 처녀작을 내보내고 두 번째 작품을 또 선보인다니 설레고 한편 걱정도 듭니다.

　이 글의 최종적 큰 의미는 사랑으로 인한 변화였습니다. 사랑의 의미가 단지 감정에 지나지 않고 삶을 제대로 영유할 수 있게 만드는 것. 채윤과 시원의 사랑으로 인해 매사 주어진 대로 최선만 하던 비열정적인 두 사람의 열정을 끌어냈고, 시원의 가족이 가진 비틀어진 이상을 바로 잡을 기회가 되었다고 생각합니다.

　채윤은 상처는 깊으나 곪지 않은 상처를 지닌 원죄를 미워할지언정 그것을 다른 사람에게까지 덮어씌우지 않았습니다. 시원 아버지의 죄와 시원을 동일선상에 두지 않았죠. 사과를 받고 용서해야 할 사람을 아는 채윤과 채윤의 현명한 판단을 흐리지 않으려 한 발짝 물러서 줬던 시원. 둘을 필연이라고 부르고 싶던 제 욕심일까요?

꿈보다 해몽이라고 제 의도만 부풀어져 있는 건 아닌지 모르겠습니다. 책장을 덮으시고 사랑하고 싶으시거나 혹은 돈과 시간이 아깝지 않다고 느끼셨다면 더할 나위 없이 기쁠 겁니다. 그것이 제가 로맨스를 쓰는 이유이니까요.

이렇게 세상에 또 다른 제 글을 보일 수 있어 너무 행복하고 감회가 새롭습니다. 더 많이 공부하고 노력해서 다음번에도 찾아뵐 수 있는 기회가 또 있었으면 좋겠습니다.

글쟁이는 자기 글에 말이 많으면 안 된다는데 저는 요번에도 또 말이 많았네요. 『필연(必然)』을 읽어주신 모든 분들께 머리 숙여 진심으로 감사드립니다.

Thanks to-

참 많은 분들에게 감사해야 하고 또 이름을 일일이 언급해 드려야 하는데 지면 관계상 그렇지 못해 아쉽습니다. 그래도 아버지, 엄마, 제게 글을 쓰는 재주를 주시고 또 열심히 응원해 주셔서 감사합니다. 자랑스러운 딸이 되기 위해 더욱더 노력하겠습니다. 사랑한다는 말, 낯간지러워 자주 하지 못했지만 많이 사랑합니다. 필리핀에서 누나를 열심히 보필해 주고 있는 남동생 현우, 누나가 많이 사랑한다.

피우리넷에 상주하고 있는 카페의 독자님들, 극악한 연재에도 항상 격려해 주셔서 감사합니다. 만약 독자님들이 없었다면 몇 번 주저앉았을 것 같습니다. 그리고 피우리넷에서 인연을 맺은 좋은 작가님들, 관리자님, 다음에서 인연을 맺은 언니, 동생들. 그리고 제 친구들. 아, 다 제 마음을 아실 거라 믿습니다.

특히 청어람 편집자인 이종민 씨, 참 좋은 편집자를 만나 행운이라고 생각합니다. 이렇게 책이 나오기까지 종민 씨가 아니었으면 수월하지 못했을 겁니다. 감사하고 또 감사합니다. 앞으로 더 좋은 로맨스를 선보여 주시기 바랍니다.

이 많은 사랑과 관심에 제가 여기까지 온 것 같습니다. 감사한 마음 잃지 않고 중용을 지키며 더 발전된 모습을 보이기 위해 열심히 노력하겠습니다.

―필리핀에서 봄을 그리워하는 박미연 드림.